JN052041

講談社

森メトリィの日々

森 博 嗣

Thinking everyday
in the forest 5

MORI Hiroshi

contents

カバー＋本文デザイン
坂野公一
(welle design)

本文カット
コジマケン

2019年

7月
July   0 0 5

8月
August   0 7 1

9月
September   1 2 9

10月
October   1 8 9

11月
November   2 4 7

12月
December   3 0 5

7月

July

デフレも消費税も歓迎します

昨夜はまた雨。朝は霧でした。晴れてから草刈りを1バッテリィ。そのあと、庭園鉄道を運行しました。枯枝が沢山線路上に落ちていましたが、脱線するほどではありません。そのつど機関車が揺れますが、1度通れば、枯枝は切断されるか、撥ね飛ばされるかして除去され、2周めからはスピードが出せます。

ヘリコプタのスケールボディが届きました。今ホバリング練習をしている1機を、そのボディの中に収めるつもりです。重くなりますが、見て楽しいので、最後はこのようにシェルで覆うのです。このボディは、タイヤがついていて、引込み脚になっています。飛び立ったら、3つある車輪をボディの中に引き込みます。そのままでは降りられません。

それとは別に、3月に中国に発注したヘリコプタがいよいよ完成したらしく、もうすぐ届くとの連絡が来ました。バッテリィ代で4万円ほど追加料金を取られました（大型ヘリのバッテリィは高い）。とても楽しみです。でも、受信機をセットしたり、いろいろ設定しないといけないので、すぐには飛ばせません。

『つんつんブラザーズ』の手直しを始めました。今日から5日かけます。20編ずつ直していく予定です。講談社から何枚もの支払い明細書が届きました。先日銀行にウン百万円の振込があったので、5月の文庫の印税がもう来たのかな、と思っていたのですが、ちょっと金額が大きい。でも、6月の新刊にしては早すぎる、と思っていました。なんと、電子書籍の入金でした。本当に電子書籍は売り上げが伸びていますね。特にシリーズをまとめた合本版が好調です。6月のタイカの新刊も、Amazonで観察する限りは、Kindle版の方が多く出ているようです。いよいよ、電子書籍が普及してきたかな、という感じを強く持っています。

11月刊『森博嗣の整理術』に使う写真を撮影しました。一眼レフを久し振りに使いました。ボディがシャアピンクのPENTAXです。カバーに使うカラー写真はRAW形式にしてほしいとの指定が編集者からあった

のですが、このカメラは、RAWスイッチがあって、1枚ずついつでも切り替えられます。プロが使うのでしょうね、きっと。紙にプリントしない人は無関係ですから。

　日本は、わりといろいろな日用品が安い、という印象を僕は持っています（ヨーロッパとの比較）。海外から来た観光客が買いものをするのも頷けます。いかにもデフレが悪いみたいにマスコミで取り上げられますけれど、都合が悪いのは企業だけで、一般消費者はデフレはメリットこそあれ、デメリットはなにもありません。僕は、この20年くらいのデフレを、天国のようだと何度も書いているところです。

　デフレ脱却などというと、世論を誘導しようという操作を感じさせます。消費税が庶民の生活を圧迫するとの主張も、これと同じではないか、と感じています。たしかに圧迫はしますが、上がるのは2%だけですし、しかも食品など上がらないものもあるそうです。1000円の買いものをして、20円余分に払うというだけです。

　消費税を一番嫌がっているのは、企業でしょう。また、お金持ちも大金を支払う機会が多いから、2%は大きいでしょう。財界からは、消費税を上げるな、という圧力がずっとかかっているわけですが、その理由として、庶民が困るということを一番に挙げて、これは正義だ、と訴えるわけですね。沢山の人が、これを鵜呑みにしているようです。

　景気が悪くなる、と恐れていますが、株で儲けている人でないかぎり、事実上、不景気でも関係がありません。最近の日本は、ずっと不景気でしたが、僕は何一つ悪い影響を受けませんでした。周囲の誰に聞いても、不景気だと口では言いますが、ごく普通に生活していて、特別な変化は見られません。ずっと同じ。ただ、ものが安い、というだけでした。それ以前には空前の好景気がありましたが、そのときにも、周辺の誰も恩恵を受けなかったように観察されました。

　何度も書いているのですが、好景気というものが異常なのであって、不景気は、これからの社会では「普通」になります。不景気を維持することが戦略となっても良いくらい。ただ、不景気だと主張しておけば、企業の税金が上げにくい、というだけです。

民主党が政権を取って、駄目な首相2人のあと、野田首相になって、消費税を3%上げました。あのときは、まともな人が出てきたな、と思ったものです。この人は今はどこの党になったのでしょう？　なんか、野党は全然わからなくなりましたね。社会党も、政権を取ったあと、どこかへ消えてしまいました。日本新党もそうかな……。自民党は、与党から落ちたときに、分裂しませんでした。その点だけは、なにか底力みたいなものを感じました（僕は自民党に票を入れたことは、ただの1度もありませんけれど）。

　今日は、午後から家族と犬全員でショッピングモールへ繰り出しました。僕は、クレープを食べ、カフェラテを飲みました。犬たちは、沢山のワンちゃんと出会い、鼻をつけ合って挨拶をしていました。ようやく暖かくなってきましたが、さほど混んでいませんでした。

森家の外食といえば、
ハンバーガかピザかクレープ、くらいですね。

2019年7月2日火曜日

手の汚い人が作ったもの

　昨夜も雨が降りました。でも、起きたときには明るい庭園で、濡れているものは目立ちません。犬の散歩もいつもどおり。だいぶ暖かくなってきて、過ごしやすくなりましたね。書斎の窓の外に、ピンクと白の薔薇が30輪ほど咲いてます。

　まず、芝刈りをしました。それから、燃やしもの。伐採した枝は、すべて焼却できました。刈った芝の粉も燃やしました。見た感じ、お茶みたいです。

　それから、庭園鉄道を運行。ガソリンエンジンで走る機関車で、エンジン音を轟かせて豪快に走りました。また、ヘリコプタも1フライト。昨日届いたボディに、メカニズムを収める工作を始めると、しばらくは飛ばせなくなります（飛ばそうと思えば、ほかに何機もありますが）。

7月

008

このところ、夜は電子基板の製作を進めています。あまりにも部品が小さくて、床に落としたら、なかなか見つかりません。使っているハンダごてが大きすぎる、と感じました。小さいものを買おうかな。とにかく、人間がハンダづけ作業をする時代ではない、ということですね（つくづく）。そんな話をしたら、旋盤もフライス盤も、もう人間が動かす機械ではないし、工作自体が、人間の仕事ではないのかも。今の若い人たちは、することがどんどん減っている気がします。ちょっと可哀想かもしれません。頭を使う活動しか残らないことでしょう。

『つんつんブラザーズ』の手直しは、40％まで。順調です。昨日撮影した『森博嗣の整理術』の写真は、編集部へファイル便で発送。いろいろ片づいています（書斎および工作室は全然片づいていませんが）。

スバル氏と長女が買いものに出かけたので、犬たちと留守番をしました。役得といっても良いでしょう。足元にお座りをして、なにかを訴える目です。

今はもう食べることがありませんが、ラムネというお菓子がありますね。クッピィなんとかという名で、リスとウサギかな、という絵が描かれたパックの商品。あれは、どうしてラムネという名なのか、ちょっとよくわかりません。飲む方の（瓶にビー玉が入っている）ラムネは、レモネードが訛ったものだと思いますけれど、レモネードって炭酸なのですか？　全然レモネードっぽくない気がします。

それで、お菓子のラムネの方ですが、子供のときに駄菓子屋に出始めたのを覚えています。赤や黄色のセロファンに包まれ、手作り風のものでした。ただ、買ってもらえませんでした。理由はわかりません。粉末のジュースは5円でしたが、買ってもらえました。叔母さんが遊びにきたときに、駄菓子屋へ一緒に行って、帰り道でラムネが買ってもらえない話をしたら、叔母さんは「あれは、手の汚い人が作っているからですよ」と教えてくれました。想像もしなかった理由だったので、納得するとともに、今でも覚えているわけです。3歳か4歳だった頃のことです。

手が汚い人というのは、何でしょう。おそらく、きちんとしたメーカの製品ではない、「闇営業」のお菓子だ、という意味だったと想像します

（一部に不適切な表現があります）。同じ理由で、お祭りのときの屋台では、食べものを買ってもらえませんでした。ゴム動力の飛行機（のキット）は買ってもらえましたけれど。

　お菓子には興味がなく、おもちゃが欲しい子供だったので、ラムネは小学生になるまで食べたことがありませんでした。リスとウサギのラムネは、ちゃんとしたメーカ製だったので、母が買ってきました。

　当時、チョコレートは高級品で、駄菓子屋にはないし、母が行くような店にもなかったのかもしれません。父が買ってくるもの、と決まっていました。森永のハイクラウンチョコレートでした。あの空き箱を、いつも工作に使いました。

 屋台で売っているゴム動力飛行機は、重くて全然飛びませんでした。

２０１９年７月３日水曜日

先生方、お気をつけ下さいませ

　朝から晴天です。まず、草刈りを1バッテリィして、庭園鉄道を運行。犬たちとも遊びました。工作は、ヘリのメカをボディに入れる作業。これは数日かかると思います。ボルトを締める工程なので、書斎で行っています。

　そこへ、中国のメーカの大きなヘリが届きました。発注から丸3カ月でした。メカを入れている工作途中の小さいヘリと、まったく同じ型で、今日届いたのも、アグスタ（イタリアの航空機メーカ）という名前の実機のスケールモデルです。ただし、大きさは2倍くらいあります。送られてきた箱から出すのに30分ほどかかりました。非常に梱包が丁寧でした。無傷で届いてほっとしました（50万円の保険をかけていました）。

　ブレード（ロータ、つまり回転翼のこと）などは別便で、そちらは3時間ほど遅れて別の業者が届けにきました。購入したのは、プロポ（送信機）もすべて揃った完全セットなので、すぐに飛ばせる状態のはずですが、し

ばらくは眺めて楽しみつつ、設定などを確認しましょう。若い頃、将来はこのアグスタを飛ばす、と決めていた目標の機体でしたから、35年経ってようやく夢が実現したといえます。小さい方も数日後には飛ばせるでしょう。

『つんつんブラザーズ』の手直しは、一気に最後まで進みました。脱稿して即、講談社文庫編集部へ発送しました（これを書いているのは6/28です）。清涼院氏から、『フラッタ・リンツ・ライフ (1/3巻)』英語電子版がpdfで送られてきました。確認はこれから。予定通りの配信となります。

夕立が来そうな雲行きになったので、午後2時頃に鉄道は撤収し、犬の散歩も早めに行きました。でも、ちょっとぱらついたくらいで、あまり降りませんでした。スバル氏は、アナベルなどの株分けをしているので、雨が降ってほしいとおっしゃっていました。芝生も、どちらかといえば水不足でしょうか。夕方にもう1バッテリィ草刈りができました。

ニュースを見ていると、「闇営業」が話題に挙がっています。反社会的勢力とは、まずありえないと思いますが、雇い主を通さずに仕事する、という観点でいくと、講談社でシリーズものを刊行している作家が、突然他社から本を出すようなものでしょうか（全然違いますね）。漫画家の場合は、けっこう近い状況があるかもしれません。漫画家は、出版社に囲われている場合が多いからです。

作家も、ずっと以前だったら、そもそも連絡先がわかりませんから、本を出している出版社の編集部が秘密にしていたら、他社は連絡の取りようがなく、仕事の依頼はできなかったわけです。

僕がデビューした頃でも、ネットでメールのやり取りができる作家は少数でした。でも、その後たちまち普及しましたから、面識のない出版社が自由に直接依頼できるようになったはず。作家の場合は、出版社が囲うという話はあまり聞きません。覆面作家になると、事実上囲っているようなものといえるかも（編集部が拒否しないかぎり、他社からの連絡を取り次ぐのが普通ですが）。担当編集者しか会ったことがない、という作家はいると思います。編集者も会ったことがない、という場合もあることでしょう（最近の森博嗣）。今は、直接会わなくても、仕事に支障がありませんからね。

大学の先生などは、学外で仕事をする場合は、大学に知らせる必要があります（確定申告も必要です）。知らせると、学外で働いた分を、学内で勤務時間外に働いた（つまり残業した）という記録にするみたいでした（その記録を見たことはありませんが）。だけど、いちいちそんな連絡をしていない先生も多かったはず。なにしろ、自分の大学にだって、いつ出勤したとか知らせませんから。事務員がそういう「仮想書類」を作っていた、ということです。お役所仕事ですからね。私学はどうなのでしょうか？

TVなどによく出てくる大学の先生、あるいは講演会で稼いでいる先生がいると思いますが、かなりの部分が（大学に申告していない）闇営業ではないでしょうか？　皆さん、大丈夫ですか？　その講演会に反社会的勢力の人はいませんでしたか？　この頃は、いろいろ厳格になってきましたから、どうかお気をつけ下さい。特に、デジタル社会になってからは、すべての記録が劣化しません。何年も経ってから、突っ込まれたりしますよ。

副業を許さない日本の風土の方が、時代に馴染まないのではないか、と追記しつつ。

文系の教授では、
大学に出勤する日が珍しいくらいの人がいました。

2019年7月4日木曜日

犬でも未来予測をする

毎日ほとんど同じですが、夜の雨が朝方に上がって、晴れてきました。散歩は普通に出かけましたけれど、道路が濡れているので、撥ね上げて汚れないように、犬たちにはTシャツを着せました。このTシャツを着ると、家の中を走り回るので、これがとても愉快です。ぐるぐると周回できる通路が、2箇所あって、そのいずれかを回ります。最低でも、7〜8周します。

最近知り合った犬がいて、年齢はわかりませんが、もうお年寄りです。その子は、これまで人見知りが激しく、家から出たがらなかったそうですが、犬の学校へ行き、少し他所（よそ）の犬に慣れたので、散歩に出てきたとか。うちの犬たちとすぐに仲良しになり、その子の飼い主さんも喜んでいます。ヨークシャとジャックのミックスみたいな感じです。保護犬だそうで、年齢や犬種は不明だとか。今朝もその子に会って、親交を深めました。

　草刈りを1バッテリィ。庭園鉄道は普通に運行。ヘリは、少し古いものを久し振りに飛ばしました。やっぱり、まえに比べて安定していて、これは自分の技術が向上したのかな、と喜んでいます。購入した大きいヘリは、今日はバッテリィを充電し、プロポの設定を確かめました。引込み脚を装備しているので、その動作確認をしました。重さが5kgもあります。引込み脚の操作を間違えるだけで壊れそうです。

　工作は、小さい方のヘリのボディへの組込み。難しい点が多々あって、試行錯誤でのろのろと進めています。ゆっくりと楽しめます。

　今日はお昼頃から、模型飛行場へ出かけます。帰ってきた頃には、暗くなっているかな。持っていくのは飛行機で、ヘリコプタではありません。

　僕が担当の大きいけれど赤ちゃん（と呼ばれている犬）は、いろいろな予測をして、思ったとおりになると、低く唸（うな）って喜びます。Tシャツを着せられたほかの犬が、通路を走り始めると、いち早く逆の方へ見にいき、そこで出会い頭になるのが面白いようです。宅配便が来て、着払いの金額の数字を繰り返しながら、家の奥へお金を取りにいくとき、いち早くキャビネットへ行き、引出しに鼻をつけて待っています。そこに財布が入っているからです。引出しを閉めると、唸って喜びます。クルマに乗ったときも、エンジンスタートのスイッチに鼻を近づけて待っています。

　次はこうなるぞ、と予測し、そのとおりになると喜ぶのは、赤ちゃんが「いないいないばあ」で笑うのと同じかもしれません。あれも、「ばあ」があることを知っている子ほど笑いますね。

　人間の脳は、未来を予測したり、自分で計画をしたり、設計をしたり

して、それが思ったとおりに実現することに喜びを感じます。これは動物の本能なのか、人間だけではない、ということがわかります。

今日の作家の仕事は、英語版『フラッタ・リンツ・ライフ』を読んだだけです。だいたい、僕はスペルをほとんど記憶していない人間なので、そういった文法ミスはまったく見つけられません。どちらかというと、知らない単語が出てきたら、辞書を引いて、ああ、そうなんだ、と思うだけです。今さら、その新しい単語を覚えられるほど、頭が若くありません。英語の語彙は大学院くらいのときが最大だったと思います。今は半分以下で、しかも減る一方でしょう。

 単語というのは、自分が使わないと忘れます。アウトプットが大事。

2019年7月5日金曜日

面倒なことを片づけるには

一人で出かけました。そのまえに、1バッテリィ草刈りをして、庭園鉄道も1周だけ走り、犬ともフリスビィで遊びました。

朝は風があって、どうかなと思ったのですが、模型飛行場は快晴かつ微風。土曜日なので、沢山の人が訪れていました（といっても10人以下ですが）。クラブ員ではないので、遠慮していたところ、どうぞ、と言われ、飛行機をクルマから降ろしました。組み立ててから、1フライト（10分程度）。もうすっかり慣れている機体なので、安定して飛びました。スタントをするようなことはなく、4回ほどエンジンスローでローパスをさせ、行きすぎたところで、エンジンを吹かし、上昇する途中でくるりとロールをする程度にしました。エンジンの調了はまずまずでした。4リッタルは良い音がします。10カ月振りにしては、こんなものでしょう。最近、ヘリばかり飛ばしているから、操縦感覚が混乱するかな、と心配しましたが、全然そんなことはありませんでした。何十年か振りに自転車に乗っても大丈夫なのと同じでしょう。この冬は、近所で小型機を飛ばしていましたしね。

ラジコンヘリで中国製のプロポを使っていて、それについて、ちょっとした疑問を持ったので、ネットで調べたのですが、どこにも指摘されていません。しかたがないので、メーカのサポート部へ直接メールを送ってみました。さて、いつ返事が来るかな。応対が良かったら、もう1セットくらい買っても良い気持ちです。

今日も、電子書籍の支払い明細書が各社から届いていました。やはり、まだまだ増加しています。小説よりも新書が電子版で売れるのは、まえからわかっていましたが、最近ようやく小説も電子版が売れてきた感じがします。

この頃は電子書籍が話題になりませんよね。電子化に反対する作家のニュースなども、以前は何度も出ましたけれど、最近は出てこないし、端末の話題もほとんど出ません。このように、話題にならなくなった頃に、普及が進む傾向があるように思います。

電子書籍にだけあるシリーズ合本が、特に好調です。読者にはお得感があるし、作者には単価が大きくて印税が多いのです。新しいシリーズを読もうと思った人とか、昔に読んだシリーズを電子書籍で読み返したくなった人とか、そんな読者心につけ込む商法かも。商売やビジネスというのは悉く、消費者や顧客の心につけ込むわけです。それどころか外交だって、各国の政治家心につけ込みます。僕自身、自分の心につけ込んで生きてきました。うちの犬たちも飼い主心につけ込むことに長けています。

どんな人でも、自分の周囲に面倒臭いことを沢山抱えていると思います。面倒なことには、2種類あって、1つは、問題が曖昧かつ複雑で、解消の見通しが立たないようなもの。多くは、人間関係だといっても良く、ほとんどの場合、解決できないままうやむやになります。どのように衝突を避けるか、被害を最小限に止めるか、という消極路線が当面の選択となります。

もう1つは、単にやりにくい、時間や労力がかかる、あれこれ考えないといけない、という面倒。これは、日常に大変多いし、仕事はほとんどこのルーチンだともいえます。面倒でないものが仕事として成立しないの

面倒なことを片づけるには

で、万が一存在していても、そんな快適な仕事はやがて消滅します。

　前者の面倒は、そのまま放っておくのが最善であることが多いのですが、後者の面倒は、放っておくほど問題が蓄積するだけですから、しかたなく片づけることになります。面倒だな、というのは気持ちの問題であって、その嫌な気持ちを抱えたままでも、片づけることができます。だったら、そんな気持ちを持つだけ損だ、と考えた方が前向きでしょう。

　大好きな工作をしていても、しょっちゅうこの面倒な場面に遭遇します。やる気を削がれるのですが、でも、やってみると、だんだん気持ちが良くなります。僕はそこまで達見できませんが、なかには面倒なほど、やり甲斐があって楽しい、とおっしゃる人もいて、趣味の奥深さを感じさせられます。

　ああ、面倒くさいな、と思ったときは、コーヒーでも飲んで一服し、そのあとすぐさま片づけるのがグッド・タイミングというものです。珍しく、前向きなことを書いてしまいました。天邪鬼の天邪鬼。

 面倒だというのは、エネルギィを消費する、という意味でしょうね。

２０１９年７月６日土曜日

保身のための嘘が日本人は大嫌い

　今日も1人でドライブです。クルマに飛行機を載せて走りました。行き先は昨日と同じ。でも、積んでいったのは、昨日とは別の飛行機です。先尾翼という、ちょっと変わったタイプのプッシャ機（後ろにエンジンやプロペラが付いていて、機体を押すから）。

　少し曇っていましたが、安定した天候です。早く家を出たので、霧を一番心配しましたけれど、それもなく、快適なドライブでした。模型飛行場までは、道が空いていたら1時間45分くらい。混んでいると2時間くらいかかります。日曜日だったので、少し早めに出ました。往復で4時間かかり、飛行場に2時間いたら、6時間も消費してしまいますね。6時間といったら、作家の仕事をそれに当てたら、もしかして100万円くらい

は稼げるかもしれませんから、贅沢な遊びといえます。

　プッシャ機は、2フライトしました。飛行場は、昨日よりも空いていて、飛行機は5機くらいしか来ていません。お昼過ぎには、僕とあと1人だけになりました。ちょっと風が出てきたからです。2フライトで満足したので撤収。

　夕方に帰宅。芝生に肥料を撒きました。犬の散歩にも間に合いました。工作は、ヘリコプタのボディ関連。アルミで金具を作り、グラスファイバを削って、メカニズムとの干渉を避ける作業。

　昨日メールを送ったメーカですが、サポート部から丁寧な返事が来て、スタッフで話し合ったがわからないので、開発・研究部に相談します、とのこと。そんなに凄い問題か、と思いましたが、期待して待ちましょう。内容を簡単に書くと、送信機は10チャンネルで、受信機は14チャンネルなのですが、事実上6チャンネルまでしかソケットがないため使えない仕様になっているのです。どんなオプションパーツを買えば、7チャンネル以降が使えるのか、というような質問をしただけです。

　ヘリコプタの工作は、書斎でしています。デスクの上はパーツと工具でいっぱい。グラスファイバを削るたびに、ダイソンで吸います。でも、ドリルなど、工作室まで行かないと使えない道具も多く、通路を何度か往復します。途中で犬たちが駆け寄ってきて、通行の邪魔をします。人が移動すると、どこへ行くのですか？と興味を示して集まってくるのです。

　ネットのニュースを見ていると、芸能人が「保身のために嘘をついた」ことを非難する発言が多数ありました。悪いことをした場合、とにかく素直に謝り、正直にすべて隠さず話しなさい、というわけです。

　これ、当たり前のことだと多くの方は思われるでしょう。しかし、非常に日本人的な感覚だといえます。何故なら、「保身のための嘘」は、人として当然の権利であって、ごく自然だという解釈が日本以外では一般的だからです。

　「保身のための嘘」は、いわば正当防衛の一種であり、誰でもそれくらいの嘘はつく、という認識です。というよりも、嘘の99%は、結局は保身（あるいは自己利益）のためではないでしょうか。お隣の韓国や中国で

も、この認識が普通のように観察されますし、インドやトルコの人にきいても、そうだと話していたことがあります。

　たとえば、家に大金を隠している場合、そのことを家族には絶対に話さない。嘘を突き通すのが家族のためだ、という話なんかが有名ですね。秘密を共有することは、家族や仲間を危険に晒す可能性があるからです。

　一方の日本人は、隠し事は絶対にいけない、というモラルがあって、嘘をつくことを極度に嫌います。だから、過去の発言を簡単に翻すような真似は言語道断、となるわけです。したがって、過去の発言を翻したことを、特に追及するのが日本人です。

　警察に逮捕されても、最初は否認します。証拠が沢山出てきて、罪を免れないとなったら、しかたなく認める。発言は、そのときどきで、状況によって変わるのが当たり前なのです。日本以外では、発言を翻すことが、さして悪い印象に取られないともいえます。「今まで嘘をついていましたが、これが真実です」と堂々と発言します。後ろめたさはないように見えます。

　裁判のときに証人が、神に誓って真実を話す、と宣誓している場面がありますが、自身を守るためですから神様も許して下さいね、と祈っているだけでしょう。

 嘘というのは、真実があるから生じます。真実って存在しますか？

2019年7月7日日曜日

落ち込まない人がいたら、馬鹿

　七夕ですね。でも、これを書いているのは7/1です。朝は霧雨でしたが、晴れてきました。

　小さい方のヘリコプタ（アグスタ）が、ボディに収まったので、芝生でロータを回す試験をしました。メカニズムをバラして、中に入れた関係で、ニュートラルなどはすべて狂ってしまったので、また、ホバリングの

調整をしなければなりません。重くなっているし、重心も変化します。

　5割増しくらい重くなっているので、いつも浮き上がるポイントで浮きません。でも、その後静かに浮き上がりました。まったくニュートラルがずれていませんでした。工作が的確だったのかな、と自己満足。でも、たぶん偶然でしょう。

　次に、先日届いたばかりの大きい方のアグスタも、初めてバッテリィを充電して、ロータを回しました。非常に迫力があります。こちらは、メーカがホバリング調整をしたとのことなので、安心して少し浮かせてみました。どっしりと重い感じですが、素直に浮きました。ガバナが効いている設定で、ロータの回転を一定にしつつ、ピッチだけで浮き沈みをコントロールする設定になっていました。この方が舵（かじ）の効きが一定だし、風に強いというメリットがあります。デメリットとしては、浮くまえから喧（やかま）しいということ（実機もそうですが）。こちらも、非常に満足できる安定感でした。やはり大きいほど操縦は楽ですね。ああ、楽しかった……。

　ところで、ラジコンのプロポ（送信機）は、以前は電池を8本使っていて、しかもそれでは1日もちませんでした。午前中と午後では、電池を入れ替えていたのです。そのうち充電式になり容量も大きくなったので、この面倒が解消されました。今のプロポは、なんと、乾電池が4本しか必要ないし、しかも3カ月くらいもちますね。非常に、省エネになったということ。あと、以前は1.5mほどの長いアンテナがありましたが、今のプロポにはありません。それから、同じ周波数（チャンネル）だと同時に複数機が飛ばせない（混信して墜落となる）から、アンテナにリボンを付けて、そこに周波数が書いてありました。この周波数のプロポを使うな、というサインです。これも現在は無用です。デジタルなので、プロトコルを送受信してからやり取りをするから、複数でも混信しません（チャンネルというものもない）。隔世の感があります。

　大きいけれど赤ちゃんをシャンプーしました。近々ゲストが多くいらっしゃるので、ふわふわを見てもらおうというわけです。見てもわかりませんが、触るとわかります。シェルティにしては珍しく、家人以外の人にも触らせる性格です。大型犬だから、おっとりしているのでしょう。先日、

YouTubeで、フリスビィをしている動画をアップして、体重が18kgあって、ほとんど小さいコリィだ、と書いたら、イギリス人から、自分が飼っているコリィは18kgで、みんなにシェルティですか、ときかれたとコメントがありました。

　落ち込まない人というのは、常に落ち込んでいる人だ、と森博嗣が書いていた、とのツイートが仄（ほの）かにバズっていましたが、たしか、落ち込まない人がいるとしたら、それは馬鹿だ、と書いたことはありましたね。気分の抑揚（よくよう）がないのは、かなり神経が鈍感であるし、そういう人はだいたい、見た感じは陽気ではないので（陽気な人は、たいてい落ち込みやすい）、ずっと落ち込んでいるようなものだ、という周辺の観察結果です。

　何が問題かというと、落ち込んだときに、どの程度の活動ができるか、という点です。落ち込んでも、それなりにノルマが果たせる人と、全然無能になってしまう人がいます。また、落ち込んでいるのが、表に出ない人と、外見でわかったり、自分から訴える人がいます。ですから、落ち込んでいる状況と、そのアウトプットはまた別の問題のようです。

　今日は、中国ネットで買った電子パーツが届きました。2週間以上かかりました。1000円くらいのもので、送料も高くありません。もちろん中国のメーカなのですが、送り元を見たら、アメリカのニューヨークでした。貿易摩擦を見越して、世界各国へ飛び出しているのかもしれませんね。

　昨日、『Flutter into Life: Prologue, Episode 1』電子書籍、英語版が発行となりました。今日は、作家の仕事はなにもしていません。

　「中国」といっても、模型や電子関係では、台湾が多いようです。

2019年7月8日月曜日

有志で作るサークルの建前

　朝から晴天ですが、少し雲が多そう（空が見えないので、明るさで判断）。今日は、午後からゲストが2人いらっしゃるので、朝から庭園鉄道の整備をしました。といっても、自分で乗って徐行しながら、枯枝を除去す

る程度です。そろそろ、ポイントの動きが悪くなっているので、分解・掃除をしたところもあります。夜に雨が多いと、どうしても砂が流れ込むようです。

　庭園鉄道をやっている人は、だいたい線路の路盤に砂利を使います。土や砂のない環境にしておくと、雨が降っても綺麗（きれい）なままだからです。でも、うちでそれをやるには、ダンプカーで何杯もの砂利が必要ですし、それを一旦（いったん）ストックする置き場所を確保しないといけないし、土を掘って砂利を敷く作業は僕にはとうていできない仕事量です。

　また、時間がないけれど、お金に余裕があれば、建築業者に依頼して、コンクリートの路盤を敷く手があります。日本のクラブや公園のミニチュア鉄道は、ほとんどこれでしょう。メンテナンスフリーでよろしいのですが、乗り心地と走行音が今ひとつ良くありません。枕木（まくらぎ）を木製にすれば、少しましなようですが。

　僕の庭園鉄道は、軽便の産業線をイメージしているので、仮設置のような雰囲気で、土に線路が埋まっている方が雰囲気が出ると考えています。路線を変更したり、延長したり、撤収して引っ越しをするのにも、これが一番便利です。線路は、地面に置いてあるだけで、固定はされていません。

　午後は、ゲストの方とおしゃべりをして過ごしました。そういえば、このところ夜に激しい雨が何度か降りましたが、ゲストハウスの渡り廊下は、雨漏りしていません。壁にトタンを貼（は）ったのが効いたようです。母屋の天窓も、その後雨漏りはありません。今年はなにもないと良いですね。

　夜の雨が多くなると、夜間に放射冷却がないため、朝の気温が高くなってきます。そこへ日差しが出ると、気温が上がるようで、7月が1年で最も暑いかもしれません（せいぜい25℃程度ですが）。8月になると、夜に晴れていることが多くなり、朝が涼しくなってきます。そうなると、秋だなと感じます。

　今日も、作家の仕事はゼロでした。読者の多くが、「過去の作品と、あれもこれもつながった」という感想をアップされているようですが、いったい何がつながったのでしょうか？　僕にはまったくわかりません（冗

談ではなく)。うーん、つながっているものが、ないわけではありません。でも、そういう話をするなら、ずっとまえから、ずっとつながっていますけれどね……。

　日本の田舎(いなか)へ行くと、その地域というか村のサークルのようなものができていて、会費(のようなもの)を集めたりしています。何に使うのかはそれぞれでしょうけれど、消防団などもあるし、お祭りもあるし、いろいろ目的があるようです。

　都会でも、町内会があるところが多いし、子供の学校ではPTAなるものが組織されています。今は、入会は任意だと思いますけれど、実際には、入会しないという選択ができない場合も(きっと)あることでしょう。ほかには、同窓会とか、労働組合などが、入会を断りにくいサークルではないかな、と想像します。ちなみに、僕はそれらすべてに入会しませんでした。風当たりは強いのですが、そういうことを気にしない人間なので、トラブルは皆無でした。

　職場などでも「親睦会(しんぼくかい)」と称するものがあって、会費を集めていました。その幹事にさせられたときに、「参加は任意ですよ」とアナウンスしたら、偉い先生から叱(しか)られたことがあります。親睦が目的なのに、そういうことで叱るのは、親しみも睦(むつ)まじさもなくて、いかがなものかと思いましたが、転勤して間もない頃だったので、そうですか、すみませんね、と軽く謝っておきました。まあ、そのうち辞めてやるからな、と心で思っていたかもしれませんが。

　このように「有志」で作った(ことになっている)サークルであるにもかかわらず、幹事役を決めるときに、みんなが嫌がって、しかたなくくじ引きになったりします。くじに当たった人が次の幹事になりますが、外れた人はほっとするのです。この状況からして、どこが「有志」なんだ、と思いませんか?　誰もやりたくないのなら、そのサークル自体を休会したらいかがでしょうか?　それを発議して、もし反対する人がいたら、その人を幹事にしましょう。これが正論というものです。

　そうすると、OBが出てきて、何事だ、と叱られるのですが、だったら、お前がやれよ、と言いたくなります。まあ、そういうサークルは最近

すべてじり貧になっていることですし、「任意」でないことが判明すると訴えられたりしますから、世の中は良い方向へ進んでいるのだな、と安心しております。

 昔ほどシガラミが多くて、面倒な社会だったのだなあ、と思います。

2019年7月9日火曜日

遊んでばかりいる誰かさん

　朝は濃霧でしたが、9時頃には晴れてきました。風も少し出てきて、湿気がたちまち消えて、ドライな日になりました。今朝も仲良しのワンちゃんと散歩の途中で出会って、おしゃべりしながら歩きました（犬たちは黙っていますが）。

　まず、芝刈りをしました。芝刈り機は、掃除機も兼ねているので、芝でないところも押していき、落葉などのゴミを吸引させます。バッテリィが20分くらいもちます。うちの芝生の面積がちょうど刈れます。後部に刈った粉（芝生の葉の先など）が溜まるので、それを焼却炉の付近で捨てます（後日焼却）。

　次に、草刈りを1バッテリィ。こちらは40分くらい回っています。刈る場所は、地面が苔で覆われていて、そこから出てきた雑草だけをカットします。できるだけ苔に傷をつけないように、浮かせ気味で刈ります。持っている腕が疲れます。左右の腕を交代させたいところですが、何故か、この種の道具は左右対称にできていません。スイッチの位置や歯の回転、カバーの形などが、明らかに右利き用です。だから、右腕ばかり疲れます。

　これは、チェーンソー、電動丸ノコ、インパクトドライバ、ボール盤、旋盤など、ほとんどすべての工具にいえることで、左利きの人は、無理に反対の手でやらないといけない設定なのです。駅の改札も自動販売機も、キーボードのリターンキィの位置も、全部右利き用なのですね。僕は、左右どちらも利くので、さほど不便は感じませんが、左利きが顕著

な人は困るはず。

　今日は、ヘリコプタは飛ばしていませんが、その調整をしました。一昨日初ホバリングをした2機について、ピッチとスロットルのカーブを微調整。ヘリの浮き沈みは、右のスティックの上下で、このピッチとスロットルを同時に操作します。ピッチとは、ロータの角度（深くするほど風を下へ多く送り出し、ゼロならニュートラル、マイナスなら風を上へ送り、背面飛行時に使います）。スロットルは、モータの回転数です。ピッチとスロットルは比例して上げるわけではなく、さきに回転を上げてから、ピッチを上げていくのです。この設定はデジタルで行い、飛び方に支配的な要素です。

　7月になってから、作家の仕事はなにもしていません。『つんつんブラザーズ』を編集者へ送ったところ、今後の編集スケジュールが提示され、その確認をしました。今回も解説者は、吉本ばなな氏に決まっています（3年連続）。大和書房からは、『MORI Magazine 2』文庫版のカバー案が4種届き、その中から選びました。この本も、ほとんど校了となりました。8月刊予定。

　今はゲラもないし、仕事はありませんから、執筆でもしようかな、と少しだけ考えました。WWシリーズの第3作を書くつもりになり、そういえば、引用の本を買わないと、と思い出し、そこで面倒になり、まだ発注していません。もう一度書いておきますが、引用する本（小説）を、僕は読んでいません。

　タイトルは、すでに50〜100種くらい考えています。ただし、まだメモ（コンピュータ上ですが）さえしていません。でも、あと数日で決められるような気がします。それまでに、引用の本が届くようにしないといけないので、やっぱり今日発注しましょう。

　中国ネットで購入した磁石が届いたので、ついこれで遊んでしまいます。磁石を乾電池のプラスとマイナスの両側にくっつけておき、真鍮線（真鍮の針金）をコイル状にしたものの中に通すと、リニアモータカーのように前進します。やったことがある人がいると思います。電池より磁石の直径が少し大きめで、コイルの直径はもちろん、さらに大きめです。これは、電池の前後の磁石と、コイルが接触して電気が流れ、その部分

に磁力が発生して、磁石との関係で、電池を動かすのです。

　コイルを巻くのが面倒ですし、そんなに長い真鍮線がないので、今デスクの上で遊べるのはコイルが40cmほどの長さ。片方から電池を入れると、反対側から出てきます。こういうのが面白い、と感じるのは、子供でしょうか。

　そういえば、「遊ぶ」という動詞は、日本だと「無駄なことをする」という意味を含みますが、英語の「play」は、逆に、もっとジャンルが幅広く、しかも真剣だし、大人もしますし、だいぶ印象が異なります。スポーツとか、音楽とかも「遊ぶ」ものなのですね。サッカー選手とか、ピアニストを、「遊び人」とは訳さないでしょう？　レコードやDVDを再生する装置も「遊び人」です。

「トリック」は日本では偽装の意味ですが、英語では「冗談」です。

２０１９年７月１０日水曜日

名刺のない世界にいます

　朝は小雨。9時頃から晴れ上がりました。気温が高くなりそう（せいぜい23℃くらいですが）、と期待していたら、昼頃にまた曇ってきて、20℃を超えず。それでも、植物には絶好のコンディションといえます。薔薇が沢山咲いている近くで、クレマチスが咲き始めました。グースベリィも沢山生っていて、スバル氏がジャムを作るようです。そのまえに、アプリコットのジャムも作っていました。

　昨日書いた、コイルの中を走る電池のリニアモータを、犬たちに見せたら、もの凄く怖がって、人の後ろに隠れてしまいました。そんななか、大きいけれど赤ちゃんだけが怖がらず、逆に非常に興味を示し、鼻をつけて確認しました。やはり、子供のうちは好奇心が旺盛なのか、あるいは、この子だけ理系なのか。

　ヘリコプタが9機になって、最近買ったものばかり飛ばしています。初

期の頃のものも、もったいないので飛ばすことにしました。一番小さくて、操縦が難しかった4号機を、3ヵ月振りくらいに飛ばしてみたら、なんということでしょう、非常に安定しているではありませんか。どこも設定は変えていないので、自分の技術が上達したとしか思えません。何がどう上達したのかはわかりませんけれど、機体が動くまえに舵が打てるようになったためだと思います。動いてから舵で修正していると、ふらふらという動きがだんだん大きくなりがちなのです。

6、7号機も比較的小さいヘリで、ピッチコントロールができないため、舵も鈍感なので、操縦が面白くなく、ここしばらく飛ばしていませんでした。これらも飛ばしてみたら、それなりに面白い。少し嬉しくなったので、新しいボディを買って、その中にメカニズムを入れてやろうと思いました。1機も壊れていない点が嬉しいところです。

ところで、ヘリのホバリングを5分するだけで、汗をかくほど緊張します。これを利用して、ホバリング・ダイエットというのを流行らせたらいかがでしょうか（冗談です）。

今日も作家の仕事はしていません。小説の執筆よりもさきに、「子供の科学」の連載第9回を書こうかな、と思案中。でも、そろそろなにかゲラが来そうな気配もあります。

最近、とんと見なくなったものの一つが、名刺です。まず、仕事で新しい人に出会わなくなったこと、それから作家としても、講演会や名刺交換会などをしなくなったこと、が原因です。日本の社会では、まだ名刺が使われているのでしょうか。使われているでしょうね。これだけ電子化され、全員がスマホを持っている時代なのに、少々不釣合いな習慣だと思います。実社会から遠く離れ、世間知らずに磨きをかけつつ、生き延びている人間がいうことでもありませんが。

以前は、毎日誰かから名刺をもらいました。大学の研究室にいれば、大勢の人たちが訪ねてきて、そのほとんどが、まず名刺を差し出します。日本の社会は、名刺ファーストなのですね。そういう僕も、名刺を渡しました。むこうは、大学の先生の名刺が欲しいから、わざわざ訪ねてくるのです。もらった名刺は、フォルダに入れましたが、それが何冊

にもなってしまうほどの量でした。仕事を辞めるときにすべて焼却しましたから、今は1枚もありません。ちなみに、年賀状などもすべて焼却しました。

作家になってからも、ファンからいただいた名刺が、何千枚もあると思います。こちらは、さすがに焼却はしておりません。箱に入って、倉庫で眠っていることと思います。

名刺交換会というイベントがありましたが、そのつど、新しい名刺を作っていました（ほとんどは出版社が作ってくれたもので、僕は出費していません）。1回で300人くらいと交換します。交換するときは1人ずつで、握手もしました。名刺交換会をしなくなって、もう10年以上になる、ということですか。

日本以外でも、もちろん名刺はありますし、ビジネスでよく使われます。日本の名刺よりも少し小さいものが多い気がします。デジタル化され、だんだん廃れていくことでしょう（もう廃れているのかも）。

 「名刺代わりに」と好きなことを書く自己紹介も流行っています。

2019年7月11日木曜日

音楽と文学の違い

朝は霧雨でしたが、9時には晴れました。毎日同じことを書いている気がしますが、毎日ほぼ同じ天候なのです。毎日が同じなのに、少しずつ気温が上がっていくように、毎日同じことをしていても、人間は少しずつ成長し、歳を取ります。短いスパンでは同じことの繰返しであっても、長いスパンでは同じ時間は二度と訪れません。これは、周期運動と直線運動が重なっているような概念で、立体的に見るとスパイラル、つまり螺旋となります。

今日は、庭園鉄道のポイント（分岐）の整備をするつもりでしたが、風があって少し寒いので、燃やしものをまずしました。刈った芝や枯枝を焼却しました。鉄道沿線の枝が伸びたところも、何箇所かカットした

ので、それらも燃やしました。基本的に、列車に乗っているとき顔に枝
や葉が当たるようになったら切ります。

　薔薇が沢山咲いています。ピンクは10輪くらい、赤も10輪くらい、白
は40輪くらいあります。先日、欠伸軽便のブログでアナベルが1000輪と
書いたところ、数が多すぎるので、1輪の中の小さい花の数なのか、と
いうメールをいただきましたが、そうではありません。小さい花が集まって
いる、あの集合体を1輪と数えての1000輪です。アナベルが庭園内に
50株以上はあって、1株に平均20輪とすれば、という計算からです。多
いものは、1株に40輪は咲くと思います。それでも、そんなにアナベルが
集まっているわけでもなく、ところどころにある、という程度です。スバル
氏が株分けをして増やしました。

　まだ、作家の仕事はしていません。『森語りの日々』の念校ゲラが届
きましたので、明日にも確認します。連載の執筆もまだ。なにかを考えて
いるのか、というと、そういったことも皆無。『MORI Magazine 3』の見
本が完成したと編集者から連絡がありました。僕のところへ届くよりもさき
に、皆さんが手に取ることができましょう。

　音楽と文学はどこが違うのか、という問題をときどき考えます。音楽は
「楽」なのに「文学」は「文楽」とはいわない（ぶんらくと読まれて、別のも
のになりますからね）。本来、近代のエンタテインメント小説は、「文楽」と
書いた方が当たっているように思います。

　今は、どちらもメディアで複製され、しかもデジタルになりました。1対
多数の伝達が当たり前となっていますが、本来、音楽が多数相手が
前提なのに対して、文学は一対一のコミュニケーションを基本としている
はずです。もともとは「ふみ」、つまり手紙だったからです。音楽の起源
は、数人で手を叩いて声を上げるプレィにあったと想像します。

　音楽の1つ、「歌」には、歌詞とメロディがありますが、小説にも、言
葉とストーリィがあって、この構造は似ていると思います。受け手は、そ
の両者を同時に体験しますが、ストーリィに強く魅力を感じる人は、いず
れは、小説から離れ、他のメディアへ移るのかな、というようにも想像さ
れます。長く小説を読み続ける人は、やはり言葉が好きで、歌の場合

も歌詞を重視する傾向にあります。

　もう10年以上まえのことですが、エフエム東京の依頼で、音楽エッセィを携帯向けに連載していました（2009年発行の『DOG & DOLL』ほかに収録、2011年に講談社文庫）。音楽というのは、ラジオで電波に乗って大勢に伝わるのに、小説はそうはいかないな、と思ったものですが、この場合、音楽はポップスで3分くらいだし、一方の小説は長編で読んだら数時間かかるわけで、比較が難しい。小説って、ショートショートのような短いものがなかなか人気が出ません。どうしてなのでしょう。やはり、メロディは繰り返し聴けるのに、ストーリィは1回知ったら、繰り返せない、という差異かな、と考えました。音楽は、知っている曲ほど楽しめますが、小説は、初読が一番楽しめます。これは、音楽がアウトプットに重心を置く体験であるのに対して、小説はインプットによる「知る」体験であるからでしょう。

 インプットは忘れやすい。アウトプットは忘れにくいようですね。

―――――――――――――――――――――――――

２０１９年７月１２日金曜日

わかりにくい「充分条件」について

　朝は少し冷え込み、寒かったので、書斎でファンヒータをつけました。犬たちは、寒い方が元気です。寒いといっても、10℃以上はありますから、長袖（ながそで）のパーカで散歩をします。この気温では、虫がいません。そういえば、20年近くまえになりますが、名古屋に住んでいた頃は、この季節になると外に出るときに、露出している肌にシュッと虫除けのスプレィをしたことを思い出します。庭園鉄道は、夏季4カ月は運休でしたが、これは蚊（みしょ）が原因でした。夏は、クーラの効いた室内で工作の季節だったのですね。

　今では、クーラはクルマでも使いません。家にはもちろん装備されていません。蒸し暑（むあつ）いと感じる夜は、1年で2〜3日ですが、そのときは窓を僅（わず）かに（5cmも）開ければ、ぐっと気温が下がる天然クーラです。庭に

蚊はいませんし、室内にはゴキブリもいません。虫除けスプレィよりは、紫外線対策をした方が良さそうです（していませんが）。

　また、模型飛行場へ行きました。土曜日です。1週間まえとまったく同じですので、以下省略します。たぶん、明日も行くことになりそう。

　『森語りの日々』の念校ゲラを確認しました。問題がないので、編集者へメールで知らせました。ほぼ校了です。WWシリーズ第3作を書くつもりですが、まだタイトルで迷っています。引用の本もまだ届いていません。ただ、ぼんやりと雰囲気みたいなものは想像できているので、明日からでも書こうと思えば書けます。どんなストーリィかは、書き始めないとわかりません。だいたい、ストーリィが固まってくるのは、プロローグを書き終わったくらいではないでしょうか。

　論理を展開するときに、必須となるものに、「必要条件」と「充分条件」があります。英語だと、ネセサリィかサフィシェントかです。数学の本では「十分条件」という漢字を使っているはずですが、「じっぷん」と読まれないよう、僕は「充分」の表記にしています。

　集合Aが、すっぽりと集合Bに含まれているとき（A⊂Bと表記しますが）、AであればBといえます。たとえば、Aは「日本人である」、Bが「人間である」という集合だと、これが成立します。したがって、「日本人なら、人間である」がいえます。

　そして、このときに、AはBの充分条件、BはAの必要条件といいます。ここまでは、数学の定義。

　このうち、必要条件は誤解が生じにくいと思います。「人間であることは、日本人であることの必要条件だ」という言葉は、間違っていないように聞こえますね。日本人であるためには、人間である「必要」があるからです。

　一方、「日本人であることは、人間であることの充分条件だ」という言葉はいかがでしょう？　日本人であることが、人間であるための「充分」な条件でしょうか？　こんな発言をしたら、なんか炎上しそうな気がしませんか？　「中国人やアメリカ人だって人間じゃないか」と怒られそうです。

日本人であることは、人間として「充分な」条件なのですが、もちろん、中国人もアメリカ人も同様に充分な条件なのです。これは、日本語の「充分」に、「それだけあれば事足りる」というだけでなく、「有り余るほど」という意味があるために起こる誤解ではないか、と思われます。つまり、日本人であることが「充分」だというと、日本人の集合の方が、人間の集合よりも大きくイメージされてしまい、本来の意味を見誤らせるのです。

「日本人だとわかれば、人間だと判断できる充分な証拠だ」という意味で充分なのであって、「日本人でなければ、人間ではない」という意味ではありません。日本語で、論理を築くときに、こういった言葉の障害がある、というお話でした。

 日本では学校で論理学を習いません。議論を嫌う国民性なのです。

英語のカタカナ表記法

　夜は雨でした。かなり降ったみたいです。同じような天候が続いています。これは地形的な現象で、昼間に麓で暖められた空気が夜になって高いところへ流れていき、そこで冷却されて雲になり、雨が降るのです。太陽が出ると、暖かくなり、霧が晴れるように雲も消えるようです。

　朝の散歩は霧雨の中。犬たちはTシャツを着て出かけました。レインコートの代わりです。僕はフードのあるパーカ。防水なので、雨が降っていても、フードを（帽子の上から）被るだけです。傘というものはほとんど使いません。使う必要があるときは外に出ません。洋服などが濡れても、室内ならたちまち乾きます。これは、夏も冬も同じ。

　さて、今日も飛行機を持って出かけてきました。今年になって4回めですね。以下同文。

　ちょっと気づいたことですが、鉄道模型とラジコンの空ものを両方やっている人は、けっこう珍しいように観察されます。鉄道模型とプラモデル

は、わりと愛好者が被っていますが、ラジコンの空ものは、むしろフィッシングとか、登山とか、キャンプとか、つまりアウトドアの嗜好（しこう）のようです。ライブスチームなども、アウトドアで、やはり、ラジコンをやっている人が多いみたいです。庭園鉄道は、アウトドアなのですが、鉄道模型はインドア派が多いので、日本でファンが少ないのは、このためかな、と考えたりしました。

　帰ってきてから、工作室の外で、またエンジンを回しました。エンジンも、アウトドアですね、排気ガスを出しますから。

　引用する本が届いたので、ぱらぱらと捲（めく）って引用箇所に赤線を引きました。WWシリーズ第3作は、タイトルが決まったので、ファイルとフォルダを作りました。「キャサリン」という固有名詞がタイトルにつきます。これって、イタリア読みだと「カトリーヌ」ですね。明日は、引用文を書いて、登場人物表を書くくらいでしょうか。明後日（あさって）から、本文の執筆を始めましょう。この最初の段階が一番腰が重いのです。

　ファンの方からいただいたメールで、百円ショップで売っている子供向けの英語の本が発音に近い表記になっているそうです。ネットで眺めたら、一部で話題になっていて、玉ねぎが「あにゃん」だそうです。日本人の多くは、「オニオン」というカタカナに慣れ親しんでいるため、外国人が「あにゃん」と言っても聞き取れないわけですね。以前に、僕も「りんごは、アップルではなく、アポウにしたら」と書いたことがあります。Lの発音（エル）が日本語の「ウ」に近いからでもありますが、ラ行に濁点をつける文字を作ればもっと汎用（はんよう）的でしょう。

　日本人は、文字や表記に拘（こだわ）る民族なのか、一度こうだと決めたら、それが「正しい」と思い込む傾向も強いみたいです。また、同じ表記なら、アクセントは自由だという認識を持っています。関東と関西では多くの言葉でアクセントが逆ですが、それで通じてしまいます。本来、アクセントが異なれば、言葉は通じない（別の言葉になる）のが日本以外では一般的。

　明治以前には、ドイツ語が多く入ってきたため、エンジニアや医者はドイツ語を習いました。医者は、カルテをドイツ語で書かなくてはいけな

い、と僕が子供のときに聞きましたが、今はさすがに違いますよね？「エナジィ」が、「エネルギィ」と日本で言われるのもその名残(なごり)。ドイツ語は、ローマ字読みに近いため、発音は英語より簡単です。このためかどうかは知りませんが、日本では、英語のスペルをローマ字読みするように覚えたりします。

　カタカナになったものは、もう英語ではなく日本語なのだ、という根強い認識があるため、英語発音に近い表記にするような動きはありませんが、小学校で英会話を習うような時代ですから、いずれコンフリクトに陥(おちい)ることでしょう。「エクスは、日本語ではエックスです」と先生はいつまで教えますか？

　カタカナには、小さい文字がありますから、母音を伴う「ス (su)」と区別して、子音だけの小さい「ス (s)」を作ればよろしいのではないでしょうか。「ッ」は、小さい字がありますから、「tram」は、「ッラム」と書けば良いかな（「ム」の小さいのも必要ですね）。子音を表す小さいウ段の字があれば、英語の発音により近いカタカナ表記ができます。

 沢山の英語由来の日本語があるせいて英会話ができないのでは？

2019年7月14日日曜日

「感謝しなさい」キャンペーン

　昨夜も小雨でしたが、朝から晴れました。ちょっとだけ冷え込みました。散歩は普通。庭園鉄道も平常どおりの運行。午前中に犬とスバル氏とドライブに出かけ、クレープを買ってランチにしました。お昼頃から、曇ってきて雨になる予報ですが、予報が当たる確率は30％くらいなので、ここに住む人たちは誰も気にしていません。案の定、降りませんでした。

　2週続けて、飛行場へ繰り出したので、今日はその後片づけ。機体をアルコールで拭いてやり、エンジンをグリスアップして軽くメンテナンス。悪いところはありません。最近の無線機やサーボは滅多(めった)に壊れなく

なりました。信頼性が高いということです。

　このことは、クルマでも感じています。この頃のクルマって、滅多に故障しませんね。ボンネットを開けたりしなくなったし、ランプさえ切れない感じ。僕は、若いときから何台もクルマを買いました。いずれも新車でしたが、どこか具合が悪くなったものです。1度だけ、スバル氏が中古車を買ったときに、走行中にボンネットから煙を吐きました（クーラ液が漏れて蒸発したのが原因）。彼女が最初にミニを買ったときには新車でしたが、タイヤがバーストしました。

　家電も故障があって、分解して直したことが何度もあります。最近では、庭で使う草刈り機や除雪車のエンジンが、始動しなくなることが頻繁です。機械というのは、直し方さえ知っていれば、長くつき合えるものです（人間も、ほとんど同じかも）。

　WWシリーズ第3作は、引用文を書いて、登場人物を適当に並べ（いくらでも変更可）、各章のタイトルを書きました。いよいよ明日から執筆か、といったところ。大和書房の8月刊『MORI Magazine 2』のカバーがpdfで届き、最終確認をしました。

　社会にずっと長い間続いているキャンペーンの1つは、「感謝しなさい」というもの。なにかというと、これが出てきます。自然の恵み、自分の周囲の環境、育ててくれた親、家族などなど。これらに対して、「感謝しなさい」と命令形でいわれます（命令形でなく、「感謝しなければならない」となる場合もあり）。でも、感謝って、このように命令されたときに、どう反応をすれば良いのでしょう？　具体的にどんな行為が求められているのか、よくわかりませんよね。僕自身、「感謝している」と言ったり書いたりするのですが、ただそういう言葉を発していれば良い、ということ？「態度で示せ」ということなのかもしれませんが、ますます意味がわかりません。

　難しいことなのでしょうか？

　これに似たものに、「恩」というものがあって、恩を受けた場合には、感謝しなければなりません。恩というのは、一種の「借り」のような関係であって、なにかをもらった過去の経験、それが恩です。そういう

関係にあれば、滅多なことで逆らってはいけない、歯向かうなんてとんでもない、というわけです。

　つまり、「感謝」というのは、その場では「行為」として出ないものであっても、ネガティブな行為に及んではいけませんよ、という抑止になるような、一種の約束や契約に近いもののようです。「感謝しなさい」というのは、噛み砕いていうと、「逆らってはいけませんよ」という「抑止」として、初めて具体的なものになります。そうでなければ、逆になにかを差し出して、相手から感謝されることで帳消しにする以外に解消されません。そうしないと、仇で返すことになります。

　抑止になっているといえば、核兵器を連想します。圧倒的な力を持っていれば、滅多なことでは逆らえない関係になります。また別の方面では、たとえば、いつも経済的援助をしていれば、それが途絶えることを恐れて、滅多なことでは逆らえません。つまり、恩を売ることで、抑止できる関係が築けます。こういった力関係が引き起こすものと、「感謝しなさい」は構造的に似ています。そして、過去の一時的な借りであって、現在はそれがない、という場合において、ますます「感謝しなさい」「感謝を忘れずに」と念を押す傾向があります。

 「感謝」「謝罪」「自粛」は、他者に要求できないものでしょう。

2019年7月15日月曜日

RCヘリコプタの3Dフライト

　夜の間ずっと雨で、朝も霧雨状態。その雨が止んで濃霧。でもお昼頃には晴れました。ヘリコプタを芝生で2フライトしました。設定を変えたので、その調整のホバリングです。庭園鉄道は、古い電気機関車の重連で1周しただけ。今は、ポイントの整備などをしています。

　書斎で本を読んでいるときでも、窓の外を鳥などが過ると目が向きます。文字を読んでいても、焦点から外れた視界で動きを感じるのです。今日は、なんと、猫の親子が歩いていました。お母さん猫に子猫

が2匹ついて歩いているのです。これを見た話をスバル氏にしたら、今度はすぐに教えて、とおっしゃいました。

その1時間後にまた、同じ3匹が庭を歩いていたので、すぐにスバル氏を探しました。彼女は庭の反対側で、ガーデニング中。走って呼びにいき、猫の親子がいた辺りまで二人で走りましたが、もう姿がありませんでした。黒と白の模様で、3匹とも同じカラーリング。親の猫も大きくありませんが、子猫は、さらに小さく、生まれたてのようでした。どこか近くに住んでいるのでしょう。家で飼われている場合、子猫が外に出てくるとは思えません。

2機の大小のアグスタ（ヘリコプタの名前）に、水平尾翼を取り付けました。ホバリングの調整が済んだあとに、接着剤で取り付けるのが普通です。知らない人が多数かと思いますけれど、飛行機と同じように、ヘリコプタにも、垂直尾翼と水平尾翼があります。これらがなくても飛べますが、高速時の安定性確保のために付いています。ラジコンでは、「いらない」という人もいるくらいです。

中国のワルケラというメーカのヘリコプタを、また購入しました。同じものを、4カ月ほどまえに買って、素晴らしい性能だったので、ボディの中に入れました。それと同じものを、また購入したのです。世界的に有名になったメーカですが、「ワルケラ」という名前が日本向きではありませんね。まるで、悪い虫ケラのようですから。

そうそう、10日ほどまえに問合せをして、開発・研究部に相談してみる、とだけリプライがあったメーカですが、それっきり音沙汰がありません。「他社の装置を買うしかない、という解釈でしょうか?」と追加で質問しておきました。

ヘリコプタ熱が、予想外に冷めないので、今日はゲストハウスへ1人で行き、フライトシミュレータを1時間半ほど楽しみました。庭園内ではホバリングの練習しかできません。もっと上空でダイナミックな飛行がしたい場合、模型飛行場のような開けたエリアへヘリを持っていかないといけません。近くの牧草地は、冬なら飛行が可能ですが、今は羊がいるし、人もいるから、そういうわけにはいきません。上空飛行に関しては未熟なの

で、シミュレータで練習するつもりです。

　ラジコンヘリコプタの世界では、「3Dフライト」というジャンルがあって、これは究極のマヌーバと呼ばれています。とにかく、信じられないような、魔法のような、過激な運動をします。一般の方が見たら、CGなのか、早回しなのか、ときっと思われるはず。

　僕は十数年まえに、初めてこの種のフライトをYouTubeで見ましたが、そのときは、やはり特撮ではないかと思いました。日本では、当時見られないものでした。ラジコンは、いろいろな分野の世界選手権があり、ヘリコプタもスタント競技がありますが、そこではこのような飛行はしません。あくまでも実機に近いマヌーバをします。それから、最近流行りのドローンでも、これほどの曲技は不可能です。

　ヘリの3Dフライトが可能になったのは、ジャイロと呼ばれている姿勢制御装置の発展が一要因といえます。3軸の加速度、3軸の角加速度を感知するセンサが、舵に微妙に関与して、姿勢保持を助けます。でも、基本的には、操縦者の指が、この運動を操作しているのですから驚きです。たしかに「神業」なのですが、どちらかというと、その大部分は「調整」や「設定」の神業といえます。

　念のために書いておきますが、日本でもこれくらいできる人が何人かいます。ちなみに、僕はできません（やりたいとも思いません）。

 ラジコン飛行機は離陸が、ヘリはホバリングが一番難しいのかな。

２０１９年７月１６日火曜日

『スカイ・クロラ』みたいな

　昨日は結局、新作は執筆せず。今日以降になりました。どちらかというと、「子供の科学」の連載第9回に何を書こうか、と考えています。

　清涼院氏から、The BBBの売上報告が届き、同時に銀行へ振込みがありました。コンスタントに売れている状況です。「恵まれている」とは、このことでしょう。

朝はまた霧雨。でも、今日は晴れる予報です（毎日ですが）。風があって、少し寒いので、作業着を重ねて着込み、庭仕事は草刈りだけ2バッテリィ。あとは、室内で工作に励むことにしました（毎日ですが）。その後、猫の親子は目撃されていません。

　工作室が散らかっていたので、簡単に片づけてスペースを空けました。幾つかやりたいことがありますが、現在進行中のものも多く、それらを適度に進め、バランスを取ることになりそうです。ひとまず、昨日届いた新しいヘリコプタのバッテリィのコネクタを交換しました。自分が使っているコネクタをハンダづけするわけですが、バッテリィはけしてショートさせてはいけないので、手順を絶対に間違えないよう、細心の注意を払って行う、とても緊張する工程です。

　つい最近、小さいヘリコプタをホビィルームでホバリングさせる動画を撮りましたが、この動画を自分で見て、気づいたことがあります。ヘリコプタは、メインロータ回転の反トルクで、機体が逆方向に回ってしまうのを防ぐためにテールロータを回して、トルクを打ち消します。しかし、次はこのテールロータの横方向の力をなにかで打ち消さないと、機体は横に走りだしてしまいます。

　ヘリがホバリングしているときは、機体を僅かに横に傾け、メインロータの推力を少しだけ斜めにして、横方向の釣合いを取ります。ですから、ホバリングしているヘリコプタを前からみると、水平ではなく、少し傾いているのがわかるでしょう。

　ところが、離陸まえのヘリコプタは、床の上で水平の姿勢です。メインロータで機体を傾けないと、横方向の力が得られませんが、そのためには、機体を半分（片脚）だけでも浮かせる必要があります。しかし、そうなる以前に、フローリングなどの滑りやすい床で、しかも機体が軽い場合には、テールロータの水平力によって、機体が横に走ってしまうのです。これが止められません。

　ですから、小さいヘリコプタは、滑らない床でないと、綺麗な離陸ができない、という結論になります。そういうことが、ホビィルームでの撮影でわかったというわけです。長いし、理系的な説明でした。

昨日は、ヘリコプタの3Dフライトをご紹介しましたが、今日は飛行機のアクロバットについて書きましょう。

　アクロバットを行う飛行機は、一般に小型で、多くは中翼機です。中翼というのは、胴体の中央から主翼が出ているタイプ（胴体の上に主翼があれば高翼、胴体の下に主翼があれば低翼といいます）。また、大きなエンジンを搭載していること、尾翼や主翼の舵が大きいこと、などが特徴です。さらには、キャノピィ（風防）が大きく、全方向見やすい形状となっています。

　操縦桿は1本の棒で、右手で持つことが多く、前後左右に動かすことができます。操縦桿の前後は、水平尾翼の舵、エレベータを動かし、機体を上下に向けるもの（ピッチ回転）。また、操縦桿の左右は、主翼の舵、エルロンを動かし、機体を左右に傾けるもの（ロール回転）。もう1軸の左右へ向ける垂直尾翼の舵、ラダー（ヨー軸回転）は、左右の足でペダルを動かして操作します。さらに、エンジンのコントロールが必要で、左手で操作します。

　アクロバット飛行しているところの動画を見ると、操縦桿を左右に倒して、ロールをするシーンが目立ちます。前後に急激に倒すことは、それほど多くはなく、ほとんどは失速時くらい。また、ナイフエッジをするときには、ヨー軸の舵（ラダー）が重要ですが、これは足で操作するので、普通の映像では見えません。

　パイロットは、常に、機体の姿勢を把握するため、風景の水平線や、目印となる山、あるいは建物に注目しています。複数で編隊飛行をする場合は、僚機との位置関係を見ることに神経を使い、先頭のリーダ機が、周囲を見て、位置や傾きを確認します。

　舵を切れば、舵に空気が当たって戻ろうとしますから、操縦桿には、その力（重さ）が伝わります。したがって、操縦桿を傾けるほど、腕力が必要で、踏ん張らないといけませんが、両足は舵に乗っているため、足では踏ん張ることはできません。だから、躰をシートにベルトで固定しているのです。

　ヘルメットを被っているパイロットでは、映像を見てもほとんど加速度が

『スカイ・クロラ』みたいな

わかりませんが、ノーヘルメットでアクロバット飛行をする人が長髪だと、逆方向のGが髪の動きでわかります。ただ、そういうシーンはほんの一瞬のことです。多くは、ストール（失速）を伴う演技で、操縦桿を前に倒したときに起こります。通常、逆宙返りのような危険な飛行をするのではなく、安全なロールなどをいかに精確かつ切れ味良く行うかが技術なのです。

 アクロバット飛行機は速度が遅い方が地上から見えやすいのです。

2019年7月17日水曜日

「わからない」の賢明さ

　朝は寒いくらい（10℃）でしたが、だんだん気温が上がってきました。まあ、だいたいいつもと同じ。昨日の夕方の犬の散歩では、通りかかったクルマが停まり、中から若い女性が出てきて、助手席にいた赤ん坊を抱きかかえて近づいてきました。赤ちゃんが犬を見ると喜ぶというのです。性別はわかりませんでしたが、歳を尋ねたら8カ月だとか。こちらの犬は、1年と5カ月だと紹介しました。赤ちゃんを犬に近づけ、触らせようとします。うちの犬は大人しく匂いを嗅いでいました。赤ちゃんの足を舐めたかもしれません。今朝の散歩では、誰にも会いませんでした。

　草刈りを2バッテリィしました。少し、草の勢いがなくなってきた感じです。そろそろ秋も近いのかな、と。栗の樹が花を落とし始め、これを拾って集めました。長さ20cm、幅（直径）1cmくらいの細長い白い毛糸みたいな感じのものです。まだ樹の枝に沢山あるので、もっと落ちてくることでしょう。毎年掃除が大変です。でも、毬栗よりはずっと安全。

　ヘリの操縦が上達したようなことを書いていますけれど、やはり大きいのは、メカニズムの安定性であり、動力がモータになったこと。それから、電子的な反応の俊敏性と安定性であり、ジャイロやサーボの進化によるものと思います。はやぶさ2の成功のニュースを見ても、そういったことが感じられます。

WWシリーズ第3作は、登場人物表を書いたところで止まっています。いろいろと想像してしまい、書きだせません。今夜にも最初の1000文字を書けそうな気配はしますが、どうなることか。書き始めさえすれば、あとは楽なので、途中で停滞することもないのですが、なかなか始められないのは、いつものこと。

　『MORI Magazine 3』の見本が届きました。綺麗な表紙です。カバーのイラストに、欠伸軽便鉄道のレールバスやアーチャンゲル（日本語でいうとアーチ・エンジェル）の機関車が描かれていて、僕だけが楽しめそうな雰囲気です。

　以前から繰り返し書いていることですが、他者を「敵か味方か」と判別したがる人が多いようです。「好きか嫌いか」も同じく決めたがります。どうして、このように白黒つけたがるのか、といえば、早く自分を安心させたいからかな、と想像するしかありません。

　たとえば、赤い色が好きか嫌いか、決めているのでしょうか？　赤い色だって、いろいろな赤があると思います。好きな赤もあれば嫌いな赤もある。光の当たり具合にもよるし、そもそもその色が似合うもの、似合わないものがあるはず。日によって違うだろうし、成長するに従って嗜好も変わります。

　マスコミはときどきアンケート調査をして、日本人の何パーセントが赤が嫌い、というような情報を流します。情報になることで、それが固定化され、定着する。なるほど、日本では赤が嫌われているのだ、と信じ込む人も多いかと思います。

　色に対してさえこうなのです。人間はもっと複雑でしょう。好きか嫌いか、敵か味方か、なかなか決められないはずです。大部分の人々は決めきれず、どちらつかずなのが普通。それを無理に、どちらかに決めようとする人がときどき観察されます。優柔不断だ、と周りから非難されそうだからでしょう。

　「賛成か反対か」というのも同様。決める必要はないと思います。また同時に、「好きだから賛成」「反対だから嫌い」というように絡めることも無意味です。相手の意見に同調できなければ、即座に相手を嫌おうと

するのは、一言でいえば低脳です。反対意見を述べれば良いのに、つい相手を侮辱するような物言いになってしまうのも、一言でいえば馬鹿です。

　自分自身についても、好きなところと嫌いなところがあります。嫌いなところを許容しないと生きていけません。純粋であること、100%に拘ることは、自分自身を追い詰めることになりますから、注意をした方が賢明です。そう、そんなどちらつかずの中途半端な状態を「賢明」というのです。思考力のある人（つまり頭の良い人）ほど、問題を問題のまま把握し、答を出さないものです。アンケートで、「わかりません」と答える人が、一番賢そうに（僕には）見えます。

　好きとか嫌いとか、敵とか味方とか、賛成とか反対とか、どうだって良いことなのだ、と考えるのが、最も賢い姿勢に、僕には見えます。

 だからといって「中庸」に決めるのも、やはり思考停止でしょう。

2019年7月18日木曜日

テクノロジィは停滞している

　朝は濃霧。しばらく霧雨でしたが、9時頃から晴れてきました。しかし、とても寒いので、朝の散歩は1枚カーディガンを追加し、Tシャツ、長袖シャツ、カーディガン、パーカの4枚重ねで出かけました。犬たちは裸ん坊です。

　このところ、ヘリコプタのメカニズムにボディを被せる工作に熱中していて、沢山購入した機体の多くはスケールモデル（実機を縮尺した模型）に衣装替えしました。まだボディを被せていないものが、3機ほどあり、いろいろ調整をしている最中です。今日も、芝生で8号機と12号機を飛ばしました。いずれも調整中のもの。デジタルの設定を少し変えたら、思ったとおりの結果となり、とても満足。

　飛行機では、ボディを被せることはありません。飛行機は最初からボディそのものだからです（骨組みだけでは飛ばせません）。レーシングカーな

とは、ボディをプラスして被せますから、この点ではヘリと似ています。

　35年まえにラジコンヘリコプタを始めた頃には、いつかスケール機を作りたいと夢見ていて、とても遠い目標でした。飛行機でも、「スケール機」というのは最も難しい分野として認識されていたからです。本物に近い形にすると、飛ばしにくくなります。ディテールに凝るほど重量増になり、ますます飛びません。そういったハンディを背負うジャンルだからです。

　飛行機は重くなると、速く飛ぶしかありません。自由設計の機体なら主翼を大きくすれば良いのですが、スケールモデルではそれができません。パワーを増して速度を上げると、複葉機がジェット機みたいに飛ぶことになり、これも「スケール」に反して興醒めとなります。

　ところが、ヘリコプタの場合は、これが簡単なのです。重くなったら、ロータの回転を速くすれば良いだけで、見た目には変化がわからない。飛行機は、重量が5割も増えたら絶対アウトですが、ヘリコプタはそれくらいの重量なら、全然問題ありません。これが、ここ最近のチャレンジでわかったことです。

　今月号の「ラジコン技術」誌が届きました。プラモデルのヘリコプタに、ラジコンのメカニズムを組み込み、20cmほどのサイズのマイクロ機をスーパ・スケールで実現している人の記事でした。35年まえには、とうてい不可能だった技術といえます。

　もっとも、30年ほどまえにキーエンスという日本のメーカが、超小型のラジコンヘリコプタを開発・発売しました。5万円くらいでした（僕も購入しました）。重量は100gほどで、1分間のホバリングがせいぜいでしたが、先進的なメカニズムの製品でした。現在は、20gくらいのおもちゃが2000円ほどで買えます。

　モータもバッテリィも小型で軽量で強力になりました。電子部品では、特にセンサが小型化され、高性能化しました。でも、基本的に、35年まえの技術と大筋では同じものであり、革新的に新しいテクノロジィはありません。単に洗練されただけです。ここを間違えてはいけないと思います。つまり、不可能なことが可能になったのではなく、お金をかけずに

可能になった、安くなった、誰でもできるようになった、というだけだということです。その観点からも、ここ最近は技術が停滞している、と感じられます。

　ゲストハウスのリビングのスポットライトが切れているので、スバル氏に頼まれて、ホームセンタへ買いにいきました。普段ならネットで購入しますが、ちょっと変わった電球だったのと、明日からゲストが宿泊されるので、今日中に欲しい、という条件があったためです。犬がつれていってほしそうな顔をしましたが、「すぐに帰ってくるから」と言い聞かせ、後ろ髪を引かれる思いで出かけました（誇張）。

　新作映画のプロモートでコメントを依頼されましたが、残念ながらDVDを見ている時間がなく、お断りしました。また、某雑誌から僕の小説の引用承諾願いが来ました。ご丁寧なことです。問題ありません、とお答えしました。WW新作の執筆は、もう数日考えたくなったので、保留しています。

 小説を書くのがこんなに嫌いな作家は、ちょっと珍しいでしょう。

━━━━━━━━━━━━━━━━━━━━━━━━━━━━━━

2019年7月19日金曜日

躰の安全運転

　朝から晴天。今日はゲストがいらっしゃるので、早めに鉄道を運行し、線路全線の点検をしました。ゲストに運転してもらうことになるからです。夜間の雨が続いていることもあり、苔が大変元気で、線路を覆いそうな勢いです。毎日運行して、ここにレールがあることをアピールしないといけません。

　芝生も良い状態になってきました。肥料が効いてきたようです。ただ、今は栗の花が落ちているのを拾うのが面倒。枯枝は減ってきました。花は、オレンジ、紫、ピンク、白、黄色、青、赤など、さまざま揃っている感じです。1000輪のアナベルは、まだ半分は蕾（つぼみ）ですが、今月末に咲いて、9月頃まで色を変えながら楽しませてくれるはず。冬には

ドライフラワになって、これが来年の春まで残ります（雪にやられなければ）。薔薇もまだ咲いていますし、グースベリィも豊作。今朝は、ラズベリィの実が幾つか赤くなっていました。これからです。

　風がなかったので、またヘリコプタを2機飛ばしました。どちらも良いフィーリングです。リンケージにどれくらいのガタがあると、どれくらい操縦性に響くのかも、だんだんわかってきました。操作技術が向上しないと、わからないことがある、ということです。

　森博嗣は、人当たりが悪く、普段からぶすっとしていて、冷酷な人間だという印象を持たれているようです。そういうふうに書いているかもしれず、思いどおりの誘導といえなくもありません。

　でも、どういうわけか、道で知らない人から話しかけられる機会が非常に多く、どうやら見た目は安全そうな奴に見えるのでしょう。世界中どこの街へ行っても、1日に1回は道を尋ねられます。どうしてなのか、と考えましたが、たぶん、目が合ってしまうのかな、と。相手がこちらを見ていたら、どんなに離れていても、その視線がわかります。遠視だからですね。

　たとえば、僕はヒッチハイカをよくクルマに乗せます。最近はそういう道をあまり走らないから滅多にありませんけれど、日本では、何度も外国人を乗せました。どうでしょう、20回以上あると思います。どうして、こんなに多いのかというと、これも僕が遠視だからです。遠くを見ているから早く存在に気づき、相手が安全そうか判断したうえで停車する余裕がある、ということ。

　ヒッチハイカではなく、道の脇で蹲っている人に気づき、クルマを停め、近づいて声をかけたことも、5回か6回あって、そのうち2回は、病院や自宅まで送り届けました。また、夕方に犬の散歩をしていて、窓から悲鳴が聞こえたので、そこの家を訪ねていったこともあって、そのときは、炎を上げる石油ストーブに住人がパニックになっていて、水で濡らしたバスタオルをかけ、ストーブを外まで運び出しました。このときは、後日僕の家までお礼を持ってこられて、名乗らなかったのに、どうして家がわかったのか、というと、犬でわかったとのことでした。

自慢を書いているのではなくて、そういう場面になったら、自分でできることはする、という当たり前の話です。危険を避け、最適の方法を選ぶ、というだけ。今のところ、事故などに遭遇したことはなく、救急車や消防車や警察を自分で呼んだことは（スバル氏のときの1回以外）ありません。

　クルマで事故を起こしたこともなくて、相手にぶつけられたことが3回あっただけです（いずれも全額相手が補償）。ここ20年くらいは、事故も違反も皆無。若い頃から怪我が多かったのですが、これも大きなものは最近ありません。脚や腰を痛めることもなくなりました。クルマも躰も、無理をしない安全運転になったためでしょう。

　ラジコン飛行機もヘリコプタも、もう15年以上、一度も墜落させていません。

 足首が痛くて歩けなくなる原因もつい最近判明して解決しました。

ブログや掲示板の衰退

　昨日からゲストがいらっしゃっていて、ゲストハウスに宿泊されています。昨日も今日も、ゲストの手料理をご馳走になり、とても美味しくいただきました（感謝）。昨日あたりから、少し暖かくなった気がしますが、気のせいかもしれません。とはいえ、ゲストハウスはずっとファンヒータで暖房していましたが。

　ゲストハウスにはラジコンヘリコプタのシミュレータが置いてありますから、夕方にはゲストとそれで遊びました。パソコンのモニタの中でラジコンヘリを飛ばすわけですが、操縦機（プロポ）は、通常のラジコンのものと同じ。ですから、フィーリングはそのまま。ヘリがモニタの中に見えるというだけの違い。ヘリがどこへ行っても、そちらへカメラが動いてくれるので、自分はモニタを見ていれば良いのです。墜落させると、派手に飛び散って壊れますが、ワンタッチでやり直しができます（故障したままで、次

のフライトで支障を来す、というモードもあります）。風も吹いているし、エンジンの吹き上がり方も適度にばらつきがあります。

　このシミュレータは、ラジコン飛行機も飛ばせるのですが、遠くへ行ってしまうと、ほとんど姿勢が見えなくなります。これは、実際とはちょっと違います。特に、僕は遠視なので、遠くがよく見えます。モニタだと、その距離ではなく、すぐ近くなので、ややリアリティに欠けます。これは、ゴーグルをかけて操縦しても同じでしょう。レンズを使った工学的な再現をする必要があります。

　ゲストに庭園鉄道も運転してもらいました。トラブルもなく、楽しんでいただけたことと思います。いらっしゃったのは3人だったので、信号機は稼働させませんでした。風もなく、暖かい日となりました。

　スバル氏のお誕生日が近いためか、ケーキや花もいただきました。スバル氏も60歳になったのですね（まだ1週間以上さきですけれど）。

　日本人のブログが、だいぶ減ったように観察されます。ひと頃は、本当に沢山の人たちがブログを書いていました（日本は世界一のブログ王国といわれていました）。特に、趣味の関係のブログは、それぞれの界隈で有用な情報源として機能したと思います。このせいで、趣味の雑誌が減ぶのではないか、と危惧されたほどです。

　今は、SNSへ移動して、仲間内で見てもらう程度になり、広く一般に向けたスタイルの発信は影を潜めた感じになりました。そのSNSでも、ブログは衰退の方向かな、と見えます。ツイッタとインスタあるいはYouTubeで充分だ、ということなのでしょう。

　ブログに付随した掲示板なども激減しましたね（今もやっているのは老人ばかりになったかも）。ようするに、知らない人とはつながりたくない、というのが全体の方向性のように見受けられます。その傾向は、年配者にだけ顕著なのかというと、そうでもなく、若者は若者で、小さい頃からネットのサークルができているから、公の場に出てきたがらないようです。不思議なことなのか、それとも当然なのか、どちらかなぁ……。

　個人のブログで、20年以上存続しているサイトは、今やほとんど存在しません。個人の生活環境が変わるためでしょう。サーバがサービスを

やめる機会に消滅する、というパターンも多数ですし、プロバイダやサーバも長く存続できない様子。

　ですから、初期の頃のデータはネット上から消えています。しかし、最近は消えないように、いろいろ工夫されて、アーカイヴを残そうとしています。10年まえくらいからのものは、今後消えずに残るはずです。逆に、一生（以上）残ってしまう、という状況となるため、恐ろしいといえるかも。

 一生残りますから、馬鹿なことをしないように注意しましょうね。

2019年7月21日日曜日

腕が抜けるまえに

　朝から晴天。気温も高く、暖かい日になりました。犬の散歩も朝と昼と夕方3回も出かけていきました。近所の家を訪ね、庭を見せてもらったりしました。

　芝刈りをして、草刈りを2バッテリィして、蟻（あり）の巣を見つけたので、薬を撒いて、栗の樹の花を集めて焼却炉まで運びました。夜の雨で濡れるため、ずっしりと重くなっていました。

　綺麗になった芝生でヘリコプタ2機をホバリング。だいぶ自信がつきました。久しぶりに、2機のヒット・アンド・ミス・エンジンを回しました。こちらも、調整スキルが上がってきた感じがします。燃料の濃さがシビアです。

　スバル氏が、ステンドグラスのスタンドの部分を探していることが判明し、ガレージで思い当たる箇所を見て回りましたが、見つかりません。スタンドの笠だけ2つあるのに脚がない、とおっしゃっていて、それはいつからのことなのか、という話をしました。まえの引越のときに、どこかへ紛（まぎ）れたのかもしれませんが、笠と脚の両者を別の箱に入れるとは考えられないので、不思議に思います。

　それから、スバル氏が雑誌をiPadで読みたいと急に言いだしの

で、アップルの最新型を発注しました。誰かがそうしているのを見て、自分もやりたくなったようです。ちなみに、彼女はKindleも持っていないし、電子書籍は買っていないはずです。スマホで、iPadくらい大きいものが欲しかったそうですが、いつも庭のベンチやデッキなどに、彼女のスマホが置かれたままになっているのを見かけるので、大きければ忘れない、と考えたのかもしれません。

　ゲストがあったり、ちょっと趣味の方面で忙しかったので、しばらく作家の仕事はしていません。7月になってから、ほとんどなにもしていませんね。もともと、夏は仕事をしない季節ではあるのです。そろそろ、「子供の科学」か、WWシリーズ第3作かの仕事に戻りましょうか（たぶん、明日くらいから）。

　萩尾望都先生から、「芸術新潮」が届きました。銀座で「ポーの一族展」が7/25〜8/6まで開催されるそうです。『ポーの一族』の原画展みたいです。うちにも原画（『ポーの一族』といえばこれ、というカラー作品）があるのですが、供出しなくて良かったのかなぁ、などと少し思いました。雑誌にも、その絵が紹介されていましたけれど……。

　河合塾から分厚い問題集が届いていました。きっと、僕のなにかが引用されたのだと思います。もちろん「国語」でした。河合塾って、千種駅の近くにあったから、中学・高校のときによく前を通ったのですが、建物の中に入ったことはありません（幸い、浪人しなかったから）。

　既に葉を落とし始めた樹もあって、今年の夏もピークは過ぎたのかな、と思ったりしています。もう少しくらい暖かくなってくれると嬉しいのですけれど、犬たちは今でももう口を開けていますから、昼間は炎天下へは出ていかないようにしています。

　僕が担当の犬は大きくなりすぎていて、なにかの拍子に走りだし、リードがピーンといっぱいに伸びたところで大きな衝撃が腕にかかるので、筋肉痛になります。大阪の人だったら、「腕が抜けそうやった」と言うはずです。犬がまだ子供なので、こちらのことを気遣ってくれません。もう少し大人になると、痛がるのを気にしてくれるはずです。ショックを和らげるため、スプリングが入ったリードを買おうかな、と考えていますが、そ

うすると、危険が目前にあって制止したいときに危ないかもしれない、という心配も。

　犬と一緒にジョギングしている人をたまに見かけますが、人間も胴輪（ベルト）をしていますね。手でリードを持っていないことが多いようです。大きい犬は、たいてい飼い主の傍を離れないようにしているものですが、うちは大型犬になるとは思わなかったので、ずっと5m以上も伸びるリール式のリードを使っています。そのため犬は、できるだけ遠くへ、あちらこちら匂いを嗅ぎにいきたがるのです。今さら、近くにいろと教えるのも面倒だな、と感じます。

 体重も20kgを超えて、犬ぞりが引けるほど力持ちになりました。

2019年7月22日 月曜日

バケツと池の水漏れ

　朝の散歩では、清々しい空気の中を歩きました。誰にも（人にも犬にも）会いませんでした。昨日の夕方は、犬の前1mくらいのところに、突然リスが飛び出してきて、1秒ほど両者は見合って動きませんでしたが、リスが逃げると同時に、犬も猛ダッシュして、また腕が抜けそうになりました（犬ではなく、僕の腕がです）。

　少し風がありましたけれど、ヘリコプタのホバリングをして、調整の結果を確認しました。ロータの回転を上げるためにピッチを少し下げたのですが、そうすると、テールロータとのバランスも崩れるので、実際に飛ばして、ニュートラルを確認する必要があります。ホバリングも、なにか1つの動作を起こすと、バランスが崩れるので、別の動きも起こります。結果的に、1つの動作が1つの舵では済まないというのが難しいところです。

　WWシリーズ3作めを1000文字ほど書きました。いよいよスタートを切りました。また、「子供の科学」も本文を書きました。こちらは900文字。庭園鉄道の連載は、書くことが決まれば、あとは作業だけです。なに

に対してもいえますが、仕事というのは、この「やることを決める」という行為がメインであって、それさえできれば、あとは「作業」が残っているだけ。作業というのは、すべて「流れ作業」です。「流れ作業」にならない、つまり、途中で考えないといけない問題が起こるときは、最初の「決める」仕事においてミスがあったのです。

　もちろん、やってみないとわからない、という作業も稀（まれ）にあります。研究や、未熟な趣味の工作はほぼこれです。その場合は、「流れ作業」というものがそもそも存在しません。

　麓の町までドライブに出かけ、スタバに寄りました。スーパでスバル氏が買いものをしている間、犬を連れて、近所を散策。住宅地というのか、道が狭く、比較的建て込んでいて、狭苦しい感じがしました（1軒の敷地（しきち）が200坪くらい？）。

　お昼頃から曇ってきましたが、霧や雨になるようなことはなく、庭仕事を普段どおりこなしました。芝生では、栗の花を拾いました。もう1回くらい拾ったら、今年は終わりになりそうです。小さな薔薇の蕾がまだ沢山あります。これから咲くということですね。

　その後、猫の親子は見かけていません。何を食べて生きているのでしょうか。リスや狐（きつね）なら、なんでも食べそうですが、猫が食べられるものといったら、鳥くらい？　魚はこのエリアにはいないし、虫もそんなにいません。爬虫類（はちゅうるい）も見かけないし。高いところを旋回している鷹（たか）か鷲（わし）は、いつも飛んでいる姿を見かけますが、あれも、降りてきたところは見たことがありません。森へは来ないはずです。樹の間を飛ぶには、躰（翼）が大きすぎるからです。

　このまえホームセンタへ行ったときに、メルトグルーのガンと接着剤を買ってきました。少しだけ試しに使って様子を見ています。庭園鉄道には適しているかもしれません。スバル氏が、金属製のバケツを鉢植えに使っていたら水が漏れた、という話をしていました。どうやらバケツではなくゴミ箱だったみたいです。バケツだったら水漏れしない処理がされているはず。それで、底の周囲の接合部にバスコークを塗れば良い、と話しておきましたが、メルトグルーでもいけるかもしれません。試してみま

しょうか。

　この近所には、池というものはありません。日本だったら、だいたいどこでも溜池がありますね。やはり水田があるからでしょう。あの溜池も、ときどき水漏れ騒ぎがあります。普段から漏れてはいますが、地面に染み込むほど軽微なだけです。ところが、ときには水の道が太くなり、地上に噴き出すことがあります。

　子供の頃に近所でそういう騒ぎがありました。溜池は、低い土地にあるのでは役に立ちません。池から水田へ流れていくように、池は高い位置に作られます。すると、池の周囲の低い土地で、水漏れが発生する可能性があります。こうなった場合、すぐに止めるのがなかなか難しく、根本的な解決のためには、池の水を抜く必要があります。

　川だって同じです。川の水位がいつも高い場合には、周囲の低い土地で水漏れします。池も川も、底がコンクリートで固められているわけではありません（コンクリートでも、ひびが入ったら漏れます）。水が漏れても、そこへ水が流れることで、石や土が詰まって閉塞し、しばらくすると自然に止まることもあります。

 水漏れを止めるのは簡単でも、ずっと止め続けることが難しい。

人間は自分の庭をどうすれば良いか

　朝は濃霧でしたが、9時頃から晴れてきました。夜に雨が降ったので地面の草は湿っていました。犬たちは、Tシャツを着て朝の散歩に出かけました。

　昨夜は、フライス盤を2時間ほど動かして工作をしました。フライス盤は、工作室ではなく、ガレージに置かれています。知らないうちに近辺に物が溜まっていたので、10分ほど片づけてから作業を行いました。作った部品は、ヘリコプタに使用するもので、アルミなので削るのは簡単ですが、逆に綺麗な仕上がりにするのは難しい材料です。最後は手

ヤスリで仕上げました。

今日は、午前中は一人で出かける用事があり、1時間ほどで戻りました。帰ってきてから、庭園鉄道を運行し、ポイントの整備もできました。また、少し木工がしたいので、そのための準備もしました。ヘリのホバリング調整も3回できました。

このところ、コンスタントに夜間、雨が降るので、昼間の水やりは最小限で済んでいます。芝生は、今年は調子が良い方だと思います。今年の夏は、猛暑になるという予報ですが、どうでしょうか？　猛暑というものを、もう何年も体験していませんから、ぴんと来ません。最後は、東京ビッグサイトだったかな……。何年まえでしょうか、えっと、9年くらい？

最後に風邪を引いたのは、いつだったかな、と今考えましたが、この10年はありませんね。やはり、暑かったり、寒かったりすることが、風邪を引く主原因だと思います。ずっと同じ気温のところにいれば、滅多に引かないものなのではないでしょうか。ウィルス性の風邪は、大勢の人がいる場所へ行くか行かないかが大きいとは思います。

僕の場合、とにかく躰が弱いというか、体力がないので、可能なかぎり疲れないように気をつけています。少し疲れるだけで、頭が痛くなったりするので、そうなるまえに休むことが、あらゆる不調の予防になるみたいです。人混みへ出かけていったり、他者につき合って長い時間行動するようなことを避ける、というのが一番。自分の自由で、いつでも行動が中断できる、というのが僕の方法です。

WWシリーズ第3作は、今日は2000文字書きました。「子供の科学」の連載第9回は、ポンチ絵の下描きをしました。写真も、何を撮るかは決めたので、あとは被写体をガレージから外に出して、明るい場所で撮影するだけです。

庭仕事というものは、庭を持つまでは具体的に想像もできませんでした。また、どんな作業なのかは、それぞれの庭によって異なってきます。自分の庭をどうしたいのか、とまず考えて、次に、なにかをしてみたときに、どういった変化があるか、最後はどんな結果になるのかを観察する。そういったことの積み重ねによって、だんだん、何をすれば良い方

向へ進むのか、自分の持ちたい庭に近づくのか、ということがわかってきます。

　自然による変化は、繰り返されるものと、そうではなく突発的に起こるものがあります。それらを見極めつつ、常時全体を見回って、いつ手を打てば良いのか、効率的に管理するにはどういった手法が最適か、と行動、観察、思考によって煮詰めていくわけです。

　不具合を排除するというだけでも、良い方向へ進めることはできますが、それ以上に、自分の方針を定めて、そちらへ導くことに、大きな喜びが感じられるものです。不具合の排除は、単なる防衛であって、そういった後手に回った作業では、労働させられていると感じられて、疲れも出ることでしょう。自分が思ったところへ先導することは、この逆だといえます。

　ただ、不具合は見つかりますが、理想は目に見えません。庭をぐるりと歩きながら、そういった未来の庭を想像する目を持っていないとできないことなのです。

　庭仕事のことを書きましたが、庭仕事以外にも、ほぼ同じことがいえそうな気がします。

 見えないものを見る力が、人間の持っている最大の能力でしょう。

2019年7月24日水曜日
癌（がん）検診を受けるつもりはない

　朝は霧。どんよりとした空ですが、気温は高く、「暖かくなったねぇ」と話しながら散歩に出かけました。近所で、樹を伐採しているところがあったので、その様子を見にいきました。森の中になにか建てるようです。住宅かどうかはわかりません。

　庭仕事は、芝生の上に落ちた栗の花を拾って燃やすことから始め、ほかには、雑草取りを少しだけ。庭園鉄道は、パトロールを兼ねて1周しました。野生の動物（野ネズミなど）が穴を掘っていないか、鳥が死ん

でいないか、といったことを見て回ります。異常なし。

　珍しく、夜の雨がなかったので、水やりをしました。茸（きのこ）が生えている
のも見つけました。それだけ高温になってきたということです。15℃くらい
が境のように思います。これより高くなると、虫なども出てきます。迷惑な
虫というのは、植物につくもので、スバル氏が酢を吹き付けて退治して
いるようです。

　朝の散歩から戻ると、スバル氏はラズベリィを収穫していました。30個
くらい穫れたようです。グースベリィはその10倍は穫れると思いますが、
彼女に言わせると、「あまり美味しくない」とか。ジャムにするのは、ラズ
ベリィとブルーベリィだそうです。

　スバル氏と長女が買いものに出かけたので、犬三昧（ざんまい）で留守番となりま
した。宅配便が来る予定なので、ヘリで遊ぶわけにいかず、しかたが
ないので、書斎で作家の仕事もしました。

　WWシリーズ第3作は、3000文字を書いてトータルで6000文字となりま
した。完成度は5%です。まだ、プロローグの途中。「子供の科学」に
ついては、ポンチ絵にペン入れをしました。あとは写真だけです。今回
は、プロペラカーについて。

　先日、医者と会って、3カ月ほどまえの血液検査の結果を聞きまし
た。問題のある数値は1つもないとのこと。医者が「検診を受けたこと
は?」ときくので、成人して以来ない、と答えると、驚かれました。癌検
診を受けたければ、うちでもできますよ、と勧誘されましたが、この歳に
なったら、癌だとわかって治療をしても大差はないから、と笑って答えて
おきました。

　若い人は検診を受ければ、早期発見ができ治癒の確率も高くなると
思いますから、長く生きたい人、生きなければいけない人は、受けた方
がよろしいかもしれません。でも、僕はもう60代なのですし、今すぐ死ん
でも家族は生活には困りませんからね。治療費をかけたり、そのために
時間や体力を消耗するよりは、あっさり死ぬ方が良いだろう、と考えて
います。ということを、話したかったのですが、上手く説明ができる気が
しなかったから話していません。「野垂（のた）れ死に」が僕の理想なのです

が、「death on the road」では通じないかな。

　癌という病気は、僕が見てきた範囲では、急死するようなことはなく、重い症状であっても意識がしっかりしている時間が持てるようですから、もし癌だとわかったら、いろいろ死ぬための準備ができて、まずまずの条件だと思います。何と比較しているかというと、脳梗塞などです。急に意識がなくなって、そのまま死んでしまうと、後始末ができず、やや不便ですね。ただ、生き延びなければ、これこそ野垂れ死にであって、本人は楽。遺族は困りますが。

　2年まえに、救急車で運ばれたときは、これは脳の病気だろうと思いましたが、不思議と意識がしっかりとしていて、しゃべることもできたので、死ぬまでに数日は時間があるだろう、と感じました。それだけ時間があれば大丈夫、とさほど心配しませんでした。もし、手術になったら、そのまえに言っておくことがあるな、とは考えました。まあ、パスワードくらいですが……。

　スバル氏は、新しいiPadを既に使っています。犬のスプリング付きリードは買いました。

　そういえば、中国のヘリコプタメーカから質問に対する回答が届きました。結局、「7ch以上を使う方法はない」ということでした。10chの送信機と14chの受信機を販売しているのですが、事実上6chまでが使用できる、とのこと。それ以上を使いたい場合は、他社の製品を買ってくれ、という意味のようです。だったら、どうして10ch、14chと謳っているのか、という点が不思議ですが、そもそも回路としてはそのポテンシャルがあって、改造すれば使える、くらいの意味なのでしょう。そういう文化もありかも。

 自社で作ったものではない基盤を使った製品が多いということ。

選挙制って、少し古くない？

　朝から晴天で、犬の散歩も気持ち良く、夏の空気を満喫できました。庭仕事は、水やりをして、枯枝を拾いました。既に落葉が始まっています。バラはピンクの花を咲かせていました。アナベルの花も白くなってきたかな、と。

　WWシリーズ第3作は、6000文字書いて、トータルで12000文字になり、完成は10%です。もう書き始めたので、あとは作業だけです。書き始めるまえに最も悩むのは、この物語を、今回ではなく次回か次々回にする方が良いのではないか、という問題。そのため、次回や次々回にどんなものが来るのかを、少し想像するわけです。さきに書いておく方が良いものがあるか、その前後関係などを考慮します。シリーズものでなければ、こういった悩みはありません。もちろん、前作を書いたときに、既に今作をイメージしているわけで、その時点では、ここで良いとの判断がいちおうはあったはずです。

　一般に、これは面白そうだ、という場合ほど、もう少し後回しにできないか、という気持ちが湧（わ）きます。出し惜しみした方が良いのでは、という演出効果を狙（ねら）っているのか、あるいは一種の貧乏性かも。

　「子供の科学」の連載は、ポンチ絵に消しゴムをかけ、スキャナで撮りました。写真は明日くらいに。講談社文庫の『冷たい密室と博士たち』と『月は幽咽（ゆうえつ）のデバイス』の重版の連絡がありました。それぞれ第52刷と第26刷となります。

　10月刊予定のWWシリーズ第2作『神はいつ問われるのか？』の再校ゲラが届きました。8月中旬が〆切（しめきり）。11月刊『森博嗣の整理術』の再校ゲラもこちらへ向かっているとのこと。編集者が手足口病にかかったため多少遅れたようです。30年ほどまえに、うちの子供たちもやりましたね。

　参議院の選挙だったみたいです。選挙のときに、マスコミがアンケート調査をして、だいたいの人気分布を事前に発表したりしていますが、

あれはどうなのでしょうか。それを参考にする人がいるかもしれないから、選挙に干渉するような行為といえなくもありません。また、もしその調査のとおりの結果なら、選挙をする意味が薄れて、投票する気持ちが削がれるかも。

現代では、多数の意見を簡単に短時間で集約できます。かつてはそれができなかったから、議員という代表を選出し、代理で議論してもらい、政治を任せたわけですが、今では、わざわざそんな人を立てなくても、みんなの意見が聞けるし、多数決も簡単に取れるわけですから、信頼性のある仕組みさえ作れたら、議員制を廃止できるのではないか、と僕には思えます。

選挙の場合、その時点で個人は誰かに決めなくてはいけない。6：4でこちらかな、という場合でも10：0という信号を発することになります。一方、候補者も、大勢から票を集めて、少しでも多かった人だけが選ばれます。ここでも、当選か落選か、という淘汰があるわけです。アナログがデジタルとなり、解像度が落ちるのと同じ。個人が0.6票と0.4票を投じ、また候補者は集めたポイントだけの代理人となり、国会での審議や投票で、そのポイント分だけ影響力を有する、という仕組みにすれば、少しは実情に近く（解像度が高く）なるのではないでしょうか。

つまりは、常に国民投票をするようなことになりますか。面倒かもしれませんが、技術的には不可能ではない、という話です。もちろん、国民投票が正しい判断を下すのかどうかは、別問題。

昔に比べると、今の政治家は、民意を意識しているはず。言動がすべて監視され、公開されるし、民意があっという間に集約されるからです。こういう社会は、かえって不安定となりやすく、長期的には安全性に欠けるのかも、と思わせる事例が最近多々ありますね。

 政治の形態も、もっと近代化・合理化する必要があるのでは？

2019年7月26日金曜日

建築の防御力

　朝は霧雨でした。でも、地面が濡れるほどではなく、普通に散歩に出かけました。霧が晴れてきたのは10時頃。午前中には、担当の犬（大きいけれど赤ちゃん）のシャンプーをしました。バスルームに入るときは、お座りをして、耳がなくなるほど固まっていますが、洗っている間は大人しくしていて、15分ほどで終わります。出たら、大興奮となり、バスタオルで拭いてやったり、ブラッシングすることがなかなかできません。

　そのあと、芝生の掃除をしました。栗の花は、ほぼ終わったようです。今日拾った分が最後でしょう。昨日に引き続き、今日も少しだけ燃やしものができました。風がちょうど良かったから。

　10月刊予定の『神はいつ問われるのか?』の再校ゲラを、初校ゲラとつき合わせて確認をしました。これから通して読みます。1週間ほどかかる見込み。また、『森語りの日々』の電子版の見本がiPadで届きましたので、確認をしました。

「子供の科学」編集部から、9月号（8/10発行）の最終ゲラがpdfで届き、確認をしました。また、その次の10月号の初校ゲラも来たので、修正箇所を知らせました。今書いている原稿は、写真を撮りましたから、もう送れる状態ですが、週末なので、もう少し推敲してから発送します。

「子供の科学」関連で、7/20〜9/23の期間、横浜の三菱みなとみらい技術館で開催される企画展「ものづくりしようよ!」をご紹介しておきます。詳しくは、「コカねっと!」のサイトをご覧下さい。

　WWシリーズ第3作は、今日も6000文字を書いて、完成度は15%となりました。順調です。

　京都で悲惨な事件がありました。この種の犯罪は、防ぎきれないとは思いますけれど、建築設計の段階で考慮しなければならない課題といえます。防災・防火・防犯などの危機管理性能です。大勢が出入りするような建物では、いつこのような悲劇が起こるかわかりません。絶対にあってはならない、と考えるのであれば、なんらかの対策を講じておく必

要があります。犯人の動機を調べて、社会に生じる個々の不満を解決しようという方向性よりも、すぐに実行が可能な、より確実な対処といえます。

　人間の悪意が原因のものは、たとえば、火災であれば、発生時に爆発的に広がるので、スプリンクラなどは無意味です。それでも、火災を感知したら、少なくとも屋外あるいは屋上へ避難する経路を確保することが第一。また、防火扉などを導入することも効果があります。

　ガソリンというのは、誰でもいつでも買えます。身分証明も不要です。ホームセンタでも買えるし、通販でも届けてくれます。ガソリン以外でも、プロパンガスなどは、田舎ならどこにでもあります。世の中、危険なものは銃やナイフだけではない、ということを認識しておくこと。

　監視カメラを設置すれば、軽犯罪はある程度防ぐことができますが、本人が死んでもやり遂げたいと考える犯罪に対しては、効果がありません。この点を考え、最悪のケースを想定した防備を、建築計画の段階から盛り込む必要があります。そういったことは、少し以前の建物ではほとんど考えられていませんでしたから、早めに追加で対処する必要があると思われます。

　壁がない広いワンルーム、開放的な吹抜け空間などが、近年になって増えていると思いますが、防災・防犯の観点からは、リスクがあるコンディションといえます。

　自然災害よりも人為的な破壊工作の方が防備が大変になります。

謝罪会見って何⁉という違和感

　朝は雲が多く、珍しく暗い感じでした。でも、遠くの山は見えるので、雨はないと勝手に判断し、庭園鉄道を運行しました。ゲストがいらっしゃるので、線路の点検をしなければならなかったからです。落葉が多く、線路が見えないところがあります。落葉自体は問題ありませんけ

れど、枯枝が隠れて見えない場合もありますから、1度通って確認する必要があります。2つの列車でそれぞれ1周してOKとなりました。

　いつも、ゲストはゲストハウスでお迎えするのですが、スバル氏がバーベキューをしたいらしく、ゲストハウスのデッキが候補地でした。ところが、夜の雨で濡れて滑りやすく、母屋のデッキへ急遽変更となりました。それが昨日の夕方のことでした。そこで、テーブルやパラソルや椅子を2人で運びました。一番重かったのは、パラソルのスタンドです。ウェイトが入っていて、20kgほどあります。僕が1人で運びましたが、途中で3回休憩をしました。筋肉痛になるのは明後日くらいかな。

　ゲストは隣街のホテルに宿泊されているので、そこまでクルマでお迎えにいきました。お2人です。ドライブもできました。到着したら、まず庭園鉄道に乗車いただきました。3人乗って走ったので、落葉でスリップしましたが、なんとか完走。そのあとは、デッキでバーベキューとなりました。2時間くらいおしゃべりをしたあと、また鉄道に乗車いただき、次はゲストハウスへ移動。

　そこで、床に置かれていたパソコンとラジコンのプロポをゲストが発見し、「これは何ですか?」ときかれたので、ヘリコプタのシミュレーションでまたしばらく遊ぶことになりました。お2人とも、プロポを触るのが初めてで、そこが面白かったようです。男性だったら、1度はプロポを持った経験がある人がほとんどでしょうけれど、女性の場合は触ったことがないという方がわりといらっしゃるみたいです。夕方に、また車でお送りしました。犬たちも、フリスビィを投げてもらったりして、楽しめたようです。

　今日は、庭仕事とゲストのため、作家の仕事はお休み。明日からまた平常どおりで……。

　ネットで、話題になっている反社会的勢力について。詳しいことはわかりませんが、そういう人たちとつき合いがあることで、芸能人が謝罪会見をしたり引退に追い込まれたり、という騒ぎが、もう10年以上まえから連続しています。僕の個人的な感想というか、よくわからない点は、それは犯罪なのか?ということです。

「つき合い」のどこからが犯罪なのか。もし犯罪でないのなら、何故こ

こまでバッシングされるのか。もし犯罪なら、何故警察に捕まらないのか。そして、マスコミは謝罪を求めるのなら、本来その反社会的勢力の関係者の方へマイクを向けるべきではないでしょうか？　反社会的勢力と決めつけられているのなら、どうしてもっと取り締まれないのでしょうか。そのあたりが不思議なのです。

　たとえば、クラスに不良がいたとしましょう。その不良とつき合ってはいけない、と先生が言う。それなのに、こっそりつき合ってしまい、それがバレたら、みんなから非難される。例えるなら、そんなふうに見えるわけです。どうして、先生もみんなも、その不良を非難しないのか、という部分に違和感があるのと似ています。

　もちろん、それほど簡単ではない、ということは理解できます。白黒がつかない、つまり犯罪者として取り締まることが難しい。それはそのとおりだろうと思います。でも、それだったら、つき合って良いか、いけないのかも、白黒はつけにくいのではないでしょうか？

　やってはいけないことであれば、それはルールとして明確に示されなければならないはずです。つき合ってはいけない、もしつき合ったときは、どれだけのペナルティとなるのか、などを決めておくことが重要です。それが、はっきりと示されていないように感じるのですが、そのわりに、ずいぶん以前のことが発覚しても、一気に大勢で責め立てて、謝罪させるということが異様な光景に見えます。

　日本特有の「綺麗事」を作ろうとしているのかな、と思います。有名人は身辺が綺麗でなければならない、みんなに嘘をついてはいけない、黙っていてはいけない、ちゃんと謝れば許してもらえる、というような「甘い綺麗さ」ですが。

 マスコミはどうして殺人犯に謝罪会見をさせないのでしょうか？

感情に騙されないようにしよう

　朝から晴天。でも、夜に雨が降ったので、少し湿度が高い感じが残っていました。お昼頃にドライになり、芝生でフリスビィもできましたし、ヘリコプタも飛ばせました。

　午前中は犬たちと留守番モードでした。犬たちは、留守番のときは特に大人しくなります。僕しかいないから、吠えたりしません。もの凄く甘えてきます。このように、相手によって態度を変えるというのは、社会性がある証拠で、犬はそれだけ賢いということかと。

　誰彼構わず怒ったりする人は、社会では上手く生きていけません。そういう感情が抑えられない人は、信頼できない、ということです。「こんな会社辞めてやるわ」と怒る人がたまにいますけれど、それは周囲に対して自分が怒っていると見せたいパフォーマンスでしかなく、怒っている自分を周囲に認めてほしい、なんとか対話をしてほしい、自分の気持ちを察してほしい、という甘えです。もし本気で怒っているなら、黙って会社を辞めれば良い。あるいは、意見を会社に直接伝えることが先決でしょう。外部に向けて発信する必要はありません。それが、理性的な行動というものです。

　感情的な人間は、ときには多くの人の希望とシンクロし、共感を得ることができます。そういった共感というものが、どれくらい演出され、計算されて作られるか、ということを知る必要があります。そのような扇動によって、過去に日本は戦争を始めたからです。

　人々は、こうあってほしい、という気持ちを持っていて、その気持ちに添う方向であれば、感情的なものを無条件に受け入れ、自分の感情も高めようとします。しかし、感情に支配された行動は、感情が冷めたときにバックアップを一瞬で失い、あっという間に反転してしまいます。感情は冷めるが、理屈は冷めない、という点に違いがあります。

　ちょっとまえでしたが、スポーツ選手が謝罪会見したときも、可哀想だと感じていた人たち大勢が共感し、彼は悪くない、という方向へ世論が

動きました。しかし、謝罪したからといって、行動（罪）は消えませんし、その行動が悪いという評価も消えません。

　僕は、とにかく感情を前面に出す人を信用しないようにしています。感情は演技でいくらでも装えるからです。自分のために、騙されないようにしましょう。

　「子供の科学」のポンチ絵をスキャナで撮り、文章、図面、写真などを編集部へ送りました。これが連載第9回で12月号（11/10発行）の分になります。今日の作家の仕事は、これだけにしました。新作の執筆再開は明日から。もしかしたら、ゲラをさきに読むかもしれません。ちょうどシリーズ前作のゲラだから、それを読んだら、ディテールでつながりが滑らかになるかも（本心を書くと、そんなに関係ないでしょう）。

　大きいけれど赤ちゃんのために、新しいハーネスを買ったのですが、体重25kgまでで、ボーダコリィ用とあったサイズでした。ところが、なんと胸のバンドが届きません。小さいのです。しかたなく、それは兄貴の犬に「お上がり」することになり、新たに購入したものが、今日届きました。ボクサやゴールデンに使えるサイズです。もう完全な大型犬です。体重は、19kgに迫っています。まだ、ぎりぎり抱っこができますけれど。

 この半年後には、22kgになりました。もう赤ちゃんてはない？

日記シリーズも最終巻か

　朝の散歩のときに、スバル氏が突然ドライブにいこうと言いだし、その15分後に出発しました。大きいけれど赤ちゃんだけを連れていくことに。ハイウェイに乗り、高原を抜ける道路を走りました。片道が2時間くらい。10時頃に目的地のカフェに到着し、カプチーノとパウンドケーキをいただきました。お店は、まだオープンしたばかりで、店主1人だけでした。顔見知りの浅丘ルリ子似のウェイトレスが、途中で出勤してきました。犬が2倍も大きくなっていて、びっくりされました。

近くの牧場に少し寄って、アイスクリームを食べてから帰ってきました。牧場の中には牛と羊。人間は入っても良いのですが、犬は入れません。帰宅は12時半頃です。昨夜のうちに雨が降ったので、水やりもなく、庭仕事はゴミ拾いくらい。グースベリィの実がすっかり紫色になっていました。スコーンと葡萄ジャムを買ってきたので、それでランチ。

　庭園鉄道はお休みにして、芝生でフリスビィとホバリングだけ。そのあと、草刈りを1バッテリィ。草は、伸びる速度が落ちてきました。それにしても、今年は落葉が少し早いのは確か。今のところ、葉を落としている樹は限られています。

　WWシリーズ第3作は、今日は3000文字を書いて、完成度は18％となりました。ゆっくりといきましょう。WWシリーズ第2作『神はいつ問われるのか?』の再校ゲラを20％まで読みました。ほかにもゲラが届きそうなので、執筆の方は少し休むかもしれません。

　今書いているこの文章が書籍になるのは来年ですが、それが森博嗣のブログ本の最後になりそうです。何冊も出しましたね。1996年から始まった自分のHPでの日記が、幻冬舎で5冊の単行本（のちに文庫化）になりました。メディアファクトリーからは、「MORI LOG ACADEMY」が文庫で13冊。また、「森博嗣の浮遊研究室」のシリーズが単行本で5冊。その後、ブログはファン倶楽部内でプライベートとなりましたが、代わりに庭園鉄道のブログを公開し、こちらは、中央公論新社の新書で3冊、講談社の単行本で2冊出版されました。そして、今書いている「店主の雑駁」が、講談社から単行本で5冊。単行本と文庫の重複を数えなくても、合計33作になります。印税にすると5000万円以上いただいている計算です。

　これだけの文章量は、もちろんシリーズ最長ですから、森博嗣という作家の代表作といえるのではないか、と思います。他の作家がどうなのか知りませんけれど、あまり例がないのではないでしょうか?（あっさり案外あるかもしれませんが）

　代わり映えのしない日常で、よくもこんなに続けて書けるものだ、という感想をいただくのですが、実際の行動よりも頭の中の思考の方がはる

かに身軽であることの証（あかし）といえましょう。

　日記のファンというのは、一定数いらっしゃるようで、エッセィのファンとも違うのです。いろいろな作家の日記を読まれるようです。僕も、谷崎潤一郎で一番面白いと思ったのは日記です。日記というのは、フィクションではないし、またエッセィなどとも違う、紀行文とも、調査や研究とも違う、やはりなにか、特殊なものがあるように思います。なにしろ、どんな作家も、長短はあれ、1作（1シリーズ）しか書けないのですから。

 ずっと続いているわけですから、巨編というか超大作ですよね。

2019年7月30日火曜日

目指す理想が違う

　夜は土砂降りでしたが、朝は晴天。道路が濡れていたので、犬たちはTシャツを着て出かけましたが、9時頃にはすっかり乾きました。スバル氏が用事があったので、クルマの運転をして、近所までドライブ。犬も1匹だけ同乗。

　庭園内は、落葉が多いので今年初めてエンジンブロアをかけました。最初なかなか始動せず、キャブレタの掃除などを少し。落葉は、線路以外のところへ寄せ集めただけで、取り除いたわけではありません。それから、庭園鉄道の車両の改造を始め、屋外で2時間ほど工作をしていました。そのくらい、気候が良いということです。清々しい空気です。

　昨日買ってきた葡萄ジャムが美味しいので、出かけたときにフランスパンを買ってきて、お昼はこれにジャムを塗って食べました。それから、デッキでスバル氏に髪を切ってもらい、さっぱりしました。

　『神はいつ問われるのか?』の再校ゲラに集中し、60％まで進捗（しんちょく）。今日はこれだけです。11月刊の『森博嗣の整理術』の再校ゲラが届きました。先日撮影して送った写真が入っているゲラです。こちらは、次に読む予定。大和書房から、文庫の部数を当初の予定より2000部減ら

したい、という相談がありました。出版不況もあるし、また文庫の読者は電子書籍へ移行しているようですから、部数が減るのは必然かと思いました。もちろん、承諾。

　午後は、電動バキュームを修理してから、掃除をしました。落葉を吸って、焼却炉へ集める作業です。2時間くらいやっていたでしょうか。汗をかきました。汗をかくと、体調が良くなるような気がします。それにしても、落葉が例年よりも早い気がします。

　夕方は高原へ犬と一緒に散歩に出かけました。羊がいるだけで、ほかには誰にも会わず。鷹が飛んでいるのが見えました。

「子供の科学」の読者からの手紙をここで取り上げて、以来メールをやり取りしているK君ですが、作っているものを写真で送ってくれて、その完成度が高くて、本当に感心します。

　一般的にいえることですが、工作に関しては、凄い人は10代で既に凄いものです。20代になって始める人もいますけれど、始めたら最初から凄い。このまえ、絵がそうだという話を書きましたね。絵が上手い人は、10代で既に天才的です。

　ということは、10年以上もやり続けて、だんだん上手になっていく、少しずつ上達する、という場合は、「凄くない」ということです。上達はそれなりにしますが、天才的な才能に肉薄するまでには至りません。今一歩のところまでです。

　自分がそうなので、冷静に分析できるのですが、とにかく、ちょっと上手になったところで満足感があって、自分はもうこれで良い、と無意識に思ってしまうのですね。だから、極めることができないのでしょう、きっと。

 自己満足は他者満足よりは大事ですが、簡単に満足しないように。

この世に不思議なことなどない

　夜は激しい雨が降りましたが、朝は明るく、犬はTシャツなしで散歩に出かけました。今日も、まずはエンジンブロアで落葉を谷へ落とし、そのあと、電動バキュームで掃除をしました。燃やしものもしました。庭仕事で忙しい午前中でした。

　午後は、昨日に引き続き、庭園鉄道の車両の改造工作。これが1時間くらいで終わり、あとは3周ほど運転して庭園内を巡りました。枝が伸びてきて、伐採しないと邪魔になる箇所があります。植物の生長は早いですね。

　もう日は短くなりつつあるわけですが、気温が上がって、ようやく夏らしい爽やかな空気になってきました。スバル氏が、またバーベキューをしそうな雰囲気です。庭園鉄道は、走ると風が当たって気持ちが良い。自然の香りというのは、朝と昼と夕方で違うのですが、皆さんはご存知でしょうか?

　『神はいつ問われるのか?』の再校ゲラを最後まで読みました。再校ということもありますが、3日間で読めたのは、現在WWシリーズを執筆中だから、ちょうど頭が温まっていたからでしょう。続いて、『森博嗣の整理術』の再校ゲラを読む予定です。そのあと、また執筆に戻ります。そうですね、8/10くらいには書き上がるものと思います。

　今後の執筆予定としては、9月は新書を書くつもり。10月はWWシリーズの第4作になるでしょう。あともう1冊くらい、今年のうちに書けそうですね。

　スバル氏のクルマが点検で、代わりにその工場の人が乗っているバンが代車として来ました。ディーゼルエンジンのワンボックスです。このチャンスを活かそうと、午後から長女と二人でいきなり家具屋へ出かけていきました。なにか大きなものを買うつもりのようです。

　世の中には一見不思議なことが沢山あります。たとえば、マジックなどがそうです。「どうやっているのだろう?」と不思議でなりません。しか

し、そこに存在し、実現象として成り立っているのですから、なんらかの方法はある、ということです。したがって、「不思議な状況」とは、その方法が想像できない側の問題だということになります。

マジックを見て、これはどんな方法を使っても無理だ、と感じることは僕にはありません。そんなふうに感じたら、一大事です。そのまま放置できず、すべてを犠牲にして第一優先でその謎を解くことになります。今のところ、そこまで不思議なものには出会ったことがありません。つまり、なんとかなりそうな方法を幾つか思いつき、その中のどれかだろうな、と考えるわけです。

もちろん、僕が考えた方法のいずれも不正解かもしれません。でも、自分なりに方法を思いつければ、既に不思議は消えている、ということ。思ったとおりの答だったかどうかは、どちらでも良い、つまり問題ではないということです。

このように、実際に観察できる現象には、不思議なことは存在しません。ところが、人の気持ちというか、心の中は逆に不思議なことばかりです。どうしたら、そういうふうに考えられるのか、どんな理由でこんなことをしたのか、といった問題は、その人の精神の論理あるいは感情発現の法則が理解できたとしても、予測の解析ができないと思われることがしばしばです。そもそも、普通の人がどうしてこんなことで怒るのか、どうして泣くのか、だってかなり不思議な現象といえます。

そういった不思議については、「そういうものだ」との解釈しかありえないのかな、と諦めるか、あるいは、やはりなんらかの仮説を考案してみるか。ただ、その仮説は、あまりほかでは役に立ちませんね。

 数学や物理のようにはっきりと割り切れないものになるからです。

8月

August

本作りのシンタックスエラー

　朝から晴天。夜の雨もなかったので、芝生で水やりをしました。犬たちは大喜びです。バキュームで落葉を集め、ドラム缶で燃やしました。庭園鉄道も普通に運行。ヘリコプタのホバリングも芝生で行いました。楽しい毎日です。

　11月刊『森博嗣の整理術』の再校ゲラを、初校ゲラとつき合わせて確認しました。今日は作家の仕事はこれだけ。1時間半くらいかかる作業です。1ページずつ文章を見て、前回指摘した箇所がそのとおりに修正されているかを確かめます。同じことを校閲者や編集者もしていますから、新たな疑問や指摘も書き込まれています。それらに答えつつ、もう一度文章を通し読みします。

　僕は、この修正の確認作業を自分でもするために、前回のゲラを送り返してもらっています。何人もの目を通していても、それでもまだミスがあります。確認をしないわけにはいきません。今回も数カ所、直し忘れを見つけました。

　驚いたことに、左右のページが入れ替わっているところがありました。つまり、偶数ページと奇数ページが反対になっているので、文章がもちろんつながりません。もし通して文章を読んだ人がいたら、必ず気づくミスです。このミスを見逃したのは何故か。それは、校閲者や編集者が確認したあとに、レイアウトをいじったからです。この手順が違う、というのが最大のミスでしょう。

　これは出版社によくあるミスで、結局これでは、最終的なものを確認する以外にない、という結論になります。少なくとも、すべての処理をしたあとにゲラを作り、それを確認しないと意味がない、ということです。

　頻繁に起こるミスは、ゲラにならない、トビラや奥付、あるいはカバーやオビのミスです。編集者も、こういったものを後回しにするため、結局本が出たあとに読者がミスを見つける結果となります。僕の感覚では、10冊のうち2冊は、この本文以外の場所でのミスがある本です。で

は、どうして全部をまとめてゲラにできないのでしょう？

　それは、出版社がぎりぎりのスケジュールで本を作っているからです。余裕のない進行で編集をしていて、全体確認をするタイミングがない、という構造的な問題といえます。たとえば、カバーもオビもレイアウトもすべてが揃ったところで校閲が全体を確認すれば、かなりのミスは防げるはずですが、レイアウトは本文が固まってから、という昔ながらのやり方を続けていて、デジタルになった今もそのままなのです。誰かが、これを正すべきでしょう。

　本来、こうした凡ミスを、作家が確認しなければならないのは、非効率だと感じます。そんな時間があったら、別の作品が書ける、という人は多いのではないでしょうか。森博嗣の場合、1冊の本において、ゲラの修正が正しく行われたかを確認する作業に4時間はかけているので、この分を執筆に回すと2万4000文字になり、だいたい1作の1/4に当たりますから、4作が5作にできる計算です（今さらしませんが）。

　僕は、もともと誤字が非常に多い人間です（読み間違いも多い）。手で書いたらもっと多いし、ワープロでも変換ミスが頻出します。子供のときから、そういったミス（書き間違えなど）が多いので、完璧なものを書こうとか、間違いをゼロにしようという意識がなく、また、誤植などもまったく気にしない、というのが本当のところです。校閲者には絶対になれません。

　本ブログでも、数人の方に見てもらい、直していますが、それでも完全なものにはなりません。もっとも、ウェブの文章はいつでも直せるので、印刷する文章よりは、気が楽ですね。

　いずれにしても、ミスは誰もがすることですし、完璧になくすことはできません。それでも、できるかぎり完成度の高いものを作ろうとする姿勢は大切で、そのためには、どういった手順でチェックをするのか、という方法論をもっと話し合い、より良いものへ改めていくべきでしょう。精神論とか、人の能力の話では全然ない、ということです。

　ちょっとしたミスを見つけて、人格的な非難をする人がたまにいますが、ミスがないことが人格的に偉いとは思えません。プロ野球選手だってエラーをします。大勢でカバーができるものは、システム的に常に最

善の方法を模索しているか、を見るべきであって、それが組織の「能力」であり「人格」といえるのではないでしょうか。

 ミスがゼロであることは奇跡。ミスを減らす努力が大事なのです。

人生の恩人

　朝、森林に日が差し込んで、非常に綺麗（きれい）な風景でした。思わず、写真を撮りたくなるところですが、僕の場合は、写真はブログにアップするものしか撮りません。アップしたら、すべて消去しています。

　夜に雨が降ったので、水やりは免除。今日は風向きが悪くて、燃やしものができず、したがって、落葉掃除もなし。犬たちと庭園内を散策し、フリスビィで遊びました。

　ラジコン飛行機の知合いが、子供のために買ったおもちゃのヘリコプタをもらってくれ、と送ってきました。子供では手に負えなかったからでしょう。部品が外れていましたが、すぐに直すことができました。飛ばしてみたら、操縦がもの凄く難しいことは確か。なかなか空中で静止（すご）できません。舵（かじ）が鈍（にぶ）いのか、敏感なのか、ジャイロが駄目なのか。でも、どうせなので、ボディをつけてやろうと、ネットで探して、オークションで中古のボディを2000円くらいで購入しました。だいたいサイズが合いそうなので、これから工作となります。数日楽しめることでしょう。

　『森博嗣の整理術』の再校ゲラを読み始めました。今日は30％まで進捗（しんちょく）。僕が工作室などで撮った写真が10枚以上使われていますが、内容を説明するような写真ではなく、一種の挿絵だと思っていただければ、と思います。写真について、キャプションで説明を求められましたが、そういったつもりで撮ったものではないので、お断りしました。説明なんか入れたらきりがないし、少し入れるだけでは、ますます意味がわからなくなることでしょう。

　これで連想したのですが、よくマスコミが有名人にインタビューするとき

に、「ファンの方に一言」とマイクを向けますね。あれは、実に馬鹿げた習慣だと思います。黙っている人に対しても、「なにか一言」と絶叫するレポータもいますが、何でしょうか「一言」って。一言に何の意味があるのでしょうか。

たとえば、さきほどの写真のキャプションだったら、「写真」と入れたらよろしいのではないか、と思います。そういうものが、「一言」の本質です。もっと書くなら、「本質を見失った者にはなにものも見えないだろう」とか「心無い詮索の果てにある虚しさとは」とキャプションに入れればよろしいかと。

スバル氏が友人と出かけていったので、犬たちと留守番でした。宅配便が来ることになっているので、庭に出ることもできず、ヘリコプタも飛ばせないので、しかたなくゲラを読んでいました。このように、最近の僕の仕事は、仕事しかできない時間にする暇つぶし的なものになっています。体調が悪いときも、仕事しかできないことがあります。

昨日の話のつづきですが、僕は大学の卒論も修論も、文章を手で書いて仕上げました。下書きを鉛筆でして、そこにロットリングでペン入れし、消しゴムをかけました。そうしないと間違えるからです。このとき、このペン入れを手伝ってくれたのが、スバル氏です。何日も徹夜でしたので、自分で書いたら間違えて、書き直しばかりになっていたことでしょう。

その数年後に、博士論文を書いたときはワープロになっていました。これは本当に助かった、と思いました。僕の人生の恩人は、スバル氏とワープロです。

 作家になってもワープロ（パソコンのアプリ）が一番の恩人です。

2019年8月3日土曜日

一点豪華主義ではない

今日も綺麗な朝でした。ただ、夜に雨が降ったので、道が濡れていました。犬たちはTシャツを着て散歩に出かけました。午前中は、ヘリコ

プタの練習をしながら、草刈りや芝刈りをしました。ヘリコプタも草刈機も芝刈機もバッテリィを充電してから使います。だから、なにかを充電している間に、別のもので仕事をしたり遊んだりします。バッテリィも充電器も複数あるので、代わる代わるやりくりしているのです。

『森博嗣の整理術』の再校ゲラは65％まで読みました。あと1日で読み終わりそうです。これを書いている今日は7/28なので、まだ7月が3日あります。次は、新作の執筆に戻ることになりそう。

　庭園鉄道の車両の整備も30分ほどできました。このところ、非動力車の点検を1台ずつ進めています。持ち上げて、裏返しにして、車輪や車軸部などを確認するだけですが、いろいろ気づくことがあります。作ったら、ずっと線路の上にあって、下回りを見るようなことは何年もないからです。

　スバル氏が、次は電気自動車を買おうとしています。でも、高いんですよ、まだ。僕は、その金額を出すなら、と考えてしまいます。日頃、ヘリコプタだけでもバッテリィを30個以上、庭仕事関係のバッテリィ10個以上、充電したり容量を管理したりしています。充電器もそれぞれに専用のものがあります。それらが、どれくらい長持ちしないか、を嫌というほど思い知らされているので、電気自動車もきっとこうなるのだろうな、という気持ちが強いのです。新しいバッテリィが出てきたら、古いものは馬鹿馬鹿しくて使っていられなくなります。その点、エンジンで動くクルマは、20年経ってもまあまあ使えるし、買いたいものが今でもあります。

　電気自動車にも、前輪駆動と後輪駆動があるのですね。不思議です。全部4WDにしたら良いのに。もちろん、都会ではそれで良いのかな。僕が住んでいるところは、4WDでないと役に立ちません。

　なにか欲しいものを買おうという場合、1つに金をつぎ込み、ほかのものは我慢する、という人と、同じ金額を、配分して使う人がいるように思います。一点豪華主義という言葉もあって、これだけはというものにはお金を惜しみなく使い、ほかでは節約する、という方が意外に多いように見受けられます。

　僕は、まったくその逆。趣味のものでも、1つのものに金をつぎ込むよ

うな使い方をしたことがなく、どうせなら広くいろいろなものを買いたいと考える人間です。

　おそらく、1点に財力を集中させる人は、その1点を誰かに見てもらいたい、誇りたい、という気持ちがあるのでしょう。僕にはそれがない、ということです。

　模型の機関車を買うときも、「この品物としては高すぎる」と自分なりに評価すれば買いません。むしろ、安いものを沢山買いすぎる傾向にあって、「あれを2つ買うなら、高いのを1つ買えば良かったかも」と思わないでもないのですが、どう考えても、2つの方がパフォーマンスが高いので、出した金額に納得ができるというわけです。もの凄く高いものを思い切って買う、という経験はほとんどありません。周囲からは、きっとそうは見られていないだろうな、とは思いますけれど。

 ← 1000万円以上のものって、土地かクルマを数回買っただけです。

2019年8月4日日曜日

そんな君は見たくなかった

　朝は濃霧でした。夜に雨が降ったので、水やりは免除。バキュームで落葉を集め、お昼頃に燃やすことができました。こうした庭仕事の合間に、ヘリコプタを飛ばして遊びますし、庭園鉄道も運行しているので、とても仕事をしているようには見えないことでしょう。本人も、庭仕事は遊びのうちだと考えています。

　ヘリ用の充電器が1つ壊れたので、新しいものを買いました。ヘリ用だけでも充電器は10機くらいありますが、主に使っているのは2機で、そのうちの1機が駄目になりました。買ってから半年くらいでしょうか。電子機器というのは、突然壊れるもので、しかも壊れるのは使い始めてから早い時期です。一種の不良品かもしれませんが、安いものですから、しかたがないと思います。また、一定の条件で使っていれば滅多に壊れませんが、変化のある条件で使うと不具合が起きやすい傾向もあるか

そんな君は見たくなかった

077

と。

　草刈機のバッテリィも弱ってきている感じなので、新しいものを買いました。ところが、別の形のバッテリィでも、差込口の形が同じものがあって、試してみたら使えました。これで、だいぶ柔軟な対応が可能になります。

　ラジコンのヘリコプタや飛行機に用いるバッテリィから、普及しつつある電気自動車のバッテリィを類推する話を昨日書きましたが、「自動車のバッテリィはもっと高性能だから、そんなはずはない」と思われた方も多いのではないでしょうか。それは逆です。一般に、自動車など広く普及している日用品よりも、趣味の分野で用いられる材料や機器や道具の方が、ずっと高級品なのです。金に糸目をつけない趣味人が買うから、贅沢品がはてしなくまかり通っているのです。ですから、一般のものは、これよりも低性能である、との憶測が妥当なところです。

　『森博嗣の整理術』の再校ゲラを読み終わりました。明日から、また新作の執筆に戻りたいと思います。講談社文庫編集部から、12月刊予定の『つんつんブラザーズ』の解説が届きました。吉本ばなな氏からいただいた原稿です（感謝）。

　「〜したくなかった」という表現があります。これは「〜したい」という希望の否定の過去形です。つまり、既にしてしまったことを後悔するときに使います。人間生きていれば後悔の連続でしょうから、頻繁に用いられます。

　ところで、他者の行為に対しても、この表現が使われることが少なくありません。普通であれば、「彼は〜するべきではなかった」とか「彼は〜しない方が良かった」といいますが、それを、「彼が〜するところを見たくなかった」「彼から〜などという言葉は聞きたくなかった」というふうに、自分の願望として語ります。意味としては、他者の言動を非難しているわけです。「残念に思います」「遺憾です」という日本的な表現もあって、自分の気持ちを表現するに留める謙虚さを感じさせますが、実際には、相手に対して非難していることには変わりありません。

　作家をしていると、「こういう森博嗣は読みたくなかった」などと言われ

ることがままあります。小説だったら、その人の趣味に合わない、という意味でしょうし、エッセィなどであれば、自分の主張とは違う、とおっしゃりたいのだろうと想像します。

　僕は、本を読んでいて、「こんな文章は読みたくなかった」と思ったことはないし、誰であれ、「あんな言葉は聞きたくなかった」と思うことがあまりありません。つまらない文章であれ、自分と違う意見であれ、読んだり聞いたりすることに「意味がない」とは感じないので、損をしたという気分にはなりません。例外として、下品なものを目にすると、見なかった方が良かったかな、という言葉が出ることはありましょう。

　逆にいうと、読みたいものだけを読んでいる人、聞きたい言葉だけを聞こうとしている人がいることに、仄（ほの）かに危惧（きぐ）を抱きます。もちろん、慣用句的に、みんなが使っているから、と深い意図もなく使われているのかもしれません。言葉というのは、気をつけて使わないと、深読みされるので怖いですね。

 自分の願望を他者の非難に変換するのが得意な人が多いようです。

痘痕も靨（えくぼ）って読めますか？

　今朝も濃霧。9時くらいに晴れてきました。バキュームで落葉を吸い、新しいバッテリィで草刈りをしました。バッテリィは、これまでのものの2倍以上もちました。新しいものは、やはり性能がアップしているようです。

　昨日の夜も雨が降ったので、水やりはしていません。芝刈りをもうしないといけないくらい、芝が伸びます。1カ月ほどまえに、少し高級な肥料をやったのが効いたのかも。現金なものですね。そういえば、庭掃除が一段落して、室内に戻ろうとしたら、水道が僅（わず）かに音を立てていました。水が流れている音です。どこで使っているのか、と確かめにいっても、スバル氏は使っていません。そこで、二股（ふたまた）になっている箇所の片方を締めたりして、場所を探っていくと、ウッドデッキのすぐそばで漏れてい

ることがわかりました。急いで、そこの手当てをしました。いつから漏れていたのかわかりませんが、昨日は気づかなかったことです。

今日は、小さい機関車を走らせて遊びました。アルコールを燃料にして走るライブスチームです。暖かい季節では、スチームがよく見えないので、その分は残念ですが、明るい日差しの下を走るシーンも、なかなか良いもの。こういうときに、「疲れが吹っ飛ぶ」なんて言いますけれど、べつに疲れてはいませんから。

各社から支払い明細書が届いていて、ほとんどが電子書籍でした。映画『スカイ・クロラ』の原作使用料も振り込まれていました。TVでやったのですね。荻野真氏の『孔雀王』関連でも印税が振り込まれていました。これも電子版です。いつだったか、解説かコメントを書いたでしょうか。『悲観する力』は、韓国版が出たらしく、印税の入金がありました。過去の仕事でいつまでも収入が得られるというのが印税の特長といえます。幻冬舎からは、新書の愛読者カードが届き、いろいろな年齢層のご意見を読ませていただきました。

昨日の「見たくなかった」「読みたくなかった」の話の補足ですが、お金を払っているお客さんだったら、これを言う理由があります。つまり、お金と交換したつもりの楽しみが、想像どおり得られなかったという場合です。ですから、森博嗣の文章について、本を買った読者が言うのは、正当な理由があります。書きたかったのは、そういう利害関係がないときに、この表現がかなり頻繁に使われていて、そこに僅かな違和感があるのかな、と思ったからでした。

TVに登場するタレントは、視聴者から直接お金をもらっているわけではありません。でも、わりとそれに近い感覚なのかな、とも思います。ファンがいて、人気があっての商売ですからね。そうなると、金を出しているファンが、「してほしくなかった」と言うのも、まあ、ありなのかな……。難しいところですね。

政治家も、国民の支持を得て選挙で当選し、税金で雇われているわけですから、国民が「してほしい」「してほしくなかった」という声を上げるのは、やはり正当でしょうか。最近は細かいところまでいちいち注

8
月

080

文がつきますから、やり辛いでしょうね。全然同情はしませんけれど。

　大好きな人でも、ここはちょっと嫌だ、という部分があるものです。パーフェクトに全部素晴らしいとはいかない。でも、ちょっとした汚れも許せてしまう、というのが、本来の「推し」なのではないでしょうか。ワープロじゃなかったら絶対に書かない「痘痕も靨」という諺を書いておきましょう。

嫌いな人はすべてが嫌い、という場合は「靨も痘痕」でしょうか。

2019年8月6日火曜日

すぐ近くでも差がある

　今朝は特別に濃い霧でした。夜の間はずっと雨でしたから、地面は濡れています。でも、9時頃にはすっかりドライになり、雨の痕跡は完全に消えました。スバル氏が自分の部屋の模様替えをしたみたいです。このまえ、家具屋へ行ったからでしょう。そのため、粗大ゴミが大量に出たので、処理場へクルマで持っていきました。15分くらいのところにあります。犬も1匹だけ一緒。その近所に、ヨーグルトシェイクの店があったので買いました。

　夏らしい強い日差しが照りつけていますが、木陰はそよ風が吹き抜け、気持ちの良い季節です。庭園鉄道を運行し、非動力車の整備も屋外で行いました。ここ数日落葉掃除をした甲斐があって、スリップもなく滑らかに走ることができました。

　先日買った葡萄のジャムを、今日はクロワッサンにつけて食べました。ジャムは、これでなくなりました。あまり甘くないナチュラルなジャムだったので、早く食べないと傷むだろうと急いで消費しました。

　ポンドが安くなっています。首相も替わったし、合意なきなんとかでいくような話をしているからでしょう。おかげで、イギリス製の模型はすべて1割引です。この際だからなにか買おうかな、と探してみると、こういうときに限って、気になるのはドルの商品だったりします。ユーロもそこそこ下

がっているのですけれど。まあ、本音を言うと、為替レートに影響されて買うようなものは、本当に欲しいものではないのです。

　昨日と今日は、作家の仕事をお休みしました。沢山明細書が届いているので、それらをエクセルに入力しただけです。新作は、2カ月かけてゆっくり書こう、と意気込んでいたので、良いペースかと。

　今日は、ゲストハウス周辺をブロアで掃除し、新しいバッテリィで長時間草刈りもしました。ゲストハウスは、ほとんど日が当たらない場所に建っているので、家の中に入るとひんやりとします。周囲にも落葉が多く、ほとんど地面をカバーしている状態でした。バキュームで吸うには量が多すぎるので、いずれはエンジンブロアで吹き飛ばすことになるでしょう。今は夜の雨で湿っているから、効率が悪そうだと予想。

　敷地内でも、ちょっとした傾斜や、樹の種類などの違いから、地域差があります。比較的日当たりが良い場所と、そうでないところでは、育つ植物が全然違うのです。いろいろやってみて、初めてそういうことがわかってきます。自然に逆らわないようにした方が上手くいきます。

　ランチは、デッキで玉蜀黍を食べました。犬たちもデッキに出ています。日向は少しだけ暑くなりますが、木陰はひんやりとしています。気温は24℃くらいまで上がりました。夏らしい感じ。

　午後は、スバル氏と長女がショッピングに出かけたので、犬たちと留守番です。みんなお昼寝でした。夕方に、スバル氏から電話があって、家のすぐ近くまできたけれどスコールになって、前が見えないので、車を停めている。キッチンの天窓を開けたままにしたから閉めてほしい、とのこと。彼女のいる場所から1.5kmくらいですが、こちらでは雨は降っていませんでした。

 雨や雪は、山からこちらへだんだん近づいてくる光景が見えます。

ケルヒャの日

　昨日夕方のスコール以来、夜には雨が降らず、今朝の犬の散歩はTシャツなし。枯枝を集め、燃やしものをしただけ。ブロアと草刈りはお休み。庭園鉄道は、エンジンで発電する機関車の整備をしました。たまに始動しないと、エンジンは不調になるのです。

　庭園内は茸が増えてきました。茶色や白や赤など色とりどりです。大きいものは、笠の直径が30cmほどもあります。あっという間に出てきて大きくなるから不思議です。大きくなったと思ったら、あとはすぐに溶けるように消えていきます。

　昨夜は、工作室で旋盤を回して工作。金属パーツを作る作業でした。材料は真鍮。形を整え、穴をあけ、ネジを切りました。旋盤があれば、どんなものでも作ることができますが、でも、今時はどんなものでも安く売っているので、作らなくても買える、という障害があります。これを精神的に克服しないかぎり、清く正しい工作ができません。

　昨日、ゲストハウスの近辺で草刈りをしていたら、猫を見かけました。以前見かけたときは子連れでしたが、今日は親だけでした。ゲストハウスのウッドデッキは、苔のため滑りやすくなっていたので、今日のお昼頃に高圧洗浄機で掃除をしました。ついでに、近くにあったテーブルやベンチも綺麗にしておきました。ケルヒャです。小型のものなので、広い面積を掃除するには時間がかかります。渡り廊下のガラスも汚れを落としましたけれど、片方だけです。反対側は、また今度。

　WWシリーズ第3作は、9000文字を書いて、トータルで3万文字になりました。完成度は25%です。今日の作家の仕事はこれだけ。1時間半ほどかけました。もうすぐ第1章が終わります。

　午後は、芝生でヘリコプタを飛ばしました。このまえ、大きい方のアグスタを飛ばして、離陸後に脚を引き込むところの動画をアップしましたが、そのとき、前のタイヤが半分くらい出たままでした。そういう仕様なのかな、と思った方も多いかもしれません。調べてみたら、受信機用の

バッテリィが固定した場所から外れて、移動していました。このバッテリィが邪魔をして、タイヤが完全に格納できなかったのです。タイヤの方は問題ありませんけれど、このバッテリィがもし断線したら、大惨事となっていたことでしょう。もちろん、すぐに修復しました。空を飛ぶものは、ちょっとした不具合で結果が大きく出るのがシビアなところです。こういうときに、冷や汗をかいた、といいますね。実際に冷や汗というものをかいたことは、一度もないのですが……。

あまり、政治関係のことは書きたいと思わないのですけれど、日本、韓国、アメリカ、イギリスと、どの国を見ても、政治家が子供みたいなことをしていますね。大人気ない、という意味です。これは、僕が歳を取ったから、そう感じるだけでしょうか。それとも、それだけ民意に寄り添った人がリーダになったからでしょうか。民意というのは、大人気ないものですから。そこへいくと、中国やロシアの政治家は大人ですね。やはり、民意なんか二の次だと思わないと駄目なのかも。

とはいえ、森博嗣も充分に大人気ない人ですよね、ホント。人類は平均して器が小さくなっているのかもしれません。

 器が大きい人の半分は、神経が太くて鈍感なだけかもしれません。

2019年8月8日木曜日

ブロアマンの日々

昨夜は小雨でした。朝から晴天となり、まずは芝刈りをしました。近所の老夫婦が訪ねてきたので、庭を見てもらい、犬たちといっしょに歩いて案内。葉を落としている樹は1種類で、その樹はすべて葉が散りました。この枯葉をバキュームで集めたり、ブロアで吹き飛ばしたり、ドラム缶で燃やしたりしているわけです。もう一段落したところです。

スバル氏は、まだガーデニングに燃えていて、ネットで買った苗や、どこかからもらってきた草花を植えています。暖かいし、雨は夜に降るし、今は絶好のコンディションといえるでしょう。

久し振りに大きい方のエンジンブロアを背負って、お昼頃に1時間ほど枯葉の掃除をしました。特にゲストハウス付近では、落葉が地面を覆（おお）っていたので、これを吹き飛ばして谷に落としました。再び緑の苔の地面が綺麗に見えるようになりました。このように、こまめに落葉掃除をしていないと、苔が育ちません。苔というのは根がないので、地面から水分を吸収しているのではなく、どうも空気中の水分で生きているようです。土の上よりもさきに石や岩に生える傾向もあって、じめじめしたところが好きなようで、実はドライな場所で広がります。夜に気温が下がって結露するような環境が良い、ということなのでしょうか。日本のような暑い場所では、よほど山奥へ行かないかぎり、なかなか維持が難しいように思います。盆栽を趣味にしている人は、苔を大事にしますね。買ったら高価だと思います。

　線路上の枯枝を効率良く除去するには、ブロアで吹き飛ばすのが一番なので、エンジンブロアを先に取り付けた専用車両を作り、これを先頭に走らせることを考えています。以前に落葉掃除をする同種の車両を作ったことがありますが、あれは電動ブロアでした。エンジンの方が強力だし、発電機も不要なので適しています。そんなことをいろいろ考えながら、ブロアマンとして働きました。

　WWシリーズ第3作は、6000文字を書いて、トータル3万6000文字となり、完成度は30％となりました。少しペースを落としたのは、講談社文庫『つんつんブラザーズ』の初校ゲラが届いたので、校閲の指摘などをちらちらと眺めていたためです。まだ真剣に読んでいません。〆切（しめきり）は9/11とのこと。1カ月以上余裕があります。

　今日は、教育関係の著作利用の印税で明細が届いていて、また何十万円も振り込まれていました。なんか、いっこうに減りませんね。それから、フジテレビから原作使用料が数十万円、同じく、商品化権使用料が2円、それぞれ振り込まれていました。まだ、なにかグッズが売れているのでしょう。今回2つ売れたみたいですね。

　台湾の出版社が出した『読書の価値』も見本が3冊届きました。僕の紹介で、「理科系推理小説家」とありました。台湾の中国語は、漢

字がだいぶ読めます（中学と高校で漢文を真面目に勉強しましたから）。ちょっと気づいたのは、この本がずっしりと重いこと。日本の本は、軽いですよね。一度、どなたか本の密度を測定していただきたいものです。必ずしも、本の厚さと重さは比例していません。

　今日は、僕が担当の大きいけれど赤ちゃんが、庭園鉄道の信号機を倒しました。コードを引っ掛けて引っ張ったようです。耳を下げてお座りしてしまいましたが、わざとやったのではないので、叱られてはいません。

　信号機は地面にレンガとモルタルで基礎を作り、そこに2cm厚のベニヤ板を木ネジで固定し、この板に信号機のスタンドの金具が木ネジで固定されているのですが、ようは、ベニヤ板が腐ってしまい、木ネジが抜けたようです。作って5年くらいにしかなりませんが、地面に近いから湿気も多く、悪条件だったのでしょう。ちなみに、塗装はされていました。とりあえず、応急措置で立て直しはしましたが、板を使わない構造に改める必要がありそうです。

 ベニヤはせいぜい5年くらいしかもちません。腐ってしまいます。

2019年8月9日金曜日

ぬいぐるみとお湯張り

　昨夜は、珍しく雨が降らなかったようで、朝からドライでした（早朝の湿度が50%）。まず、芝生に水やりをしましたが、犬たちも水遊びができて大喜びでした。庭園鉄道は2列車を運行。ヘリコプタも2機をフライト。朝から精力的な活動です。土曜日なので、犬を連れた人が2組も訪れ、庭園内で立ち話をしました。犬が退屈そうにするので、長時間ではありません。せいぜい10分くらい。Tシャツ1枚だと、朝は少し涼しすぎる気温ですが、日中はちょうど良いかもしれません。本当に気持ちの良い季節となりました。「夏」というのが、こんなに爽やかなシーズンだとは、日本の多くの人は感じていないことと思います。

　先日発見されたデッキ脇の水漏れ箇所ですが、二股の器具とホース

の接続が完全ではなく、再度少し水が漏れていました（前回は完全に外れていた）。金具を締め直しましたが、ホース自体の劣化も認められます。長くは持ちませんね、こういうものは。スバル氏とは、水を使ったらそのつど元栓を締める、という対処で当分は乗り切ろう、という話をしました。

　ヘリコプタは、相変わらずホバリングの練習をしているのですが、上下に移動させたり、どこかへ向かって移動させて、あとをついていったりしています。少々風があっても飛ばせるようになりました。風が吹くと、たいていの場合、ヘリは浮き上がりますが、その対処の舵を慌てて打つと、今度は急降下します。そういう傾向を知っているだけでも、だいぶ違います。

　とあるところから、古いWinマシンを譲り受けたので、そちらにもフライトシミュレータをインストールしてみましたが、性能不足なのか、反応がワンテンポ遅く、飛行機なら飛ばせるけれど、ヘリは全然飛ばせませんでした。舵を打っても、それが現れるのが遅いのです。0.5秒以下の僅かな遅れだと思いますが、それだけでホバリングができなくなる、ということ。つまり、舵を打った分、すぐにヘリの挙動が反応し、それを目で見て、リアルタイムで次の対処をしているわけです。ラジコンのサーボも、ヘリに使用するものは反応速度が速いものを使います。やはり、それくらいシビアな操作だということですね。

　WWシリーズ第3作は、今日も6000文字を書いて、トータルで4万2000文字になりました。完成度は35%です。ぼちぼちと進めています。今は第2章です。もしかしたら、これは「密室」ものかもしれません（などと煽ってみました）。『つんつんブラザーズ』の初校ゲラは、後回しにすることにしました。もちろん、今月中には見られます。

　重い荷物が届いたな、と思ったら、『森語りの日々』の見本10冊でした。本ブログの書籍化第3弾です。まるでブログ本のように分厚いですね。これがピークなので、どうか辛抱して下さい。

　大きいけれど赤ちゃんですが、夜にバスタブにお湯を張るときに、立ち上がって中を覗き込んで、水が噴き出てくるのを見るのが楽しいみた

いです。お湯張りは、長女が担当していますが、壁にあるモニタのスイッチをタッチすると、バスタブの底付近からお湯が出ます。そのスイッチを指で触れるときに、犬が低く唸って、最も興奮するそうです。これも、「そのスイッチを押したら、あそこから水が出るんだよね」という未来予測を確認している「楽しさ」なのでしょう。

　不思議なのは、このバスタブを覗き込むときに、犬が必ず持っているものがあること。それは犬用のぬいぐるみ（小さな象）です。これを口にくわえたまま、バスタブを覗き込むのです。どういう理由があるのかはまったくわかりません。犬には犬の事情があるのでしょう。

 象は同じもの3匹が鼻がちぎれ、今は猫のぬいぐるみに交代です。

2019年8月10日土曜日

プリペイかポストペイか

　朝はとても気持ちが良く、つい余分に寝てしまうほどでした。昨夜も雨が降らなかったので、今朝はまず水やりから。芝生には、1カ月振りに水性肥料を撒きました。スバル氏は、朝から屋根に上がって、天窓の掃除をしていました。精力的な人です。

　庭園内には、適度な風が吹き抜け、寒くもないし、暑くもない、ちょうど良い気候です。庭園鉄道を運転しているだけで、自然の素晴らしさ体感ツアーに連れていってくれます。毎日せっせと掃除をした甲斐があったというものです。今度、『「庭仕事」という幻想的やり甲斐』という本を書きましょうか。

　犬たちが本格的に水遊びをしています。プールもあるのですが、水を入れるまでが楽しいみたいで、入ってしまった水には興味を示しません。飲むことはないし、もちろん、水の中に入ろうともしません。中に入れて、お腹を洗ってやることがありますが、我慢しているだけで、気持ち良いというわけでもなく、終わるとすぐに飛び出していきます。

　ウッドデッキを毎朝掃除します。といっても落葉をバキュームで吸い取

るだけ。お昼頃には、この場所で読書もできますし、ホットコーヒーを飲んだり、アイスクリームを食べたりもできます。今日は、ランチで玉蜀黍をいただきました。この場所にいて良かった、つまり生きていて良かった、と素直に感じます。

スバル氏が猛烈に苗や球根を植えている模様。僕が作ったトンネル山に、球根を50個埋めたと話していました。どうなることでしょう。でも、結果が出る頃には、このブログが終わっていますね。想像だけして下さい。

WWシリーズ第3作は、8000文字を書いて、トータルで5万文字、完成度42%です。まあまあの巡航速度ですね。作家の仕事はこれだけ。それでも、1時間20分ほどですから、平均よりは多めの仕事量です。1日に30分程度だったら、まだしばらく作家をしても良いかな、と考えたりします（ちょっとですけれど）。ゲラ校正にかける時間を、もう少し合理化したいところですが。

来年あたりから、また引き籠もりモードになりますから、大変楽しみにしています。なにか新しいことが始められそうです。こういうときは、元気が出てしまって、疲れたりしますから、できるだけ、自分の気を逸らすことにしましょう。この歳になると、元気はいりません。元気はマイナス要因なのです。

最近、いろいろなプリペイドの電子マネーが普及しています。日本は遅れている、とたびたび報道されているようですが、そもそも日本は、商品を手に取ってから、サービスが終わってから、あとでお金を払うという文化なので、先払いのシステムに馴染まないのかもしれませんね。たとえば、クレジットカードが普及していますが、これはポストペイなのです。

ネットオークションなどは、最初から前払いが原則でした。多くの通信販売が、先払いだったからでしょう。最近では、Yahoo!のオークションの「かんたん決済」のように、先払いであっても、一旦は仲介者が代金を保管し、商品が届いたとの連絡を受けた時点で、出品者に代金が渡る、というシステムもあります。これは、なかなか良くできたシステムだと思います。

一方、クレジットカードは、最近は海外やネットでは使いにくくなりました。コンピュータが勝手に判断して、決済をさせないので、いざというときに使えないことが非常に多く、そのつど、カード会社に電話をしないといけません。全然「クレジット」ではなくなってしまいました。不正使用による被害が大きく、苦肉の策だとは思いますが、将来性が危ぶまれます。

やはり、ポストペイは廃れ、プリペイになっていくのが、全体の方向性なのでしょう。

 ポイントカードも種類が多すぎ。統一したら普及するでしょう。

2019年8月11日日曜日

大風呂敷を広げて

昨夜も雨がなく、ドライな朝でした。でも、放射冷却で気温が下がるので、その分湿度は上がります（70%くらい）。朝はTシャツだけで外に出ると寒いので、犬たちの散歩ではウィンドブレーカを着ていきます。今日は、途中で2匹のワンちゃんに遭遇し、匂いを嗅ぎ合いました。

草刈りを1バッテリィしましたが、最近頻度は下がっていて、代わりにバキュームが午前中の一番の仕事になっています。ホースの水漏れは、その後ありません。庭園鉄道も順調。ヘリコプタもトラブルなし。ヘリのシミュレータはゲストハウスにあるので、しばらく触っていません。スバル氏は、けっこうよくゲストハウスへ行きますが、これは冷蔵庫を使っているからです。僕は、1週間に2回くらいしか行きません。音楽を聴くときくらいです。

日頃、書斎で執筆をするとき（1回が15分くらい）だけ、iPadでおきまりのアルバムを聴きます。これはもう完全な条件反射といえます。ずっと同じアルバムで、スプリングスティーンかパティ・スミスです。

WWシリーズ第3作は、今日は1万文字を書いて、トータルで6万文字、完成度は50%となりました。少しピッチを上げて、明日から毎日10%

を書くと、あと5日で終了します。いつもならそんな感じですけれど、今回はもう少しペースを抑えて、その効果を確かめてみようかなと考えていますが、きっと上手くいかないことでしょう。

　この第3作のタイトルは、『キャサリンはどのように子供を産んだのか?』です。英題の方は、(もちろん決定していますが)しばらく伏せましょう。来年2月に発行される予定です。

　小説の感想で、わりと多く見かけるのが、「風呂敷を広げる」という慣用句。シリーズものなどで、意味ありげな設定が多数登場すると、謎が広がるばかりとなり、これらを作者はどのように収拾するつもりか、と心配になるみたいです。そんなときに、「風呂敷を広げた」と書かれることが多い。その気持ち、わからないでもありませんが、作者もだいたい同じくらい心配しているはずです。

　この表現は、もともとは「大風呂敷」だったと思います。その意味は、実現するはずもない法螺を吹いたり、大袈裟なことを言ったり、計画したりすることです。小説というのは、そもそもフィクションですから、口からでまかせの嘘であり法螺であることはデフォルトでしょう。ミステリィなどは、最初に突拍子もない謎を提示して、大風呂敷を広げるのが常套といえます。

　僕は、松本零士の漫画などが(押入れに宇宙があったりして)、終わりがけに大風呂敷を広げるな、と若いときに感じたことがありますが、それ以降では、フィクションに対しては、さほどこの表現が必要な機会に出会っていません。フィクション以外だと、たとえば自分の人生で大風呂敷を広げる若者をたまに見かけますが、例外なく、その後行方不明となりますね。大風呂敷で上手に包み込んだ例を知りません。

　風呂敷というものは、今の若い人は見たことがないかもしれませんね。巨大な風呂敷があって、それを広げたシーンを想像してみても、そんな広い部屋はないし、と思うだけでしょう。

　研究論文には、最初に研究の目的が述べられていて、おおむね研究テーマに関する文章を読むことになりますが、だいたい大風呂敷を広げて始まるものです。しかし、その論文の結論まで読み進むと、ほんの

僅かな進展しかなく、それでも、とても重要な（と言い張る）一歩だと書かれているものです。まあ、小説もたいてい、そんな感じでは？

 研究論文の「まとめ」や「結論」なんか、自画自賛の嵐です。

２０１９年８月１２日月曜日

ケルヒャマンの日

　朝は超きらきらでした（何が？）。犬たちの散歩に出かけたら、近所の母娘（60代と30代?）がジョギングをしていました。スコッチテリアの黒いのと白いのも散歩をしていました（人間が連れていましたが）。この季節になると、森のどこから出てきたのだろう、という人たちに遭遇します。みんなが活動的になるのですね。野生の動物も同じでしょうか。

　スバル氏も活動的になっていて、毎日何十個も球根を植え、苗を植えています。それらのほとんどを、通販で買っている模様。水やりをしている姿をよく見かけます。今日は、母屋のデッキをケルヒャする、と話していましたが、きっと僕がすることになるでしょう。

　鉄道模型は比較的値崩れしません。古いものでも、金属でしっかりと作られているからでしょう。100年もまえの製品が今でも流通しています。発売当時の値段よりは確実に高価です（インフレだったから当然ですが）。一方、ラジコン関係のものは、古い時代にはありませんし、そもそも安いし、新技術が出てくると、古いものはガラクタになります。新しいものほど高いという世界です。しかも、昔の新製品より、今の新製品の方がはるかに安いので、古いものの値崩れは余計に顕著。

　今年になってヘリコプタを10機以上買いましたが、ほとんど中古品です。僕は過酷なスタント飛行をするわけではないし、競技会に出場もしませんから、中古で充分なのです。今日は、また中古のメカと中古のボディが別々のところから届きました。これは飛んだら15号機になるのかな。

　新作『キャサリンは〜』は、今日は1万2000文字書いてしまい、トー

タルで7万2000文字、完成度は60%となりました。ペースを抑えると言いながら、つい勢いで書いてしまいました。失敗です。1日でトータル2時間執筆していたことになり、これくらい仕事をすると、首の後ろが凝ります。あまりよろしくありません。自重しましょう。

2014年のドラマ『すべてがFになる』について、映像配信の契約延長の承諾依頼が来ました。配信を継続したいとのことです。へえ、まだやっているんですね、と思いました。もう5年も経つのに。もちろん、問題はありませんので承諾しました。

暖かい季節になり、デッキでアイスクリームやシャーベットやジェラートやかき氷やフローズンヨーグルトなどを食べることが増えましたが、冬に暖炉の前で食べた方が美味しいような気がしています。なかなか客観的に評価ができませんけれどね。

母屋のデッキは、ゲストハウスのデッキの3倍も広いのですが、午後から僕がケルヒャをすることになりました。力仕事ではありませんけれど、じっと姿勢を維持しないといけないので、疲れます。ズボンも靴もずぶ濡れになります。3時間以上かかりました。主に苔などで黒っぽくなっていたのが、明るい感じになりました。

スバル氏から、作業の途中でジュースの差入れがありました。こういうところが上手なんですよね。

芝生でヘリコプタも飛ばしました。良い季節ですね。

 ウッドデッキは、森（森林の意）の生活には欠かせませんから。

2019年8月13日火曜日

本は読むけれど英語は苦手

よく知りませんが、そろそろお盆なのでしょうか（毎年書いていますね。よほど気にしているのかな）。今朝は、犬の散歩から帰るやいなや (as soon as)芝刈りをして、水やりをして、風向きと風力が適当だったので、すぐに燃やしものをしました。落葉や刈った芝の粉が溜まっていて、夜の雨に

濡れてしっとりしていましたが、全部燃やしました。以前にスバル氏が買った電線などを巻きつけるためのリール（木製の直径1mくらいのやつでデッキでテーブルに使っていた）も、腐ってしまったので燃やしました。ぱちぱちとよく燃えて、あまり煙が出ず。

それから、小さいヘリコプタのホバリング調整。譲り受けたおもちゃのヘリですが、ボディをつけるまえに入念に調整しておきたいところ。小さいほどホバリングが難しいし、風に弱いので大変です。スバル氏は、相変わらず苗を植えています。どこかから大量にもらってきたようです。

先日買った新しいMac Book Airですが、Safariで既読のリンクと未読のリンクが同じ色で表示されるので、変だなと思っていました。ブラウジングには別のMacを主に使うので、気にせず、執筆やメールに使っていました（本ブログも今書いている新作も、新しいMacです）。今日、OSをバージョンアップするとのメッセージが出ました。普段だったらあまりしないのですが、暇だったのでやってみたら、その後、リンクの色が変わるようになりました。Safariの問題ではなく、システムのバグだったようですね。それ以外には、特に問題はありません。あらゆる面で改善されていて、満足しています。

本ブログの閲覧者が、最近増加しています。だいたい、1日8000人くらいが見ているようです。存在が知れ渡るのに2年以上もかかるというのが、今のネットの伝播力の実情かな、と思います（10年まえより明らかに減衰）。知れ渡った頃には終わっている、というわけですね。新シリーズが始まった、という噂を聞いた頃には既に完結していた、みたいなものでしょう。

新作『キャサリンは〜』は、今日も1万2000文字書いてしまい、トータルで8万4000文字、完成度70%となりました。つい書いてしまうのは、物語のさきが知りたい（読みたい）という好奇心からでしょう、きっと。この調子だと、あと3日で終わりますが、予定（100%）よりも長くなる可能性もあります。いったいどんなふうに決着するのかな、と興味津々です。

清涼院流水氏から『感涙ストーリーで一気に覚える英単語3000』が

届きました。ド派手なサイン入りです。ちょっと中を覗いてみただけで楽しそう。これから読みます。

英語の関係の本だと、マーク・ピーターセンの本が面白くて、若いときから、たいてい読んだように思います。その割に英語が苦手なのですが。あと、少し方向性が違いますが、ロバート・キャンベルの本も面白いと思います。珍しく、固有名詞を挙げてみました。なんとなく、このお2人が、僕の頭の中で近所にいたので。

TV番組で外国人にインタビューしたとき、日本語の吹替えになりますが、若い女性が、「私は原宿が好きなの。可愛（かわい）いものが沢山あるわ。いつも友達も一緒よ」なんて言ったりします。そんなしゃべり方するのは、65歳以上じゃないの？　絶対にそうよ。じゃなかったら、マツコ・デラックスよね。

 アメリカ人がやけにフランクだったり、ワイルドだったりして。

2019年8月14日水曜日

スプレィの2タイプ

夜に雨が降ったとは気づかなかったのですが、朝は地面の苔や草が濡れていました。気温が下がったことによる結露にしては多い感じ。このところ、霧が出る日が減っていて、朝は輝かしい光に包まれています。白熱電球で照らされたジオラマみたいな光景。朝も昼もデッキで食事をする機会が多くなりました。今日はアイスクリームでしたが。

イギリスのメーカから、機関車の新製品を送ったと連絡がありました。また、中古のヘリコプタをネットで購入。少し大きめのもので、今回は自分で一から調整したいと考えています（特にジャイロの設定）。いろいろ本を読んだので、できそうな気になりました。

8時半から、担当の犬のシャンプーをしました。だいたい3週間ごとくらいのペースで洗っています。バスルームでシャワーを使用。これのまえに、庭仕事は終わらせました。水やりがメインです。枯葉は少し減った

ので、バキュームはしなくても良いかも。草刈りは午後にする予定。

　庭園鉄道は、オープンディに向けての点検がだいたい終わりました。これらのメンテナンスが完了すると、また新しい工作のプロジェクトが始まる、というのが毎年のサイクルです。

　『キャサリンは〜』は、今日も1万2000文字書いて、トータルで9万6000文字、完成度80%となりました。最短だと、あと2日で書き上がります。これを書いている今日は8/8なので、予定どおり8/10に終わることになります。ゆっくり書くつもりだけはありましたが、なかなかできません。これが終わったら、『つんつんブラザーズ』の初校ゲラを1週間ほどかけて読み、そのあと新作の手直しにまた1週間ほどかける、というスケジュール。9月に執筆する予定の新書のことを、最近ぼんやりと考えています。

　スプレィというものを日常で沢山使います。たとえば、塗料を吹き付けるものとか、あるいは殺虫剤などもそうです。ようするに、液体を空気と一緒に霧状にして噴射する装置です。多くの場合、缶の中に圧縮された気体と液体が入っています。アイロンをかけるときに使う「霧吹き」という道具がありましたが、今はスチームアイロンになったから、絶滅したかな。

　スプレィ缶は、上からボタン（ノズルですが）を押すタイプと、前に拳銃（けんじゅう）のような引き金（プラスティックですが）があるタイプの2種類が製品として出回っていると思います。以前は前者が圧倒的多数でしたが、殺虫剤などでは後者が多くなりました。人間工学的に後者の方が、手が疲れないからだと思われますが、機構がやや複雑で部品数が増すのが欠点でしょうか。

　僕は、殺虫スプレィを伸縮する棒の先にセットして、高い場所の虫を退治する道具を自作しました。長さは3m以上あります。これは、上から押す前者の殺虫スプレィにしか対応しないので、このタイプが減ってきたことを憂（うれ）えています。

　しかし、一方で、塗装作業をするとき、上から押すタイプは指が疲れます。スプレィガンのように、引き金タイプの方がずっと使いやすいのですが、塗料ではこのタイプはありません。

スプレィではありませんが、燃料として使うガスの缶も、取り付け口というか噴射口が不統一で不便を感じます。ブタンガスを小さい蒸気機関車のために使いますが、燃料注入がやや面倒です。もっと工夫をしてほしいな、といつも思います。

 塗料のスプレィは容量が少なく、空き缶が大量に出て大変です。

2019年8月15日木曜日

その後の作家の収支

朝は少し霧が出ましたが、7時過ぎには晴天の朝となりました。昨日の夕刻にスコールがあったので、水やりはしていません。苗を沢山植えたスバル氏は、大喜びでした。日中の気温が25℃に迫ると、50%以上の確率で午後スコールとなります。降るのは10分程度です。雨が降っている最中は、地面の半分くらいが水溜り(みずたま)になりますが、雨が上がると、あっという間に地中へ染み込み、水溜りは消えます。

ゲストハウスに蜂の巣がある、とスバル氏に言われたので、殺虫スプレィを持っていき、シューっとかけてきました。3分後に再び行くと、もう蜂はいません。高枝切り鋏(たかえだきりばさみ)で巣を落としました。握りこぶしくらいの大きさのものが5つ。どのみち、また作ることでしょうけれど。

スバル氏がサロンに出かけていったので、犬三昧(ざんまい)の留守番です。床に座ると、両膝(りょうひざ)に犬たちが顎(あご)をのせます。貴方(あなた)だけが頼りです、という目で見つめます。

今日は、アメリカの模型店からジャンクが届きました。5000円くらいの買いものです。昨日書いたイギリスのメーカからの新品の機関車も届きました。これは20万円くらい。にこにこです。どちらも、すぐに走らせたかったのですが、犬たちと遊ぶことを優先しました。

お昼頃に、突然飛行機関係の友人が遊びにきて、1時間ほどホビィルームでおしゃべりをしました。ヘリコプタを10機以上見せました。飛行機に比べると、ヘリコプタはバラエティがないのが残念です。実機の種

類も非常に少ないのです。

『キャサリンは〜』は、相変わらずですが、1万2000文字を書いて、トータルで10万8000文字となり、完成度は90%です。明日終わるような気もしてきました。ここ数日、少々飛ばしましたが、目も手も痛くならず、体調は良好です。

作家の仕事を始めて以来、エクセルで印税の集計をしていました。幻冬舎新書の『作家の収支』にそれを書きました。ただ、早々に引退するつもりだったので、20年ほどまえから始まった電子書籍については、当初微々たる額だったこともあり、エクセルにインプットしませんでした。

印刷書籍は、初版発行や重版時にまとめて入金がありますが、電子書籍は期間ごとに売れた分だけ入金されます。出版社は、どのネット書店でいくら売れた、という細かいリストを送ってくるだけで、その本がトータルでどれだけ売れて、その累計はいくらか、といった集計をしていません。していない理由は、森博嗣のエクセルと同じでしょう。

それぞれの作品の電子書籍が何部売れたのか、意図して集計しないかぎりわからないということです。数年まえ、講談社でK木氏が電子書籍販売部にいた頃に、一度それを集計してもらったことがありました。本を作った編集者も、もちろん、この方面の情報を知りません。誰も数を詳細に把握していないのです。

最近になって、電子書籍の売上げがどんどん増加し、集計しなかったことを後悔していますが、「もう今さら」と思っているところです。そこで、最近4年間の（作品ごとではなく）トータルの金額だけ、ざっと計算をしてみました。

『作家の収支』の当時、印税収入の累計を15億円と書いたと思いますが、現在は20億円を超えています。この数字は、4年よりまえの電子書籍、海外出版のすべて、漫画の原作料、映画やアニメやドラマの原作料、そして講演料などは含まれていません。

これまでに出した本は、334冊だとHPにあります（秘書氏が更新してくれています）。ということは、だいたい本が1冊出ると、平均して600万円稼いでいる計算になります。1冊執筆するのに20時間とすれば、時給は30

万円ですか。あ、そうか、半分は文庫化だから、その場合の執筆時間はゼロですね。でも、ゲラ校正はしているから、平均して1冊に40時間はかかったとすれば、時給15万円になります。

　現在は、1日に平均40分程度、作家の仕事をしているので、1日平均10万円稼いでいます（これは、ちょっと少なめかも）。まあ、だいたいそんなところでしょうか。

 先日、AppleのCMにアニメが一瞬出ました。著作権料は……。

2019年8月16日金曜日

お盆休みだから時事放談でも

　昨夜は雨が降りませんでした。今朝は、まず水やりから。落葉は小休止のようで、増えてはいません。線路の確認をするために、毎日鉄道を運行しています。今日も異状なし。走ると気持ちが良い高原列車です。

　いろいろ模型が届き、書斎に溜まっています。有効な床面積が半分以下になっている状況。特にヘリコプタのパーツ類が多く、小さなキャビネットを買って整理したにもかかわらず、溢れ返っています。また、隣のホビィルームも、ヘリコプタが床を占領していて、歩けないエリアができています。

　僕が担当の大きいけれど赤ちゃんは、ホビィルームでだいたい昼寝をしています。風が入って気持ちが良いのでしょう。でも、ひっくり返ったり、寝返ったときに、脚がヘリコプタに当たらないか心配です。
『キャサリンはどのように子供を産んだのか？』を最後まで書き上げました。約12万文字。予定どおり100%で完了。数日寝かしてから手直しをしますが、そのときに1万文字くらい増えることと思います。脱稿は8月末の予定。発行されるのは、来年の2月ですから半年さきです。
「子供の科学」の編集部から連載第7回のゲラがpdfで届き、確認をしました。入試や問題集で著書から引用される教育関係の著作利用

が多いのですが、初めて海外からこの申請があったそうです。韓国で翻訳された本が、むこうで試験か問題集に引用されて使われる、ということです。著作使用料は、日本文藝家協会の指針に沿っていただいていますが、海外の場合はどうするのでしょうね（後日、日本の場合と同様となったと連絡がありました）。現在は、すべて某所に事務処理を委託しています。

　昨日の夕方ですが、書斎の窓の外で突然水が吹き出ました。何事か、とびっくりしました。見にいくと、庭で水やりをするホースが途中で破裂していました。取付け金具などではなく、ビニルのホースが裂けていました。紫外線による劣化かな。使っていたホースは、凍結時に裂けない寒冷地仕様のもので、膨張に対応するはずなのですが、直射日光で柔らかくなったのかもしれません。接続部まで近かったので、50cmほどホースを短くして、取り付け直しました。

　最近の日本のニュースですが、最新鋭戦闘機F-35の墜落事故に関して、機体には異状がなく、パイロットの「空間識失調」が原因との報告が出たというもの。最近のおもちゃのドローンでもラジコン飛行機でも、トラブルがあったときに自動操縦になって、出発地点に自動的に帰還する機能を備えているものがあるというのに、と感じました。そういう機能を使わないのが「訓練」だとは思いますけれど、墜落を未然に防ぐくらいはできそうな気もします。航空機、それに鉄道でも自動車でも同じですけれど、操縦士や運転士に問題があったというのでは済まされない時代に、そろそろなっているのではないでしょうか。「それくらいは、テクノロジィでなんとかしてほしい」と多くの人が感じるのではと。

　それから、政治家とタレントの結婚のニュースで盛り上がっているようですが、元総理が、「どうして、クリスタルじゃないの?」と尋ねたという記事。そこは、「なんとなく、クリステル」と答えたら、ウィットがあったのに、と惜しまれる場面でした。

 このジョーク、40年も昔の作品を知っていないと通じませんね。

スバル氏は普通の人ではない

　夜の雨はなく、朝は少し曇っていました。気温は高く20℃もありました。でも、曇っている分、あまり上がらないかもしれません（23℃まで上昇）。水やりをして、工作室の切れた蛍光灯を取り替えていたら、スバル氏が、キッチンのスポットライトも替えてほしい、とおっしゃるので、脚立を室内に持ち込んで、高い天井のライトを交換しました。

　それから、犬も一緒にホームセンタへ行きました。スバル氏が花の苗を買っている間、駐車場を犬と散歩。麓（ふもと）は暑いですね。帰りにマックに寄って、シェイクを買って、これを飲みながら、少し遠回りをしてドライブ。

　アメリカから届いたジャンクのディーゼルカーを、書斎で修理している関係で、デスクの上は、カップの置き場もないほど散らかっています。このディーゼルカーは、すべて木製で、未塗装なので工芸品のようです。2番ゲージという、線路幅が64mmの規格ですが、動力はありません。長さが60cmくらい、幅と高さは15cmくらいのサイズです。ゲージを45mmに改造しつつ、タミヤのギアボックスで動力化しようと考えています。塗装をするかどうかは、とても迷います。木目を生かして一部だけを塗る、というのが良いかな。

　同時に、ヘリコプタのジャンクも、書斎でいじっていて、今日は手持ちのプロポとバインドし、ジャイロの作動（サーボの動き）を確かめました。ヘリのシャーシを手に持って、移動させたり、傾けたりします。その動きに反応して、サーボがどう動くかを見るのです。このようにして、ジャイロの方向や感度などを確認します。ラジコンのヘリは、ジャイロ・スタビライザが命なのです。

　キッチンにお菓子の箱らしきものがあったので、スバル氏に「それは何?」と尋ねたら、「普通の人では食べられへんくらい甘いで」との返答。自分のことは、普通ではないという主張でしょうか。僕は普通なので、食べませんでした。

午後は、エンジンブロアを背負って庭掃除。30分くらいかけて、庭園内の1/4ほどの範囲の落葉を（隣の雑木林へ）吹き飛ばしました。吹き飛ばしても、風向きが変われば、また戻ってくるかもしれませんので、一時凌ぎではあります。

『MORI Magazine 2』文庫版の見本が10冊届きました。先月に出た『MORI Magazine 3』と同じシリーズです、と当たり前のことを書くと、少し面白いでしょうか。本が出たあとに、最も沢山のファンメールをいただくシリーズです（参加者が多いためでしょう）。大変多くの方から惜しまれております。

今日から、『つんつんブラザーズ』の初校ゲラを読み始めました。今日は15％まで進捗。これは、12月刊予定で、シリーズ第8巻になります。とても丁寧な校閲で、頭が下がります（頭が上がることって、ありませんね）。

そろそろまた「子供の科学」の連載を書かないといけないのですが、次は何にしようか、と5分くらい考えました。これまで9回分書いて、今度が第10回になります。

 ウィルス騒動で、「子供の科学」が無料配信になりましたね！

2019年8月18日日曜日

日本のアニメの個人的感想

夜は雨はなく、朝は涼しく、ウィンドブレーカを着て散歩に出かけました。秋風が吹いている感じ。今年は、天気も良く、爽やかな夏でした。犬たちも人間も、家族はみんな健康で、良いシーズンだったと思います。まだしばらく楽しめると良いですけれど。

水やりを一通り済ませてから、燃やしものをしました。スバル氏が花壇などを整理して、枯れた植物などのゴミが沢山出たからです。ものの五分で焼却。合間に犬たちは水遊び。デッキにいると非常に涼しく、バーベキュー日和だな、とは思いましたが、べつにしたいというわけではありません。

庭園鉄道は、2列車を運行。剪定鋏(せんていばさみ)を持って運転し、伸びて障害となる枝を切りながら走りました。枝に花や実があるときは、スバル氏に相談をします。切ったものを飾ったりするからです。

　円が高くなって、ポンドもユーロもドルも、バーゲンセールのような状況です。いろいろ買いものをしても良いかな、と思ってはいるのですが、やっぱり値段だけで買いたくなるほどの微妙なものって、なかなかありません。

　とはいえ、イギリス製の新品の機関車を買いました。日本のメーカを吸収したアメリカのメーカが、イギリスでも機関車を発売しているのです。日本のメーカが出したら、2倍の値段になっただろうという製品です。眺めただけで、まだ走らせていません。しばらく寝かせておきましょう。

　中古で買ったヘリコプタの、いちおうの調整がつき、恐る恐る試験飛行をしました。全然駄目かもしれない、と覚悟をしていましたが、ロータを回してみたところ、軽く浮き上がり、ホバリングも安定していました。さっそく、これ専用のバッテリィを注文しました。

　僕は、日本のアニメをほとんど見ません。世界的に評価が高いといわれていますが、何が自分と合わないのかな、と少し考えてみました。まず、いつも書いていることですが、声というか、しゃべり方が、どうも芝居がかっていて、あまりに感情が込められすぎで、歌舞伎(かぶき)や時代劇の舞台演技を見ているような感覚になり、リアルに認識できないのです。あまりにも叫びすぎ、あまりにも声を震わせすぎ、あまりにも息遣いが激しくなりすぎ。

　それから、次は、やはり絵でしょうね。絵が、結局漫画なのです。漫画の場合は止まっているから、小説のように頭の中で場面を展開し、そのときに映像が自分なりにリアルへ近づきます。漫画の絵は、実物を写実していません。ドラえもんののび太君みたいな実物の人間はいませんから、漫画を読む人は、それを頭で展開して読みます。ところが、アニメは動くわけで、その展開の必要がない。そうなると、絵が漫画的なのが、ネックになります。たとえるなら、漫画のお面をつけた人がお芝

居をしている、ような感じですね。

　おそらく、日本以外の多くの国で、そんなふうに日本のアニメは見られていることでしょう。彼らは歌舞伎を見るように、日本のアニメを見ているのです。マニアックで異質な文化ですが、嵌ればファンになるわけです。

　アメリカのアニメでは、おもちゃやぬいぐるみっぽいキャラクタは、そのままOKですが、人間の大人になると、コミカルに描くものは許容できても、シリアスなものでは写実性がないと受け入れてもらえないように思います。アメリカンコミックは、もともと写実性が高いので、アニメというよりも、そのまま実写になりますね。

　さて、作家の仕事は、『つんつんブラザーズ』の初校ゲラだけ。40％まで読み進めました。順調です。

 『スカイ・クロラ』のアニメの声、あれくらいが良いと感じます。

講談社のK木氏とおしゃべり

　涼しい朝で、晴天。ゲストがあるので、スバル氏と場所を話し合い、今日もウッドデッキ（つまり屋外）で応接しよう、と決めました（このところ、ずっと応接デッキです）。まず芝刈りをして、水やりをしました。スバル氏も、近辺の掃除をしました。犬は、遊んでもらえないので退屈そうでした。

　庭園鉄道も、列車を出して、2周ほど走らせて線路の確認をしました。異状なし。オープンディが近いので、線路の点検は欠かせません。

　今日のゲストは、講談社のK木部長と担当編集者のM氏。K木氏は、1年振りくらいでしょうか。今後の執筆活動について、いろいろお話ししました。お昼には、僕の車で（20kmほどの距離にある）レストランへ行き、そこでランチ。珍しく中華料理でした。中華料理って、1年に1回くらいしか食べられないのです。1年に1回ほどしか都会へ行かないから

ですが。

『つんつんブラザーズ』のゲラは70%まで読むことができました。明日で終わりそうですね。続けて、明後日（あさって）から「子供の科学」の連載に取り掛かりましょう。

　オープンディのために、欠伸（あくび）軽便の記念切符を作りました。フォトショで30分くらいかけた力作（?）です。スバル氏のカラープリンタで出力してもらいました。カッタナイフで切り離す作業は、また明日。作ったのは30枚。ゲストに配付する分です。

　スバル氏が、僕のために、新しいスリッパを買ってきてくれました。冬用のものを2年以上履いていたみたいです。日本の皆さんの多くは、きっと「スリッパー」とおっしゃっているのだと想像して、仄（ほの）かに微笑ましく感じます。

　K木氏と話したのは、日本の書店が、僕がデビューした当時は2万店くらいあったのに、今は1万店になってしまった、最終的にはさらに半減してしまうかもしれない、という将来展望。流通のシステムが崩壊したとしても、生き残った書店は、自分たちが売りたい本を並べるような、本来の意味での「店」になって存続するのではないか、といったお話も。

　電子書籍は、ますます伸びていて、かつて電子書籍に反対していた作家の方々も、今では電子書籍を出すようになったとのこと。講談社では、本の売れ行きの評価に、電子書籍を含めた数を対象とするようになった。書店の売行きベストテンなどでも、印刷書籍と電子書籍を合計して集計するのが本当だろう。そんな話をしました。

　森博嗣の今後については、2021年以降の執筆計画について、少しだけ話をさせてもらいました。K木氏は、講談社の文芸のトップですが、文三の部長も兼任しているので、「講談社タイガが文庫だということが広く認知されていない問題」について話しておきました。なにしろ、「文庫になったら買います」という声が今も多いのです。

　そのほか、面白かったのは、出版社は大量の在庫を抱（かか）えていて、倉庫代が馬鹿にならないので、廃棄して整理をしている、とのお話。本が必要になった場合には、刷り直す（重版にする）方がかえって安く済

むのだそうです。作家にとっては、重版になったら印税がもらえるから、これは嬉しい状況だったりして……。もちろん、かつてより少部数でも重版ができるようになったから、こういった対応ができるわけですね。

 半年後、K木氏は講談社を退職されました。お疲れ様でした。

個人で出版社を立ち上げて

　朝は霧雨程度。水やりが免除になるほどの水量ではなく、残念でした。犬の散歩は、高原の道を歩きました。とても爽やかで、遠くまで景色が見えました。

　朝は、芝生の水やりをして、昨日刈った芝の粉を燃やしました。ウッドデッキで犬たちのブラッシングもしました。芝生に近い花壇にあるアナベルの木は3mにも生長しています。ようやく花を30輪くらいつけ始めています。最初はグリーン、次第に白くなり、そのあとピンクになります。その後、冬にはベージュのドライフラワとなり、来年の春まで残ります。色を4回変えるのです。書斎前の青い朝顔も1輪か2輪ですが、咲き始めました。

　犬の1匹とスバル氏と一緒に、ゴミ処理場へドライブし、粗大ゴミなどを置いてきました。ついでに、ソフトクリームを食べました（ゴミ処理場の近くに店がある）。ケバブの店もあるので、ランチ用にサンドイッチを購入。帰ってきてから、昨日プリントした記念切符を、工作室で（カッタと定規で）裁断しました。機関車の充電も行い、オープンディに備えています。

　ジャンクのラジコンヘリを購入しましたが、少し大きめで、しかも、製品ではなく自作品のようでした。でも、ネットで調べたら、イギリスのメーカのものです。もともとはエンジン用だったシャーシを使い、モータに換装したようです。このため、クラッチがあって、モータの回転を下げると、ロータが空回りします。これが本当に飛んでいたのかな、という代物です。メカをチェックしてみたら、1つサーボが動きませんでした。2000

円くらいで買えるので、交換します。もし飛んだら、迫力があるだろうな、とは思いますが、まあ、確率は25%かな。

日本のニュースで、お盆の墓参りをしていて、線香の火が原因で山火事になった、と報じられていました。また、墓参りをしていた男性が、熱中症で死亡したというニュースも目にしました。なんとなく、ミイラ取りがミイラになる、という慣用句を連想しましたが、不謹慎すぎて炎上するかも。

『つんつんブラザーズ』の初校ゲラを最後まで読み終わりました。次は「子供の科学」の執筆。先日はドラマ版でしたが、アニメ版『すべてがFになる』の配信延長オファも来ましたので、承諾しました。

昨日のおしゃべりの続き。今は、印刷や製本が安価になりました。僕が大学生の頃、同人を作っていたときより、印刷代は一桁（けた）は確実に安くなっていますね。同人誌も増えたし、個人で出版業を始めるのも手軽になったようです。たとえば、個人経営（社員1人）の出版社だと、2000部売れる本を1年に3〜4回出せれば、商売として成り立つとのこと。2000部は、けっこうハードルが高いかもしれませんが、売れる同人誌なら、これくらいの数は出ます。僕とスバル氏が作っていた同人誌は、1000部発行していました（ネットがない時代にです）。

個人経営の出版社の話を聞いたとき、「その本の原稿は誰が書いているのですか？」ときいたら、「絶版になった本の復刻をしている」のだそうです。ちなみに、1冊2000円以上になるとのこと。

たとえば、僕が自分1人の出版社を立ち上げて、自分で文章を書いて、本を作ったとしましょう。2000円の本が2000冊売れると、400万円になります。印刷代はたぶん多くて半分程度ですから、利潤は200万円。これを通販にすると手間はかかりますが、送料は買い手持ちです。コミケなどで売れば、作業は合理化できます。1年に2冊出せば、収入が400万円だから、たしかに生活していけるかも。しかし、出版社に作ってもらったら、これの10倍以上の読者に届くし、数倍の印税がもらえるので、現実には可能性はありません。

もちろん、これは非現実的な話で、今なら印刷などとせずに電子出版

個人で出版社を立ち上げて

になります。それなら、もうやっている、という人が沢山いることでしょう。

 プラットホームに利益の一部を取られなければ、良い商売かもね。

2019年8月21日水曜日

バックラッシュの効用

日が短くなってきましたね。今朝は、霧でした。霧というのは、遠くから近づいてくるのが見えて、樹々の間をすり抜け、傾斜地を上ってきます。霧というよりは雲なのかもしれません。

このところ、書斎のデスクで大きな気動車（ディーゼルカーのこと）の修理をしていて、ゲラも広げられないので、ゲラはリビングで見たりしていました。書斎の床は、大きなヘリコプタが置いてあり、周囲に工具が散らばっていて、足の踏み場もありません。これだけ散らかっていても、仕事のほとんどはモニタとキーボードでできてしまうので、整理整頓には無関係です。

今日の庭仕事は、水やりだけでした。草刈りはしなくても良さそう。枯枝もそんなに多くない感じでした。もう、このさきは、秋の落葉掃除あるのみでしょう。

スバル氏とゲストハウスへ行き、軽く掃除をしてきました。明日から、ゲストが10名くらい宿泊されるためです。オーディオ・ルームのレーシングカーも片づけ、ソファを移動して、3人くらいは寝られるスペースを作りました。ダイニングとリビングはテーブルを並べて、20人くらいが席に着けるようにしました。まるで合宿をする民宿のようです。

「子供の科学」は、書く内容が決まり、手近にあった封筒に、図面を描いたので、もう気が楽になりました。来週くらいに進めましょう。明日から3日間はゲストが多く、作家の仕事はしない予定です。

講談社文庫『詩的私的ジャック』が重版になり、第53刷となる、との連絡がありました。

ネットで、ときどき「バックラッシュ」という言葉を見かけるのですが、

どうやら「反動」か「より戻し」の意味で使われているようです。この「より戻し」は、わざわざ平仮名で書きましたが、「寄り」か「縒り」か迷うところです。「縒り」の方が現象をよく説明していますが、「寄り」は相撲（すもう）の技のような意図的な動作が感じられます。

　ところで、僕自身は「バックラッシュ」は、歯車の「噛（か）み合（あ）い」における「遊び」あるいは「隙間（すきま）」のことだと、ずっと認識していて、これ以外の意味では使いませんでした。工学では、これが一般的だからです。

　ヘリコプタのギアを組むときは、コピィ用紙をギアの間に挟んで位置を決め、その紙の厚さの分だけ隙間を設けるようにします。適度なバックラッシュがないと、ギアの抵抗が大きくなるし、またバックラッシュが大きすぎると、がたつきますし、摩耗が早くなります。酷いときは歯が欠（ひ）けたりします。

　しかし、このギアのバックラッシュも、伝動と反対方向の力に対して、どの程度「より戻される」かという見方をすれば、その意味がもともとあることがわかります。英語の「backlash」を辞典で引くと、機械などが急激な逆回転をすること、などともあり、語源としてはすべて同じです。

　人間関係も、適度に隙間があった方が、共同作業をするときにスムースでしょう。誰かが急に止まったり、反対へ動いたりしたとき、少し離れている関係が、衝撃を和らげる効果があります。

 これは「親しき中に垣をせよ」という言葉のとおりでしょうね。

「評価する」の意味が世間と違う

　涼しい朝でした。犬たちは普通に散歩。その後、霧雨のような感じになったので、水やりも免除。庭のゴミが溜まっていたので燃やしました（ドラム缶のある場所は樹の下なので、小雨の影響を受けません）。

　今日は、庭園鉄道で多列車を運行する日なので、機関車は昨日か

ら充電をしていました。だいたいの機関車にバッテリィが2個載っているので、充電器を2機用います。おおよそ8時間くらいで満充電となります。バッテリは自動車用のものですが、最近の自動車が搭載しているような高級品ではなく、2000円くらいの一番安いものを使っています。これでも、5年くらいは持ちます。1度充電すれば、丸一日は遊べます。

多列車が同時に走ることになり、信号機を稼働させました。信号機に従って走れば、前の列車に接近できないようになっています。信号機のシステムは、試行錯誤があって、これまでにも各種のセンサを試してきました。今年も刷新したので、しばらくこれで様子を見ようと思っています。今日、ちょっとしたトラブルがあって、さっそく改善しました。

僕が運転しているかぎり、脱線ということは滅多にありません。でも、ゲストが運転すると、かなり高い確率で脱線が起こります。線路上の異物を見落としたり、乗っている人が急に振り返ったりして重心移動するからです。最も特徴的なのは、ゲストが運転するとバッテリィが2倍も早く減ること。燃費が悪くなるのです。運転のし方に無駄があって、急加速をしているからです。自動車でも、ベテランドライバになるほど燃費が良いものです。

今後は、自動運転のシステムを計画していて、ラズベリパイを使って、センサの情報を処理しつつ走るプログラムを開発したいと思っています。自動運転の列車に乗って、自分の思ったとおりに走ったら、ちょっと嬉しいかも。ようするに、自動運転の醍醐味というのは、それを開発する技術者が独り占めするわけです。

「評価する」という言葉を、僕は世間とは違う意味で使っているようです。というか、工学の研究分野では、僕の使い方が一般的でした。世間で「評価する」「評価できる」というときは、意見に賛成だ、価値が認められる、という意味であり、賛成すること、褒めていることとほぼ同じです。そういう意味で使われている場合がほとんどのようです。

僕の場合は違います。「評価する」とは「価値を見極める」という意味だし、「評価できる」とは「的確に価値を算定できる」という意味です。つまり、僕の場合の「評価」は「判定」に近い言葉です。褒め

ても貶してもいない。なんらかの方法、あるいは基準で、価値を算定することを意味しています。

同じような意味の齟齬として、「わかる」や「理解する」も、世間と僕の間に差があります。僕の場合、「わかる」「理解する」は、理屈が納得できる、道筋をトレースして考えられる、という意味です。でも、世間一般では、「わかる」「理解する」は、自分と同じ意見だ、同感だ、の意味で使われている場合が多い。

僕が「わかった」「理解した」と言ったり書いたりした場合、単に、解釈ができる、という意味であって、その理屈や意見に賛成したり、反対したり、といった自分の立場は無関係です。自分と反対の意見であっても、わかる理屈はあり、また立場を理解できます。逆に、自分と同じ意見、つまり賛同したいし、味方になりたい、と思っても、理屈がわからなかったり、話している内容が理解できない場合もあります。

まえにも書きましたけれど、クイズに答えられないとき、「わかりません」と「知りません」があると思います。でも、皆さんは、どちらも「わかりません」と答えるようです。ほとんどの（特に文系の）クイズは、「知りません」だと僕は思います。僕は、物事を「わかりたい」とよく感じますが、「知りたい」とはあまり思わない人間です。理屈は理解したいけれど、知識はそんなに欲しくない、ともいえます。

 「わからない」が相手の意見を否定する言葉に使われていますね。

2019年8月23日金曜日

真実ではなく願望を伝える報道

昨日から、ゲストが多数いらっしゃって、ゲストハウスに宿泊されています。今朝も、爽やかな朝を迎えることができました。気温の低さに、皆さん驚かれたことでしょう。クーラはないし、窓を開けたら涼しすぎる、という状況です。でも、暖房が必要なほどでは全然なく、省エネのシーズンといえます。

ここ2日は、ゲストハウスで、ゲストが作られたご馳走（ち　そう）をいただきました。どちらが客なのかわかりませんね。昨日は、ゲストが倍増しました。ランチは、芝生でバーベキュー、ウッドデッキではピザを焼きました。もちろん、メインは庭園鉄道で、4〜5列車くらいが、ずっと走りっぱなしです。1周するごとに、運転士を交代しているのです。1周は520mですので、15分以上かかりますから、けっこう長く運転ができます。

　犬たちもゲストが多いと嬉しいようで、皆さんの周りをうろついています。でも、シェルティは基本的に、家の人にしか懐（な）きませんので、たとえば、撫（な）でることも難しいと思います。触ろうとすると、すっと離れていきます。愛想（あいそう）良く寄ってくるのは、プードルとかゴールデンでしょう。

　芝生で、ヘリコプタを飛ばして、見てもらうイベントもありました。ゲストハウスには、ラジコンのシミュレータがあるので、夜は、皆さんがチャレンジした模様。でも、正直難しくて10秒も浮かせていられないことでしょう。

　お盆の頃に終戦記念日があって、この時期は過去の悲惨な日々を振り返ることが多いはず。戦争を体験した老人たちが、TVなどで「繰り返してはいけない」と訴えます。もちろん、誰も戦争を望んでいる人はいません。これは、ずっと昔から同じでしょう。それでも、戦争は起こってしまうものなのです。

　どうして止められなかったのか、という疑問を、のちのち誰もが口にしますが、その当時は、誰も「止めよう」と言いだせませんでした。それは「統制」と「空気」のせいです。その空気はどのようにできるのかといえば、それは政治とマスコミが作るのです。そういった「抑圧」と「煽り」によって、民衆が動かされたということです。

　最近、ネットが発達したので、いろいろなメディアが発する情報を見比べることができるようになりました。そこでわかるのは、メディアによって全然違う報道をする、という事実です。報道というのは、事象をありのままに伝える行為だと思っていたら大間違い。かつては、家に届く1つの新聞しか読んでいませんでしたが、それは、その新聞社の主張、意見、希望、願望なのです。別の新聞には、また違うことが書かれてい

る、ということです。

　国が違えば、その土地で報じられているニュースは、また違います。報道だけではなく、教育も違いましょう。そんな現実を見て、自分たちの国もそうなんだな、と振り返ることが大事です。

　なにかのニュースを見たとき、「え、本当なの?」と少し疑って、そのニュースの出元がどこかを確認する必要があります。マスコミは真実を伝えるのではなく、自分の都合の良いことだけを伝えます。それを忘れないようにしましょう。

 自分のことをわかってほしい、味方を増やしたいという願望です。

2019年8月24日土曜日
飛行と飛翔とどう違う?

　オープンディは、3日間とも晴天に恵まれ、庭園鉄道も大きなトラブルもなく、なんとか夏の大イベントを無事に終了することができました。普段、自分一人で乗っているときは調子が良くても、大勢のゲストに運転してもらうと故障する、という場合が非常に多く、今回も機関車を直す時間がちらほらとありました。人力機関車（レール自転車）が、またも人気で、大勢の方がペダルを漕いで森林の中を走られました。

　とにかく沢山のご馳走やスイーツを食べました。日頃の2倍は食べたと思います。今日もピザ窯でピザを焼いたり、ゲストが作ったラザニアやパスタを、ウッドデッキでいただきました。もう、お腹いっぱいです。それから、ゲストハウスの一角に設置したフライトシミュレータが大人気でした。皆さん、そのうち自分で買われるのではないか、と予想しています。

　実は、このように大勢が参加するオープンディは、今回が最後になりました。これまでに何回くらい開催したでしょうか。（ずっと同じ場所ではありませんけれど）20回以上はやっていますね。もちろん、将来のことはわかりません。また新しい土地で線路を敷いて、皆さんにお披露目するような機会がやってこないともかぎりません（まずやってこないと思いますけれど）。

さて、オープンディも終わったので、「子供の科学」の執筆をしました。今回は、信号機について書きました。オープンディで活躍したので、頭の出入口付近にあったネタというわけです。本文の文章を書き、図や写真を想定したところまで。

　それから、ぼちぼち、『キャサリンは〜』の手直しも始めようかと思います。そのあとは、新書を書いて、さらにそのあとは、またWWシリーズ（第4作）を書くつもりでいます。さらにさらに、今年中にもう1作、小説を書けるかもしれません。はたして、何シリーズなのか、それともシリーズ外なのか……。

　僕の担当の大きいけれど赤ちゃんが、体重19kgになっていました。なんか、最近ちょっと重いな、と感じていたところです。冬の頃より、（炎天下は暑いから）散歩を少し短くしていますが、運動不足かな。でも、まだ若いですからね。毛が伸びてきて、見た感じは、体重以上に太ってきました。

　この頃のニュースで「飛翔体」がよく使われていますが、あれはどうして「飛行体」といわないのでしょうか。おそらく、人が乗ってコントロールするようなものが「飛行」であり、フリスビィのように投げられたり、火山岩などのように爆発で飛んでくるものは、「飛翔」なのかな。でも、「翔」は、羽ばたくの意味もあるから、鳥や蝶々などには、イメージが合致します。

　そもそも「飛行機」は、どうして「飛翔機」でないのかも、わかりません。ヘリコプタは「飛翔機」っぽいと思います。それ以前に、「飛行」というのは、「飛」だけとも違います。たとえば、熱気球を「飛行機」とはいいませんね。グライダは、飛行機のようですが、本来は滑空機でしょう。

　そういえば、垂直に打ち上がるロケットの類は、飛行機とはいいません。そうか、だからなのかな。

　オープンディの3日間も、毎日、自分のためだけにヘリコプタの調整ホバリングを何度もしていました。最近、少し大きめのサイズを飛ばしていて、調整が取れ次第、またボディをつける工作をする予定です。ヘリコ

8月

114

プタ熱が、なかなか冷めませんね。

 ヘリコプタはその後も増え、そろそろ30機になりそうな勢いです。

防犯カメラの将来像

　今日から平日ですか。朝は霧雨でしたが、9時過ぎには晴れてきました。水やりは免除。枯枝を集めて、燃やしものをしました。すると、近所の犬が集まってきて、合計6匹になりました（人間もそれなりにいます）。家の前でおしゃべりをしていきました（主に人間が）。

　庭園内で最も多い花はアナベルですが、昨日まで白かった花が、今日はほとんど緑になっていて、スバル氏が驚いていました。何が原因かはわかりませんが、もう夏も終わったということでしょうね、きっと（最初緑で、白くなって、また緑になるようです。そのあとピンクになりますが）。今日は、日中の最高気温は22℃くらいです。

　庭園鉄道では、オープンディ後のメンテナンスを行いました。一般の方が運転をすると、設計時には予想もしなかったことが起こります。庭園鉄道では、それがすぐに見える場所ですから、まだ対処ができますが、普通のメーカだったら、商品は知らない場所で知らない人に使われ、しかも事故が起こったらメーカの責任が問われるので、本当に大変なことだと思います。

　自分は、事故を起こしたくないからクルマの運転をしないんだ、とおっしゃる方がときどきいますけれど、そういう人は、ほとんどの仕事ができないと思います。仕事というのは、他者に対してなんらかの責任を持つ行為だからです。ものを売ったり、作ったり、運んだりすれば、なにか事故があったときには、責任を問われます。逆に、そういったリスクを抱えるから、対価がもらえる、と考えるのが正しいでしょう。人に好かれて金が稼げる、というような仕事は現実的にはありません。

　今日は、機関車などの修理をしたり、充電をしたりしましたが、明日

からはまた、新しい工作ができます。そのために必要な材料を、今日発注しておきました。

「子供の科学」は、ポンチ絵の下描きを半分しました。また、第8回の初校ゲラがpdfで届いたので、確認をしました。今日の作家の仕事はこれだけです。

この頃、高速道路での「煽り運転」が日本のニュースを賑わせています。少しまえに、それで死亡事故があったためでしょうか。煽り運転とか、車同士のいがみ合いのトラブルは、以前からあったもので、アメリカでは映画にもなりましたね。おそらく最近の方が数としては減っているはずです。この頃、おおらかな人が増えていて、運転もゆったりしていると感じます。特に、大型トラックなどのプロドライバのマナーが良くなっているのでは、というのが僕の印象です。

それでも、こうしたトラブルを盛んにマスコミが取り上げるのは、ドライブレコーダなどの商売が繁盛するためでしょう。また、録画映像があるから、ますます取り上げやすくなっているわけです。

クルマだけでなく、そのうち人間一人一人がウエアラブル・カメラを装着する時代になりそうです。ボタン（に似せて作られたカメラ）とかになりそうな感じがします。

その場合、カメラで撮った映像を、リアルタイムで近くのなにかに転送し、そこで記録する、という方式になることでしょう。それをしないと、犯罪者はカメラを処理して、証拠を隠滅しようとするからです。記録がどこにあるのかをわからなくすることで、ようやく少し安全が確保できるかもしれませんね。

 犯罪の大半でカメラ映像からAIが捜査する時代になりました。

2019年8月26日 月曜日

現実が一番わかりにくくて面白い

朝から晴天です。秋風が少し涼しすぎるくらいで、朝の散歩はTシャ

ツでは行けません。これから涼しくなってくると、犬たちの散歩の距離も長くなることでしょう。

　午前中は、スバル氏と犬1匹と一緒にドライブに出かけ、途中でマックに寄りました。スバル氏がスーパで買いものをしている間、犬と一緒に付近を散歩してから、車でコーヒーを飲んで待っていました。ハンバーガは、帰宅後にウッドデッキで食べました。日曜日には白かったアナベルの花が月曜日にはすべてグリーンになっていた、と今でもスバル氏は驚いています。でも、とても綺麗な白っぽいグリーンです。むしろ、ゲストにグリーンの方を見せたかったかも。

　今日の庭仕事は、草刈りをしただけです。夜に雨が降ったため、水やりは免除。オープンディのときに使ったテーブルや椅子を、元の場所へ運んで戻しました。

　ケヤキの樹に取り付けられていた大きな鳥小屋が落ちているのを発見したのは、土曜日のことでした。今日、これを回収したところ、それほど壊れていませんでした。ハッチがあって、中を見られるように作ってありますが、鳥の巣のあとがありました。小屋自体は50cmくらい、5kgほどで、棚を作るときの大きなL型金具2本で樹の幹にコーススレッドで取り付けてあったのです。幹が湿って、それが抜けてしまったようです。この小屋は、ゲストハウスの先住者が作ったものですから、築10年以上と思われます。ひとまず、近くの切り株の上に置いておくことにしました。

「子供の科学」のポンチ絵の下描きを残り半分しました。スケッチは、どこかの封筒の裏に描いてありましたが、ゴミ箱に捨ててしまったようです（頭にイメージがあるので影響なし）。必要な写真は、日の位置などを見て後日撮影したいと思います。

『悲観する力』の韓国版の表紙のデザインが届き、確認をしました。白黒のシックなデザインです。

　先日、アニメの話を書きましたが、思いの外、同じ違和感を抱く方が沢山いらっしゃることがわかりました。日本のファンの大多数は、あの絵やあの声（しゃべり方）が好きなのだろう、と認識していたので、少々意外でした。押井守監督とも、この話をしました。もう10年以上まえです

ね。それで、映画『スカイ・クロラ』は、ああいう声の演出にされたのかもしれません（僕は口出しは一切していないので、影響があったかは不明）。ただ、あの淡々としたしゃべり方が良かった、と封切り後に雑誌だったかDVDだったかのインタビューで述べたと思います。いずれにしても、これらの演出は、声優ではなく、監督の方針、あるいは責任です。

　歌舞伎と似ている、と書きましたが、僕は歌舞伎は嫌いではありません。同じように「マニアックだ」という意味です（マニアックも好きです）。海外の歌舞伎ファンもマニアックだと思われます。舞台は、舞台として見ますし、そこから展開するから、違和感はありませんね。もともと、僕は演劇のファンで、特にアングラの劇団をよく見にいきました。大学生のときです。

　また、小説だって同じくらいリアリティはなく、やはり展開する必要があるメディアです。自分の小説だって、リアリティはないと思っています。リアルなものを書いたら、小説という商品に（今どきは）ならないでしょう。ですから、僕は自分の小説を読んだことは1度もありませんし、そもそも誰の小説もほとんど読めません。

　では、何が面白いのかというと、それは現実が一番面白い、と確信しています。現実ほど劇的で、危険で、辻褄が合わず、オチもなく、納得もいかないものはありません。現実がそうだから、せめて創作は、わかりやすく、辻褄を合わせ、オチをつけ、納得がいくように、そこそこ劇的で、ほんのり危険に作られているのでしょう。僕自身も、そんなふうに小説を書いています。自分が読みたいものをリアルに書いたら、売れませんからね。趣味で書いているわけではありません。

 小説で夢を実現しよう、と思っている人がいてびっくりしました。

2019年8月27日火曜日

事件の被害者の報道を控えるべき

　朝は濃霧でしたが、9時頃には晴れてきました。もうすっかり秋空で

す。日差しは強いものの、気温はせいぜい20℃を超える程度。半袖（はんそで）は寒いので、長袖で外に出ます。

　庭仕事は、昨日に引き続き草刈り1バッテリィだけ。枯枝は、庭園鉄道で周回しながら集めました。白から緑へ変色したアナベルですが、まだ白い花もほんの少し残っています。僕が担当の大きいけれど赤ちゃんは、掃除機が大好きで、スバル氏が掃除をする間ついて回るので、「掃除するからウッドデッキでブラッシングしてて」とスバル氏から頼まれます。今は、もうあまり毛が抜けません。

「子供の科学」の連載第10回のための写真を撮り、ポンチ絵にペン入れをしました。今日の作家仕事はこれだけです。30分程度でしょうか。教育関係の著作利用の支払い明細が大量に届き、けっこうな入金がまたもありました。一言でいうと、不思議。まさか自分の文章が教科書に載るとはね。よりにもよって、大嫌いだった国語とは。

　昨夜は、ガレージで工作に没頭していたため、なんと、時間を1時間間違えました。風呂（ふろ）に入りにいくと、スバル氏から「まだ入っていなかったの?」と驚かれ、そこで1時間ずれていることが判明。夕食が7時に終わり、9時の入浴までの2時間を工作に当てているのですが、熱中してしまい、3時間過ぎたことに気づかず、時計も見間違えていたのです。4～5年に1度くらいの珍事で、スバル氏が「どうかしたの?」と心配しました。寝ていたわけでは全然なく、ずっと考えて、手を動かしていました。意識が飛んだわけでもありません。

　ヘリコプタのホバリング調整もできて、ボディの工作も始まりました。これが3機、ほぼ同時。書斎で行われていた気動車の工作は一段落し、これから動力装置を作ります。今後は、工作室で行うので、そちらを片づけないといけません。プロジェクトが沢山ありすぎます。

　20年もまえから再三再四書いてきたことを繰り返します。

　無差別、大量と見出しにつくような悲惨な殺人事件が起こったときに、マスコミは被害者の名前や写真を公開し、その人生を描こうとします。ほとんど、被害者を晒（さら）し者（もの）にしている様相です。「見たい」「知りたい」というだけの野次馬根性の極みというか、非常に下品に感じられ

ます。加害者でさえ、限度を超えた情報公開は控えている現代において、被害者の情報は、よりいっそうコントロールをするべきではないでしょうか。

そういった感情的なドラマに飛びつきたいのは、マスコミの古くからの習性です。「見たい人、知りたい人がいる。それを伝えるのが報道の使命」という綺麗な言い訳で、商売繁盛の名目を隠しています。涙を誘う報道がほしいから、被害者のことを探る、という「感動作り」にほかなりません。

多くの異常な加害者は、被害者がどれくらい悲惨になり、どんなふうに可哀想（かわいそう）になるかを知りたい。どれくらい社会が嘆き悲しむのかを見たい。それが、彼らの手応え（てごた）えなのです。その手応えのために卑劣な犯行を発想し、実行します。したがって、被害者を晒し者にするのは、犯罪者には願ったり叶（かな）ったりの行為といえ、まさに犯行の最後の仕上げを幇助（ほうじょ）しているようなものです。また、それらを見た潜在的な加害者を刺激し、将来同様の事件の再発につながる結果を導くと思われます。

爆弾テロや銃乱射事件も、社会の動揺や泣き叫ぶ遺族が見たいから行われるものです。そういった「犯人側の成果」を詳細に報道することは、つぎつぎと同じような犯罪を誘発することにつながります。

マスコミは、この点に気づいていると思います。でも、気づかない振りをして、つぎつぎと事件が起こった方が営業的には好ましい、と考えているのでしょうか。そう思われてもしかたがない愚行を、もういい加減にやめてほしい、と僕は願っています。

 この記事は意外に広まりました。**名前を出す必要はないでしょう。**

２０１９年８月２８日 水曜日

謝罪は要求するものではない

今朝は、30分ほど遅く起床。犬が起こさなかったのと、外が明るくなかったためです。霧雨でしたが、これはすぐにやみました。朝の犬の

散歩はいつもどおり。近所のワンちゃんに会って、軽くおしゃべりも。

　スバル氏が病院へ薬をもらいにいったので、犬たちと留守番。今日も、庭仕事は草刈りだけ。ビートルは、今年は少なめですね。2年まえだったか、一箇所に10匹くらいいたことがありますが。

　ガレージの一番奥で、レールバスと呼ばれている機関車の修理を、ここ数日行っています。かれこれ、もう15時間以上は費やしたと思いますが、しだいに可能性が絞られてきて、その方向で工作が進んでいます。この可能性を絞るところまでが一番大変で、しかも面白い。方向性が決まれば、あとは実際の作業になり、（僕の中の）職人さんに任せておけば良い段階となります。

　このレールバスは、イギリス人のおじいさんからもらったものです。自分はもう乗らないから、あげるよ、といった感じでしたが、サイズが大きく、最初は大変なものをもらったな、と思いました。なにしろ、線路の幅（ゲージ）も違っていて、まずは改軌の工作が必要でした。ようやく走らせることができ、欠伸軽便の29号機となりました。今でも、車内に作者のおじいさんの写真が収納されています。

　今日も朝から夜まで8時間以上この工作をしていました。途中で、コーヒーを飲んだだけ。楽しいですね。早くこれだけの人生にしたいな、と素直に思いました。レールバスは、上手くいけば、明日くらいに作業が終わり、明後日には復帰できると思います。

　「子供の科学」の第7回再校ゲラがpdfで届いたので、確認しました。9月に出る10月号の分で、内容は、ディーゼル機関車についてです。作家の仕事はこれだけ。5分程度でしょうか。

　いろいろなところで既に書いたことを、新しい読者に向けて、再録の意味で最近ここで取り上げています。

　「謝罪」というものは、「要求」するものではありません。「要求」できるものでもない。もし怒っているのなら、単に「私は怒っている」と言えば充分です。要求されて頭を下げる行為は、「謝罪」ではありません。謝罪というのは、自分からすすんで行うものであり、そうでなければ意味がない。ということは、要求することで、謝罪ができないようにして

いるのです。これは、日本人の文化かもしれません。

　海外では少し違います。まず、謝罪というのは、「賠償」に近いものなので、要求することが普通です。要求されたら、なにがしかのものを差し出して、これで帳消しにしてほしい、と願い出る。そのような妥協的な行為を、「謝罪」といっているように見えます。

　たとえば、身の危険を感じるほど怒られたら、普通の人は謝る振りをします。銃口を向けられたら、ホールドアップします。これは、謝罪でしょうか?　力によって威嚇されれば、動物は大人しくなります。でも、謝罪しているのではありません。つまり、威嚇するように怒られたら、謝罪という行為はできなくなる、と思った方がよろしいでしょう。

　怒っている人は、「謝れ!」と言いますが、謝っても怒りは収まりません。「そんな謝り方があるか!」「謝って済むと思うな!」とますます怒るのです。逆に、怒らないで、「それはちょっとどうかと思う」くらいで、不愉快さを伝えれば、「申し訳ありませんでした」と謝罪できるし、それで不機嫌も治まるでしょう。謝罪が成立するためには、「怒らないこと」が重要な条件なのです。

 怒り方にもテクニックが必要で、冷静になって怒った方が効果的。

僕はデフレが大好きです

　今朝は、霧雨でしたが、犬たちは元気で、散歩はTシャツを着せて普通に出かけました。夏も終わり、ずいぶん涼しくなってきました。この頃は、長袖シャツの上にパーカを着ています。

　庭仕事は、草刈りを1バッテリィだけ。枯枝も拾いました。夜か朝に雨が降る日が続いているので、芝も苔も緑が非常に綺麗。8月前半に落葉がありましたが、今はありません。慌てて散った樹があったようです。

　ガレージでの機関車の修理が終わりに近づいたので、昨夜はヘリコプタの工作を始めました。ボディを付ける予定のものが3機あるのです

が、一番小さいものから始めました。同じボディと同じフレームで作ったことがあるため、わりと簡単に取り付けられましたが、まだ各部の微調整が必要。今日から、中サイズを始め、次は大きいサイズへ、と工作が移ります。

　組みたいキットも目白押しで、何から作ろうか、と思案中。まあ、溜め込んでいるキットは、生きているうちに作ることができる限度量を超えているので、全部というわけにはいかないのです。

「子供の科学」の第10回分は、写真、図面、本文を編集者へメールで発送しました。明日から、『キャサリンはどのように子供を産んだのか?』の手直し作業を始めます。10日くらいかける予定。いつも、執筆と手直しにほぼ同じ時間がかかります。これは、読むという行為が加わるためでしょう。今は、ゲラを抱えていません。講談社文庫編集部から、12月刊予定の『つんつんブラザーズ』に挟む栞のイラストを、と依頼がありました。〆切がさきすぎて、忘れてしまいそうです。

　ここ数日、久しぶりに工作に没頭していました。面白いし、楽しいし、誰にもわかってもらえない、自分一人だけ、という素晴らしさがあります。来年あたりから、いろいろ仕事を縮小していくつもりです。1年に小説を1作書けば、現在の生活を維持できて、貯金も減らないので、そういうサリンジャーみたいな生き方が憧れ。

　かんぽ生命のスキャンダルが、ニュースを賑わせていましたけれど、20年以上まえの日記に散々書いていたことでした。ようやく、こういった不正が社会の表に出てきたな、と感じます。同じだと書くには少々憚られますが、かつては新聞の勧誘だって、NHKの集金だって、かなり問題がありました。

　母がかんぽ生命に加入していて、毎月集金に来ている人がいましたが、その人に母が死んだことを話しても、「でも、あと3カ月分払ってくれたら、中日劇場の切符がもらえますよ」と支払いの継続を強く勧められました。きっとノルマがあったのでしょう。この生命保険を下ろすために、郵便局へ何度通ったことか。最後は区の本局へ行きましたけれど、申請の書類すらなく、小さく切った紙片に、住所と名前を書いてくれ、と

言われました。それが手続きだった、ということです。えっと、14年まえの話です。そんなこともあり、民営化に僕は大賛成でした。

郵便局も保険会社も、集めた保険料を「売上」と認識していました。お客様から預かっている、という感覚はありませんでした。金さえ集めれば、投資していくらでも儲かったインフレの時代が過去にあったのです。デフレでは、そうはいきません（だから、デフレ脱却を主張している人たちが今も経済界に多い）。

金を出し入れする銀行や保険会社が、あんなに大きなビルを沢山建てているのが不思議だと思いませんか？　上手くいかなくなると、過去の問題点がいろいろ出てくるのが、世の習いです。

ところで、「嫌いです」と書くと、きっと「反対している」と受け取られることでしょう。僕は、消費税は嫌いです。少しでも安い方が嬉しいから、当たり前。税金も大嫌いです。だけど、消費税には賛成ですし、増税もしかたがないかな、と考えます。好き嫌いと、賛成反対は、別問題。

 嫌いでも、やらなければならないことって、とても沢山あります。

2019年8月30日金曜日

別々のことを同時に進めたい人です

朝から秋晴れ。犬の散歩は高原まで繰り出しました。しかし、遠くの山々は雲に覆われていて、晴れているのはこの近辺だけだとわかりました。低い土地は雨か霧のようでした。

枯枝が溜まっていたので、燃やしものをしつつ、草刈りをしました。特に今日はゲストハウス近辺を刈りました。黒い胡桃の実が沢山落ちています（拾いません）。

昨日の夕方は、スバル氏と長女が出かけたので、犬たちを全部僕が散歩に連れていきました。一度には無理なので、言い聞かせて、1匹ずつです。でも、1匹にリードをつけてドアから出ると、留守番組が隙を

ついて外に出て、一緒に行こうとします。「だから、留守番なんだって」と何度も言って、家の中に入るように言いました。帰ってきて交代すると、次の犬は「こういうことだったのですね」と晴れ晴れとした顔でした。でも、最初に連れていった犬は、自分が既に散歩したことを忘れて、かなり怒っている顔です。犬というのは、過去の記憶が時系列に並ばないのです。

先日書いたように、雨のとき兄貴の犬にTシャツを着せると、大きいけれど赤ちゃんが大興奮します。兄貴が家の中をぐるぐると走り回るのが面白いらしく、先々で待ち伏せして、「ほら、来た」と大喜びです。家の中のループになっている通路2箇所をぐるぐると10回以上巡ります。兄貴の方は、Tシャツを躰に慣らせるために走っているのかもしれません。

庭園鉄道では、修理をしていた機関車のサウンド装置の調整をしました。走り方によってシンクロして、ディーゼルエンジンの音を出すユニットを搭載しています。排気音やターボ音を好みで調整できます。アイドリングから走りだすとき、まず回転が上がってから、じわじわと進み始めるプロセスのサウンドが、なかなか良いのです。

このエンジン音のサウンドユニットは、イギリスのメーカの製品ですが、このメーカは、テクノミュージックのシンセサイザを手がけています。マニアックさが、同じくらいの感じ。

『キャサリンは〜』の手直しを10%まで進めました。昨日の記述の補足ですが、最初に物語を執筆するときに必要とする時間と、その原稿を読んで手直しする時間が、だいたい同じだ、という意味で書きました。キーボードを叩いている指の運動は、圧倒的に前者の場合が速く、ほぼその運動が時間を決めるすべてです。一方、手直しでは、文章を読まないといけません。これに9割以上の時間がかかり、ときどき、文章を修正します。前者は、疲れるから15分が限界ですが、後者は1時間くらいは続けられます（非常に退屈で、苦痛が伴いますけれど）。

よく、「既にある文章を打ち直すだけでも、そんなに速くは打てない」とおっしゃる方がいますが、僕もそれはできません。文章を読むのに時間がかかり、キーボードを打ち込む速度を遅くしないといけないからで

す。

　音楽を聴きながらとか、YouTubeなどの映像を見ながら、文章を打つことは普通にあります。なにか、あるものの数を数えながら、文章を打つこともできます。絵を描きながら、人と話すことができますよね?　それとだいたい同じです。歩きながら、本を読むこともできるし、寝ながら呼吸することもできますよね?

　残念ながら、考えていることは、どうも1つのようです。つぎつぎに別のことを考えて、タイムシェアするくらいしか、複数を同時に考えられないようです。

　工作は、ほぼ同時に複数のものを作っています。最低でも3つのものを毎日作ります。でも、それをそのまま人に話すと、散漫な人だと誤解されるので、人に伝えるときは、1つのものを順番に作った、というストーリィを語るように心がけています。そうすることで、多くの人が理解をしてくれると学習したからです。

　小説などの物語も、実は同時に複数のものを発想しますし、たぶん同時に執筆できるし、本も出せると思います。だけど、それでは読者がついてこられなくなるので、シリーズごとに順番に並べて、語る必要があるのだな、と理解しています。

 同じ1つの物語でも、沢山のキャラクタの人生が描かれています。

2019年8月31日土曜日

魚釣りをしない人は少ない?

　今日も秋晴れ。そもそも、1年を通して昼間の晴天率は90%以上なのです。朝の散歩は、いつもと違う方向へ少し歩きました。帰ってきて、まず庭園鉄道を運行。朝の空気で運転を楽しみました。あまりにも気持ちが良すぎ。スバル氏も、「こんな良い環境にいるのが申し訳ないくらい」とおっしゃっていました。

　それから、芝刈りをして、デッキで犬たちの爪を切りました。これは、

僕が犬を抱っこして椅子に座り、スバル氏が爪切りでカットする、という作業です。大きいけれど赤ちゃんは、抱っこをするだけで、ちょっとしたエクササイズとなります。シェルティは、毛は切りません。ブラッシングだけ。切るのは爪とヒゲだけです。足の裏の肉球の間の毛を少し切ることがあります。これは、滑らないように。

日曜日でしたが、午前中にドライブに出かけました。犬1匹とスバル氏が一緒。ジェラートの店に寄って、そこのウッドデッキで食べてきました。ミルキィな味で美味しかったので、また来よう、と話し合いました。

工作は、機関車の修理が一段落し、ヘリコプタ3機のボディ取付けに移りましたが、一番小さいヘリは、ほぼ完成。あとは、ホバリングをさせて調子を見るだけ。中サイズは、引込み脚のリンケージをしているところ。ボディは中国製で、グラスファイバです。そのグラスを削らないと干渉する部分が沢山あります。歯医者さんのように、ハンディリュータを使います。

大きいサイズのヘリは、今日ホバリングさせて、最後の調整を終えました。明日くらいからボディの工作になります。それから、ジャンクで手に入れた蒸気動車の動力の工作を、工作室で進めています。ガレージでは、ラジコンの飛行機の整備を少しだけはじめました。そろそろまた飛行場へ行こうかな、と思っています。

男性の趣味でメジャなのは、なんといってもフィッシングでしょう。残念ながら、僕はまったく興味がありません。子供の頃に、少しだけやりましたけれど、あまり面白いと感じなかったのが、その道に入らなかった要因だと思います。従兄弟で、鯛釣りが好きすぎて、海で亡くなった人がいますし、鮎釣りに人生を賭けていた人もいます。父もモータボートを買おうとしていたくらいですから、釣りが好きだったのでしょう。

そもそも、魚があまり好きではありません。食べないわけではありませんが、積極的には食べません。子供の頃には、今よりもずっと魚料理が多く、それで嫌になったのかも。お刺身は好きですが、でも、わざわざ選びません。それ以外の海鮮ものは、ほぼ食べません。お寿司も滅多に口にしません。だから、魚を釣っても、釣ったあとが困るわけです。逃

がしてやるだけにしても、傷をつけるわけだから、申し訳ない気がします。

　同様に、ハンティングにも、ほぼ興味がありません。鳥や動物が可哀想で、見ていられません。昆虫採集も、まったくしません。子供のときにやりましたが、標本を作るときに、ちょっと気が引けました。

　大人の趣味として、釣り、ゴルフ、カメラなどがメジャでしたが、これらのいずれも、ほんの少し試してみただけ。続いたものはありません。

　『キャサリンは〜』の手直しは、20%まで進捗。今日の作家仕事はこれだけでした。

 同様に、コレクションについても、興味がまったくありません。

9月
September

夏の爽やかさの名残

　朝は、15℃でした。着込んで散歩に出かけましたが、空気はドライで気持ちがとても良く、遠くまで風景がクリアに見えました。この温度になると虫がいなくなります。鳥の声しか聞こえません。

　あまりに清々しいので、犬1匹とスバル氏と一緒にドライブに出かけました。峠を越えるワインディングロードを走り、隣町のスタバまで行きました。ここのテラスでサンドイッチを食べつつカフェラテ。帰りは別のワインディングロードで戻ってきました。帰宅は午前11時でした。

　芝生に液体肥料と、地中の蛾の幼虫を駆除する薬を一緒に混ぜて、如雨露で（10回くらいに分けて）撒きました。蛾の幼虫は、出てくるときに穴を開け、土の小山を作るのがいけません。また、芝の根を食べて枯らす原因となります。毎年薬を1回撒いています。これをするようになってから、芝が一様に綺麗になったと思います。庭仕事はこれだけ。

　今日の工作は、中サイズのヘリのボディ。今日もリュータで形を整えつつ、メカニズムを仮組みし、また分解して、という作業の繰返しです。だいぶ目処がついてきました。小さいサイズのボディをつけたヘリは、ホバリングをさせて確認をしました。重くなったことで、より安定しました。

　大きいヒューズ300を、ジャンクで購入しましたが、あちらこちら調整をして、ようやく5秒くらい浮かせられるようになりました。まだまだです。ロータが逆回転だから、癖も逆に出ます。音にとても迫力があって、回すだけで満足してしまいます。

　『キャサリンは〜』の手直しは、30%まで進捗。今日の作家仕事はこれだけでした。講談社からは、10月刊の『神はいつ問われるのか？』の念校と、来年1月刊予定の『森心地の日々』の初校ゲラがそろそろ届く、との連絡がありました。後者は、このブログの書籍化4冊めです。

　それにしても、気持ちの良い夏でした。花は咲き誇り、庭園内は、木漏れ日が無数に輝き、写真で撮ると途端に色褪せてしまう魅惑の風景が展開しています。工作も楽しい。ガレージと工作室とホビィルームと

書斎の4箇所で、店を広げて、日夜励んでいます。

デッキで読書もしました。今は歴史ものを読んでいて、固有名詞はさっぱりわかりませんが、でも面白い。1000年以上もまえの物語で、それをイメージするのが楽しい。

犬が甘えてくるのも可愛い。大きいけれど赤ちゃんは、ほぼ24時間ずっと一緒にいます。離れるのは、風呂とトイレくらいですね。

近所の高原で、牧場にトラックが駐まっていました。その近くを歩いて通ったら、運転席から降りてきたおじいさんに、犬を褒められ、話をすることになりました。でも、言葉の半分もわかりませんでした。こちらが言うことはわかるようです。仕事を尋ねられたので、無職だと答えると、働かなくてもいいのは羨ましいと。彼は84歳だそうです。牧場や畑を方々に持ってはいるが、人手が足りず、ほとんど貸している状態だとか。借り手も多くないので、全然儲からない。みたいな話でした。

肉体労働をする人は、本当に減っていて、移民を受け入れないかぎり、やっていけない業界は多いことでしょう。早く、ロボットを作らないとね。

自給率が下がっている日本で、農協はどんな仕事をしているのでしょうか。ロボット化の未来像を考えているのでしょうか?

 技術として可能であってもビジネスとして成立するかどうかです。

2019年9月2日月曜日

完成したら、もうつまらない

珍しく、午前中は曇っていました。お昼頃には晴れてきたのですが、気温が上がらず、書斎では足元でファンヒータをつけたくなりました（我慢してつけていません）。これなら、水やりをしなくても良さそうだ、と判断し、朝から工作をすることにしました。

今は、ヘリコプタのボディを組んでいるところで、3機のうちの2機めです。引込み脚ができて、これから本体メカを中に入れます。どのように

固定するか、重心がどうなるか、といったことを考えながらの作業。リュータでグラスファイバを削る作業も一段落し、やることは限られてきました。

　ものを作るときには、初めのうちほど、いろいろな課題を思いつき、あれもしないと、これもやらないと、などと心配ばかりします。それらを一つずつ解決していくと、そのうちに、次は何をしようか、と考えないでも良い状況に至ります。つまり、やることが限られてくるわけです。そして、ついに、もうやることがない、という状況になっていることに気づきます。それが「完成」という状況。「できたぞ！」という歓喜はありません。

　完成したら、もうなにもすることがないので、寂しいわけですが、動くものを作ったときは、完成したものを動かして、確かめる作業が残っていて、これが救いです。それがないときは、ただ眺めるくらいしか、やることがない。プラモデルなんかがそうですね。眺めることは、作るプロセスでもさんざん続けてきたので、この完成品を眺めて満足することは僕はありません。だから、動かないものをほとんど作らないのだろう、と思っています。

　模型の雑誌では、完成品を眺めてウィスキーのグラスを揺らすとか、できたものを仲間に見てもらう、というようなゴールが書かれている記事が多いのですが、僕にはそういったゴールはありません。できたものを人に見せよう、という気持ちがほぼありません。したがって、仲間を必要としないし、コンテストやイベントも無関係なのです。完成品を雑誌などに投稿したこともありません。人から褒められても、べつにそんなに嬉しくないからです。

　『キャサリンは〜』の手直しは45％まで進みました。あと3日くらいで終わることができそう。これを書いている今日は8/27なので、8月中に確実に脱稿できます。そのあとは、ゲラを2つ見てから、9月の中旬には、新書を書くことになるでしょう。

　中国版の『集中力はいらない』の印税が振り込まれていて、支払い明細も届きました。なにもしていないのに、ありがたいことです。同時に電子版も発行されたらしく、早くもその印税の入金もありました。時代が

だんだん変わってきたな、と感じます。

『神はいつ問われるのか?』の念校ゲラが届きました。これは、修正箇所、指摘箇所を見るだけなので、1日で終わる仕事です（校閲の指摘は1箇所のみでした）。また、『森心地の日々』の初校ゲラももうすぐ届くそうです。編集者によれば、前巻より少し量が減ったとのこと。とはいえ、相変わらず厚巻（造語）でしょう。通読しながら、1日1言コメントを書いていくことになります。1週間くらいかかる作業かと。

このほか、オーディオブックの承諾願いが講談社からあり、問題ないと答えました。

 小説を一作書き上げたときも、これといって喜びは湧きませんね。

2019年9月3日火曜日

認められたいと思わない人間です

今日も（少し涼しすぎですが）気持ちの良い朝でした。犬たちはとても元気。僕が担当の犬は、午前4時頃からベッドの半分を占領しているので、非常に窮屈な思いをして目覚めます。

書斎のデスクは、この上なく散らかっていて、工具やビスや材料などが散乱し、何がどれの関連部品なのか混乱しそうです（しませんが）。こういう場所で、文章も書いているのです。なんと落ち着かない人間でしょうか。

工作室は、輪をかけて散らかっています。この「輪」というのは何でしょうか（調べていない）。工作室では、削り粉や、切った破片などが床に落ちても平気なので、もっと汚れているわけです。どこに触っても汚いので、出るまえに毎回手を洗います。

今は、ヘリコプタ2機と、気動車の工作を進めています。ヘリコプタの方は、あと1日で1機は完成しそうです。気動車は、動力部でもう少し工夫が必要かも。

ところで、先日中国のメーカのラジコンプロポが10チャンネルとありな

がら6チャンネルしか機能しない話を書きましたが、また別の中国のメーカで、今回はジャイロ受信機のソケットに明示されているチャンネルが、実はダミィで機能しないことが判明。これは、ヨーロッパの掲示板では大勢が指摘していました。つまり、「プリントミス」だそうです。機械に書かれているレタリングにプリントミスがあるとはね。これは大問題です。でも、もう生産中止になっているし、そのメーカも撤退しています。移り変わりが激しい業界だということ。しかたがないのかな、でも、もう少し責任を持って製品を作ってほしいな、とは期待します。

『キャサリンは〜』は、手直しを60%まで進めることができました。11月刊予定の日本実業出版社からの新刊は、タイトルが変更になり『アンチ整理術』となりました。11/8発行予定です（既に予定表で公表）。このまえまで、『森博嗣の整理術』と書いていましたが、ぎりぎり（そうでもない?)になって変更となりました。良い変更だ、と僕は思います。

　森博嗣の書いたものを幾らか読んだことのある人は、もうご存知だと思いますけれど、僕がよく書いていることで、「理解と誤解は同じ」というものがあります。これは、僕自身の感覚として、正直にそう思っていることです。

　たとえば、僕が書いたものに対して、大勢が「そのとおりだ」と賛成してくれても、ほぼ8割くらいの人は、真意を誤解しています。また、大勢が「それは違うだろう」と批判した場合も、ほぼ8割くらいは誤解しています。どちらも、誤解されていることでは同じです。でも、世の中の人は、前者を「理解」といい、後者を「誤解」という傾向にありますね。

　僕がしばしば感じる最多の誤解は、「他者に認められることは良いことだ」という既成概念によるものです。その延長で、「賛同者が多い方が良い」と大勢が疑いもしません。その価値観で、「森博嗣はこれがしたいのだ」と誤解されるわけです。

　僕は、大勢に認められたいとは思っていない。大勢の賛同者が欲しいとも思わない。何故なら、それらの8割方は、誤解だからです。誤解されてまで認められたくないし、賛同も欲しくない。

　変なたとえですが、僕は子供の頃からいじめを受けた経験がありませ

ん。こんな捻くれた性格なのにどうしてでしょう。簡単です、認められないことが嫌ではなかったのです。誤解され、仲間外れにされたとしても、まったくダメージを受けない人間でした。だから、いじめられている、という感覚を持たない。褒められても貶されても、それを言う人の意見だと受け止めるだけです。どんな意見でも、それぞれが自由に持てば良い、と思うだけです（もちろん、物理的な害があれば抵抗しますから、喧嘩をしたことはあります）。

　繰り返しますが、大勢に認められることに価値を感じない人間です。本当に正しく理解してくれる人が1人いれば、そちらの方が価値があります。そして、その1人は自分でも良い。わかってもらえないなら、まあしかたがないか、と引き下がりましょう。わかってもらえないのは、相手の問題であって、僕の問題ではないからです。

「こんな意見、誰も賛同しないぞ」といって非難されると、僕は微笑むしかありません。そして、「この人は、誰も賛同しないことを、そんなに酷い状況だと思っているのだな」と感じるだけです。先日の「被害者の報道を控えるべき」という意見も、20年まえに僕が最初に書いたときには、「誰も賛同しないぞ」と大勢から非難されました。

　悲惨な出来事に嘆き悲しむ人たちを見せれば、加害者が改心するだろう、より良い世の中になるだろう、という価値観がメジャだったのです（今もかな?）。でも、メジャな価値観を持っていない人も少数います。

 自分と異なる価値観の存在を認めることが、真の知性だと思います。

2019年9月4日水曜日

弱腰とか逃げ腰が好きです

　天気予報では久しぶりの雨になるはずだったのですが、まったく降らず、朝から輝かしい晴天でした。ちょっとだけ暖かい風が南から吹いていて、そうか南は雨かな、と思いました。

　散歩とか、犬のご飯をやったら、庭に出て、水やりをして、それから

工作です。ヘリコプタのボディをリュータできいきいと削っています。大きいサイズだから余裕で収まると思っていたら大間違いで、あちらこちらぶつかるので、削っては入れてみて、また削っては入れる、を繰り返します。そのたびに、外さないといけない部品もあって、とても面倒。この「現物合わせ」という方法は、工作の王道ともいえるもので、世の中、設計図通りにはなかなかいきません。どうしてでしょうか（人間の思考の浅さが原因）。

　3機同時に、ボディを取り付ける工作を開始して1週間ほどですが、既に2機は完成。最後の1機です。あと2日かな。もう次の工作を始めていて、そちらは考える時間の方が長いので、頭が疲れたら、ヘリコプタの肉体労働へ戻ります。

『キャサリンは〜』の手直しは80％まで進みました。明日終わりそうですね。終わったら、すぐに編集者へメールで送ります。読み返すとか、仕上げ作業とか、そういうことは一切しません。全然未練がないのです。これは、工作でも同じ。完成したら、あとはどうだって良い、と思っているクチです。

「子供の科学」の11月号の再校が届き、確認をしました。問題ありませんでした。イラストレータ氏が忙しいみたいです。僕が描いたわけのわからないポンチ絵をきちんとしたカラーのイラストにしてもらっていますが、たぶん、僕の鉄道のブログやA＆Bレポートなどを隅々（すみずみ）まで見て、確認されているのだと想像します（特に質問を受けたことがないので）。

　先日（8/27）このブログで書いたことを引用＆リンクしたい、との申し出がHUFFPOSTというところからありました。「ご自由に」とお答えし、求められたので若干の補足もしました（100文字程度）。その日のブログは、いつもの1.5倍の（1万3000人の）アクセスがあったので、偶然にも関心が集まったのでしょう。

　僕は、特定の事件について述べていません（本ブログは、公開の6日まえに書いて、編集者など多数の人に事前に見てもらっています）。また、遺族の要望や、報道の自由についても、言及していません。単に、再発防止のためには、という視点から書いた内容です。再発してほしくない、というの

は僕の気持ちですが、このような感情的なことは、書きたくありません。「森博嗣が怒っている」とおっしゃっている人もいましたけれど、全然怒っていません。それほど日本社会に感情移入しておりません。

「自分が思っていたことを書いてくれた」とおっしゃっている方も多かったようです。でも、少なくとも僕は、これと同じ意見が実際に語られているものを見たことがなかったので、誰も書かないならと思い、何度か繰り返してきました（ですから、もう書かなくて良いでしょう）。この意見を書いた初期の頃には、どちらかというと反対が多く、報道は自由だとか、ミステリィの方が犯罪を誘発するだろう、と反発されました。

　なにを書いても誤解されるのが、現実というもの。僕は、最近日本のTVが見られないし、見られるとしても見ないので、とにかく事情を詳しく知りません。「氏名公開について反対した」と書かれましたが、それも書いた覚えはありません。

　客観的な報道は必要ですから、加害者も被害者も氏名や年齢の公開は許容しても良いでしょう。ただ、今のマスコミは、氏名が公開されたら、関係者のところへマイクとカメラを持って殺到します。それが一番いけないことだという意味です。だから、氏名非公開で防御しておいた方が賢明だろうな、とは思います。

「ブログを再開しているなんて、知らなかった」と呟（つぶや）いている方が多数でしたが、僕はブログを再開したことはありません。ブログは、23年間、ずっと続けています。途切れておりません。ただ、公開場所が移転しているだけです。大勢に注目されたくないので、たまに隠れることにしているからです。ここも、もうすぐ終わりますよ。

 ブログを書くと、「主張したい」と誤解されるため、隠れるのです。

2019年9月5日木曜日

自分が好きなものを人にはすすめない

　今日も晴天の朝を迎えました。日が短くなってきて、明るくなるのが遅

く、犬が起こさないので、睡眠充分です。高原をぐるりと巡って、散歩をしてきました。

『キャサリンはどのように子供を産んだのか?』の手直し作業は終わりました。即座に、講談社の編集者M氏へ発送。これでお終い。結局、13万文字を少し超えました。手直しで1万文字以上増えたということですが、かつては2割くらい増えていたので、だんだん手直ししなくても良い文章を書けるようになった、ということかと。

　ゲラが2つ届いていますから、明日は、『神はいつ問われるのか?』の念校を確認します。そのあとは、『森心地の日々』の初校となります。しばらくはゲラ漬けです。

　スバル氏が、また植物を通販で取り寄せ、それを植えていました。今日も、ホームセンタへ一人で出かけていき、肥料を買ってきました。この頃は、僕よりもホームセンタへ行く頻度が高くなっています。庭というのは、毎年が完成品です。だんだん出来上がってくるというわけではない。積み重ねもあるにはありますが、手を休めると、たちまち自然に戻ります。だから、常に「これは練習だ」という思いで行うのがよろしいかと。10年後を目指して頑張るぞ、ではなくてね。たとえば、その土地に強い愛着がなくてもできるのが、本当のガーデニングだと思います。どこの土地かは、人間でいうと、ヘアスタイルくらいの感じかな。そのヘアスタイルに似合うファッションが日々ある、ということ。

　庭園鉄道も同じですね。いろいろ出来上がってきますが、べつに土地に固定されているものではありません。線路はただ置いてあるだけなのです。実は、これは家（建築）もそうだし、また人間の生活もそうです。土地に固定されているような錯覚を、多くの人（特に日本人）が抱いているように観察されます。いつでも、どこへでも引越ができる、と思っている方が自由です。

　ヘリコプタ3機を同時に作っていましたが、ほぼ完成の域に達し、あとは飛ばして様子を見るだけとなりました。既に始めていた気動車の工作へシフトし、また、新たに5インチゲージの機関車も、計画をしています。まずは、簡単なスケッチを描いて、部品を集める段階です。

飛行機の整備を午後に行いました。ガレージのシャッタを半分開けて、外でエンジンを回し、舵（かじ）の動きを確かめました。最近のラジコンは、地上から飛行機へ電波を送ってコントロールするだけではなく、飛行機から地上へ電波を送り、上空でのスピードや高度、エンジンの回転数、温度、あるいはバッテリィ電圧、さらにはGPS情報などを、手元のプロポで見ることができます。ハイテクになったものです（用語が古い?）。

　そうそう、電動の飛行機なのに、エンジンのサウンドを出す装置も売り出されていて、特に空を飛んでいるときのサウンドが実機に近いようです。しかし、ここまでしてしまうと、だったらヴァーチャルリアリティで良いではないか、という話になりかねません。現に、ラジコンヘリコプタは、ドローン（いわゆるマルチコプタ）に押されて、メーカも事業を縮小しているようです。ドローンは、誰にでも飛ばせるけれど、ラジコンヘリは超難しいので、現代の若者には理解できない「やり甲斐（がい）」なのかもしれませんね。

　僕は、自分の趣味を人にすすめることはありません。同じ趣味の人が増えても、べつに嬉しくもなんともないからです。自分が読んで面白いと思った本をすすめる人がいますが、あの心理が僕にはまったく理解できません。いえ、道理は理解はできますが、そういう感情、気持ちは僕にはない、という意味。非難をしているのでは全然ありませんよ。

　韓国の外相が、アメリカの「understand」を「理解（賛成or承諾）」を得たと勘違いしたと報じられていましたね。つい先日書いたとおりです。日本人も気をつけましょうね。

 日本と韓国は言葉が似ていますが、中国になるとだいぶ違いますね。

2019年9月6日金曜日

非難と誹謗（ひほう）の違いについて

　朝は濃霧でしたが、8時頃には晴天になりました。天気予報では全日雨でした。散歩のあと、スバル氏のガーデニング構想を30分ほど聞き

ました。どういったツールや資材が必要かをだいたい頭の中で割り出しました。芝生のすぐ側の花壇で、赤い薔薇が咲き始めました。

天気が良さそうなので、大きいけれど赤ちゃんをシャンプーしました。15分くらいかかります。今日は、お座りをして動かない抵抗を示し、バスルームへなかなか入りませんでした。物心がついてきて、だんだん嫌なものになっているようです。でも、逃げたりはしません。洗っている間も、大人しくじっとしていて、シャワーを止めると、ぶるぶるっとやります。そのあと、バスタオルで拭きますが、自分でも床にあるタオルに躰を擦りつけます。

10時頃から、飛行機を積んで出かけました。1時間半ほどドライブして、模型の飛行場へ。土曜日だから、知った顔が何人か来ていました。いつもの飛行機だけではなく、新作もちらほらと来ています。でも、調整している段階で飛ばないものがほとんどでした。完成間近になると、みんなにお披露目したくなるのでしょう。

風もなく絶好のコンディションでした。僕は、単葉高翼機とオスプレィを持っていきました。いずれも、発泡スチロールの既製品なので、気楽です。2フライトずつしました。帰りもどこにも寄らずに、3時過ぎには帰宅。

帰ってきたら、旋盤を回して、気動車の台車の改造のための部品を作りました。完成した2機のヘリコプタを夕方に飛ばしてみました。ホバリングは合格でした。1箇所だけ気になるところがあるので、また分解して、修正をするつもりです。

沢山楽しいことができた長い一日でした。

念校（3校）ゲラが届いていた『神はいつ問われるのか?』を確認しました。問題ないし編集者へメールを送りました。このWWシリーズ第2作ですが、タイトルの「問われる」が尊敬なのか受身なのかわかりませんね。最近英題を公開しましたので、それで補完して下さい。この本は10月刊ですが、カバーやオビのあらすじやキャッチの文言を編集者が送ってきたので確認をしました。カバーデザインはまだ見ていません。

河出書房新社から、ゆうきまさみ氏の本が届きました。僕がだいぶま

えに書いた文章を再録しても良いか、という問合わせがあって、承諾したので、見本が届いたようです。京極氏のすぐ前に載っていました。

改めて、僕のベーシックなスタンスを少しだけ書いておきましょう。もちろん、過去に同じことを書いています。

誰がどんな発言をしても、僕は「発言は自由です」と評価します（評価するの意味に注意して下さいね）。自分の意見と異なっていても、「黙っていろ」とは言いませんし、また、「そんなこと言える立場か?」とも感じません。どんな立場でも、どんな発言も自由です。

また、僕の意見と反対の主張であっても、僕はその人の人格も意見も尊重します。間違ったことを言っているな、と思っても、腹は立ちません。そういう意見を述べることを、そういう場があることを、少なくとも喜ばしいと感じます。

逆に、僕の意見と同じであり、まったく賛成だ、と思われても、その主張のために暴力的な行為、明らかに違法と思われる行為をすれば、非難します。その行為はいけない。意見が正しくても、それはしてはいけない、と。

人のことを非難する場合、意見や行為に対する非難でなければ意味がありません。人格や性格や、あるいは環境（国、社会、仕事、家族など）を非難することは無意味です。というよりも、それは非難とはなりえません。単なる誹謗です。発言者自身を貶める以外に効果がありません。

意見を非難する場合、相手を尊重し、相手がより良い方向へ変化できることを期待して行います。そういうものでなければ、非難する意味がない、と考えています。そうした尊重や期待がない意見を述べたことは、これまでに一度もありません。

ただし、少し怒っているように見せかけることは、文章の演出としては、あると思います。残念なことですが、怒られないと、ことの重大さが伝わらない人が非常に多いためです。

 日本人は、意見の内容よりも発言者の感情を捉えようとしますから。

文章における対話性について

　毎日が晴天続きで、代わり映えがしません。気温もだいたい同じです。朝は15℃くらい、日中は22℃くらい。ちょうど良いシーズンではあります。風もあまりないので、飛行機やヘリコプタで遊ぶのには適しています。少し山の上へ行けば、グライダなどで遊ぶ場所もあります。

　日本は雨が多いし、台風は来るし、そうでなくても、暑くてじめじめした日が多いから、夏は外で遊ぶという人は、最近は少なくなったようです。僕が子供の頃よりも、確実に暑くなっているし、雨は多くなりました。温暖化のせいなのですが、温暖化を促進させている元凶を解消しよう、という気運は全然ありませんね。毎年犠牲者が大勢出ているのに、どうして働きかけをしないのか。また、市民運動などもどうして起こらないのでしょうか（日本以外では、わりとメジャな運動ですが）。

　今日は、日曜日なので、出かけないことにしました。午前中は、ずっと旋盤で工作。気動車の改軌のためのパーツを作りました。タミヤのギアボックスを2つ組み立てて、台車に取り付けました。あとは、電池やスイッチを搭載すれば、走らせることができそうです。

　旋盤の刃（バイトといいます）を3年振りくらいで交換しました。最近、活発に旋盤を使っていない、ということですね。蒸気機関車を自作していた数年まえは、毎月交換していたように思います。

　今日から、『森心地の日々』の初校ゲラを読み始めました。頑張って1カ月分を読み、進捗は1/6。このペースだと、あと5日で終わりますが、疲れそうです。1日1行のコメントも書きつつ読んでいます。

　情報を伝達したいとき、相手が知りたがっていれば、これほど好条件はありません。順序に気をつけて、詳しく述べるだけのことです。もし、相手が理解できないときは、相手から質問があったり、首を捻ったり、という反応があるので、その場合は、その部分を噛み砕いて説明すれば良いだけでしょう。

　一般を相手にして情報伝達をしたいときは、非常に難しいことになりま

す。知りたがっているかどうかがわかりません。でも、論文や書物であれば、興味のある人が手に取るわけで、ある程度は知りたがっている状況に近くなります。でも、すべてを知りたいかどうかはわからないし、相手が多数になると、個々の反応に応えることはできません。

　文章を書くうえで大事なことは、いわゆる「対話性」なのかな、とときどき思います。相手が知りたいことを想定する。相手が知りたいように誘う。そうすることで、リーダビリティが向上します。ミステリィなどは、構造的にこれを有している文章です。また、クイズを挿入する進め方などが有名です。

　エッセィなどでも、読み手がこう思ったかな、こんな人もいるでしょう、多くはそうは思わないかもしれない、といったように、相手のことを気遣う文章を入れると、対話性が増して、読みやすくなります。つまり、「私の気持ちをわかってくれた」と思えるので、読みやすく感じる、というわけです。

　一方で、情報を知りたいと思っている人にとっては、対話性は邪魔でしかたがありません。僕がTVを見ないのも、クイズにしたり、問いかけたり、繰り返したりが鬱陶しいからです。

　本質的な内容には、無関係のことですが、エンタテインメントで文章を書いている場合は、このような対話の演出というか、仕掛けをしないといけないようです。それをしなくても読んでもらえるほど、内容が面白ければ良い、という反論もあるとは思いますが、相手の興味がどこを向いているかによって、面白さを一般化すること自体が、実際には難しいと思います。

 わかる人にだけ届けば良い、という傲慢な作家もときどきいますが。

2019年9月8日日曜日

フィクションで欲求を満たせる？

　朝は少し曇っていましたが、じきに晴れてきました。散歩はちょっと違

う方向へ出かけました。帰ってきてから、昨夜作ったばかりの気動車の試運転をまずしました。思いのほか快調に走りました。ちょっとできすぎかも。

そのあと、枯枝を一輪車で集めて、燃やしものをしました。スバル氏が粗大ゴミを出したいというので、犬と一緒にクルマでドライブ。ゴミ処理場にそれを出したあと、ショッピングモールへ行き、高級ハンバーガを3つ買って帰りました。走った距離は50kmほどです。帰宅して、デッキでハンバーガのランチ。えっと1人分が1400円くらい。大きいのでお腹<ruby>腹<rt>なか</rt></ruby>いっぱいになりました。

『森心地の日々』の初校ゲラは1/3まで読み進みました。順調です。このままいくと、あと4日で終わりますね。ほとんど直していません。校閲の指摘に、赤で丸をつけるだけ。

工作は、次のプロジェクトに移りました。面倒なので詳しく書きませんが、飛行機と機関車の両方です。それから、読書は歴史物が終わって、次は社会学かな。

小説を書いていると、「こういう世界を望んでいるのか」と言われることがあります。あるいは「現実逃避」という言葉も、耳にします。そのいずれも、僕は自分で体験したことがありません。でも、小説を読む方というのは、そういうのを普通にされるようです。

小説を書くことで、現実にはできないことを実現できる、というのが、僕には全然わかりません。それは「実現」ではありませんよね。想像したり、妄想することで、欲求不満が解消されることもありません。まったく、その種の体験をしたことがないのです。

たとえば、僕の夢というと、自分の納得のいく模型が沢山作れることですが、そういうのを小説で書いて、「やった、できたぞ!」と喜んで、なにか面白いことがあるのでしょうか? ありませんよね。美味しいハンバーガが食べたいときに、小説の主人公にハンバーガを食べさせて、「美味しいなあ」と言わせて、満足できるでしょうか?

なんか、<ruby>頓珍漢<rt>とんちんかん</rt></ruby>なことを書いている気がしてきました。おそらく、一般の小説ファンの方は、他者に対しての欲求があるから、現実では実現

できない。それを、小説なら疑似体験できるのですね。他者（と自分の関係）が現実よりも自由にできるからです。僕の場合、他者（との関係）に対する欲求というものが皆無であり、欲求はすべて自分のことなので、べつに妄想しなくても、自分で実行がいつでも（資金と時間があれば）可能なのです。

たとえば、誰かを打ち負かしたい、という欲求があれば、想定した誰かを小説に密かに登場させ、自分が感情移入した登場人物がその相手を打ち負かしてしまえば、欲求が解消される、というメカニズムなのでしょう。わからないでもない、つまり理解はできますが、僕にはそれは不可能です。その能力がありません。

小説を書き始めた頃、キャラクタが気に食わない、と非難されたのですが、「どうして、気に入るキャラクタでないといけないのだろう？」と不思議に思いました。いろいろなキャラがいた方が物語に深みや新しさが出ると考えていたので、鼻持ちならないお金持ちの令嬢とか、嫌味ばかり言う堅物を描いたのですが、そういうのは、感情移入して妄想したい人には、ちょっと不向きだったようですね。

 フィクションに**感情移入**して満足できるのは、立派な能力でしょう。

意見に見られる2つの傾向

朝から2時間ほど濃霧でした。ラジコン飛行機は飛ばせませんが、ラジコンヘリなら飛ばせるくらいの霧、と形容すると、あまりにマニアックすぎるでしょうか。庭仕事は、枯枝拾いくらい。ヘリは、ホバリングを1回芝生で。庭園鉄道は、普通どおり運行。

お昼頃には晴れてきました。プチトマトが生（な）っていて、犬たちがそれをスバル氏からもらっていました。工作室の外でエンジンを回して遊びました。春に買ったものですが、もう充分に元が取れたかな。

模型店から、荷物が届きました。新たなヘリのボディです。中に入れ

るメカは、これから中古品を探そうと思います。それから、5インチゲージの新しい機関車の製作を予定していて、そのための部品を日本のメーカに発注しました。部品代は10万円くらいですね。モータが高いのですが、ここはやはり信頼性を買いましょう。

『森心地の日々』の初校ゲラは、1/2まで読み進みました。ようやく半分。でも、順調ですし、前の巻よりは文字数が少ないので若干楽になりました。電子書籍や教育利用の明細がまた届いていました。どちらも沢山入金があり、驚くばかりです。

「子供の科学」の第9回と第10回の初校ゲラがpdfで届いたので、確認をしました。写真のキャプションを忘れていたので、追加しました。

　誰でも今は、いろいろな意見を自由に発することができます。一般的にぼんやりと観察される傾向（僕の印象）ですが、ある人は、他者の意見から自分の目指したい方向の部分を掬い上げて、「これは素晴らしい」と賛辞を与え、そういう考えが多いことを強調しますし、一方、別の人は、他者の意見から自分が目指す反対方向の部分を掬い上げて、「こんな馬鹿なことを言っている」と非難しています。

　どちらも、他者の意見の一部だけを取り上げ、自分の都合が良い方向へ利用しているわけですが、元の意見を誤解していることでは同じです。賛同を力と感じるか、反発を力と感じるか、の差でしかないので、僕はほぼ両者を同一視しています。

　自分に賛同するものを取り上げる傾向は、保守的な人に多く、マスコミなどはほぼこちらです。また、政治家なら、与党がこちら。一方、反対するものを取り上げる傾向は、革新的な人に多く、市民活動や野党などがこちらであることが多いようです。

　ネットで好き勝手に発言する個人も、だいたいこのいずれかです。前者は「俺たちはメジャだ」という心理が根底にありますし、後者は「馬鹿が多くてやっていられないよ」と嘆く優越感が基本のようです。

　良い部分と悪い部分のどちらも紹介するようなことをしないし、自分のオリジナルの意見もない点でも、両者は共通しています。良い点と悪い点を分析するには至らず、客観性に乏しい印象を持たれます。でも、

自分たちの勢力内では、それで充分なのです。つまり、相手を説得しようとしている意見ではなく、ただ排斥しようとしているだけ。仲間の結束を固めることに徹している点でも、まったく同じ行動に見えてしまうのです。

　世の中は、それほどきっぱりと割り切れるものではありません（少なくとも僕の経験ではそうです）。どちらの立場でもなく、ものごとの良い点と悪い点を比較して見極めたい、という賢明な人は少なくないと思います。賢い人は、普通はそういった立場が明確に分かれるような発言をしません。無駄な議論をして、自分の大事な時間を潰したくない、というのが本音でしょうか。

 利益が期待できれば発言する。仕事ならば発言する。僕はこれです。

2019年9月10日火曜日

自覚と理性の大切さ

　珍しく少し曇っていたのですが、午後は晴れ渡り、暖かくなりました。枯枝を集めて回りました。芝の水やりや雑草取りもしました。ネット通販で購入したものが、段ボール箱で8箱も同時に届きました。いろいろ物入りのようです。

　『森心地の日々』の初校は、2/3まで読み進みました。あと2日で終われそう。1日1行のコメントも、既に3000文字くらい書いた計算になります。作家の仕事はこれだけです。

　ヘリコプタの新しいボディが届きました。今回は、ボディも未完のキットを購入し、自分で組み立てて、塗装も自分好みにしたいと思っています（これまではすべて実機と同じ塗装でした）。胴体だけで1.5mくらいある大型です（ラジコンでは、これでも中型）。

　ヘリコプタも、メカニズムをすべて自作したら面白いだろうな、と想像します。金属部品は旋盤やフライス盤で作れます。ただ設計が大変で

す。既存の部品を使えば、だいぶ簡単になりますが、そうしてしまうと、自作の意味はほとんどなくなる気もします。

　プロペラが4つとか6つあるマルチコプタが増えてきました。宅配などの業務も、マルチコプタが運ぶようになりそうです。人が乗れるサイズのものも、試作品が既に沢山出ていて、どのような法律で管理をするのかな、と興味深く観測しているところ。たいてい、日本はこういうものに遅れますが、様子を見よう精神が旺盛なのですね。

　基本的に、小さいプロペラは効率が悪いので、その点でマルチコプタが、実機にあるようなヘリコプタに取って代わることは、まずないのではないか、と予想されます。200年後には、ジェットやダクトファンがあり、もちろん垂直離着陸も普通になりますが、ヘリコプタも今の形態で存続するように思っています。ただし、ほとんどオスプレィのように、固定翼モードへチルトするようなタイプのヘリになっているかと。

　怒りっぽい人というのは、とにかく自分に対する他者の行為を悪くとろうとします。みんなが自分を陥れよう、蔑もうとしている、という感覚を持っているようです。それでかっとなって、暴力的な行為に及んでしまい、事件となることが多い。でも、本人としては、自分のアイデンティティに関わる「正義」あるいは「防衛」であることがほとんどです。

　ぴりぴりしているから、周囲もなんとなく敬遠するし、困ったものだ、という態度で接しますから、ますます馬鹿にされたと慣るわけです。基本的に、自分というものに自信がないから、こうなってしまうのでしょう。

　だから、もっと周囲が温かく接すれば、悲劇は避けられる、という考えが当然出てくるとは思います。現に、そのような人の優しさに触れて、踏み留まった人もいることと思います。

　それでも、こういった問題は、教育では解決できないし、また、社会の制度としても完全な対応が難しいことでしょう。最も重要なのは、自覚があるかどうかです。自覚さえあれば、なんらかの救済が可能になります。

　実は、このようなことは異常な人にだけ見られるのではなくて、一般の人の誰でもほとんどが、程度の違いはあれ、持っている傾向といえま

す。それが、あるときにちょっと大きくなって、実際の失敗やトラブルになることも多いはずです。

　では、何が対策になるのか。それは、やはり感情を抑える理性の堅牢さ(けんろう)だと思います。子供には、理屈を教え、理屈で自分を説明する、という手法を学ばせるのが一番効果があるのではないか、と想像します。

 感情は通らないけれど、理屈は通りますよ、ということでしょう。

2019年9月11日水曜日
ハンバーガを作って食べた話

　昨日と同じような日。このところ、ほとんど天候に変化がありません。じわじわと涼しく（あるいは寒く）なっていることは確かです。まだ、屋外活動が楽しめるシーズンですから、いろいろ思い切り遊んでおきましょう。

　『森心地の日々』の初校ゲラは、5/6まで進みました。明日終わります。作家の仕事はこれだけです。明後日(あさって)からは、来年に出る新書の執筆をしようと考えています。頭の中で、目次が（図形で）巡っている感じ。

　工作は、機関車の塗装をしました。作業は工作室の外でします。夜はできませんが、昼なら雨が降っていてもできます。まだ、エンジンがそこに3機置いたままで、ときどき回しています。音も出るし排気ガスも出ます。

　ガレージでは、飛行機の整備を少し。それから、小さい機関車を少しだけ片づけました。足の踏み場を確保するためです。

　昨夜、中国のヘリメーカにボディだけ発注するメールを書いたら、リプライがあって、2カ月くらいかかるという返答でした。そのボディの中に入れるメカニズムは、オークションか模型店の委託品販売で、中古品を探すつもりです。購入したあと飛行させて調整しなければならないので、2カ月はあっという間に過ぎることでしょう。

ヘリコプタというのは、メカニズム部のプロポーションが類似しているので、たいていの製品が、たいていのボディに収まります。だから、ボディが汎用的に独立して出回っているわけです。メカニズムだけで飛ばしている人が9割以上で、スケールボディを付ける人は1割もいません。

　スケールというのは、つまり実機の縮尺模型です。ただ、完璧なスケールではなく、少なからずデフォルメがあります。また、メカニズムを入れてしまうと、キャビンの中が実機のように再現できなくなるので、そこを工夫するベテランモデラもいます。僕はそこまではする気がありません。

　ヘリのロータは、模型は2本が標準ですが、実機は、3、4、5本といろいろです。これを再現するスケールマニアもいますし、製品も出ているのですが、ロータは回ると何本なのか見えません。だから、僕はあまり気にしていません。これは飛行機でも同じで、プロペラのサイズや本数を気にしたことがありません。静止状態で飾っておく、という楽しみを持っていないからでしょう。

　今日のランチは、自分でハンバーガを作りました。大変珍しいことです。たまたまマフィンがあったのと、ソーセージ（平たい円形のもの）が冷蔵庫にあったので、作ってみようかなと思いました。具体的には、マフィンをトーストしつつ、フライパンを探して、ソーセージを焼きながら、スクランブルエッグを同時に作り、最後にマフィンに挟んで、ケチャップと辛子マヨネーズをつけただけです。野菜なしです。とても美味しくいただきました。

　料理というほどではありませんけれど、工作と似ています。ただ、料理は時間的にはシビアです。同時にいろいろやらないといけなくて、しかも同時に全部が完成するのがベストです。順番にそれぞれを作っていたら、最初のものが冷めてしまいます。ここが、工作にはない条件。工作では、エポキシ接着剤を使うときくらいしか、時間に追われることがありませんからね。

　若いときは、これでも料理をけっこうしていた方です。だいぶ忘れてしまいました。たとえば、揚げ物なんて、どうやっていたのか、よく思い出せないでしょう。それでも、やらなければならなくなったら、いつでもできる

ことは確か。

 誰でも、自分が食べるものくらいは作れると思いますが、いかが?

ガーデニングに図面は必須

　朝は涼しすぎましたが、すぐに暖かくなりました。秋晴れです。高原を散歩し、庭園鉄道で森林の中をぐるりと巡りました。スバル氏がカフェへ行こうとおっしゃるので、犬を1匹だけ連れて、家からクルマで15分ほどの店へ行きました。イングリッシュガーデンが素晴らしい小さなカフェです。ここで、ホットのカフェラテとアップルのマフィンをいただきました。テラス席ですから、犬も一緒です。開店したばかりだったようで、ほかに客はいませんでした。その意味でもひっそりとした場所です。若い女性が一人でやっているみたいでした。

　帰ってきてからも、また庭園鉄道。それから、ヘリコプタを芝生で飛ばしました。同時に、ここ数日で集めた枯枝を燃やしました。この煙が庭園内に停滞するほど、風がありませんでした。

　工作は、流線型蒸気機関車のジャンクを動力化する工夫をしています。上手くいくかどうか、まだわかりません。気動車は毎日少しずつ塗装をしています。走りっぷりが良いので、毎日少し色を塗っては走らせて眺めています。

　『森心地の日々』の初校ゲラを最後まで読みました。コメントも書き終わりました。ゲラはすぐに発送し、コメントは軽く読み返してから、メールで送りました。現在、ほかにゲラは来ていないので、明日から新書の執筆を始めましょう。

　スバル氏と、またガーデニングの将来について話し合いました。次の庭造りはどうしたいか、という方向性のようなものです。もちろん、イングリッシュガーデンになることは確実で、少なくとも和風にはなりません。でも、何を中心にするのか、どんなアプローチ（散策路）にするのか、とい

うような計画は、共有しておいた方が良いかな、ということで話し合っているわけです。

　庭造りというのは、ほとんどの場合、行き当たりばったりが普通だと思います。できることしかしませんし、そのときどきで、できることは非常に限られています。特に、季節や土地柄があるので、思うようにはいきません。また、時間がかかり、自然との対話をしつつ、押したり引いたりの駆け引きも必要です。

　建築のように、思いどおりにびしっと作ることはできませんが、それでも、設計図は絶対に必要です。これは、今から20年まえに初めて庭の工事を専門家にお願いして、庭師の親方がCADで描いてきた図を見たときに、そうか、こういうふうに構想するものか、と気づきました。それまでは、庭の設計図なんてものは、そもそも成立しないのではないか、と考えていたからです。

　本当は、建築もこのように、何年もかかって、じわじわと作り上げていく方が楽しいでしょうし、納得のいく家になるはずです。でも、技術的、資金的、労力的になかなかそうはいきません。庭はそういった「こつこつじわじわ」の方法が普通の人でも可能であるという点で、建築よりは身近だと思います。

 日本も人口が減ってくるから、個人の庭は広くなることでしょう。

2019年9月13日金曜日

右も左も気にしません

　朝はどんよりとしていましたが、やはり晴れてきました。いつものように昼頃には快晴。午前中は、庭仕事に専念。燃やしものをしつつ、一輪車で枯枝を集めて回り、水やりも長時間しました。犬たちも一緒について歩きます。近所のワンちゃんが遊びにくるのが、ほぼ毎日のこととなりました。スバル氏も、ずっと庭にいたようです。ときどき出会いました。

　ヘリコプタのジャイロの設定に関してネットで調べました。ジャイロと

は、この場合は（ジャイロモノレールのときとは違って）姿勢制御のための電子機器のことです。ラジコンヘリには、ジャイロがついていないものはありません。各社がそれぞれのジャイロを製品化していて、不統一な点が多々あるため、設定が非常に難しく、初心者ではほぼ無理な領域となっているのです。そういう僕も半分くらいしか理解していません。そのつど調べて、なんとか設定している感じです。

　工作室では、流線型蒸気機関車の動力装置を作っているところ。ガレージでは、大きな飛行機の整備を進めています。書斎では、先日作ったヘリコプタを再度分解して、気になる部分を修正する作業。ホビィルームでは、新しいボディに板材を取り付ける工作を進めています。よく頭がこんがらがらないものです。

　作家の仕事は、来年の4月頃に発行予定の新書の目次を書きました。僕は、小説もエッセィもすべて、本になったときの順番のとおりに執筆します。まずは、書名。次は目次。そして、まえがき（本によっては目次の前）。本文を書いて、最後にあとがきです。小説だったら、登場人物表や配置図などが入ることもありますが、それらも本に載る順番で書いていきます。もちろん、途中で前へ戻って書き換えることも頻繁です。明日は、まえがきを半分くらい書けたら良いな、と思っているところ。

　もう長いことホテルに宿泊していません。毎週1日以上ホテルに泊まっていた時期（15年以上まえ）もありましたが、今はほぼ外出しなくなりました。東京へ行ったときには、新宿か汐留に泊まることが多く、ホテルのロビィでは、出版社の人たちと会いました。30分ずつ時間を振り分け、複数の人と会っていたので、これまた忙しい時期だったのかな、と振り返ります。

　ホテルに泊まると新聞をどれにしますか、とフロントで尋ねられるので、だいたい朝日新聞を選んでいました。これは、うちの両親が取っていた新聞だったからです（自分で新聞を取ったことはありません）。どちらかというと反保守系のマスメディアです。

　先日、日本から来た人と会う機会があり、世間話をしていて、消費税に僕は賛成だと話すと、途端に表情を曇らせて、「安倍政権を支持

しているのですか?」ときかれました。「自民党に投票したことは一度もありませんよ」と軽く答えると、今度は一変して晴れやかな顔になり、笑顔で話しかけてきました。敵か味方かを、このように判別するのだな、というのがよくわかりました。

マスメディアというのは、少し左寄りの方が安全側といえば、まあ、そうかな、と思う程度です。でも、昔に比べて、右も左も箍が外れたように、好きなことを書きすぎている感じはします。かつては、もう少し自重していたかと。あちらがそこまで書くなら、こちらもこれくらい書いてやろう、というような浅ましい応酬が見えてしまい気になるところです。

新幹線のグリーン車に乗ると、無料で読める（しかも持って帰ることもできる）雑誌がありますね。あれは、どちらかというと右寄りです。そうなんだな、と思いつつ、面白く読むことが多かった記憶です。

ようするに、他者との関係を重視していない人や、自分の立場がしっかりとしている人は、相手が敵か味方かというくらいで一喜一憂しない、ということです。

ちなみに、僕は右手も左手も利きます。その場その場で、どちらが具合が良いかを決めます。左利きだから絶対に左しか駄目、という人間ではありません。また、知り合った人が、左利きか右利きかなんて、全然気にしません。卓球で勝負をするわけではありませんからね。

 文字を左で書いている人は目立ちますね。俳優に多いような感じ。

2019年9月14日土曜日

サブウェイとチューブ

晴天。最近、夜の雨がないので、水やりが少し大変です。スバル氏も、沢山苗を植えたので、水やりに精を出している様子でした。犬たちは大喜びです。

今日は、朝から旋盤工仕事。流線型蒸機の動力関係の工作です。小さい部品を作っていて、ノギスで0.01mmまで測定しながら削りま

すが、実現できる精度は0.05mmくらいでしょう。たとえば、0.1mm違うと、穴に棒がきっちり入るはずのところが、すかすかになるか、あるいは全然入らないか、という結果になります。

　そろそろ冬用タイヤのことを考えないといけないので、クルマの工場にメールをして予約を取りました。10月の後半の話です。今乗っているクルマは、そろそろ3年になりますね。とても気に入っているので換えるつもりはありません。少なくとも、あと数年は乗りたい。スバル氏のクルマは僕より少し長く、3年以上になりますが、彼女はもう換えたがっています。次は電気自動車が良い、とおっしゃっています。それは電気だからではなく、形が可愛いから。ただ、600万円もするので、躊躇（ちゅうちょ）しているところ。

　まだ、新作は書いていません。今回は経済に関係があるテーマなのかな。経済というほどでもないかも。マルクスなんかは、10代のときに少しだけかじりましたけれどね（無関係）。大きいけれど赤ちゃんも、寝るまえにテーブルの脚をかじっています。

　キーボードに紅茶を零（こぼ）してしまいました。すぐにティッシュで拭いたのですが、しばらくしたら、4つのキーが効かなくなりました。執筆に使っている方ではないため、さほど不便はなくて、検索時にNとMが打てないだけです（けっこう致命的?）。しかたなく、同じキーボードをAmazonで注文しておきました。完全に乾燥すれば復帰できるのかもしれませんが、既に24時間経過しているのに、まだ駄目です。余計な出費になってしまいました（出費の9割は、余計ですが）。

　昨日も、マフィンをトーストし、ハムとスクランブルエッグを挟んで、ランチにしました。いちおう自作です（キットを組んだくらい?）。ランチを食べようと思うのは、冬が近づいてきて、お腹が減るからですね（熊の理論）。

　今日は、スバル氏と一緒にスタバへ行きました。カフェラテとサンドイッチを買って持ち帰り、自宅のデッキでいただきました。そういえば、だいぶまえにずいぶん通った、サブウェイの名前が思い出せず、サブマリンとしか出てこないので、2人でああでもないこうでもないと言い合いました。老人ですね。あのサンドイッチは、アメリカだとサブマリンというはず

です。どうしてサブウェイなのでしょうか。

ちなみに、アメリカの地下鉄はサブウェイですが、イギリスの地下鉄はチューブと呼ばれています。トンネルの断面形も丸いから、そうなったのかも。シールド工法など（地中を掘り進む工法）で作られると丸くなり、上から溝を掘って、埋め直した場合は、四角い断面になりますね。その違いかもしれません。

と書いている途中で、新しいキーボードがもう届きました。乾燥して復帰するより、通販で届く方が早いということです。ところが、つないでみても全然反応しません。しかたがないので、取説を読んでみると、キーボードの後ろに小さいスイッチがある、と書いてありました。それをONにしたら、動きました。良かった良かった。そうか、Bluetoothでワイヤレスにもなるのか。凄いな。すっかり老人ですね。

庭園鉄道で地下鉄を実現させた人は、多分いないのではないかな。

2019年9月15日日曜日

天下御免の天地無用

朝は濃霧。そののち秋晴れ。爽やかな空気の中、水やりをして、枯枝を拾い、燃やしものをしました。庭園鉄道も平常運行。ヘリコプタは調整のためのホバリング。工作室の外では吹付け塗装を行いました。

模型店から中古で購入した品物が沢山届きました。以前だったら、買ってきても、すぐに部屋へは運び入れず、クルマに載せたままにしておけば、スバル氏にばれませんでしたが、今はすべて宅配便で届くから、なにか大きなものを買ったな、と丸わかりです。ずっしりと重い荷物だったら機関車だ、軽くて壊れもの扱いだったらヘリコプタだ、と判別されていることでしょう。

工作は、流線型機関車が、最初の試運転に臨みました。まだ修正点がありますが、いちおうは走りました。眺めているだけで格好の良い

フォルムです。イギリスのバトル・オブ・ブリテンという機関車のスケールですが、勝手にピンク色に変更しました。

『神はいつ問われるのか?』のカバー案が届きました。問題ありません。オビも確認しました。あと1ヵ月ちょっと、お待ち下さい。

講談社文庫の『喜嶋先生の静かな世界』が重版になると連絡があり、第10刷になります。この作品は単行本と合わせて約7万部なのですが、マイナな作品なのに、長く細々と売れている感じです。長編にさき立って短編を発表していましたが、そちらは「キシマ先生の静かな生活」というタイトルで、微妙に違います。「生活」か「世界」かは当初から迷いました。「生活」の方が詩的で先鋭ですが、「世界」の方がメジャで常識的なので、第10刷になったのも、タイトル変更、言葉選びの甲斐あってのことかな、と振り返りました。

新作は、今日はまだ書いていません。3日間くらい遊んでしまいました。そろそろ後ろめたくなってくる頃かと。

「こわれもの」というのは、荷物などに記される注意喚起で、意味は「壊れやすいもの」です。ところが、最近では、これを「壊れたもの」と勘違いする人が多いらしく、「どうして壊れたものを送りつけてきたんだ?」とか、「ジャンク品」または「訳あり品」のように解釈されているとか。そういわれてみると、日本語として「壊れもの」は微妙に変かもしれません。

この使用法でいくと、「忘れもの」は、「忘れてしまいそうなもの」という意味になってしまいますが、もちろん、そう受け取る人はいませんね。でも、たとえば「考えもの」というのは、「考えなければならないもの」「考えるかもしれないもの」ですから、まだ考えていない、これから考える可能性のあるものです。どちらかというと、壊れものに近い使われ方といえます。

「天地無用」というのも、荷物にときどき記されますが、意味するところは、「上下逆さまにするな」です。でも、僕は子供の頃に、これがどうしても納得がいきませんでした。「天地無用」とは、いかにも、逆さまにしたって平気だ、という意味に取れるのです。誤解する人がいません

か?

　たとえば、「問答無用」というのは、問答をする必要はない、の意味だし、「心配無用」というのは、心配はいらない、の意味です。問答をしてはいけない、心配をしてはいけない、というよりは、問答や心配は、私には必要ない、という意味だと思いますから、問答も心配も、私には関係ない、どっちでも良い、勝手にしなさい、みたいな突き放し感があるわけです。そうすると、天地無用も、天地なんか私（中の荷物）には関係ない、どっちだって良い、と取れますよね。

　そうそう、「天下御免」というのも、子供のときに、「世間に謝りつづける」謙虚さの意味かと勘違いしました。「公認」とか「堂々と」の意味だとは思いませんよね?　日本語は難しいのです。

「割れもの注意」の場合、折れ曲がる壊れ方は含まれませんか?

2019年9月16日月曜日

なんでも買える時代になりましたね

　昨夜も雨が降らなかったので、朝から水やりです。芝生の側でプチトマトが沢山生っていました。午後は芝刈りをする予定。燃やしものも沢山できました。ヘリコプタのホバリングもしました。いつもどおりですね。「子供の科学」の連載を（新作執筆より）さきに書こうかな、と思い、説明のための図を考えました。こういうときは、手元にたまたまあった（編集者からの封筒なとの）紙に、サインペンでスケッチを描きます。専用のメモ用紙やノートはありません。

　新作（来年の新書）の執筆は、夜の風呂上がりに3000文字ほど書きました。まだ、まえがき。後ろめたさにプッシュされての執筆でしょう。

　オークションでまた数万円の模型を落札してしまいました。オークションというのは、僕の場合、入札しても買えないことが非常に多く、「世の中にはお金持ちが沢山いるものだ」と感じる場となっています。ときどき落札できるのは、これは絶対に欲しい、いくらでも出すぞ、というとき

で、かなり高額で入札するのですが、ほとんどの場合、競合する人がいないので、全然競らずにごく安価に買えてしまいます。逆に、これくらいなら買っても良いかな、と入札した場合は、買えることはまずありません。それよりもずっと高く落札されています。

傾向としては、僕が落札するものは、ジャンク品で、誰も見向きもしない。僕が入れた額より高くなるもの（大半はこちらですが）は、90%以上が製品です。つまり、商品として過去に売られていたもの。そんなものに大金を出すのか、と思えてしまう僕には、どうしても落札できないわけです。

どうも世間一般の人たちとは感覚が違っているようだ、とは感じます。その金銭感覚については、今日から書き始めた本のテーマでもあります。明日は、もう少し書けるかな。

ラジコンのヘリコプタを、今年の初め頃から楽しんでいますが、大学生のときから大学院生の頃までにチャレンジしていたジャンルです。急に思い出して、その当時の夢を実現しました。既に、思い描いていた目標には到達してしまいましたが、もう少し楽しみたいな、と今は考えています。当時よりも、財力は確実にありますが、それ以上に、製品が安くなっているし、中古品も簡単に入手できる点が、かつてよりも好条件。あの頃はネットオークションなんてありませんでしたからね。

中古で買えるものなんて、クルマ以外にはありませんでした。例外的に、一部で事務用品や家具の中古が売られていたように思います（商売を始める人のためでしょう）。製品がどんどん世に出てくる時代。逆にいうと、戦争ですべてゼロになってしまい、なにも残っていない時代だったのです。蓄積がなく、とにかく生産するしかない、という社会。だから、どうしたって好景気になるわけです。

知合いから譲り受けるとか、親戚や家族からお下がりでもらうとか、そのくらいしか中古品の流通はありません。また、マイナで貴重なものが買える機会も少なく、いつも「こんなものが買えたら良いな」「いったいどこで売っているのだろう」と思うことばかりでした。

今は逆に、なんでも買える、世界中から買える、という時代になりまし

た。こうした社会では、かつては目利きをして良いものを買い付けて店に並べていた商売が、もう成り立たなくなります。珍しいものが入荷しましたよ、という商売も駄目です。というか、お店というものがほぼいらなくなった、ともいえるのですね。「商売」という言葉がなくなるような気がします。現在は食材、外食などの店がまだ生き残っていますが、これも自宅へ届けるシステムに代わり、淘汰され激減するものと思われます。

 感染病の流行があると、人を集める商売は痛手となりますかね。

2019年9月17日火曜日

枝が大好きな大きいけれど子供

　天気予報では終日雨とのことでしたが、朝から秋晴れ、ずっと晴天でした。でも、夕方にスコールがありました。まず芝の手入れ。芝刈りは昨日したばかりですが、周辺のカットを電動バリカンで行いました。スバル氏は、すぐ近くでレンガを敷き直す作業をされていました。毎日精が出ますね。そのほか、水やりをしたり、枯枝を拾い集めたりしました。バキュームで落葉の掃除もしました。秋が近づいている感じがします。仕事が捗る、爽やかで気持ちの良い日でした。

　ヘリコプタの新しいボディがまた届きました。今回は「塗り完」と呼ばれるもので、つまり塗装済み。中に入れるメカニズムはまだありません。最近、少し大きいサイズ（ボディだけで1.5mくらい）にシフトしているので、ホビィルームに並べるだけで場所を取ります。

　デッキで、犬たちのブラッシングをして、足の裏やお尻の毛を少しだけカットしました。ブラシをかけると、綿のような毛の塊が出ます。集めたらぬいぐるみができるのではないか、と毎回思います（ゴミにしていますが）。

　昨日から書き始めている新作（新書）は、今日は7000文字書いて、合計1万文字になりました。完成度は13%です。書き始めさえすれば、あとは労働あるのみです。手直しも含めて、今月中に脱稿したいところ。

文章を書く仕事は、僕が経験した中では、最も簡単な（楽な）作業です。なにしろ、躰の調子に左右されません。たいていのコンディションで執筆が可能です。また、ものを考える行為よりも、書くほうがずっと散漫なままでできます。手を使って、なにか物を扱うような作業に比べても、体力や注意力がいりません。椅子に座ったままできます。椅子に座ってできる仕事というのは、頭を使うものが多いのですが、文章を書くことは、なにかを写す作業のようです。右にあるものを左へコピィするのと同じ。頭の中にある映像を文字に置き換えていく、という比較的単純な作業なのです。

　大学で研究者として働いていた頃にも、この作文という作業がしばしばありました。仕事の中で一番リラックスできる作業でした。たとえば、仕事場であっても、おしゃべりはリラックスしてできるのでは？　文章を書くことは、しゃべることとほぼ同じだ、と僕は感じています（僕の場合は、むしろしゃべる方が頭を使います）。文章は、いつでも直せるし、取り消すこともできる分、緊張しないでもできる、と感じます。

　もっとも、同じ文章でも、詩になると、だいぶ違います。詩は、とにかく発想することが大変です。小説を書くよりも何倍もエネルギィが必要だと感じます。そうですね、時間当たりで、50倍くらいかな。文字数当たりだと、200倍くらいかな。

　お彼岸が近づいてきました。日の出が遅くなり、太陽もずいぶん低くなりました。僕の担当の犬、大きいけれど赤ちゃんも、最近はよく寝るようになり、朝には僕が起こすこともあるほどです。もう、大きいけれど子供になったかもしれません。毛が伸びてきて、丸々としてきました。首の周りが白いので、後ろから見ると、とても大きい頭に見えて、巨大な子犬のように見間違えることがあります。

　非常に賢くて、生後半年くらいでトイレを覚え、以来一度も失敗したことがありません。教えれば、わきまえるようになります。いけないことをしないようになりました。秋は、山道を歩くと草の種が毛にひっついてしまい、帰ってきてから取るのに一苦労。特に都合の悪い植物があるので、そちらへ近づくと、リードを引いて、駄目だと教えていたら、そのう

ち、その植物には近づかないようになりました。どの植物か匂いでわかるようです。

　宅配の人たちに懐いてしまい、トラックが来ると、配達の人（男女問わず）に会いたくて玄関から顔を出します。外へは出ませんが、顔だけ出して、撫でてもらうのです。以前は、段ボール箱をかじったりしましたが、今はしません。スリッパも持っていかなくなりました。

　散歩のときに、枝を投げてもらうのが大好きで、道に手頃な枝が落ちていると、そこで「これ」という顔で立ち止まります。その枝を拾うと、もう大興奮で、林の中へそれを投げるのを楽しみに待つのです。何がそんなに面白いのかわかりません。「えだ」というだけで尻尾が立つくらい好きです。

 オヤツよりも枝が優先。何故か、オヤツには興味がありません。

停電しても、さほど困らない生活です

　夜に雨が降りました。朝はもう晴れていましたが、植物は濡れていて、恵みの雨になりました。水やりをしなくて良いので楽ができますが、枯枝が多く、それを集めるのは一苦労（まだやっていません）。

　スバル氏が病院へ（定期検診で）行ったので、犬たちと留守番。一緒に庭を歩いてやるだけで大喜びです。しかし、今の時期は草の種がつくので、あとでデッキでブラッシングをして種を取ってやりました。

　工作は、いろいろ一段落した感じですが、残っている作業もあります。片づけながら、次のプロジェクトのことを考えています。ヘリコプタは、大きいサイズのボディを3つ（うち1つは2カ月後に届く）購入しましたが、中に入れるメカニズムは、2つしか決まっていません（うち1つは来週届く予定）。どれがどれに適するか、まだ確認していません。それ以前に、そのメカニズムが飛行できるかどうか、安定しているかどうかを試して、調整しないといけません。このサイズになると、バッテリィだけでも数万円しま

す。電動というのは、バッテリィが高いのです。

　機関車も、次はライブスチームのキットを組もうかな、と考えているところ。キットは未組立てのものが沢山ありすぎ。大きい機関車も、現在パーツを待っているところ。寒くなるまえに、線路の補修もしなければなりません。

　中国のヒット・アンド・ミス・エンジンのメーカが、新しい製品を出したので、注文しておきました。いろいろ改善されている様子。このメーカは、とにかく機械工作の精度が高いのに安価で、世界中から注目されているのですが、メーカ名もよくわからないのです。どこかの町工場なのでしょうか。それとも、有名メーカの下請けだから、名前が表に出せないのでしょうか。

　新書の新作は、今日は1万文字を書いて、トータルで2万文字になり、完成度は25%です。まあまあのペースといえます。日頃良く考えているテーマだからでしょうか。

　ゲラでは、11月刊予定の『アンチ整理術』の念校（3校）がまもなく届くという連絡がありました。これが来たら、さきに確認をします。通し読みはもうしません。指摘箇所だけに答える予定。

　スバル氏から電話があって、「マックを買って帰るからお昼を食べないように」とのこと。それで、今日もデッキでハンバーガでした。

　午後は、庭園鉄道で遊びました。数台の機関車を外に出して、メンテナンスも行いました。ガレージの中が狭くなっているからです。これから冬になるので、除雪機などのエンジンも見ておかないといけません。

　エンジンについては、小学生のときから親しんでいますが、今になっても新しい発見があって、なかなか奥が深いというか、面白いジャンルだと思います。もうほとんど斜陽で、次の世代には受け継がれない技術かな、とは思いますけれど、20世紀を支えた原動力といって良いかと。

　日本では、台風後の大規模な停電がニュースになっていますね。日本って、そもそも電信柱が多すぎるから、風の被害を受けやすいわけです。ちょっと考えた方がよろしいかと。美しい景色の観光地へ行っても、電信柱が目立ちます（これを書くのは5回め？）。

個人が使える発電機として、ジェットエンジンを用いたものがあります。音が喧しいのは欠点ですが、長所は軽いことです。持運びが楽だというわけです。今はまだありませんが、将来的に、ジェットエンジンで発電をして、その電気でモータを回して飛ぶドローンとかヘリコプタが出てくる可能性はあります。電池よりも燃料と発電システムの方が軽いからです。電池の技術に画期的な発展があれば別ですが……。

　僕が住んでいるところは、1年に5回以上停電します。キッチンなどがオール電化なので、停電はとても困ります（長くても数時間ですが）。でも、薪ストーブがあるので、暖房に関しては大丈夫です（クーラはもともとない）。ストーブをつければ料理もできます。それから、ガソリンの発電機があるから、パソコンくらいは使えます。でも、お風呂には入れませんね（発電機で灯油ボイラを動かせるかな?）。ネットが使えなくなるのが少々不便ですけれど、今の僕は1週間くらいオフラインでも、全然影響を受けません。編集者へ作品を送れない、というだけでしょう。

 台風や大雨の被害はこれから多くなるはず。対策を講じましょう。

2019年9月19日木曜日

目から鱗が落ちるとは、こういうこと

　昨日の午後、怪我をしました。ちょっと大きなもの（軽いのですが）を持ち上げたまま庭園内を歩いていましたが、木製の樽のような植木鉢に衝突したのです。持っていたもので前が見えなかったためです。なにもない場所だと思い込んで進んで、膝の辺りをぶつけてしまいました。打ったのは両膝、膝頭より5cmくらい下でした。あまりの痛さに、その場に座り込み、しばらくじっとしていました。でも、5分後には、もう一度その荷物を持ち上げて、目的地まで運びました。

　痛みは、数時間しても引かないので、夕方の犬の散歩はスバル氏にお願いしました。出血はしませんでした。完全な打ち身です。紫色に変色しています。お風呂には普通に入れるし、動かすことができるの

で、骨は大丈夫だったようです。

　今朝起きてみたら、もう痛みはだいぶ引いていました。見た感じもそれほど酷くはならず、朝の犬の散歩は普通に出かけることができました。危ないところでしたね。まあ、そもそも怪我の多い人なのです。うっかり者だからでしょう。

　朝は冷え込んで、防寒のジャンパを着込んで出かけました。でも、書斎の前では青い朝顔が咲いています。室内でも少し寒いので、カーディガンを羽織っています。そろそろ床暖房をつける時期かもしれません。

　膝は触ると痛いですが、それ以外は大丈夫。両膝だと思っていましたが、今日になって、右膝の方が酷いことがわかりました。でも、不自由はありません。庭仕事はお休みにして、室内活動オンリィとしました。

　新作は、今日も1万文字を書いて、トータル3万文字、完成度38%となりました。この調子で進むと、あと5日で書き上がると思います。爪を切ったから、もう少しピッチが上がるかもしれません。

　講談社文庫『赤緑黒白』が重版になると連絡がありました。第13刷となります。

　ラジコンの飛行機やヘリコプタをエンジンで飛ばすとき、燃料の濃さ（つまり、空気との混合比）の調整が非常に難しいのです。これは、ニードルというバルブで加減をします。飛行機は、あらゆる姿勢を取ります。上を向けば、エンジンはタンクよりも高くなり、燃料を吸い上げにくくなるので、結果的に燃料が薄くなり、エンストする可能性があります。しかし、飛行機を上に向けた状態で調整しておくと、今度は飛行機が下を向いたときに燃料が濃くなりすぎて、やはりエンストする可能性があります。このどちらも大丈夫なように、もうここしかない、というポイントを探します。これは、その日の天候や、飛ばす場所の標高によっても異なります。

　さらに、タンク内の燃料がだんだん減ってきますから、燃料の液面が下がり、エンジンへの燃料は次第に薄くなるのです。それ以外にも、エンジンの温度によっても影響があり、離陸したときと、飛行したあとでは

コンディションが違います。まあ、この辺りがエンジンという機械の面白いところです。

　先日、ちょっと古い（3年ほどまえの）「ラジコン技術」を読んでいて、マフラプレッシャのかけ方について、凄い記事を見つけました。通常、エンジンのマフラ（消音器）から燃料タンクへパイプを導き、燃料に圧力をかけます。こうすることで、エンジンへ燃料が行きやすくするわけです。液面差による変化を、相対的に減らす効果があり、大多数のラジコンファンが採用しているメジャな方法です。

　ヘリコプタなどでは、エンジンの好不調はシビアに影響します。このマフラプレッシャのパイプは、通常は燃料タンクの上部へ導かれます。排気の圧力をタンク内の空気に加えるわけです。しかし、タンクの下部に導けば、液面差の影響が小さくなる、ということがこの記事に書かれていました。誰もこんなことはしていません。一見、そんなの同じだろう、と僕も思いました。でも、よく考えたら違います。

　これは目から鱗の発想です。誰もこれに気づいていなかったということです。燃料の重量分の圧力がパイプにかかるためです。この記事には原理が書かれていなくて、単に実験で良好だった、とありましたが、論文としても優れた内容だったと感心しました。たぶん、多くの人には理解されず、広く普及はしないでしょうけれど。

　ここに書いても、誰もこの内容が理解できないことでしょう。1000人に1人くらいなら、理解者がいるかもしれませんので書きました。

 この場合、発案者はもっと理屈を説明すべきだった、と思います。

２０１９年９月２０日金曜日

幸せなシーズンでした

　スバル氏が絆創膏を買ってきてくれたので、右膝に貼りました。もう痛くないし、歩くのも普通です。

　今朝は、犬の散歩で少し遠出をして、あまり行かない方向へ歩きまし

た。スバル氏が植物を採取するためです。月見がしたいから、ススキに似た形の草を探しました。スバル氏はまえから目星をつけていたようで、すぐに見つかりました。完全な雑草です。ススキの穂のように白くはなく、赤くて、しかも細かい。もう団子などは作ってあるようです。月見の会に僕は参加しませんけれど。

　草刈りを1バッテリィしました。枯枝も沢山拾い集めました。燃やしものは風向きが悪くてできませんでした。庭園鉄道は、普通に運行。朝は寒いのですが、日中は暖かくなります。これで樹の葉が落ちたら、もっと暖かくなるかもしれません。朝顔はまだ咲いています（1輪だけです）。薔薇は散るまえに切って、室内にあります。アナベルは緑になったものはそのまま。白い方は寒さでもうすぐピンクになりそうです。

　中古のヘリコプタのメカニズムが届きました。これで、ボディもメカニズムも2つずつある状況となり、これらを組み合わせれば、2機が完成します。でも、そのまえに調整など、やらないといけないことが沢山あって、すぐに作業をスタートとはいきません。

　新作は、今日も1万文字を書いて、トータルで4万文字、完成度は50％となりました。これまでに5日かかっていますが、あと4日で終わる予定です。手直しは、今月の終わり頃になりましょう。

　怪我も大したことがなさそうだったので、今日から工作を再開しました。昨日は、読書に時間を使い、なるべく足に負担をかけないようにしていました。絆創膏もあるから、もう大丈夫です。

　工作室を少し片づけ、新しいプロジェクトを始めました。ヘリのメカニズムも、あちらこちら配線やリンケージを確かめています。大きいので、電源周辺がずいぶんこれまでと違います。

「ラジコン技術」誌が届きました。かつてに比べると薄くなりましたね。宣伝のページが減ったという違いです。それだけ、日本のメーカが衰えたからでしょう。また、ノスタルジィに浸る記事が多く、昔の飛行機の復刻などが盛（さか）んに紹介されています。競技会でも、おじいさんたちが、昔のエンジンや昔の機体を持ち寄って楽しむイベントが頻繁に開催されているみたいです。若者はもうこの世界にはいないのか、という印象を受

けます。

　ラジコン飛行機は、僕が生まれるまえからありますが、プロポが登場して、ホビィとして一般に普及したのは、70年代くらいで、ちょうど僕が工作少年だった時期です。一番面白い時期に体験できたわけですね。

　出てくる製品がすべて目新しく、凄い技術だと驚かされてばかりでした。幸せなシーズンだった、ということです。

　この年になっても、まだ面白いものがあるのも、幸せだと思っています。もの凄い飽き性の僕が、これだけ続けられたのですから、よほど面白いのでしょう、きっと。

 自動車もこれとほぼ同じで、日本のメーカが台頭した時期でした。

2019年9月21日土曜日

流行に乗り遅れることのメリット

　朝から晴天です。水やりをして、草刈りをしました。特に、スバル氏から「ここを刈ってほしい」と指摘があったところを刈りました。刈って良いのかどうかわからないグレィゾーンを、いつも僕は避けていたからです。

　それから、このまえ僕がぶつかった木製の植木鉢を移動することになりました。これはスバル氏が言いだしたことです。もうぶつからないように、ということかどうかはわかりません。2人でなんとか持ち上げ、一輪車に載せて運びました。ウッドデッキのすぐ横に置いたので、もうぶつかることはありません。この鉢には、オクラが植わっているそうです。オクラというのは、僕はあまり好んで食べないから、よくわかりません。さやえんどうが収縮したみたいなやつでしょうか。

　庭園鉄道では、レールカーの改造を実施しました。これまで、車両の中に人が乗り込んで運転する形態だったのですが、ボディは薄いベニヤ板でできていて、少しずつ歪（ゆが）みが出てきました。そこで延命を考え、人が乗るのではなく、普通の機関車として今後は走らせることにしまし

た。そのため、外部で運転ができるように、リモートのコントローラを設置する作業です。

　2時間ほどで仮に完成し、さっそく試運転をしてみたら、なかなか快調で、力強い走りを見せました。大きいから前方がほとんど見えなくなりますが、それもまた面白いところです。走っているとき、リスが近くへ来て、僕からの距離が1mくらいにまでなりました。目が合って、びっくりして逃げていきましたが。快調だったので、正式な工作をまた行います。

　スバル氏は、今日もガーデニングの模様。「秋が好きだな」と感慨深げにおっしゃっていました。気持ちが良いということだと思います。

　今日は日曜日なので、作家の仕事をしないことにして、午後はヘリコプタの工作をしたり、読書をしたりしました。雑誌も何冊か届いたので、これも読みました。でも、ちょっと時間が余ったので、結局1万文字を書き、合計5万文字、完成度63%になりました。あと、3日かな。そろそろ「子供の科学」の連載を書かないといけないし、明日くらいには、『アンチ整理術』の念校が届くはずなので、執筆は中断する可能性があります。

　大きいけれど赤ちゃんは、体重を測ったら19.6kgもありました。20kgになりそうです。もう抱っこができません。今日も、鉄道に乗ってご満悦の様子でした。夏は少し短めにしていた夕方の散歩も、もう暑くないのでフルコースを歩くことにしています。ハーネスを少しずつ長くしていましたが、限界となったので、Lサイズのものを買いました。今度は大丈夫でしょう。

　この時期は、とにかく草の種を毛につけてしまうので、草むらへ入らないように注意をしているのですが、突進すると力が強く、一瞬遅れてしまうことが多くあります。あらかじめ、「そっちは駄目だよ」と指示しつつ歩くようにしています。

　散歩のまえに、芝生で水遊びをさせました（こちらは、芝に水やりをしているだけですが）。タイヤがついてるブルーマ（あるいはスウィーパ）という手動掃除機を押していき、庭園内のゴミを集めました。枯枝も溜まったので、明日は燃やしものができる風向きだと良いな、と思っています。

夕方になって、これまでで一番大きいサイズのヘリコプタのホバリングをさせました。迫力がありました。こんなにヘリコプタにのめり込むのなら、庭園内にヘリポートくらい作っておけば良かったですね。まあ、今後の課題としましょうか。世の中では、ちょうどラジコンヘリのブームが過ぎ去ったところらしく、オークションに状態の良い中古品がつぎつぎと出てくるので、嬉しいかぎりです。

流行を外すには、流行を先取りするか、流行に乗り遅れるか、のどちらかですが、後者の方が技術的には簡単だし、いろいろ恩恵があるようです。かつては、製品が絶版になって、入手困難となったわけですが、今はネットがあるから、そういった心配は不要となりましたね。

 僕の人生の後半はネットショッピングだといってもよろしいかと。

2019年9月22日日曜日

趣味嗜好の異なる人と友達になろう

少し曇り空でしたが、まあまあの天気。冷え込まない分、朝は暖かく感じます。スバル氏と長女は、ここ連日、夜は月見をしている様子。デッキでお茶でも飲んでいるのでしょうか。犬たちも参加しているようですが、僕が担当の大きいけれど赤ちゃんは僕と一緒にいます。

風がほとんどなかったので、燃やしものをしました。枯枝が溜まっていましたが、一挙になくなりました。それから、大きなヘリコプタの調整をし、実際にロータを回してみました。まだ設定が不充分のため、浮き上がるまでは無理ですが、各舵の効きがどの程度かがわかりました。ロータのピッチなどをもう少し修正しないといけないようです。それにしても、もの凄く迫力があります。迫力というのは、そもそももの凄いはずなので、表現としてやや重複気味。

新書の新作は、今日も1万文字を書いて、合計6万文字になりました。完成度は75%です。あと2日で書き上がる予定。今日は、これ以外の仕事はしていません。

膝の怪我はもうほとんど治りました。痕はまだ残っていますが、絆創膏も取れ、強く触らないかぎり、なにも感じません。このところ犬の散歩も長距離になり、普通に運動ができています。まあしかし、気をつけないといけませんね。

　スバル氏がまた葡萄のジャムを買ってきてくれたので、トーストを焼いて、バターを塗って、そこにジャムをのせていただきました。紫色のジャムです。美味しいですね。僕は、だいたいマーマレード派で、オレンジのジャムが多いのですが、一番好きなのは葡萄かもしれません。ただ、緑色の（マスカット系の?）葡萄はあまり好みではありません。だいぶ味が違いますね。

　庭園鉄道は、線路が沈んだ箇所に土を運ぶ作業を始めました。数日かけて、工事を進めるつもりです。こういったことは、毎年1回か2回はしています。芝生のそばのアナベルが少しピンクになっていました。

　幾度か書いていることですが、僕は、親しくなるのは趣味の違う人が良い、という感覚を持っています。これは、子供のときからそうでした。嗜好や趣味が違う方が、お互いに刺激があるし、学ぶところがあります。

　また、同じ趣味だといっても、それはある時点での話であって、その後はだんだんずれてくるでしょう。そうなると、趣味が一致していたという理由で親しくなった人は、困ったことになります。結婚していたら、離婚することになるのでしょうか。

　家族で同じ趣味を持つことにも、僕は疑問を持っています。それぞれが独立した楽しみを持つ、お互いにそれを尊重することが、人間関係として自然だと考えています。

　同じ行動を取ることは、経済的には有利かもしれません。ただ、狭い世界の中に子供を閉じ込める可能性もあるでしょう。違う趣味の人を観察し、各自が人としての価値を理解することが、社会へ出ていく若者には必要だと思います。

　家族の助けがあった、家族の理解があった、という美談もやけに増幅されているようで、首を傾げたくなります。ノーベル賞などを取った人

を報道するときに、「内助の功」を盛んにマスコミが取り上げますが、そういった型にはまった価値観には苦笑せざるをえません。女性蔑視や性差別の要素も垣間見えるところです。そろそろ気をつけた方がよろしいかと。

 たぶん、仲良しのグループほど解散しやすいともいえるでしょう。

2019年9月23日 月曜日

自分が正しいと思うから怒る

　朝は霧が立ち込めていて、湿度も高く感じました。気温は低くはありません。このところ、最高気温が20℃に届かない日が続いていて、すっかり秋。アナベルの花がピンクに変色してきました。

　昨日から飛ばしている大きいサイズのヘリコプタの調整が少し取れて、今日はなかなか安定してホバリングをすることができました。音に迫力があります。着陸してモータを止めても、ロータは慣性で1分以上回り続けます。浮かせていたのは2分間程度ですが、かなり満足ができました。大きいから外に出すときや、通路を持ち歩くときが大変。

　草刈りを1バッテリィ。苔の地面から伸びてきた草を刈ります。苔を傷つけないように慎重を期す作業です。庭園鉄道の線路の補修も少し進みました。先日改造したレールカーは、バックができるコントローラを中国の通販サイトで注文しました。届くのに10日くらいかかります。それまで、バックはしません。

　新書の新作は、今日も1万文字を書いて、合計7万文字になり、完成度は88%です。明日書き終わります。ほぼ予定通りの文字数で終わりそうな進行。

　『アンチ整理術』の念校（3校）が届きました。新作の執筆が終わったら、こちらの確認をします。指摘箇所に答えるだけです。最近になって書名が変更となったので、まえがきを少し直さないといけません。この本のカバー案がようやくpdfで届き、意見を出しました。まだ決定ではあり

ません。この本は、新書になるものだと勘違いして書きました。そのため、タイトルも装丁もお任せのつもりでしたが、単行本だとわかったので、タイトルを変更してもらうことになり、カバーのデザインにも意見を出すことにしました。僕が撮った写真が、カバーや本文中にも使われています。

　また、ポテトチップスを食べながら、これを書いています。自宅では、雑巾掛けロボットが毎日働いています。大きいけれど赤ちゃんが、これをじっと近くで眺めています。手出しはしませんが、興味がある様子です。

　東京へ行くことは、最近ではもうありません。昨年、3年振りくらいで1回行きましたっけ。今年は1回も行っていません（たぶん、しばらく行かないでしょう）。東京のエスカレータは、片側に人が寄っていて、これについて何度か書いたかと思います。都会の人たちは、周囲の空気を読む能力に長けていることがわかります。田舎の人は、それに気づかずに乗ってしまい、後ろから人が追いついてきても気にならないことでしょう。

　同じことが、高速道路だったら煽られたりするわけですね。東京から来たドライバは、休日にしか乗らないサンディドライバが多くて、高速道路でバックミラーなど見ていないかもしれません。制限速度で走っていれば、問題はないと考えていることでしょう。田舎のドライバは、日頃空いている道路を飛ばしているから、急いでいるクルマをさきに行かせる、という暗黙のルールを知っていて、追い越し車線に出たときは、後ろを気にしているはずです。

　自分たちのルール、文化、習慣が、その人にとっての「当たり前」です。それに従わない人には、自然に怒りを覚えることもあるでしょう。これからもっと外国人が増えてくるから、ちょっとしたズレが、感情的な諍いになりやすいかと思います。

　怒る人も怒られる人も、自分は正しいという判断からスタートするのです。正しいと思っているから、引けない。相手を悪く見るからエスカレートする。自分の「正しさ」がどれくらいのものかと冷静になれば、大したことのない「正しさ」だと気づいて、譲る（許す）ことができるのではな

いでしょうか。

 よく怒る人は、自分は我慢している、と自覚しているようですね。

2019年9月24日火曜日

エンジンとパーツがこちらのものに

　朝は曇っていました。霧雨になるかな、と思いましたが、結局一日降りませんでした。午後は晴れてきました。

　今日は、病院へ行きました。3カ月に1度薬をもらいにいきます。医者に診てもらいますが、話をするだけで、1分間くらいです。今の医院へ行き始めて、1年半ほどになりますが、今日初めて医師の名前がわかりました。

　ちょうど出かけるときに、大きいけれど赤ちゃんがスバル氏と一緒に庭に出ていて、僕の車を見ていたらしく、もの凄く行きたがり、抑えるのが大変だったそうです。力が強いですからね。いつも僕と一緒にいるせいもありますが、特にクルマに乗りたがるので、悔しかったのでしょう。帰ってきたら、大喜びでした。

　新作は最後まで書き終わりました。8万文字ジャストでした。手直しをしたら9万文字近くになるかと思います。続いて、「子供の科学」の連載第11回の本文を書きました。ポンチ絵などは明日以降。明日は、『アンチ整理術』の念校を見ましょう。

　先日発売された新書『面白いとは何か？　面白く生きるには?』が早くも重版になると連絡がありました。しかも、初版部数と同じ数を刷るそうです。

　大きいサイズのヘリコプタをまたホバリングさせました。大きいというだけで、少し緊張しますが、だいぶ慣れました。なにかに当てたりしたら、大惨事になりますから、慎重を期してコントロールします。自分から5mくらいの距離のところで浮かせていますが、一般的には、この距離は近すぎて、危険かもしれません。10mは離れるように、と本などには書

かれています。もちろん、気をつけたいと思いますし、近くに他者がいる状況ではできません。

中国からヒット・アンド・ミス・エンジンがもう届きました。えっと、6日かかりましたか。まあ、こんなものかな。でも、発注して数日だと思っていたので「早いな」と驚きました。今回が3機めですが、シリンダが縦型になり、水冷のラジエータも装備されています。すぐに回してみました。楽しいですね。

大きい機関車の部品も、日本から届きました。こちらは、2週間以上かかりました。でも、納期は1ヵ月とあったので、これも「早いな」と感じました。さっそく作りたいと思います。人を引くサイズ（5インチゲージ）のもので、欠伸軽便鉄道の37号機の候補といえます。

というわけで、工作のプロジェクトが目白押し。体調もまあまあだし、膝の怪我も治ったので、張り切って進めたいと思います。でも、10月になったら、小説の新作を執筆しないといけません（いけないことはないのですが）。WWシリーズの第4作ですね。まったくなにも、これっぽっちも頭にないので、全然どんな話になるのか想像を絶します。とりあえず、今月中にタイトルくらいは決めておきましょう。タイトルさえ決まれば、こちらのものです。

この「こちらのもの」というのは、何がこちらのものになるのでしょうか。「勝利はこちらのもの」を略しているのでしょうか。たぶん、そんなところでしょう。でも、それだったら、「敗北はあちらのもの」ですからね。小説を書き始めることが勝利とは思えませんから、せいぜい、「印税はもうこちらのものになったも同然」くらいかもしれません。やや不謹慎な言葉選びかも。

 勝負は決まった、成功が確実となった、という意味でしょうか？

読んでいるけれど見ていない人たち

　朝は冷え込みました。最近は最低気温が10℃ありません（平年並みですが）。でも、まだ森林は緑で、色づいている葉は、非常に少数。

　スバル氏が出かけていくので、バス停まで送りました。そのあとは、犬たちと一緒にドライブして帰ってきました。爽やかな天候で暖かくなり、昨日届いた中国製のエンジンを回して遊びました。良いフィーリングでした。庭園鉄道も平常運行。秋風に枝葉が揺れていました。ヘリコプタは、今日はお休みです。

　昨夜から、工作室の棚の整理を始めました。資料をそこに詰め込んでいたのですが、古い資料はもういらないだろう、と思い、選別して捨てることにしました。20年分くらいの取説やカタログなどです。

　どういうわけか、写真が何枚か出てきて、井上昭雄氏からもらったもの、佐藤隆一氏や和田耕一氏などと一緒のものなどでした。懐かしいのですが、写真はいらないな、と思いました。目に焼き付いているからです。このほか、中尾彬氏と池波志乃氏と一緒に写っているものもあって、それはスバル氏も一緒だったので、彼女にあげることにしました。ポラロイド写真なので、池波さんがその場で（マネージャさんに頼んで）撮られたものでしょうね、きっと。それから画家の金子國義氏のお宅へ行ったときの写真もありました。井上氏、佐藤氏、和田氏、金子氏は、いずれも最近お亡くなりになりましたね。

　『アンチ整理術』の念校（三校）を確認し、すぐに返送しました。再校で指摘した箇所が修正されているのかを見ました。写真の位置などが変わっていて、レイアウトも変更になっていました。今頃になって、どうして直したのか、と不思議に思いました。

　また、校閲が非常に丁寧に見たようです。ただ、それは初校のときに指摘してほしい、と感じます（何度か書いているところです）。校閲の指摘にも答えましたが、ほとんど「ママ」でした。これで本当に終わりにしたいと思います。

写真については、欲しいと依頼された枚数を撮影して送ったのですが、あとになって写真の説明文が欲しいと言われ、説明のない写真のつもりで撮ったものです、と答えましたが、すると今度は、使われる場所が変わったり、使われなくなったものがあったり変更されました。

　カラーで撮った写真を白黒にして使われたり、その逆に、カラーのデータはないか、と要求されたりしました。写真というのは、撮るときに、どう使われるのかをイメージしてシャッタを押すものです。白黒の写真の場合、カラーのデータを僕は残しません。

　文章を扱う編集部は一般に、写真を単なる添え物だと考えているみたいです。挿絵などともそうなのでしょうね。同様の経験を20年以上してきましたが、重要視していないのが、よくわかります。おそらく、写真も絵も見ていないのでしょう。

　カバーや帯なども、言葉や文章を気にしているだけで、全体のバランスを見ていない。その結果、あんなデザインセンスの本が書店に沢山並んでしまうわけです。帯の存在を誰も疑いません。本当に誰一人、帯をなくそうとしないのです。もっとも、買う方も、きっと文字しか目に入らない人たちだから、それで良いのでしょうね（注：こういうことを書くと、また森博嗣が怒っている、といわれるかも。違います。面白がっているだけです）。

　僕が写真をいらないと思うのは、自分の目で見たものだから。僕は、自分が読んだ本は捨てています。頭に残るのは映像です。言葉や文字ではありません。100冊に1冊くらい、カバーデザインの良い本があって、これは捨てません。飾る価値があるから。

　帯は、読むまえに（たいてい、本を開くときに）ゴミ箱に捨てます。中に挟まれている宣伝チラシも愛読者カードも即捨てます。書店で、「カバーをおつけしますか？」と聞かれたら、「帯はいりません」と言いたいくらいですが、日本の書店には、もう何年も行っておりません。

 デビュー以来、自著は自分が納得できるカバーにしてきました。

スライスバターはいかが？

　今朝は曇っていて、あまり冷え込みませんでした。でも、8℃くらいでしたか。着込んで散歩に出かけます。犬たちは裸ん坊ですが元気です。

　また中国のエンジンを回して遊びました。よくできているな、と感心します。このメーカのエンジンをもう3機も買ったことになりますが、今回初めて説明書（英文）が、コピィ用紙1枚ですが、付属していました。始動する手順が書いてありました。メーカ名はどこにもありません。製品名も一般名詞のみです。不思議なメーカですね。

　昨夜は、スバル氏が帰ってくるのを、バス停までみんなで迎えにいきました。犬たちは大興奮でした。クルマにスバル氏が乗り込んでくると、はしゃいで吠えて、煩くて運転に支障があるほど。困ったものです。

　書斎で機関車のシャーシや動力を組み立てました。欠伸軽便37号機を目指して製作中のものです。実は、ボディは既にできているのです。下回りにあと1カ月くらいかけるつもりで、来月にもデビューできる予定で進めています。

『アンチ整理術』は、まだカバーデザインで揉めていて、編集者は、営業部など、大勢を納得させないといけない立場のようです。ビジネス書を出している出版社だから、そういう力関係なのでしょうか。タイトルが変更になっただけでも、よしとしているところです。

「子供の科学」は、ポンチ絵の下描きをしました。今日の仕事はこれだけ。1万文字の執筆よりは、時間がかかりませんけれど、エネルギィや思考力は同じくらいかかります。明日ペン入れをして、写真なども揃えたいと思います。

　このところ、マフィンに葡萄ジャムを塗ってランチで食べているのですが、バターを塗るのが面倒です。バターというのは、硬いから塗りにくい。チューブに入れた「練りバター」が出ても良さそうなものだ、とスバル氏に話したら、最近はマーガリンを柔らかい状態に保つための成分

が問題になっている、とのこと。だったら、逆に、スライスチーズみたいにシート状にして、パンにのせるだけにすれば良いのに、と言ったら、「おお、さすがだ」と褒められましたが、凍らせたらできるかもしれませんね。

分厚いベーコンとスクランブルエッグをマフィンに挟むのも美味しい。毎日マフィンになにか挟むという食事で、一年が乗り切れそうな気がします。

台風の被害が甚大で、ニュースでもその関係のものが沢山伝えられています。まだ停電したまま、という地域があるようですが、こういったものは、同時に多数発生するから、どうしても復旧に時間がかかりますね。

ところで、たとえば1軒の家が火事などになったりしたときには、その家にはマスコミはせいぜい1日しか行かないし、ボランティアの人たちも駆けつけません。困っている人が大勢いると、困っている気持ちが人数分だけ増幅される、ということなのでしょうか。どちらかというと、1人で困っている人の方が可哀想だし、共感したいし、助けたくなりませんか？　実際に、そういう個人は、周囲のみんなに助けられている、と解釈するのかな。ちょっと不思議に感じました。

火事を起こして、周囲の家に延焼してしまったとき、出火元の家には、賠償責任がないはずです。どちらも困っていることには変わりがなく、責任を問わない、というのが法律の趣旨なのでしょうか。風でなにかが飛んだり、看板が倒れたり、鉄塔が倒れて家を壊したりしたときは、どうなのでしょうか？　温暖化が進み、こういった被害は今後日常的となるはず。建築基準を変えるか、個人が災害保険に入るしかないのかも。

 火力発電を増やして温暖化を進めている日本の責任はいかほど？

火よ、我とともに歩め

　昨日の夜、工作室で作業をしていて、指を怪我してしまいました。出血したのでバンドエイドを貼りました。キーボードは、不自由なく打てます。怪我をしそうだな、と思って注意していたのに、案の定怪我をしたので、情けないというか腹立たしいというか、不注意な人間だな、と改めて思いました。

　自動車用のリレーを通販で買って、庭園鉄道の機関車をバックさせる装置を作っていました。バックするのは、モータへの電極を逆にするだけですが、長いコードを引き回すのは抵抗も大きく、また危険なので、細いコードを使ってリレーを動かし、このリレーでスイッチを切り替える、という2段構えで作動させます。

　自動車のヘッドライトやセルモータなども、すべてこのようなリレーで動いています。手元のスイッチで直接モータやライトが点くのではありません。ご存知ないとは思いますけれど。

　今日は、昨夜作った回路を機関車に取り付ける作業を行いました。すると、電源を切ってもリレーが動くことが判明。何が間違っているのか、と考えたところ、バッテリィが2機あって、それを直列にしたときの電圧を測るために電圧計が取り付けてあるのですが、2つのバッテリィをスイッチで切り離しても、この電圧計を迂回して、もう1機のバッテリィの電圧がかかり、リレーが作動することが判明。なるほど、電気は正直だな、と感心。それで、スイッチを別のものにして、リレー回路も切れるように直しました。めでたしめでたし。

　ヘリコプタのボディをまた買ってしまいました。大きいヘリのメカニズムが入るサイズです。届いた箱が大きくて、びっくりしました。でも、簡単にはいきそうにありません。いろいろ問題があります。

　「子供の科学」のポンチ絵にペン入れをしました。今日の仕事はこれだけ。写真は、これまでに撮影したものを使おうかな、と思っています。ネット上にアップされているものは小さいのですが、雑誌に使う写真

も小さいから大丈夫だろう、と思います。機関車をわざわざ外に出して撮影するのが面倒だからです。

ネットのニュースを見ていたら、「被災地の疲労がピークに達した」という見出しを見つけました。どうして、ピークだとわかったのでしょう？　これから改善する、もう減少する、という観測なのかな、と思って記事を読みましたが、単に「疲労が増している」という内容で、復旧の目処が立っていない感じでした。

「ピーク」という言葉を使い間違えている可能性もありますね。「これまででピーク」でした、というように、これまでで「最大」の意味なのかもしれません。でも、ピークというのは、それ以上には大きくならないことを意味します。違いますか？

上昇していたものが、減少に転じるときに、ピークが現れます。変化するものを取り扱うときに、これが非常に重要な判断基準となるのです。ただ、一般的には、変化は（雑音のように）小刻みに揺れている場合が多く、デジタルで見ていると、どこにピークがあるのか判断できません。僕は学生のときに、実験データを処理するプログラミングで、この問題に直面し、1週間ほど悩んだ経験があります。人間が判断するのは簡単なのに、コンピュータにはけっこう解決が難しい問題なのです。

そういえば、「ツイン・ピークス」というTVドラマがありましたね（僕は、ビデオを借りて見ました）。2つの山がある場所だったのでしょう。小説を書き始めるより数年まえに見たように記憶しています。あれを見ていなかったら、ミステリィは書かなかったかもしれません。「Fire walk with me」という台詞があって、「火は我とともにある」と訳されていましたが、三人称のsがないから、火は主語ではなく、「火よ、我とともに歩め」だったかと……。そういえば、「歩け」ではなくて「歩め」とすると、なんとなく古典的に聞こえますね。どうしてでしょうか。今は「歩む」という動詞が死語なのかな。

 このドラマの監督リンチは、映画も名作が多く、必ず見ています。

「構造」って何ですか？

　雨の予報でしたが、朝から晴天です。夜は雨だったので、比較的暖かく、水やりの必要もありません。書斎の前で、朝顔が3輪、咲いています。直径は3〜4cm、色は青（でも閉じるとピンク）。夏に比べると、今は花が多いように思います。小さい花ですが。

　昨日取り付けたリレーの具合を確かめるために、レールカーの試運転をしました。今のところ異状はありません。バックができるようになりました。昨日書いた電圧計を迂回して電気が流れてしまう現象ですが、12Vのリレーを使ったのが間違いで、24Vのリレーを買っておけば、すっきりとした良い回路になったな、と反省しました。200円くらい高いだけなのです。

　工作は、大きいヘリコプタと大きい機関車の2つがメインとなりました。ヘリコプタは大きいし、機関車は重いので、取り回しが大変です。書斎とホビィルームで作業をしていましたが、機関車の方は工作室へ移動。チェーンをかける作業を行いました。自動車用のバッテリィが2基、今日届いたので、近々試運転ができると思います。中国からコントローラがまだ届かないので、手持ちの仮のコントローラで試運転になるかも。

　最近、ちょっと寒いので、線路の補修工事が停滞しています。そのうち、葉が散って、日差しが届く季節になったら、ぽかぽかとしてくるのではないか、と期待。

　「子供の科学」のポンチ絵に消しゴムをかけて、スキャナで撮りました。写真も揃えました。もう少し確認して、明日編集者へ発送できると思います。この人の仕事は、先日書いた新書の手直し。これに1週間くらいかけます。ちょうど9月が終わりますね。もう10月ですか……。

　今読んでいる社会学の本に、『野生の思考』（レヴィ＝ストロース著）のことがわかりやすくまとめられていて、今さらながら、そういうことだったのか、と納得する部分がありました。『野生の思考』は、僕が大学生のときに（大学の課題で）読まされたのですが、その当時、けっこうブームだっ

たかと思います（日本でのブームは、もう少しまえかな？）。

　フランス語では、「三色スミレ」と「思考」が同じ単語なので、原題は「野蛮の思考」と「野生のスミレ」をかけた洒落になっているのですが、それを「野生の思考」と和訳したことが秀逸。人間の思考力が、原始時代と現代で、進歩しているわけではない、また、複雑化しているわけでもない、といったような内容です。レヴィ゠ストロースは「構造主義」と言われているのですが、僕は当時、この「構造」が何の構造なのかよくわかりませんでした。今もよくわかりませんけれど、言葉が連想させる範囲は、だいたい摑めるようになりました。

　もともと、日本語の「構造」だって、意味がよくわからない単語です。皆さんは、「構造」をきちんと言葉で説明できるでしょうか？

　もっとも、建築学科に籍を置いていた頃、建築は、構造系、計画系、設備系の3部門に分かれていて、僕は構造系だったのです。でも、講座は材料系でした。材料の中にも構造がありますが、建築の構造とは無関係です。

　これが、「ストラクチャ」と英語にすると、途端にイメージがしっくりきます。不思議なものです。言葉をさきに知っているか、概念をさきに知っているかで、言葉のしっくり度が違うのです。さきに概念があって、「それがストラクチャだよ」と言われると、「ああ、そうか、そういうのか」と納得してしまうわけです。

　オーストラリアの環境デモは、日本でどれくらい報じられましたか？　若者が少ない日本は、未来を見ていないのかな？　年寄りになるほど、昔のことばかりに拘りますからね。

 日本では、「構造」よりも「構造的」をよく耳にするような気が。

２０１９年９月２９日日曜日

なにものも収納しない

夜に雨が降ったようですが、朝から晴天（毎日ですね）。朝の散歩に

出かけると、道に毬栗が沢山落ちていました。大きいけれど赤ちゃんは、脚が長いので問題なく通れますが、ほかの犬たちは胸の毛で毬栗を巻き込んでしまうことがあります。半日くらい誰も気づかないこともあります。そこで、たいていは抱っこをして回避して通ります。大きいけれど赤ちゃんは重くて抱っこがしてもらえないので、羨ましそうに見ています。スバル氏は、毬から出た栗をときどき拾っていて、集めてご飯に入れたりします。庭園内にも栗の樹がありますし、毬も落とすのですが、実が小さいので食べていません。

　昨夜は、書斎でヘリコプタの工作をしました。ボディにメカニズムを入れ込む作業で、なんとか収まることが確認できました。これで、だいぶ見通しが立ちます。あまり削らなくても、なんとかいけそうだということ。しかし、非常に大きいので、キーボードなども退けないと置くこともできません。

　また、5インチの機関車も組み立て中で、こちらも大きいし重い。工作室から、またホビィルームへ運んできて、作業をしています。どこでやっても狭いのです。今朝、スバル氏がこの機関車に気づきました。今頃気づいたのか、と驚きました。だいぶ以前から、目につく場所に置いてあったのですが。

　指の怪我もバンドエイドが取れました。「子供の科学」は写真やポンチ絵（をスキャナで撮った画像）と本文を編集者に送りました。月曜日だから、と思って送りましたが、もしかして秋分の日で休日だったかな。

　新作の新書の手直しを今日から始めました。まずは20%進捗しました。今月は、今日を含めてあと8日あるので、余裕で終えられると思います（たぶん、9/27に脱稿）。

　書斎がまたも散らかってきました。ヘリコプタのパーツがデスクの上に積み上がっているし、床にも機関車やヘリコプタが並んでいて、次第に歩く道が狭まっています。大きな犬が入ってくるから、大変です。

　ホビィルームには、既に10機くらいヘリコプタが置かれていて、だいたい1機が人間の大人1人くらいのサイズなので、大人が10人寝ているような感じを想像してみて下さい。正しく想像してもらっても、なんのメリットも

ありませんし、共感してもらっても、なんの解決にもなりませんけれど。

　これは、工作室やガレージがそもそも飽和状態になっているせいで起こっている現象ですから、工作室やガレージはそれ以前から散らかっていることは明らかです。機関車も飛行機もヘリコプタも増え続けているのですから、当然といえば当然の結果です。

　これを打開するためには、もっと広い場所へ移動するしかない、と僕は考える人です。ものを減らすよりは、その方が簡単である、という方針。なにしろ、ものを減らすことには、デメリットが多すぎるし、迷ったり考えたりする時間も惜しいのです。

　問題の第一は、大きいものが多すぎることですが、大きいものが好きだからしかたがありません。もしかして、それで犬も大きくなったのでしょうか？

　世の中では、こういうときに「収納術」みたいなものが話題になって、立体的に収納しよう、みたいな方向性が打ち出されるわけですが、僕にはまったく興味がありません。「収納するくらいなら買うなよ」というのが僕の率直な意見です。大きいけれど赤ちゃんだって、仕舞ってはおけませんよ。

 何故収納しなければならない環境にいるのか、という問題ですね。

2019年9月30日月曜日

人類は太く短い生き方を選んだ？

　もう9月も最終日。今年も残り25％となりました。とはいえ、いつもどおりの時間に起床し、犬たちと一緒に散歩に出かけました。霧が出ていましたが、それほど冷え込まず、暖かくなりそうな日差しが届いていました。途中で栗が落ちている場所があって、スバル氏がいつも拾っています。

　庭園内で枯枝を集めてから、ドラム缶で燃やしました。それから、土を一輪車で運んで、線路の補修工事をしました。久しぶりにちょっと汗をかきました。スバル氏がパンを焼いたので、それをいただきながら、

今これを書いています。

　昨夜、ホビィルームにスバル氏がやってきて、「この箱を退けてほしい」と言いました。その箱とは、ヘリコプタのボディが入っていたもので、空箱です。理由を尋ねると、「のんた君に用がある」と言います。この「のんた君」とは、講談社が作ってくれたぬいぐるみではなく、スバル氏のお姉さんから結婚祝いに僕がいただいた由緒ある「元祖のんた君」のことです。何の用か尋ねたら、「除菌したい」とのこと。それで、箱を退けて、のんた君をスバル氏に委ねました。いっぺんに理由まで言わない人です。

　しばらくしてから、見にいくと、洗濯機のある部屋に明かりがついていました。洗濯機は、だいたい夜に仕事をしていることが多いようですが、でも、音はしていません。のんた君は、その洗濯機の中に入れられていました。「エアーウォッシュという機能を使っている」とのこと。どういう理屈か、と（洗濯機ではなく、スバル氏に）尋ねると、「オゾンで洗浄する」という返答です。僕にはよくわかりませんでした。今朝になったら、サンルームのテーブルの上で、のんた君が仰向けに寝かされていました。綺麗になったのでしょうか。見た目は変わっていませんでした。

　ようやく、日本でも温暖化反対の活動をニュースで取り上げたようです。日本人は、日本がどれくらい火力発電を増やしているか、知らない振りをしているように見えます。世界の人たちは、そう見ているのではないでしょうか。原発事故があったあと、どんどん火力発電を増やしているのです。

　環境問題なんて、経済問題よりもずっと下に見られているのが、現在の世の中です。特に、日本の場合はそうです。原発はコストがかかる、し反対派まで経済問題にしています。

　少子化についても、経済問題としてしか捉えられていません。僕は、最初から環境問題として、少子化に賛成しているのです。経済は今のことですが、環境は未来のことです。

　でも、どちらにしても、人類が絶滅するのが早いか遅いかの違いかもしれません。どうせ絶滅するのだったら、太く短く、楽しい社会を、とい

う理屈もあるわけですね。何が正しい、どちらが正しいというわけではありません。あくまでも、個人の主観です。

　戦争とか兵器とかが、一番の無駄ですね。環境にも良くありません。ああいったものにエネルギィを大量に消費しているのが、非常に問題だと思います。プラスティックのストローやレジ袋なんかより、ずっとずっと大問題です。桁が違います。「身近でできることをしよう」運動の趣旨はわかりますが、「身近ではないけれど、いけないことはやめさせる」運動を優先した方が良いかと。

　新作の手直しは、40%まで進みました。予定どおり順調です。韓国版の『すべてがFになる』『笑わない数学者』の昨年度分の印税について支払い明細が届きました。いつの本だったかな……、今でもこんなにもらえるのか、と思う額でした。

 経済より環境を優先するのは、ウィルス対策のときだけなのかな。

10月
October

小さい秋は小さな秋ではないのか問題

　秋晴れの晴天が続いています。朝顔の花は萎みました。プチトマトは半分は赤くなり、アナベルもピンクが濃くなってきました。今は、マリーゴールドが沢山咲いています。あとは、名前を知らない白とか紫の細かい花が沢山。

　スバル氏がヘアサロンへ行ったので、犬たちと留守番です。もの凄く甘えてくるので、その証拠写真を撮っておき、あとでスバル氏に見せます。大きいけれど赤ちゃんは、夜の9時に最後のトイレのため庭に出してやることにしていますが、このとき、庭のライトを室内のスイッチで点けることに最近気づいたようで、僕がスイッチを消すとき、必ず窓へ行き、外をじっと見ています。玄関から40mほど離れたところにライトが設置されているのです。

　昨夜は、工作室でまたリュータを使った工作をしました。歯医者さんの道具と同じで、キューンという高い音が鳴ります。ヘリコプタのボディを削っているのです。リュータは、もともとはモータが本体にあって、トルクを伝えるワイヤがケーブルの中を通っていて、手に持っている部分に回転を伝える機構でした。手元の部分にはモータが入らなかったからです。今は、モータが小さくなって、手元にあります。ケーブルは単なる電線になりました。

　新書の新作の手直し作業は、60%まで進捗。あと2日で終わる予定。次に来るゲラは、12月刊の『つんつんブラザーズ』でしょうか。あ、そうそう栞のイラストを描かないと……。

　それから、講談社文庫の編集部から二次文庫の提案がありました。二次文庫というのは、他社で文庫になっていた作品を改めて新刊の文庫として出し直すものです。えっと、最近だと、『そして二人だけになった』が二次文庫でした。どの作品かは、まだ書きませんけれど、来年の何月に出すかも決定しました。

　庭園内はまだ緑ですけれど、色が変わっている植物も沢山あります。

こういうときに「小さい秋見つけた」という歌を口ずさみたくなりますが（誇張）、あの歌は、どうして「小さな秋見つけた」でないのでしょうか？これは、留学生などからも、何度か質問があった日本語の難しさです。日本人の多くも、おそらく無意識に使っているのです。

「大きな栗の木の下で」と歌うときは「大きい栗の木」ではありませんね。つまり、「小さい」と「小さな」、あるいは「大きい」と「大きな」という、ほぼ同じ意味の言葉が2種類あるのです。もう少し詳細にいうと、「小さい」は形容詞ですし、「小さな」は連体詞です。「小さい」は活用して、「小さかった」や「小さくない」などと形を変えますが、「小さな」は名詞の前にしかつかず、活用しません。

　では、意味は同じなのでしょうか？　いえ、少しですがニュアンスが違います。ただ、これを使い分けている人は、今はもう少ないかもしれません。つまり、まったく同じ意味になっているのが現状だと観測されます。

　その違いとは、「小さい」が客観的な表現であるのに対して、「小さな」は主観的である、という点です。「小さい」は、誰が見ても小さい、また、なにかと比べて小さい、ときに使い、「小さな」は、発言している人の感覚で、そう感じられる、という意味合いを含みます。ですから、「大きな栗の木」は、それを見上げた子供の視点であり、「小さい秋」は、みんなが観測できる確かな自然の変化を示しているわけですね。「大きい栗の木」では、付近で一番大きくて立派な木でないといけないし、「小さな秋」では、「取るに足りないほどの秋」と聞こえませんか？

　本当でしょうか？　まあ、大きなことは言えませんが……。

 国語で一番大切なのは文法を知っていることだ、と僕は思います。

生産元はどこだって良いという話

秋晴れです。午前中は、一輪車で枯枝を拾って回りました。燃やしてはいません。庭仕事を終えて、一休みしていたら、長女が担当の犬をシャンプーしたらしく、濡れ鼠の犬が書斎に飛び込んできました。そこで、外が比較的暖かいこともあったので、僕も担当の犬をシャンプーすることにしました。そのあと、デッキでドライヤをかけたり、ブラシをかけたりしてメンテナンス。

お昼頃からみんなで出かけて、ショッピングモールへ行きました。もちろん、犬たちも一緒です。触らなければ、濡れていることはわかりません。サンドイッチやカフェラテをいただきました。

大きいヘリのボディが中国から届きました。2カ月後だと聞いていましたが、1カ月で届きました。今、工作室で作っているのと（実機が）同じ機種、同じサイズですが、色違いです（実機の所属が別ということ）。中に入れるメカは別のものにするつもりですが、まだ入手しているわけではありません。ゆっくりと中古品を探しましょう。これまでヘリをもう15機以上買いましたが、1機を除いてすべて中古品です。僕には、中古で充分なのです。中古品の多くは、既に調整がされているので、手間が省けますし、アクロバット飛行とか過酷なフライトをするわけでもないので、部材の消耗度なども気になりません。

新書の手直しは、80%まで進み、予定どおり明日（9/27）脱稿できます。内容は、「金銭感覚」に関するものですね。来年の4月の発行を予定しています。昨日書いた二次文庫も加わり、2020年も12冊の新刊が出る予定となりました。今年と比べて僅か1冊減となってしまいましたね。もっと減るのは2021年からでしょう。

9月はゲストがありませんでしたが、10月はゲストの予定がぎっしりと詰まっています。スバル氏がやる気を出すことでしょう。

今日も、新しい方のヒット・アンド・ミス・エンジンを回して感慨に耽りました。

ネットで見かけた日本の書店での本の並べ方の話で、外国人が「どうして作者別ではなく、出版社別に棚に並んでいるのか?」という疑問を投げかけたのに対して、取材を受けた紀伊國屋書店の人が、「その方がお客様が見つけやすい」と答えている記事がありました。

　これは、明らかに読書が趣味だという人（コアなファン）を対象にした認識です。読書の素人は、自分が買いたい本がどこの出版社かなんて全然意識しません（だいたいどんな出版社があるのかも知りません）。そんなことはどうでも良い情報だ、と考えているはずです（僕はそうでした）。おそらく、そういう認識の人が増えてきていることでしょう。

　どんな分野でも同じ傾向が見られます。たとえば、クルマはメーカごとに売っていて、同じグレードで同じような車で迷ったとき、わざわざ別の店へ行かないと比べられません。中古車屋だけですね、比べられるのは。

　電化製品も昔はそうでしたが、今は、量販店になり、メーカを意識せずに、同じ売り場で見ることができるようになりました。おそらく、書籍もかつては、出版社によって特色があり、贔屓の出版社が出している本を求める人がいたのでしょう。

　製品が成熟してくると、メーカによる違いは小さくなります。買う人、選ぶ人にとっては、メーカは選択要因とはならなくなりました。内容がどうで、値段がどうか、見た目がどうか、ということを比べたい欲求の方が大きいはずです。

　お店というものは、昔はメーカと直結していました。かつての電器店はそうでしたし、今の自動車ディーラもそうです。しかし、その形態が既に古い。消費者側の目線になっていない、ということです。

　書店で作者別に本が並んでいないことは、20年以上まえに日記に書きました。僕としては、もの凄く不自然なことでした（少数ですが、作者別に並べる書店もあります）。その不自然さに気づかないまま、書店はどんどん消えていくようです。

 ネット通販なら、お店は1つです。なんでも同じ店で買えますね。

鉄道名や路線名よりも目的地の表示を

　特に秋晴れ。朝は冷え込みました。そろそろ霜が降りるかも。でも、日差しは暖かく、日中は過ごしやすい気候でした。近所の犬たちが遊びにきて、うちの犬も大喜び。そのあと、デッキでブラッシング。

　庭園鉄道も爽快に走ります。もう草刈りはしなくても良いかな、と放っておきましたが、30cmくらい伸びているところもあって、草を掻き分けて走るのも面白く、軽便鉄道だな、と感じました。

　レールカーを充電していて、デジタルの電圧計が、スイッチを切ってもライトが消えない場合があることを発見しました。どうも古いスイッチの不具合のようです。何度か試しているうちに切れます。このスイッチが必要なのは、リレーが12Vだからなので、この際だから24Vのリレーを買って、もっとシンプルな回路にすることを決意しました。複雑なことをすると、それだけ故障が多いというわけです。

　「金銭感覚」っぽい新書の新作は書き終わりました。9万1000文字。サブタイトルもつけました。週末の間に、少し見直して、月曜日に編集者へ発送しましょう。とりあえず、終わりました。今はゲラもないので、少し遊んでから、WWシリーズの第4作を執筆する予定。これは、10月と11月の2ヵ月かけて、ゆっくり書くつもりでいます。また、12月にも小説を書き始めるつもり。

　昨日書いた、出版社がどこかなんて読者は意識しない、という話。これは、僕のような（読者としては）一般人の感覚です。小説の読者は、（極めて少数派ですが）もっとマニアックな人が多く、出版社をちゃんと認識しています（こういう人たちが書店で働いていますね）。その証拠に、講談社以外で森博嗣の本が出ていても、気づかない人がかなり多い。『女王の百年密室』なんかも、講談社から出し直したら、重版が4回もかかる売行きでした。

　このほか、文庫とかノベルスとか単行本とか、本のサイズがいろいろあるのも、ちょっと違和感を感じています。同じにするなら統一してほしい

し、そうでないなら、各自が自由に（サイズや形も含めて）デザインできた方が良いと思います。電子書籍になるから、もうそんなことはどうでも良くなってしまうでしょうけれど。

　メーカがどこなのか知らないよ、という話の続きかもしれませんけれど、僕は鉄道会社を知りません。名古屋にいたときは、名鉄と近鉄とJRがありましたが、そもそも鉄道に滅多に乗らない（1年に1回乗らない）生活なのです。例外として乗るのは、新幹線か地下鉄です。三重県に移っても、近鉄とJRだけでした。

　それが、東京へ行くと、沢山私鉄があるみたいで、普通に会話にその名前が出てくるのですが、それがどこを走っている鉄道か、さっぱりわかりませんでした。

　それから、鉄道の路線についても、僕は知りません。なんとか線と言われても、どこなのかわかりません。それよりは、どこ行きか、ということが利用するとき大問題なのです。どこ行きの電車に乗れば良いのか、ということ。イギリスなどは、これが顕著で、そもそもどこへ行く路線か、ということが始発の駅の名前になります。ですから、ロンドンには「ロンドン駅」はありません。つまり、東京から名古屋へ行く鉄道だったら、東京側の駅は「名古屋駅」になるし、名古屋側の駅は「東京駅」になるのです。行き先を「〜方面」と示すのが、案内板の役目ですからね。今いる場所が知りたいのではない、という理屈です。

　鉄道模型の雑誌で、模型店がどこにあるのか地図が載っていても、駅名と線の名前しかなくて、それが何県なのかもわからないから、とても不便でした。鉄道模型が趣味だったら、それくらい知っている、という判断なのでしょうね。

　東京を歩くと、鉄道の路線名を知っていれば、迷わずに辿り着けるようにはなっています。でも、どこへ行きたいか、という目的地だけを覚えて探している外国人が多いのだろうな、と思います。

　これを解消するため、東京の地下鉄やJRは色分けしましたね。

日本の鉄道模型はスケールが変

秋晴れとまではいかないまでも、まあまあ、それなりの天気。朝、僕はまず、大きいけれど赤ちゃんを外に出して、トイレをさせてから、ミルクティーを作りつつ、犬のご飯の準備をします。

スバル氏が起きてきてから、犬たちのご飯になるのですが、大きいけれど赤ちゃんは、そのとき僕の書斎まで、ご飯をお願いします、と呼びにくるのです。そのまえに、どうもスバル氏が、別の犬たちを庭に出して、トイレをさせたようで、そのときの犬たちの吠える声が聞こえました。しかし、いつまで経っても、書斎に呼びにきません。

そのうちスバル氏が書斎に来て、大きいけれど赤ちゃんはどこ?と尋ねるのです。「まだ来ていないよ」と答えました。ほかの犬たちはもうご飯を食べています。スバル氏が呼んでも、大きいけれど赤ちゃんが家のどこからも出てきません。探したら、ウッドデッキでおすわりをして耳を下げて待っていたそうです。

つまり、ほかの犬が庭に出たときに、喜んで一緒に外へ飛び出してしまい、ちょっと道草しているうちに、スバル氏にドアを閉められてしまったのです。スバル氏は、とっくに全員が中に入った、と勘違いしたようです。

今朝は冷え込まず、上着なし（といっても、フリースの長袖を着ています）で散歩に出かけることができました。庭仕事も、普通。

レールカーはもう一度チェックをして、やはりスイッチの接触不良だと断定できました。工作室では、ヘリコプタのボディにメカニズムを固定する最終段階。微妙な位置や角度を、間に挟むアルミで調整しているところ。リュータで削る作業はもう終わっています。

今日は、作家の仕事はなにもしていません。講談社文庫の、『黒猫の三角』と『四季　春』が重版になると連絡がありました。それぞれ、第27刷と第22刷になります。

午後は、大きい機関車の工作。シャーシがだいたい組み上がったの

で、ボディをどう載せるのか、と思案。実機のあるスケールモデルなので、実物の写真を何枚も見て、下回りとのバランス（この場合、車高）を確認しました。鉄道模型で最も気を使うのがこの部分。ボディが上がりすぎるとおもちゃみたいだし、下がりすぎるとシャコタンになります。1cmも狂うと変な感じがします。

日本は、HOゲージがどうもスケール感が悪く、僕はナローゲージばかり作っています。これは、HOゲージが、87分の1スケールで16.5mmゲージだからなのです。このスケールで日本の国鉄の1067mmを縮尺すると、約12mmゲージになります。もともと、世界の標準ゲージが1435mmだから、16.5mmだったのですね。

ところが、日本の車両をHOゲージの線路で走らせたい一心で、80分の1という独自のスケールを開発し、ちょっとボディを大きめに作ることを業界が決めたのです。それでも、1067mmの80分の1は、約13mmなので、まだ3mm以上下回りを幅広く作ってしまいました。

そういうわけで、日本のHOゲージは、見た目が非常にバランスが悪く、実物の雰囲気が再現されていません。特に前から見ると、著しく「ガニ股」です。小学生だった僕は、これが我慢できず、早々にナローゲージへ転向しました。

そもそも、日本の国鉄はナローゲージなのです。それを標準ゲージの線路で走らせようとしたのが、大きな間違いでした。最近になって、HOスケールで12mmゲージの車両が一部で発売はされていますが、ちょっと遅かったと思います。この影響で、1番ゲージもガニ股になり、Gゲージで日本車両を作る絶好のチャンスも逃しました。

スイスは1000mmゲージが多く、日本の国鉄とほとんど同じナローゲージです。日本人は、スイスの鉄道模型を買って楽しめますが、ヨーロッパの人は、日本の車両を買いません。スケールが違うからです。

 日本はたびたびガラパゴスになります。そこそこ人口がいるから？

模型三昧の一日

　正真正銘の秋晴れ。いつものとおり、早朝の散歩。そのあと、芝生に液体肥料を如雨露で撒き、芝刈りもしました。毬栗が15個くらい落ちていたでしょうか。すべて芝刈り機の中に吸い込まれました。

　今日も作家の仕事はお休み。でも、契約書が届いていたのでサインをしました。新作は、編集者にメールで発送。明日が月曜日です。

　中国から、モータコントローラが届いたので、新しい機関車に使えます。ちょうど間に合いました。機関車の下回りと駆動部はできているので、バッテリィを配線して、モータを回してみました。リモコンを作るための8芯ケーブルが工作室で在庫切れしていたので、ネットで注文しました。数日後には試運転が可能となるでしょう。

　一方、レールカーは、リレーを24Vのものに交換し、スイッチも新しいものに換えました。今のところ不具合はありません。この12Vの自動車用バッテリィ関連の電気配線は、本当に恐いのです。極性を間違えると、コードが発熱し、みるみるうちに溶けてしまいます。スイッチもなにもかも（プラスティックは）溶けます。3秒で火が出ますから、3秒以内に気がついて、配線を切らないといけませんが、熱くて触れなくなっていることが多く、入念にチェックをしてからスイッチを入れます。

　ヘリコプタの方は、デカールを貼りました。あとは、キャノピィの窓の透明シートを貼るくらいが残っている作業。バッテリィを載せる場所を決めて、固定方法を考えました。こちらも、数日後にテストフライトが可能です。

　午後から、ラジコン飛行機をクルマに載せて、ドライブに出かけました。山の上へ向かうワインディングロードです。日曜日だから、クルマが少し多め。モータグライダを1機だけ持っていきました。見渡す限りの傾斜地の草原で、グライダを飛ばしても良いスポットがあります。既に3機くらいが飛んでいました。

　まずは、飛ばしている人たちに挨拶をしてから、プロポなどの確認をし

ます。最近は、昔のようにクリスタルのチャンネルではなく、デジタルになって混信はしませんが、万が一、古いプロポを使っている人がいると危険だからです。

　下りの傾斜地で、斜め下へ向かって機体を投げると、モータを回さなくても、上昇していきます。モータは、流されたときにだけ使いますが、今日は風がそれほどなく、のんびりふわふわ飛ばすことができました。30分くらい浮かせていられます。いつまでも飛ばせますが、頃合いを見て草地に着陸させました。ちょっと機速が足りないときなどに、モータで吊って、手元まで近づけることができます。

　今日来ていた中で一番大きいグライダは、翼長が4mくらいのものでした。ずっと飛んだままだったので、近くでは見ていませんが、大きな人形の頭が、ローパスするときに見えました。

　夕方に帰ってきて、犬の散歩にすぐ出かけました。近所の草原へ行きました。ここは風が高い方から吹いているので、グライダには向きません。

　ちょっと疲れて、ソファでうとうとしていたら、夕飯になりました。夜は、また機関車の工作の続きです。

 ラジコンも庭園鉄道も毎日思い切りできて、とても幸せな日々。

2019年10月6日日曜日

立ちっぱなしの工作で疲労中

　朝は曇天でしたが、すぐに秋晴れに。比較的暖かい感じがしますが、気温には表れていないので、たぶん気のせいでしょう。躰が慣れてきたのかもしれません。

　朝から工作室で、機関車の製作です。シャーシが重いので大変。完成したら、40kgくらいになると思いますが、電気機関車なので、分解が簡単にできるため、移動が必要なときはばらばらで運びます。たとえば、バッテリィだけでも15kgくらいありますから、これを別にして運べば、

だいぶ軽くなるわけです。

　スバル氏が土を買いたいとのことで、一緒にホームセンタへ行きました。彼女が買いものをしている間、僕は犬と近所を散歩していました。最近、僕自身はホームセンタに用事がありません。すべて通販で買っているからです。これは、模型店も書店も同じ。模型店も書店も入店することはまずない。スバル氏が雑誌を買うために書店に行っている間も、クルマで待っています。そのスバル氏も、iPadで雑誌を読むようになったので、最近書店に行かなくなりました。

　ヨークの鉄道模型ショーの様子を友人が動画で知らせてくれました。あまり目新しいものはありませんけれど、コンスタントに製品を出しますね、どのメーカも。芯が強いというか、逞しいものがあるな、と感心します。やはり、伝統なのでしょうか。それとも、貴族が趣味でやっているメーカ？

　今日も、作家の仕事をしていません。遊んでおります。と思ったら、iPadが届きました。10月刊予定の『神はいつ問われるのか？』の電子版の見本です。ざっと確認をして、編集者へ連絡をしておきました。カバーも、なかなかよろしいのではないでしょうか。

　昨日の疲れもあり、また、今日も午後は4時間ほど立ちっぱなしで工作に没頭していたため、脚が痛くなりました。適度に作家の仕事をして、椅子に座らないといけません。あるいは、庭仕事のように歩いている方が良いようです。夕方の犬の散歩は高原へ繰り出して、長い距離を歩きました。歩くのは、それほど疲れません。中学のときはワンゲル部でしたから（無関係）。

　夕食まえには、ソファに寝転がって休憩。これはだいたい毎日そうなのです。夕食の30分くらいまえから、ソファに寝転がって、雑誌を読むか、考え事をする時間にしています。疲れているときは、寝ることもありますが、それは1カ月に1回くらい（昨日寝ましたね）。

　考えるというのは、庭仕事は次に何をすべきか、工作の作業の手順はどうするのか、という間近に迫ったことです。ただ、間近といっても、明日のことではなく、明後日以降くらいのことですね。明日のことは、考

講談社の新刊

晴れ、時々くらげを呼ぶ

鯨井あめ

読んでいるひとと
書いているひとが、
ただひとつに
つながれる。

読書のさきやかな奇跡が、
すべての読者の上に、
くらげのように降りおちる。

いしいしんじ

思春期の
閉塞感や倦怠感、
さらにきらめきは、
端々しい筆致で描かれていて
好感を持ちました。

薬丸岳

『その日のまえに』『バッテリー』
『重力ピエロ』『四畳半神話大系』
『スロウハイツの神様』……
学校の図書室にこもって
本を読みふけり、
「私は孤独だ」ともの凄く
傲慢に思っていたあの頃、
ずっと彼らを
待っていた。

額賀澪

読書って、奇跡だ。

第14回小説現代長編新人賞受賞作

今すぐ自分の好きな本を
読み返したくなるような、
本への愛を
感じる
物語でした。
本が好きな方、
そしてこれから
好きになる方に
読んで欲しいです。

武田綾乃

若い読者だけでなく
大人にも読んで
もらいたい作品だ。
そして何より、
私は晴れた
冬空を見ると
「降れっ」と
呟いている。

朝井まかて

講談社

ISBN：978-4-06-519474-4　定価：本体1300円（税別）

届け、物語の力。

　高校二年生の越前亨は母と二人暮らし。父親が遺した本を一冊ずつ読み進めている。亨は、売れない作家で、最後まで家族に迷惑をかけながら死んだ父親のある言葉に、ずっと囚われている。

　図書委員になった彼は、後輩の小崎優子と出会う。彼女は毎日、屋上でクラゲ乞いをしている。雨乞いのように両手を広げて空を仰いで、「クラゲよ、降ってこい！」と叫ぶ、いわゆる、"不思議ちゃん"だ。

　クラゲを呼ぼうと奮闘する彼女を冷めた目で見ながら亨は日常をこなす。

　八月のある日、亨は小崎が泣いているところを見かける。そしてその日の真夜中──街にクラゲが降った。

物語には夏目漱石から、伊坂幸太郎、朝井リョウ、森見登美彦、宮沢賢治、湊かなえ、村上春樹と、様々な小説のタイトルが登場します。
この理不尽な世界に対抗しようとする若い彼ら、彼女ら、そしてかつての私たちの物語です。

えなくてもほぼ決まっています。明後日以降にやることを頭で思い描き、なにか不足するものに気づいたら、ネットで注文をします。

　不足するものが間に合わない場合は、別の作業をさきに行います。そういった段取りを、寝転がってするわけです。小説とかエッセィのことは考えません。

　作家関係は、モニタに向かったときだけ考えます。それ以外のときは、現在執筆中のものが何かも忘れています。もちろん、次の執筆が何かも、全然頭にありません。編集者からメールが来て、「あ、次はこれか」と思い出すだけ。昨日、編集者に新作を送ったところ、その日のうちに受け取ったという返信が来ました。日曜日なのに、メールを読んだのですね。それが届いたときも、「あれ、何の用だろう?」と思いました。メールを開いて、ようやく、「そうか、新作を送ったんだった」と思い出すのです。これ、冗談で書いているのではなくて、ずっと、デビューした頃からこのとおりです。

　「疲労中」は変な日本語だと思いますが、洒落で書きました。念のために……。

 故障中、病気中、健康中、災難中、被害中、衝突中、満開中。

2019年10月7日月曜日

餅は餅屋、皮肉は皮肉屋

　朝は濃霧でしたが、9時くらいから秋晴れ。神様が夜に雨を降らせてくれたおかげで、水やりを免除されました、アーメン。まず、昨夜まで配線をしていた電気機関車の試運転をしました。まあまあ良い感じなので、トレーラを連結し、庭園内のメインラインを3周（約1.6km）しました。問題ないようです。

　そのあと、昨日買った土（ガレージに置いてあった）を、スバル氏の依頼で一輪車に載せて、庭園内の指定の場所まで運びました。また、草刈りを1バッテリィ。ゲストハウス近辺を刈りました。ゲスト対策です。

通販で8芯ケーブルが届いたので、新しい機関車のリモコンを製作。試運転のときは、別の機関車のリモコンを使っていました。このように、自分なりにでも配線を統一しておくと融通が利くわけです。規格というものが、いかに大切かという工学的倫理。

　ヘリコプタは、バッテリィを積む場所を航空ベニヤで作りました。マジックテープで固定します。今回の機体はとても大きく、ボディの一部が外れるような機構になっていませんが、両サイドの扉が実機のようにノブを回して開けられるようになっているので、そこからバッテリィを出し入れします。

　新しいMacを買ってから、2回システムをアップデートしました。Safari関係のバグも取れたようです。また、小説を書いているPagesもアップデートがありました。これは何が変わったのかわかりません。辞書もまあまあ良い感じで、不満はありません。

　『つんつんブラザーズ』の再校ゲラを、初校とつき合わせて、修正箇所の確認をしました。今日の作家仕事はこれのみ。明日から、通読して再校ゲラの確認をします。4〜5日でできるはず。

　大きいけれど赤ちゃんは、今日もフリスビィに勤しみました。上手です。こちらがミスしなければ、ほぼ100%空中キャッチします。

　「皮肉」というものを、日本人は自分の立場を表明するために使う傾向にあって、マスコミなどの報道で、これが顕著です。たとえば、右翼系の報道であれば、左翼系の運動について報じたあとに、「このような矛盾を抱（かか）えつつも、やめられない事情があるのだろう」くらいは書きますし、左翼系の報道であれば、「安易に決定を急ぎたがるのは、いかにも安倍（あべ）政権らしい」などと書きます。こういうことを、言わないと気が済まない。書かないと自分の立場が示せない、と思っているみたいです（これが、立場に関係なく成り立つ皮肉です）。

　つまり、自分にとって明らかな敵がいると信じ、とにかく敵は必ず間違っている、ということを言葉の端々（はしばし）に入れたがる。それがそんなに大事なことか、という言葉を律儀に入れ込むわけですが、そのエネルギィがもったいないし、ほとんど効果がない、と僕は感じます。このような部分

にアイデンティティを出さないと、自分たちは消滅してしまうのではないか、と危機感を抱いているのかもしれません（これも皮肉です）。

　もう少し素直に書くと、そういう立場堅持のための発言を一切やめてみてはいかがでしょうか。そうすると、とても客観的で、しかも知的な文章に見えてくる、と僕は思います（皮肉ではない）。

　といっても、それ以前のレベルの、相手を汚い言葉で罵（ののし）るようなものよりは、まだずいぶんと上品なので、今のままでも許容すべきなのかもしれません（やや皮肉）。

　「批判の声が上がりそうだ」「物議を醸（かも）している」「混乱を心配する声も聞かれる」とか、エビデンスのないコメントを報道記事の最後に書く伝統をそろそろやめたら、多少はスマートになると思いますよ（これを書くのは5回めくらい）。書きたいときは、自分のブログかツイッタにしたらいかがでしょうか。

 ツイッタには書いていることでしょう。書かずにいられない？

哲学的とはどういう意味か？

　緑から黄色になっている葉もちらほら。でも、朝顔がまた咲いていました。庭園内の樹木はほとんど黄色に変わる広葉樹ですが、色が変わると、ほぼ同時に散り始めるため、いわゆる紅葉や黄葉が楽しめるのは1週間もないと思います。今年はいつ頃でしょうね。

　スバル氏が、衣料品（靴や鞄（かばん）も含む）を処分したようで、それをゴミ処理場へ車で持っていきました。犬も1匹一緒です。帰りに、パン屋に寄りました。

　夜に雨がなかったので、芝生に水やりをして、それから庭園鉄道を運行。今日も新しい機関車（37号機）の試運転です。2km以上走りました。当たりを出しているところですが、チェーンにグリスを塗り、音が静かになりました。歯車なども問題ないようです。この機関車は、下回りの

偽装（機能しないダミィのディテール）を施す作業が残っていて、あと1週間くらいで完成しそうです。その偽装には、鉄を使います。手持ちの材料で賄う予定。

『つんつんブラザーズ』の再校ゲラを25%まで読みました。このペースだと、あと3日です。ほとんど直していません。1年に1度出るショートエッセィ集ですが、今回が8作めになります。毎回すぐに重版になるし、一定数のファンがいらっしゃるようです。できれば、もう少し続けたいところですね。そろそろ、栞のイラストを描かないといけません。

　僕の小説やエッセィに対する感想で、少数ですが「哲学的」という表現が使われているものがあります。この「哲学的」という言葉は、いったいどういう意味なのでしょうか？　皆さんは、それをしっかりと把握して使われているのでしょうか？

　辞書を引いてみると、「哲学に関するさま」とありました。意味がわかりませんね。そもそも、「哲学」がどういう学問分野なのか、哲学を学ばない人にはわからないと思います。ほかには、「哲学でするように思考、行動するさま」ともありました。「哲学でするように」とは、どのような意味でしょう。哲学的すぎてわかりません。

　哲学者として思いつくのは、ソクラテスくらいで、僕はまったくの素人です。土屋賢二先生が哲学の専門家なのですが、実際に「哲学とはこういうものだ」という話を聞いたことはありません。どちらかとうと、「哲学はそんなものじゃないだろう」と思う話ばかり聞きました。でも、先生が書かれた哲学入門の本を読んだことがあるので、だいたいこんな範囲なのだろう、とぼうっとしたイメージは持っています。

　その僕のイメージでは、僕の小説に哲学的な要素はあまりないように思います。「工学的だ」と言われるなら、納得できますが、言われたことがありません。

「哲学的」というのは、「よくわからない、こむずかしい」くらいの意味なのかも。世間一般では、そういう形容詞になっているようにも思えます。同様のものに、「文学的」という表現もあって、こちらは僕の辞書にはありませんでしたが、「文学に関するさま」ではなく、「言葉遣い

が、こむずかしい」くらいの意味に使われているような気がします。あと、「芸術的」というのも、似たようなものですが、これは、「はちゃめちゃで突飛」という意味のときと、「職人的に正確無比」という場合があるように感じています。「アート」にそもそも両方の意味があるからでしょうか。

 Artの形容詞は、人工的、巧妙な、くらいの意味になりますね。

2019年10月9日水曜日

無意識の吠えとぬいぐるみ

秋晴れでした。少し気温が低くなったようですが、すっかり躰が慣れてしまい、あまり寒くは感じません。朝の散歩はいつものとおり。庭仕事は、水やりと枯枝拾い。庭園鉄道もいつものとおり快走。ヘリコプタは小さいものを2機フライト。無事故。

それ以外は、新しい機関車の工作。ガレージで鋼材をカットしました。これは、バンドソーという電動ノコギリを使います。大きなもので、持ち上げられませんから、それが置いてあるところへ材料を持っていって切断します。線路なども、すべてこれでカットしています。

工作室では、その鋼材に穴をあける作業。今度はボール盤を使います。沢山キリコ（鉄くず）が出ます。工作台の上で、それらをボルトで仮組みして、様子を見ながら進めます。

順番としては、（頭の中で設計、寸法出し）、罫書き、切断、ヤスリ、穴あけ、ヤスリ、組立て、といった順番の繰返しです。すぐに手が真っ黒になります。どうしてでしょう、鉄に触ると黒くなります。錆が手に付くからでしょうね。オイルではありません。

『つんつんブラザーズ』の再校ゲラを50％まで読みました。あと2日です。「子供の科学」の第9回（12月号）のゲラがpdfで届いたので、確認をしました。『アンチ整理術』は、次の念校（4校）を郵送する準備をしているようで、編集者から1箇所だけ質問があり、答えました。このほ

か、宣伝の文言などもチェックしました。

　午後はスバル氏と長女が買いものに出かけたので、犬たちと留守番しつつ、工作室で作業。ときどき、犬が吠えるので見にいくと、郵便が届いていたり、宅配便が来たりしています。こういうときは、便利です。シェルティは、聴導犬に適した犬種なのです。僕は耳は聞こえますから、そんなに大声で吠えるな、と注意をしていますが、犬は、声の大きさを調整できません。囁くように吠えることはできないみたいです。また、吠えるのが自分の意思ではないようにも見受けられます。

　大きいけれど赤ちゃんが一番吠えませんが、小さいときから、吠えるごとに僕がすぐに「煩いよ」と囁いて教えたからです。たまたま、常に一緒にいるからできたことです。ほかの犬たちは、遠いところで吠えるから、そこまで行って、「静かに」と教えても、もう何を叱られたのかわからないわけです。

　大きいけれど赤ちゃんは、クルマに乗せると、嬉しくて興奮し、つい1回だけ吠えてしまいます。その自分の声に驚いて、耳を下げ、顔を下げて、「しまった、怒られる」という顔をします。つまり、吠えたあとに、自分が吠えたことがわかるみたいです。これをフロイト的に言うと、「無意識の吠え」といいますが、それは僕がいっているだけです。

　彼は今もぬいぐるみが大好きです（フロイトではなく、大きいけれど赤ちゃんが）。大きな蛇のぬいぐるみでいつも遊んでいますが、舌をくわえて引きずって歩くので、ちょっと蛇が可哀想です。お風呂で遊ぶときの象のぬいぐるみは、鼻を噛むので、既に3匹の象が鼻がちぎれ、今は4代目になりました。

 いずれも犬用のぬいぐるみで、強度が高い作りのものなのですが。

2019年10月10日木曜日

ヒューズはどうして飛ぶのか

　夜に雨が降りました。朝には晴れましたが、今日は工作に熱中し、

庭仕事はしていません。少し落葉が増えていますが、まだ樹の葉の色はほとんど変わっていません。アナベルはすっかりピンクか緑になり、もう白い花はありません。

　朝の散歩は、道路が濡れていたので、犬たちにTシャツを着せました。これで大興奮し、家の中を走り回るので、落ち着かせるのが大変です。

　庭園鉄道は普通に運行。工作室では、鋼材の重工作が続いているため、ボール盤の近辺はキリコが散乱し、床にも沢山破片が落ちていて、惨憺（さんたん）たる状況です。

　ヘリコプタは、大きいサイズのものが完成度90%くらい。あと、ボディを4つ買ってありますが、中に入れるメカニズムは1つしかないので、あと3つ、メカニズムを中古で買うつもりで探しています。なかなか適合するものが出てきません。ゆっくり待ちたいと思います。

『つんつんブラザーズ』の再校ゲラは75%まで読みました。明日で終わります。講談社から新刊見本（文庫）が届き、また、講談社経由で他社の書類などが沢山届きました。著作利用のリストを眺めると、新書で書いた内容が教育関係で引用されて、利用料がコンスタントに入っていることがわかります。小説では、こういった二次利用が、あまりありません。ドラマとかアニメになったときくらいです。『アンチ整理術』のカバーが決定したようです。pdfで最終版が届きました。

　スバル氏が肉屋へ買いものにいったので、犬たちと戯れ（たわむ）つつ留守番。週末にゲストがあるので、そのための肉を買い求めたようです。バーベキューでしょうか。ちょっと寒いのではないかな。

　タコ足配線というのは、2股、3つ股、テーブルタップなどを使って、沢山の電気機器を1つのコンセントで使うことをいいます。熱が出るから危険だ、とよく注意されています。多くの人は、配線が多くなると接続部が増え、抵抗が大きくなり、無駄な熱が出る、とイメージしているようですが、これは逆です。

　多くの機器を並列にするわけですから、抵抗が小さくなり電気が流れやすくなります。電流が沢山流れるから危険なのです。一番元の線は1

本なので、そこに大電流が流れてしまい、発熱する場合があります。

　長い延長コードを直列につなぎ、何十メートルも先で電気機器を使う場合はどうでしょうか？　この場合は、コードが長くなり抵抗が増しますから、電流は少なくなります。だから、使っている機器が少し元気がないと感じるかもしれません。でも、熱は発生しません。どこにも過大な電流が流れていないからです。

　2機の電動ドリルを1本のコードから2股を使ってつなぎ、同時に使っているとき、片方のドリルが刃が噛んでしまって回らない状態になると、過大な電流が流れ、もう1機の回転が落ちます。これは、1本の水道から2人が同時に水やりをしているとき、片方の先が外れて水がどっと漏れ出たとき、もう片方は水圧が下がって、水が飛ばなくなるのと同じです。

　ショートというのは、抵抗が小さくなることと同じで、過大な電流が流れてしまう現象です。多くの場合、大電流でヒューズが飛ぶようになっています。最近はブレーカになって、ヒューズを見なくなりました。「ヒューズが飛ぶって、何が飛ぶの？」と思っている人が多いと思います。実際に、熱で金属が溶けて、電気を遮断する装置ですから、火花が「飛ぶ」のと同じです。このヒューズの動作の名残で、「ブレーカが飛ぶ」といいます。ブレーカの場合は、スイッチが切れるだけで、特になにも飛びません。

　電子機器が熱で壊れることもあります。かつてはダイオードとかトランジスタが、今ではICがときどき「飛び」ます。大きな電流が流れたり、極性を間違えると壊れますが、ぱちんと音がするわけではありません。

　音がするのは、コンデンサで、容量オーバだと破裂することがあります。この場合は、「飛ぶ」とはいわず、「パンクする」といいますね。

 解雇されることを「首が飛ぶ」といいます。飛ぶのは頭ですよね。

踏切と市電の思い出

　晴天。犬が早く起こしたので、鮮やかな朝焼けを見ることができました。今日の庭仕事は、枯枝集めと燃やしもの。落葉が少しだけですが、増えてきたように思います。でも、まだ集めていません。

　工作室では、新しい機関車（37号機）の製作。中古の（自動車用）クラクションを手に入れたので、この試験と調整をしました。走りながら鳴らせると楽しいので、無線のリモコンを装備することにしました。最近、スイッチとケーブルを購入するのとほぼ同じ金額で、ラジコンのリモート回路が買えてしまう世の中です。だいぶまえに購入しておいた基板を試してみましたが、生きていたので、それを活用することに。クラクションのラッパは、床下になんとか収まりました。音が大きすぎるので、ラッパに詰めものをして、音量を調整。

　ついでに、ヘッドライトも無線リモコンで点灯するようにしました。ちょっとした回路を考え、先日交換して余っていたリレーを利用。パズルのように面白い工夫でした。だいぶ完成に近づいてきた感じがします。欠伸軽便鉄道は、37台も機関車を抱えているわけですが、それにしては、客車や貨車が少ない。牽引するものの方が少ない鉄道は珍しいことでしょう。

　『つんつんブラザーズ』のゲラを最後まで読み終わりました。先日のiPadも返さないといけないので、郵送の荷造りをしました。次は、何の仕事かな、そうそう、新作の執筆ですね。まだ、タイトルを決めていないので、数日かけて、タイトルを決定しましょう。

　名古屋にいるときに鉄道に乗らなかった話を先日書きました。子供の頃に1度だけ、親戚の家へ行くときに名鉄に乗りました。それから大学生になるまで、地下鉄と新幹線以外には乗ったことがありません。すべてクルマで出かける生活でした。

　大学生になると、名鉄や近鉄で、近隣の大学まで行く機会が数回ありました。でも、JR（当時は国鉄）に乗ったことはありませんね。名古屋駅

には、何線が入っているのかも知りませんでした。東海道線や中央線というのは、名称を耳で聞いたことがありますが、乗ったことはありません。

　今、思い出しましたけれど、中学のときに、蒸気機関車の写真を撮りに、稲沢へ行ったことがありました。あのときは、国鉄に乗ったのかな。よく覚えていません（友達についていっただけだから）。貨物の入替えをしている広大なスペースで、ターンテーブルや機関庫があって、D51とか9600の写真を撮りました。勝手に構内に入れたように記憶しています。

　子供の頃には、踏切というものを渡ったことがなく、自動車に乗って渡った経験しかありませんでした。徒歩で行けるようなところに踏切がなかったからです。これは、その後もずっと同じでしたが、小説家になって最初に買った家の近くに（1kmくらい離れていますが）踏切がありました。その後は、ほとんど踏切を見ないで生活しています。

　小学生のときに、市電（路面電車）に乗ったことはあります。模擬試験を受けに、杁中というところへ行ったからです。今、ウィキで調べたら、この「杁」という漢字は、尾張のみで使われた文字だそうで、今は使われていないということでした。この漢字が名前に入る人を複数知っていますが。

　名古屋の市電は、クリームと緑の2色で、赤いラインが入ったワンマンカーもありました（市バスと同じ色でしたね）。覚えているのは、4軸のボギィ車で、前面の窓は3枚。集電は、（僕が見たことがあるのは）ポールではなく、ビューゲルでした。

 市電は一時絶滅しましたが、今は地方で復活しているみたいです。

2019年10月12日 土曜日

久しぶりに漫画を読みました

　朝は濃霧。小雨といっても良いかも。でも、日中は晴れました。当地の日中の晴天率は軽く95％以上あると思います。特に、冬は晴れが多

いように感じます（夏は、夜に雨が降りますが、冬はずっと晴天が多い）。

　工作室で機関車を作っていますが、昨夜が佳境でした。だいたい、難しい（考える必要がある）ところは過ぎて、あとは一度分解して塗装をするくらいとなりました。試運転も済んでいるし、ほとんど完成といっても良いでしょう。

　この「完成」というのは、僕自身には「いつが完成」という明らかなものはありません。そもそも「完成」とは、人に見せられるようになった状態、依頼主に提出できる状態の総称であって、個人が自分のために作る場合には、完成というものは事実上ありません。

　たぶん、そういう感覚でいるから、小説などの文章も、あっさりと編集者へ送ってしまえるのだと思います。間違っていたら、あとで直せば良いわけですから。

　研究でも同じです。研究が完成することはありません。どこが到達点か、全然わかりません。結果を論文に書くけれど、すべて途中経過を報告したもの、という認識です。しかも、審査を受けるので、やはりゲラ校正のような手順を踏みますから、投稿したあと、雑誌に掲載されるまでに何度も直すチャンスがあります。また、掲載されたのちも、質問や議論があるわけです。それらが終結したら、一応の完成でしょうか。

　最近では、多くの文章がウェブ上にあります。こうなると、いつでも直せますから、どこで正式の完成になるのか、ますますわかりません。どの段階で文責が生じ、もう直しませんと宣言する状態になるのでしょうね。

　しゃべっている言葉は、言った、言わないで、批判されたり、失言になったりします。「ごめん、言い間違えました」で済まない立場の人は、大変ですね。

　お昼頃に、ショートドライブに出かけ、ちょっと道路が混雑しているため、今日が日曜日だと気づきました。でも、12時なのにスタバは空いていて、サンドイッチを買いました。

　帰ってきてから、機関車の下回りの吹付け塗装を行い、そのあと庭園鉄道を運行しました。吹付け塗装は、作業自体は一瞬ですが、分解したり、汚れを取ったり、マスキングをしたり、という準備に時間がか

久しぶりに漫画を読みました

二一一

かります。

　ヘリコプタのメカニズムが1つ購入でき、今日届きました。これで、必要なのはあと2機分となりました。といっても、すぐに工作を開始するわけにはいきません。しばらく調整や修理が必要です。

　今日の作家の仕事は、新作のタイトルを幾つかに絞ったくらい（15分程度）。そうですね、数日は書き始められない感じがします。まだ、ぴんと来ていない、といったところでしょうか。

　夕方には、ゲストが2人いらっしゃって、ゲストハウスに宿泊されます。夕食はホットプレートで焼肉。みんなで一緒に食べました。ゲストハウスへ行くのが久しぶりだったので、特設のラジコンヘリのシミュレータで20分ほど遊びました。

　8時頃、ゲストハウスから帰ってくるとき、小雨が降っていました。庭園内ですが、暗いのでライトがないと歩けません（だから、ゆっくり歩きました）。犬も怖いのか、すぐ近くから離れませんでした。

　吉本ばななさんが、榎本俊二の漫画を2冊（電子書籍で）送ってくれたので、夜はそれを1冊読みました。懐かしいですね。このナンセンスが大好きです。

 漫画は小説よりは沢山読みます。たいてい固めて読みますね。

2019年10月13日日曜日

世の中がわかりやすすぎる

　朝は小雨。でも、やっぱり晴れてきました。犬たちは、散歩で草の種をつけてしまうので、途中でそれを取ります。この時期はしかたがありません。毬栗はもう終わって、団栗の落下も減りました。今年の団栗は普通の量です。まだ落葉掃除はしていませんが、今月の後半にはスタートすることになりましょう。

　ゲストからいただいたロールケーキを朝から食べました。ランチは、マフィンを焼いて、葡萄ジャムを塗って食べました。

機関車の製作が一段落したので、午前中は読書（ノンフィクションと漫画）。ゲストともおしゃべり（こちらは、主にスバル氏が担当）。あとは、書斎でヘリのメカニズムを組み立てました。工作室は、少しだけ整理をしてから掃除機をかけました。次のプロジェクトに移ります。

　先日飛ばした、モータグライダの整備をガレージでしました。異状はないのですが、飛ばしていて、少し重心が前すぎるかな、と感じたので、バッテリィを少しだけ後ろに移動しました。グライダが一番重心にシビアです。一方で、ヘリコプタって、重心が多少ずれていても、ほとんど無関係に飛びます。

　作家の仕事はしていません。小説のタイトルを15分ほど考えただけ。机上の空論小説家といって良いでしょう。今は、ゲラも手許にありませんし、もうすぐ届くという連絡もなく、安穏とした秋の静けさ。

　お昼頃には、ゲスト2人を乗せてドライブに出かけました。少し遠いのですが、森の中のカフェへ。スーパに寄って、スバル氏が買いものをしました。その間に、僕は近所を犬と散歩（これらから、行きには、人間4人と犬少なくとも1匹がクルマに乗っていたことが推定されます）。

　帰ってきて、また読書（別の漫画をKindleで）。それから、ヘリコプタの組立ての続きなど。夕方から、工作室で電子回路のハンダづけ（だいぶまえに買ったキット）。

　最近、世の中のニュースなどを見ていると、全般的でぼんやりとした印象ですが、「わかりやすいな」と感じることが多いのです。どういうことでしょうか。若いときには、もっと世界はわかりにくいものだ、と感じました。これは、自分がいろいろな事情を知ったからではなくて、たしかに世の中が見えやすく、シンプルでストレートになっているし、大勢の人がわかりやすい反応を示している、と思えます。

　表裏のない状況に近づいているのかもしれませんが、穿（うが）った見方をすれば、「浅く」なっているようです。深みがない。かつては、いろいろな事情が意図的に隠されていたのか、無意識に表に出さないような習慣が根づいていたのかしたのに、今ではなにもかも曝（さら）け出（だ）してしまう傾向があるようです。

一般大衆も、単純で明快な行動が増えてきているように感じます。きっとこうなるだろうな、と思ったとおりになります。思っていることをそのまま誰もが話してしまう。逆に言えば、慎みがなくなっているのかな。

　それなのに、相変わらず「真相が知りたい」「本当のことを話してほしい」「動機を究明してもらいたい」という言葉だけが従来と変わらず聞かれます。こんなにわかりやすくなったのに、どうしてだろう、という不思議。

 「真相」というのは、常に調べなければならないもののようです。

2019年10月14日月曜日

ラグビィとカルビ

　朝は濃霧。午前中はずっと霧の中。晴れたのは、正午過ぎでした。少し暖かく感じます。

　午前中は、大きなヘリコプタの試験飛行。先日入手した中古品のメカニズムです。ジャイロは1chだけに効いて、あとは機械的な自律安定性を確保しているタイプ。プロポも少し古いので、入念にチェックしてから、バッテリィをつなぎました（古い機種は安全装置が不完全なため）。

　問題なくロータが回り、ピッチの調整も合格（トラッキングといいます）。ホバリングさせたところ、非常に安定していて、ニュートラルも出ていました。プロポが古いから新しいものに換える予定ですが、しばらくこのままでいくかも。

　気を良くして、書斎でこのヘリを分解し、新しいボディに収まるかどうか試してみました。おおむね大丈夫のようです。ボディはエンジンヘリなので、余裕があります。

　庭園鉄道を走らせようと思った頃には、午後になっていて、ランチを自分で作りました（ご想像のとおり、マフィンにソーセージとスクランブルエッグを挟んだもの）。

　作家の仕事は、今日も15分くらい、タイトルを思案したのみ。『アン

チ整理術』の念校（4校）が、講談社を経由してこちらへ向かっている、という連絡がありました。

　吉本ばななさんが送ってくれた2冊の漫画を読み、その勢いに乗って、同作者の別の漫画をあと3冊読みました（いずれもKindleで）。でも、電子化されていないものもあるようです。それはちょっと残念。僕のKindleのハードはモノクロタイプですから、これはカラーページかな、と思われるページは、ときどきMacで確かめています。漫画以外ではこういうことは滅多にありません。そもそも漫画を滅多に読みませんけれど（1年に10冊読まないと思います。ちなみに、小説はさらに少なくて、1、2冊）。

　今日も、新書の執筆依頼がありました。ちょっともう、あまり前向きにはなれませんけれど……。

　ネットのニュースで、どこかの市が、クーラの設定温度を試験的に28℃から25℃に下げたところ、職員のやる気が増して、効率がアップした、という結果を報じていました。こうすることで残業が減り、結果として、支出が抑えられ、税金の有効利用になる、といいたいようです。でも、それは最初からわかっていたはず。冷房の温度を高めにするのは、そのような経済的な問題ではなく、環境的な理由からでは？　お金の話にしてしまって良いのでしょうか？

　このまえ見たネットの記事では、失業率が下がっていても、就職環境が良くなっているわけではない、安い給料で、短期労働しかできない職種があって、そういうところが人手不足になっている、と指摘されていました。これも、当たり前すぎです。つまり、現代の働き手は、仕事を選り好みできる人だ、ということを指摘しているだけで、解決にもなにもならないような気がします。本当に人手不足が切実なら、給料は上がってきます。上がらないのは、そこそこ働き手がいるからでしょうね。

　ラグビィのWCを日本でやっているみたいですね。知らなかった。日本人って、ほとんどの人が「ラクビー」って言っていますよね（2音めが濁らない）。あと、最後を長音にして伸ばしている人なんて、僕は聞いたことがありませんけれど、いますか？　えびせんのカルビーは伸ばしますね。あと、韓国語のカルビも、昔はカルビーと書いたりしていたように思います

が、間違いだったのでしょうか（僕はこの言葉を大学生のときのコンパで入った焼肉屋で知りましたが、そのとき壁にあったメニューは「カルビー」でした）。

 ワラビィという動物がいますが、ワラビだとシダの一種ですか。

2019年10月15日火曜日

音速とか光速に達したとき

　朝から晴天。少し風があったので、航空部はお休み。庭園鉄道は、散歩から帰ってすぐに運行となりました。機関車を運転して走っていると、冷たいクリアな空気を感じることができます。こういう良い空気を吸うと、東京の匂いのする空気が思い出されます（皮肉というよりも哀愁）。

　近所のワンちゃんが2匹遊びにきました（もちろん、飼い主さんも一緒に）。どの子も草の種をつけていました。みんなが帰ってから、久しぶりに草刈りを1バッテリィ。主に、犬が通る辺りの草を刈りました。種がつかないように、という対策です。

　枯枝も集めました。夜に雨が降ったり、風が吹くと、いつもより沢山枝が落ちています。毬栗と団栗は、もうピークを過ぎて、今は落ちてきません。樹の葉は、高いところ、日当たりが良いところでは、既に色が変わっています。

　昨夜から、床暖房のボイラを稼働させました。まだ、僕の部屋では入れていませんが、スバル氏の部屋やリビングやキッチンは入れたようです。これから半年間は、ずっとスイッチはつけっぱなしになります。工作室にも床暖房がありますが、工作室の地下がボイラ室なので、なにもしなくても余熱で暖かくなります。

　作家の仕事はしていません。タイトルについても考えず。あ、そうそう、「子供の科学」の連載を読んだ読者向けのページは更新しました。連載は、今回で8回めになります。

　次に作るヘリコプタは、また引込み脚なので、サーボを3つネットで注

文。飛行機が脚（タイヤ）を引き込むのは、空気抵抗を減らすためで、一般に10〜20%もエネルギィの節約になるといわれています。ヘリコプタも高速で飛ぶものは、引き込むようですが、多くはタイヤもなく、スキッドと呼ばれるパイプの脚が装備されています。

　ヘリコプタは、メインロータが回転したまま前進します。速度が速くなると、ロータが向かい風になる側と、追い風になる反対側で、揚力のバランスが崩れます。ある速度を超えると、片側のロータが失速してしまい、横転することになります。これがヘリコプタが高速で飛べない理由です。そこで考え出されたのが、メインロータを前へ傾けるチルトタイプのヘリコプタ、というわけです。

　プロペラで進む飛行機も、速度が上がると、プロペラが空回りしている状況に近づきます（高度が上がって空気が薄くなった場合も同様）。それ以前に、プロペラの先端が音速に達して、衝撃波が生じます。衝撃波というのは翼やプロペラが高速で動いたときに周囲の空気がその場を退くよりも速く、物体が押す状態になることで、空気が圧縮される現象です。プロペラ機の速度の限界は800km/hくらいだといわれていますね。

　宇宙空間に長い棒があって、これをモータで振り回すと、先端が光速に達することになります。空気抵抗がないから、そんなに難しい条件ではありません。物体は光速を超えることはないというのが大原則ですが、この問題をどう解釈されますか？（これは、力学の講義で毎年、学生に話していたネタの1つ）

 音速は超えられますが、残念ながら、光速は超えられません。

2019年10月16日水曜日

散らかるのを見過ごすこと

　秋晴れが続きます。朝は霜が降りる気温でしたが、降りませんでした。たぶん、風があったからでしょう。昨日の草刈りの成果か、犬を庭に出しても、種をつけずに戻ってくるようになりました。めでたしめでた

し。

　庭仕事は、水やりをしてから、燃やしものをしました。このときには、もう風が止んでいました。燃やしたのは、一輪車で集めた枯枝と、手押しブルーマで集めた枯葉と団栗です。それから、ガレージのシャッタを開けて、箒で掃き出す程度の掃除を少し。

　今日も近所のワンちゃんが遊びにきて、大きいけれど赤ちゃんが的確に対応しました。朝の散歩でも、その後も一日中、種をつけていません。種のシーズンが終わったのかもしれません。スバル氏は、散歩に出かけるたびに、野に咲く花の種を持ち帰って、庭に埋めているようですが、成功する確率が低い努力だと思われます。

　スバル氏がまたホームセンタへ行きたいというので、一緒に行きました。僕は店には入らず。今日のランチは、マフィンを焼いて、バターと葡萄ジャムを塗っただけ。フライパンを出して、ハムや卵を焼くのが面倒だったからです。もの凄い面倒くさがりなのに、よく工作を毎日したり、庭仕事をしたりしているものだ、と感心します。

　作家の仕事は今日もしていません。もう何日か、ぶらぶらとしているような気がします。『アンチ整理術』のカバーの最終案がpdfで届いたので、OKを出しました。「初のビジネス書というキャッチで宣伝しても良いか」ときいてきましたが、「良心の問題でしょうね」とお応えしておきました。ツッコミどころを用意しておく戦略としてはアリかと思いました（『トーマの心臓』の小説化で舞台を日本にしたように）。

　書斎が散らかってきました。まさに『アンチ整理術』の様相を呈している感じ。キーボードを打つことに支障はありませんけれど、右にはドライバ、ペンチ、テープなどが20個くらい。左には、リレー、スイッチ、ビスなどのパーツが50個くらい散乱（ネットで注文した品り）。

　床は、ヘリと機関車とそれらのパーツが3平米ほど占領しています。大きいけれど赤ちゃんが書斎に入ってきたときに、くるりと方向転換することが難しくなりつつあります。人間は、その点は楽です。両足がついて立つスペースがあれば、歩けるし、方向を変えることも自由。同じことがロボットにできるでしょうか。

ヘリコプタ関係のパーツが異様に多い昨今なのですが、これには理由があります。僕がヘリを中古品で買っているためです。中古品を売る人は、本体と同時に、消耗パーツも一緒にして売りに出す習慣がこの界隈にあるようです。それくらい、ヘリコプタはパーツが消耗する、ということでしょうか。その機種を手放したら、パーツも使えなくなるわけですから、どうせなら一緒に売って、枯れ木も山の賑わいにしよう、とします。そのため、もう15機ほど中古品を買っている僕のところへ、それらのパーツも集まるというわけです。ちなみに、僕はそれほどハードに飛ばさないので、今までこれらのパーツのお世話になったことは1回しかありません（ギアを1つ交換しただけ）。

「整理・整頓する」の反対語は、「散らかす」でしょうか。でも、「散らかす」という行為をした覚えはありません。自然に散らかるのです。ですから、正しくは「散らかるのを見過ごす」という行為でしょうね、たぶん。

 散らかすというのは、具体的には「放置」ではないでしょうか。

子供や若者を指導したい症候群

少し雲が多く、無風。航空部にうってつけの日です。夜に雨が降ったので、庭仕事も軽減。「軽減」の反対語は「重増」だと思ったら、（ネット辞書には）「加重」とありましたが、それは、「減軽」の反対語では?

ゆっくりとコーヒーを飲みながら、午前中は工作と読書。こういう生活は、健康的でしょうね、きっと。健康的でありたい、と思ったことは、これまでの人生に一度もありませんけれど、でも、不健康は嫌だな、と思ったことは幾度かあります。ようするに、ニュートラルでよろしい、という感じです。どこかが少し悪いくらいがちょうど良いかも。

お昼頃に、犬たちとスバル氏と一緒にパン屋へドライブ。2日分のパ

ンを買ってきました。庭園鉄道も普通に運行。ヘリコプタも3機を飛ばしました。

「子供の科学」の連載第10回のゲラが来たので、この確認をしたのが本日の作家仕事。『アンチ整理術』の念校がもうそろそろ届きそうです。新作は、タイトルのイメージが（リズムみたいな感じで）だいたい決まったレベル。

アメリカとドイツとイギリスの模型店に、メールを出して、こんなものを探してほしい、と依頼しました。古い雑誌にあった写真を添付しておきました。見つかるでしょうか。ネットで注文しておいたサーボや受信機が4点ほど届きました（たぶん中国から）。ヘリコプタのプロジェクトが前進します。

庭の落葉が増えてきたので、午後は手押しブルーマで4杯くらい枯葉を集めました。タイヤがついていて、押していくとゴミを取り込むような仕掛けのものです。落ちているものの3割くらいを取る、というアバウトなメカです。何度か通過するうちに、少し綺麗になった気がする、という程度。

掃除機のように吸い込む電動の機器もありますが、これを使うと、あっという間に袋がいっぱいになってしまいます（それだけ綺麗にはなりますが、非常に局所的）。もう少し枯葉が増えてきたら、エンジンブロアで吹き飛ばして、集めてから袋に入れる、という作業になりますが、まだそこまでの状況ではありません。

子供や若者になにかを教えることに、ある種の憧れを持っている老人がとても多いことを、この10年ほど感じています。最初のうちは、今は子供の数が少ないから、時間的に余裕のある老人が多くなったから、と理由を推測していましたが、どうも、そういうわけでもなく、世界中どこでも、同じような傾向が見られるし、昔からあったことのようでもあります。

僕自身が、そういう気持ちがほとんど湧かないのは、逆にどうしてなのか、と考えてみましたが、思いつく理由としては、そもそもそういう仕事をしていた、ということがあるかもしれません。学校の先生になんか絶対になるものか、と思っていたのに、何の因果か、なってしまったのです。

子供のときには、先生も老人も鬱陶しいものだ、と感じていても、歳

を取るにしたがい、その感情を忘却してしまい、ただ美しく懐かしい記憶として、子供時代が上書きされ、そういったところから、先生と子供の正しげな関係をイメージするのかな、と思います。べつに悪いことでは全然なく、やりたい人はやって下さい。傍から見ていて、つき合わされる子供や若者に同情するだけです。

　こんなふうな人間だから、作家になってもなりきれない。老人になっても子供嫌いのまま、というわけなのでしょう、きっと。子犬だったら可愛いですが、人間の子供はねぇ〜（ここまでにしておきましょう）。

　とにかく、教育とはいわず、知識の伝達という意味でも、「教える」より、「学ぶ」行為がさきになくては成立しませんし、学びたいかどうかを決めるのも、学ぶ側の自由。「教えたい」と思っている方は、今はネットで自由に発言できますから、空（あるいは闇）に向かって叫び続けましょう。少なくとも、教えを乞われるまでは、そのままがよろしいでしょう。

子供が面倒を見てほしいのは、お姉さんとお兄さんでしょうね。

2019年10月18日金曜日

ストレスレスの楽しみ方

　朝は霧雨。気温が高く、10℃以上ありました。今日も風がなく、航空部日和です。庭仕事はせず。朝から工作室で、ヘリコプタのキャビン内の塗装をしました。あと数日で、初飛行が可能な状態になっています。

　その作業に飽きたところで、庭園鉄道を運行。新しい機関車で、頻繁にホーンを鳴らしながら走りました。枯枝をときどき踏みますが、何周か走るうちに、枝が飛ばされるか切断されるかして、スムースになります。

　これに飽きたら、今度は、ヒット・アンド・ミス・エンジンを回して遊び、そのあと、草刈りを1バッテリィしました。もう、今年はお仕舞いでしょう。さらに、除雪機のエンジンをかけて、正常に稼働することを確かめました。ブルドーザタイプと、掻き分けて飛ばすタイプの2機です。

スバル氏が、夜の庭園内が暗すぎると、今さらながらに問題視し始め、ネットでガーデンライトを20機ほど注文しました。昼間に太陽光で蓄電し、暗くなったら灯るというタイプです。既に20機くらいは設置されているのですが、昼間に木陰（こかげ）になるため、夏は充分に発電できず、暗くなって灯っても1時間くらいしかもたないのです。冬になれば、2時間くらいでしょうか。それに灯っても、辺りを照らすようなカンデラはとてもなく、位置を示す意味しかありません。でも、歩く小道をだいたい示せれば、それで良いのかも。

　一番良いのは、赤外線（つまり体温）に反応して灯るタイプです。これも既に5機ほど設置されていて、特にガレージ付近では、電力が供給されているので実用的です。LEDも、最近はもの凄く明るいものがありますが、電力も必要なので、必ずしも省エネとはいえなくなってきましたね。

　今日は土曜日で、ラジコン飛行機の仲間（というほど親しくありませんが）から、飛行場へ来ないか、と誘われていたのですが、そうやって誘われると、行かなければならない、と思ってストレスになるので、お断りしました。行きたいときに、勝手に自分一人のスケジュールで行きたいわけです。他者と歩調を合わせることが、どうも苦手です。

　僕の観測では、そういう人って、わりといるように思います。なんとなく、アウトローというか、集団に入らない、そういう場から離れたところにいる、という人です。

　集団でないとできないこともありますから、とりあえずグループには加わる。たとえば、会費を負担するとか、みんなで決まった日に草刈りをするとか、そういったノルマは全然かまわないのです。そうではなく、みんなでおしゃべりしないといけない、みんなで酒を飲まないといけない、という、こちらの方が嫌なのですね。でも多数派の人たちは、ノルマはあるけれど、そういう「楽しみ」もあるよ、と誘うわけです。いえいえ、その「楽しみ」が、楽しめない人もいるのですよ、と指摘したい。楽しみは、自分一人のときの方が大きいのですよ、とも言いたい。いえ、言いたいとも思わない。そのあたりに、ギャップがあるわけですね。

　少数派の中でも、上手く（うま）立ち回って、適度につき合って仲間になって

いる振りができる人がいます。僕なんかは、半分これです。振りはできるけれど、ストレスになる、ということ。今は、正直に素直に生きているので、ストレスは全然ありません。

 「わいわいがやがや」が楽しくない。「しーん」が楽しいのです。

2019年10月19日土曜日

月夜の薪ストーブ

　朝から晴天。夜に雨が降りましたが、少量。風もなく、航空部日和なので、今日はヘリコプタと飛行機をクルマに載せて、遠くの飛行場まで出かけることにしました。片道3時間ほどかかります。

　途中でスタバに寄って、カフェラテとサンドイッチを買いました。飛行場は友人が主宰するクラブのもの。日曜日ですから、大勢の人たちが集まっていました（30人くらい）。家族連れも多く、家族サービスをしつつ飛行機を飛ばす人ばかりで、平日よりもフライトが頻繁ではありません。キャンプ気分で来ている人が多く、料理を作ったり、簡易テーブルで家族でご馳走を食べたりしています。ピクニックに近い雰囲気。

　僕は、自作の低翼機と中型のヘリを1回ずつ飛ばしました。どちらも10分程度のフライトです。ヘリは、ホバリングではなく、飛行場の周囲をぐるりと回る遊覧飛行。オートローテーションがまだできないので、あまり高くは上げられません。飛行機の方は、4サイクルエンジン搭載の古い機体です。30年まえに作ったままで、プロポが古く、今時送信機のアンテナを長く伸ばしている人はいませんので、少し恥ずかしく感じました。

　飛行場には、双発のジェット機が来ていました。もの凄い音で飛び立ち、ローパスすると恐ろしいほどの迫力でした。引込み脚が圧縮空気を使ったもので、本格的です。重さは20kgとのこと。運ぶのが大変そうです。

　ジェット機はやったことがないけれど、うちの庭園鉄道にはジェット機関車がある、という話をしたら、見せてほしい、運転させてほしい、と頼

まれてしまいましたが、体格の良い人は、とても乗れないほど小さいから、と動画だけ見せて勘弁してもらいました。

　帰宅したのは夜の8時くらいになり、かなり疲れてしまいました。飛行機より、ドライブより、会話に疲れたのでしょう。作家の仕事は何一つしていません。

　帰宅が遅かったので、夜の庭園がもの凄く明るいことに気づきました。満月が高いところで光り、樹木のシルエットがくっきりと地面に落ちていました。樹の葉が少し減ったこともあります。ライトがなくても森が歩けるでしょう。今の季節なら、庭園鉄道の夜間運行が可能です。虫もいないし、それほど寒くもありませんし。野生動物が怖い場合は、ホーンを鳴らして走れば良いでしょう。そもそも、走っていればモータなどの走行音が鳴り続けているので、動物は近づいてこないはずです。

　最近、LEDも明るいタイプが出始めているから、ヘッドライトを強力なものに換えて、夜間運転を楽しむのも良いかもしれません。まあ、でも良いところ、1周でしょうね。やらなくても、だいたい頭の中でシミュレーションができてしまいます。

　スバル氏は、もう薪ストーブを焚いていました。帰ってきて家に入ったときに、もの凄く暖かったので、床暖房ってこんなに効くのか、と思ったら、間違いでした。今は屋外の最低気温が5℃くらいです。薪ストーブは、夕方に火を入れて、薪を3〜4本燃やせば（2時間くらい燃えていて）、そのあと自然に鎮火しますが、朝までは家中が暖かいままです。室温は、どの部屋も25℃以上になると思います。

　真冬になると、1日に10本くらい燃やさないといけなくなって、ストーブの面倒を見るのが面倒です（火力を上げると、燃え尽きるのも早い）。森家では、薪ストーブはほとんど使いません。ずっと灯油の床暖房オンリィです。

 薪は庭園内で伐採した樹なので、今まで買ったことがありません。

ラグビィ部に入った友人の怪

　朝は曇り空。気温は8℃もあって、寒くはありません。落葉が増えてきました。枯枝拾いをしたあと、燃やしもの。庭仕事が終わってから、できたばかりの新しい機関車をホーンを鳴らして走らせて、動画を撮りました。犬たちは、芝生でフリスビィをしていました（犬だけでしてくれたら、こんなに素晴らしいことはありませんけれど）。

　工作室では、ヘリコプタの室内（キャビン）を作る作業。ドアが開く仕様なので、そこから手を入れて、色を塗ったり、接着したりします。重いバッテリィを固定する部分には力がかかるので、相応の構造で作りました。あとは、キャビンの窓ガラス（実際にはポリカーボネート）を接着するくらいで、ほぼ完成の域。

　その次のヘリのプロジェクトでは、引込み脚のサーボの取付け作業を始めようとしています。こちらは、ホビィルームで行っています。ホビィルームは、照明が書斎よりも数倍明るいため、細かい作業にも適しています。書斎は、モニタを見る作業に適する照度設定になっていて、本を読んだりするのには多少暗く、夜に書斎で読書するときは、ライトスタンドを手許に引き寄せます（通常、書斎ではゲラも読みません。ゲラ校正はリビングで行うことが多い）。

　『アンチ整理術』の念校を確認。1時間ほどの作業でした。特に問題はなかったので、これで進めて下さい、と編集者へメールを送りました。ひとまず校了。次の仕事は、『つんつんブラザーズ』の栞のイラスト。そのあとは、「子供の科学」の連載でしょうか。

　ラグビィの、日本×スコットランドを見ていました。最初から最後まで見ることを、「観破する」と今の人たちは言うのでしょうか（皮肉です）。最初のうちはラッキィな場面もありましたが、「日本、強いじゃん」と思いました。後半は、スコットランドが戦法を変え、日本はこれにぎりぎりで堪えた感じでした。

　高校生のときに、親しい友達の数人がラグビィ部でした。あまり体格

も良くないし、運動もそんなに得意ではない人が、ラグビィ部に入ったので、「どうして?」と尋ねたら、「やっぱ、男のスポーツだから」という意外な返答で、大笑いしたことがありました。その彼は、中学のとき学年でただ1人だけ長髪だったのです（校則のため全員が丸刈りだった）。どういう理由で彼だけ長髪だったのかは知りません。なにか事情があったのでしょう。その点も尋ねたら良かったのですが、中学のときは、彼とはそんなに親しくなく、別のクラスに髪が長い奴がいる、という噂でしか知らなかったのでした。

　ちなみに、彼がラグビィの試合に出たことはない、と思います。見たことがありません。練習しているところだけ、ほんのときどき見ましたが、1人でサンドバッグにぶつかっているところだけでした。また、高校2年で彼は漫画部に移って、ラグビィ部は辞めたようでした。この理由も聞いていません。漫画部に入ったのは、彼が人並み以上に大量の漫画を読んでいたからです。ラグビィで思い出すのは、この彼のことでした。

　おそらく、日本中でラグビィボールが売れていて、公園では親子で、あのボールを投げ合っているのではないでしょうか。よく「楕円形のボール」と書かれていますが、あれは楕円形ではありません（そもそも楕円とは平面形のことですし、中央の断面形状も違います）。あのボールでキャッチボールをしているなんて、人目につく場所では、ついぞ見たことのない光景ですが、いかがでしょう?　ちなみに、うちの犬たちはラグビィボールの小さいやつをそれぞれ1つずつ持っていますが、パスはしません。口で持ってひたすら走るだけです。

 犬がくわえるのに、ラグビィボールは適した形だといえましょう。

あちらを立てれば、こちらが立たず

　朝から秋晴れ。冷え込みましたが、室内はぽかぽか。今日は、大型エンジンブロアを背負って、枯葉や枯枝を集めました。大きいけれど

赤ちゃんのシャンプーもしようと思っていましたが、これは明日に変更となりました。兄貴の犬たちがサロンに出かけていったためです。大きいけれど赤ちゃんは、お兄さんたちに虐げられ、留守番をしている間、家の中の掃除を言いつけられたのです。しかし、欠伸軽便の南瓜（かぼちゃ）の客車が迎えにきて、パーティに出かけることになりました。でもお昼のチャイムが鳴るまでに戻らないといけません。慌てて、パーティ会場を後にするとき、履いていたガラスの靴が脱げてしまいました。それを拾った王子様は、「こんな大きな靴は見たことがない。きっとバーニーズマウンテンドッグにちがいない。探してきなさい！」と家来に命じたので、最後まで見つかりませんでした。

　昨夜も、遅くまで工作室で、ヘリコプタの整備。もう飛べる状態ですが、まだディテールで取り付けていないものがあります。ヘリコプタの前面には、上にも下にも、斜めに突き出た角（つの）のようなものがあります。多くの方はアンテナだと思っているはず。これは、市街地に着陸するような任務のあるヘリが装備しているワイヤカッタです。つまり、電線を切断するもの。斜めになっている棒の根本に刃があって、ここにワイヤを導き切断する仕組みです。ようするに、電線に引っかかったときに、ヘリの安全を確保するための装備です。電線が著しく多い日本では、必需品といえましょう。アメリカも、まあまあ多い方なので、消防ヘリなどは装備しています。今作っているヘリは、ロス消防局のものなので、これを付けるつもりですが、上はロータの邪魔になり、下は着陸の邪魔になるので、どうしようかな、と考えているところです。

　今日は、栞のイラストの下描きをしました。ボールペンで、手近にあった封筒の裏に描いただけです（約1分の仕事）。これで決まったので、明日くらいに本番を描きましょう。

　さて、日本の台風被害が大きかった、というニュースを沢山見ました。さすがに、もう「異常気象」という人は少ないようです。温暖化のために、自然災害が世界中で発生しています。今後ますます頻度が上がることが予想されます。この温暖化は、主に火力発電によって起こっているものです。原発を増やして解決しようとしていた日本は、原発事

故のあと火力発電を増やしています。何が良くて何が悪いのか、という問題ではありませんけれど、トレードオフであることは確か。どちらのリスクが小さいか、という比較や議論は、もっと必要でしょう。

　川の氾濫（はんらん）も、予想されていた事態です。30年ほどまえから指摘されていました。そのため、ダムを作って治水をしよう、堤防を高くしよう、という動きがありましたけれど、それらは自然破壊だ、景観破壊だ、と反対されて、多くが中止や延期になりました。これも、どちらを取るのか、という難しい問題です。

　過去に向かって、「誰某（だれそれ）が反対したから」「彼らが推進したから」と責めてもしかたがありません。そうではなく、未来のことをよく考えましょう。このさき、どのようにして安全を確保するのか、という問題です。これは、国の対策もあるし、それ以上に個人の判断も重要です。

　僕が以前から書いている対策の一つは、危険な場所から離れるようにすることです。どうやって、住んでいる場所を諦（あきら）めさせるのか、が政治側の一番の問題。最近、「ここは危険な地域ですよ」というアナウンスは、できるようになりました。以前は、それ自体が反対され、「危険とは何事だ！　危険なものを放置するな。すぐに対策を講じろ！」と叱られたものです。

　そういった理解が得られ、ハザードマップも充実してきました。次は、個人が自分を守るために判断する番だといえます。

 災害のあと住人が減ります。そのことに反対する人もいるのです。

2019年10月22日火曜日

尊敬すべき人たちはそこにはいない

　朝から秋晴れ。夜に小雨が降ったようです。犬の散歩から帰ってきて、まず落葉掃き。燃やしものはしていません。そのあと、ワンちゃんシャンプー。約20分間。クルマのディーラの人が訪ねてきて、30分ほど話しました。新しいクルマはいかがですか、という話。

栞のイラストの下描き（昨日のは絵コンテで、今回が鉛筆で本番のサイズで描くもの）。サインペンでペン入れしますが、明日になるでしょう。作家の仕事は1分間。

　ヘリは、窓ガラスを半分くらい貼りました。あと半分を貼るためには、ヘリを逆向きに置かないといけませんが、そのためには、周囲を片づける必要があるので、非常に面倒。

　庭園内で枯枝を拾ってドラム缶で燃やしていますが、ドラム缶の中へ投げ入れるときに枝を折ります。50cmくらいにしないといけません。ところが、太くて折れないものが当然あるわけで、それらはハサミかノコギリで切断します。ハサミは手動のものがありますが、これにも限界があり、太いものは電動ノコギリが必要。でも、電源コードを引っ張ってこないと使えません。延長コードが50m以上必要です。そこで、発電機で動いている機関車（34号機）を、焼却場の近くに停車させ、ここから交流を取ることにしました。この発電機は110Vです。工作室では250Vを使っている工作機器が多いのですが、昔から持っているものを動かすときはトランスを介します。100Vで動く電動ノコも持っていたので、これをガレージで探し出して使いました。めでたし。

　森博嗣の本を読んだら「ネットでブログをずっと書いている」とあったのに、検索しても見つけられない、と呟いている人が大勢います。こういう人に、僕は教えたいとは思わない作家です。僕のHPもブログも検索できないようになっているページが多いのです。その理由は、見つからないように（検索回避指定を）しているからです。いうまでもなく、有名になりたくないからです。

　ネットを見ていると、こんなことを言われたら黙ってはいられないだろう、ということをわざわざ書いて煽る人が沢山います。そういう人たちこそ、そんなことを言われたら許せない、という価値観を持っているのです。芸能人や政治家は、そういった煽りを放置してはおけない、と思う人たち、あるいは放置しておくわけにはいかない職業の人たちです。

　でも、僕はなんとも感じません。このネットというものが日本に普及したのは25年以上まえのことですが、最初から、このメカニズムによって、ほ

とんどのトラブルが起こっていました。人が書き込んだことを真に受ける人がいますけれど、真に受ける人がいても、それはその人自身の災難であって、僕には直接的な被害が及ばない、というふうに考えますし、事実被害を受けたことは、これまで一度もありません。皆さんの中にも、たぶん余計な心配をしている人がいらっしゃるのだろう、と思います。

　べつに、ネットがなくても生活はできます。SNSなんかに時間を取られることは、不毛だと感じます。自分の時間を自分の好きなことに使い、自分の判断で自分の行動を評価する。これで、自分の人生はわりと簡単にハッピィになります。現に、僕の周囲の一流の人たち、尊敬すべき人たちは皆さん、（営業目的以外では）ネットに出てきません。つまりそこは、そういう素晴らしい人たちがいない世界だということなのです。その点に早く気づかれた方が賢明かと。

　たまたま作家なんて人気商売をしているがために、少し世間とつき合わないといけない立場に20年ほど置かれてきましたけれど、そろそろまた、完全な自由人に戻れます。

 幸せや自由はお金で買えない、といいますが、わりと買えますね。

2019年10月23日水曜日

人力ヘリコプタの世界記録

　朝は濃霧。お昼頃まで曇っていましたが、晴れてきました。日が照っていなかったので、水やりはしていません。枯枝と枯葉を一輪車で集めて周り、昨日の分と一緒に燃やしました。

　1カ月はどかけて作っていた大きいヘリコプタが、はは完成の域に達したので、今日は芝生でロータを回して様子を見ました。振動が出ないか、各部に異状がないか、という確認です。少しだけ（2分間ほど）浮かせてみました。問題ないようですが、テールロータのサーボが少し引っかかるような音を立てるときがあるので、もう一度バラして整備をしたいと思います。サーボを交換する必要があるか、あるいは途中のリン

ケージに問題があるのか、そのいずれか。いちおう、動画を撮っていたので、欠伸軽便の動画サイト（YouTube）にアップしました。

　庭園鉄道は、今日もエンジン発電機関車34号機で運行。これが車庫の一番出口付近にいるためです。樹の葉の色が変わってきました。これから落葉も増えることでしょう。

　昨日シャンプーした子を、デッキでブラッシング。毛が沢山抜けますが、前回ほどではありません。これから冬だからでしょうか。昨日、散歩の途中でシェパードに会いました（もちろん、人間が一緒でしたが）。日本でよく見かけるシェパードとはだいぶ違います。ずいぶん小さい。シェパードの原種らしく、牧羊犬だそうですから、シェルティと同じ。大きいけれど赤ちゃんとほぼ同じ大きさで、体重は22kgとのこと。むこうは4歳、こちらは1歳半。鼻をつけ合って挨拶をしていました。

　帰ってきて、その話をしたら、スバル氏が飛び出していきました。そのシェパードを見て、触らせてもらうためです。そんなに犬が好きな人だったのか、と改めて不思議に思いました。

　栞のイラストにペン入れをしました。消しゴムは明日かけます。何日かかって描いているのでしょうか（4日です）。講談社経由で支払い明細書が届き、著作物の教育的利用に関する膨大なリストでした。ついでに、栞の原画を送る封筒や伝票が同封されていて、心遣いを感じます。

　大きいヘリコプタが無事にホバリングしたので、少しほっとしています。こんなに大きなものを自分が手がけるとは思いもしませんでした。それに、こんな大きなものがモータで飛ぶのか、というのも10年まえには考えもしなかったことです。ラジコンのヘリコプタは、今は世界選手権も電動の機体ばかりになったようです（飛行機も同じです）。模型用エンジンを製造しているメーカは、先行きが不安でしょう。日本には、ENYA、O.S.やSAITOなど、世界的なメーカが多く存在します。どうなることでしょうか。今のうちに、多気筒星型くらい買っておいた方が良いでしょうか（こういうものは、オークションで出回りますけれど）。

　今日飛ばしたヘリのバッテリィは、電圧が44.4Vです。バッテリィだけで

1kgくらいあります。機体は6kgです。これを持ち上げて飛ぶためには、倍以上の揚力が必要。もの凄いパワーですね。今やエンジンではトルク的に、モータにまったくかないません。

　ヘリコプタといえば、人力ヘリコプタが1分間以上のホバリングに成功したのは、6年ほどまえのことですが、この記録は室内で行われたトライによるものでした。このヘリは巨大（60mくらい?）で、最近のドローンのように4つのロータ（直径20m）を、1人の人間の力で回しました。ちなみに、その20年ほどまえに、日本で約20秒の記録が作られています。

　最近は、このようなトライが行われていませんね（鳥人間コンテストはありますが）。この種のチャレンジに多額の賞金を出すような財団や余裕のある企業がない、ということかと思います。かつては、ドーバ海峡を人力飛行機で渡るとか、無給油無着陸で世界一周するとか、航空界にはいろいろな懸賞がありましたが、全部実現しました。目標があれば、人間はそこへ向かって努力ができる、ということのようです。

 同じメカニズムで、マラソンの日本記録も塗り替えられましたね。

2019年10月24日木曜日

フルセットって何？

　珍しく雨の予報でしたが、朝方少しぱらついただけで、すぐに晴れてきました。気温は高くて8℃もありました。緑の葉は、3割ほどが黄色っぽくなったように見受けられますが、それよりも散った数の方が多いかもしれません。まだ、地面を覆うほどでは全然なく、ちらほらと落ちている程度。

　3日ほど、庭仕事に精を出したため、肉体疲労気味なので、今日はお休みの日にしました。工作と読書に勤しもうと思い、まずはヘリの引込み脚のサーボの取付け。数日まえから難航している作業です。サーボというのは、最近、本当に小さくなりました。僕が若いときに30gのミニサーボが発売されて驚いたものですが、今ではそれは大きい部類。最

小は1gのものまで市販されています。室内で飛ぶゴム動力の飛行機がラジオコントロールできる時代です。それなのに、僕は大きなヘリの方向へ進んでいますね。小さいと、やはり動きがちょろちょろとしていけません。これは、鉄道模型でも同じ。NゲージやHOゲージでは、動き（つまり固有周期）が細かすぎるのです。

　栞は完成しましたので、明日にでも発送しましょう。今日は講談社から『神はいつ問われるのか?』の見本が10冊届きました（例によって、封を開けていませんが）。ほかにも、契約書が届いているので、捺印して送り返さないといけません。講談社経由で、教育利用の使用見本（問題集や模擬試験）も幾つか届きました。

「森博嗣のブログをやっと見つけた」という方が、毎日1人か2人いらっしゃるのですが、「意外と毎日長文を書いている」との声もあって、「実は努力の結果、これでもひと頃の半分近くまで短くなっているのですよ」と教えてあげたい、とは残念ながら思いませんでした、はい。

　ラジコン界では、飛行機やクルマなどの本体だけでなく、送受信機（プロポ）、エンジン、モータ、あるいはバッテリィや充電器など、それで遊ぶために必要なすべてが揃っているものを「フルセット」と呼んでいます。店頭でも、宣伝でも、この言葉が使われていますが、この表現は、ちょっと日本以外では通じないと思われます。

　フルセットとは、すべての機能が発揮できるもののことで、反対語は「サブセット」です。あるいは、スポーツなどで、最終セットまで試合が縺れ込む場合に、フルセットといいます。野球のフルカウントは、英語でも聞いたことがあります。

　ラジコンのフルセットは、コンビネーションセットとか、コンプリートセットといった方が良いでしょう。そうそう、ハンバーガ屋さんでは「コンボ」っていっていませんか?　あれが、コンビネーションセットのことです。

　日本では長く、これらの「セット」で買った方が「安い」という感覚があって、ラジコンもそうですが、いろいろセットになっていれば「お得だろう」と誰もが認識していることと思います。しかし、世界ではこれも一般的ではありません。セットになっているのは、注文が面倒ではな

い、というサービスであって、価格は単品の価格を足し合わせたものとさほど変わらないのが普通です。もともと安くしているのだから、セットにしても同じだよ、という感覚。逆に、セットにしたら安くなるなんて、個々のときはよほど儲けているのか、と勘ぐられることになりましょう。

　Wシリーズでたびたび登場する「サブセット」の意味を解説したつもりですが、いかがだったでしょうか?

 全員を「フルメンバ」というのも日本語で、英語では通じません。

セットとはどういう意味か?

　夜から朝まで小雨。少し風があったので、航空部はお休み。朝の散歩には、そろそろダウンジャケットを着たいところです。今日はゲストがいらっしゃるので、庭園鉄道の線路の点検を軽くしておきました。雨上がりは、枯枝が線路上に落ちていることが多いからです。スバル氏は、朝からゲストハウスへ行き、ストーブなどの準備をしています。

　もう疲れも取れ、昨夜は書斎でずっと立ったまま、ヘリの組立てを行いました。書斎は本当に散らかっています。つぎからつぎへとヘリの中古品を買っていて、どれがどれのパーツなのかわからなくなりつつあります。昔から言われていることですが、この界隈では、趣味を楽しんでいる人が亡くなると、模型店の何倍ものパーツが出てくるそうです。

　久し振りに、小型のヘリコプタを購入し、昨日はリビングでホバリングをさせてみました。30cmもなく、重さも数十gのものです。今年は、ヘリコプタの年といえるでしょう。でも、そろそろ飛ばしたい機種が少なくなってきましたので、もう収拾することと思います。

　「子供の科学」の連載第12回の原稿を書きました。ようやく、これで1年が経過したことになります。ポンチ絵や写真などは、また明日以降。講談社から、次のゲラがいつ頃届くのか、という連絡がありました。いずれも来年の出版物(1月刊と2月刊で前者は再校)です。なんとか、今月

中に、新作（来年6月刊予定）の執筆が開始させられたら良いな、と希望していますが、どうなることでしょう。今月は遊び呆（あそほう）けていましたからね。

昨日、「セット」について書きましたけれど、そもそも「セット」という言葉が、今では完全に日本語として使われています。「セットする」という動詞もよく耳にします。日本語でいうと、「設定する」ですから、発音もほとんど同じなのです。

バレーボールには、セッタという役目の人もいます。犬にもセッタがいますね（獲物を見つけると、しゃがむから）。サッカーでは、コーナキックやフリーキックが、セットプレィと呼ばれます（英語ではセットピース）。たぶん、ボールを地面にセットして蹴（け）るからでしょう（確かめていません）。

野球では、セットポジションなるものがあります。これは、ピッチャがマウンドで、投げる直前に取る姿勢のことで、ワインドアップポジションとセットポジションの2つがあるのです。ランナが盗塁しそうなときは、セットポジションになります。ランナがいないときでもワインドアップしないピッチャもたまにいますが、ランナを背負った（変な表現ですが）ときに、間違えてワインドアップすると、簡単に盗塁されてしまいます。

セットに対する日本語としては、「一式」かな。「ひとまとまり」のことですが、この「ひと」を使わずに、「まとまり」といっても、なかなかイメージができません。まして、ふたまとまり、みまとまり、という複数形が使いにくい。

舞台などのセットは、「大道具」ですし、数学のセットは、「集合」です。「整えられたもの」という意味もあって、髪形とかにも使われます。さらには、日没の意味だったりもします。幅広い言葉ですね。

 犬のセッタは、獲物の位置や方向を鼻で指し示すからだそうです。

2019年10月26日土曜日

迷うことは自由の証（あかし）

昨夜は、ゲストに作ってもらったご馳走を大変美味（お　い）しくいただきまし

た。庭園鉄道も無事に運行しましたが、夕方から雨が降りだしたので途中で切り上げました。でも、今日はまた晴天でしたので、一日中楽しめました。樹の葉が黄色になり、秋の庭園鉄道満喫、といったところです。

　ゲストとした話は、小説を読む人がいかに少数派かとか、昔のNHKはサンダーバードとかコロンボをやっていたとか、紅白歌合戦なんて一度も見たことがないとか、台風で堤防が決壊した地域は昔から心配されていた地帯だったとか、そんな方面のおしゃべりでした（ゲストはもちろん日本人です）。

　「子供の科学」はポンチ絵の下描きをしました。今回はシェイのことを少しだけ書きました。複雑な説明には文字数が足りませんし、作り方についても書けません。ジレンマがあります。『森心地の日々』の再校ゲラが届きました。今回は、修正箇所を確認し、校閲の疑問に答えるだけなので、2日程度で終えられると思います。

　中国に発注していた電子基板が沢山届きました。バッテリィチェッカ、DC-DCコンバータ、モータコントローラ、無線スイッチなど。それから、バッテリィコネクタ、受信機、サーボテスタなども届きました。とにかく安い。その代わり、説明書も箱もない。作動しなくても、文句は言えない。使い方はネットで調べるしかない。

　ここ最近、日本製の少しだけ高級なラジコン送信機を購入しようかどうしようか、と悩んでいます。5万円くらいするので、贅沢すぎるかな、となかなか決心がつきません。高級品は30万円近くしますが、僕は普段、2万円以下のベーシックなものを使っているのです。ラジコンのプロポというのは電化製品の類なので、出費に躊躇する対象です。趣味のものという感覚がないのでしょう。

　庭園鉄道関係でも、買うか買わないか迷っているものが1つあって、50万円で（中古品がオークションに）出てきたら買おう、とずっと思っていた品が40万円くらいで出てきました。普通だったら、絶対に即買っているところですけれど、ものが大きいのと、重いのと、もうそろそろ置き場所がないことと、楽しめる時間もそんなに残っていないし、すぐに引越になっ

て荷造りするはめになるかもとか、いろいろ考えが巡ってしまい、買えませんでした。誰かが買ってくれたら諦めもつきますが、今もまだ売りに出ているのです。困りものです。

　迷うことがある状況というのは、わりと楽しいものです。悩んだり、迷ったりするのは、それだけ選択肢がある自由な条件だからです。どうしようかな、と考えられるだけ良いということ。自分は、こういうときはこうするのだ、と決めつけている人や、なにかにとことん拘（こだわ）ってしまって別の選択肢が頭にない人は、迷わない不自由な状況だと観察されます。

　リスが団栗を集めるみたいに、最近スイッチとか電池とかのパーツを大量に購入して、冬の工作のため備えています。べつに冬だから買えないわけではありませんけれど、なんとなく、常に身近にあってほしい、不足していてはいけない、という意識が働きます。接着剤とかビスなんかは、切らしたら一大事ですからね。

　先日、「楕円」についてちょっと書きましたが、あの形状は、円が意欲を失って怠けている形だから「楕」がついているのでしょうか？　もしそうだとしたら、これって差別用語かも（言葉狩りへの皮肉です）。

　怠けるの「惰」とは違いますが、「たれる」の意味があるみたい。

2019年10月27日日曜日

埋立てと干拓は大違い

　濃霧でしたが、気温は9℃もあって、暖かい朝でした。アナベルが赤くなりました。落葉が増えてきて、もう掃き掃除をしても追いつかなくなりました。これからは、ブロアです。でも、まだ少し早いかもしれません。体調を整えて、あと1週間待って、一網打尽にしましょう。スバル氏が病院の検診の日だったので、犬たちと留守番です。

　契約書や支払明細の処理が溜（た）まっていたので、捺印したり、エクセルに記入したり、事務仕事をしました。栞のイラストも発送しました。『森心地の日々』の再校ゲラも、チェックを始めました。明日終わるは

埋立てと干拓は大違い

237

ず。「子供の科学」のポンチ絵は進んでいません。

　中国のヘリメーカに発注していたステッカが届きました。ステッカではなく、デカールというのかな。水に浸してから貼るやつです。プラモデルを作ったことがある人なら、わかると思います。でも、ヘリのボディが大きいから、1つのシールが20cm以上もあるのです。これを3次元曲面に貼るのはけっこう難しい。まだ、使うのはだいぶさきのことです。

　たしか、「プラモデル」というのは登録商標で、普通名詞としては「プラスティックモデル」のはず。「セロテープ」も同じで、正しくは「セロハンテープ」だったかな？　メンディングテープだったかな？　一番普及している名称が使いにくいのは、どうかと思います。NHKが頑(かたく)なにこれを守っているようですけれど、そのわりに野球の球団名はそのまま使いますよね。

　一番新しい小さいヘリコプタを芝生でホバリングさせました。まあまあの飛びっぷりです。まるでプラモデルが飛んでいるみたいです。子供の頃の夢が、実現した感じがしますね。「未来」まで生きられて良かった。

　台風の被害で、低い土地の浸水がニュースになっています。昔は水があるか、水がときどき来る場所だったところに、今は人が住んでいるということです。「埋め立て地」という言葉がありますが、実際には、堰(せ)き止めただけで、土を盛って高くしているわけではないのですね（そんな大量の土はない）。これは、正しくは「干拓地」というべきでしょう。言葉のイメージとして、だいぶ違います。

　名古屋の近郊には、鍋田(なべた)干拓地というところがありますが、伊勢湾(いせわん)台風のときに、大潮と高波で冠水し、何千人も亡くなりました。当時の住宅では2階建てが珍しかったのです。その災害以後は、どの家も2階建てにすることになりました。

　都会というのは、通常大きな川の近くにあり、平野に人が集まっています。平野というのは、大雨のときに水が流れたからできた場所であって、大雑把にいえば、全体がそっくり「川原」あるいは「河川敷(かせんしき)」なのです。そういった場所が農地に適していたから、つい最近になって堤

防を作り、これによって「水害」という概念が生まれました。

　お墓や神社仏閣は、そういったところを避けて作られました。長く後世まで残ることを考えたからです。高度成長期には、「リバーサイド」という魅力的な名称を伴って、住宅地が沢山造られました。

「50年に1度の」といった表現がされているため、1度起こったら、このさき50年はもう来ない、と思っている方が多いようですが、今後は毎年のように来るはずですし、さらに頻度が増し、さらに大きな災害が発生する可能性が高いと思います。

 山手の傾斜地を造成した住宅地も土砂崩れのリスクが高いのです。

2019年10月28日月曜日

自粛というよりも萎縮

　夜は雨が降りました。朝は濃霧（あるいは霧雨）。でも、犬の散歩はTシャツを着て普通どおり。落葉が地面の半分くらいを覆っていますが、庭仕事はお休み。庭園内の樹々は、3分の1くらいがオレンジ色か黄色になっています。最高気温は11℃くらい。

　新しいMacの外部ディスプレイが真っ黒のまま目覚めないので、変だなと思い、本体の蓋を開けたら、外部ディスプレイも点きます。閉めたら、また消える。クラムシェル（つまり貝を閉じた状態）モードにならない、ということです。あれこれ設定を見直したのですが、問題が解決できません。しかたがないので、本体の蓋を2cmほど開けたままにして使っていたら、バッテリィのパーセンテージが落ちていることに気づきました。そこで、デスクの下へ潜って、コンセントを確かめてみたら、Macの電源のソケットが少し緩んでいました。しっかりと嵌めたら問題が解決しました。クラムシェルモードは、外部電源でないと機能しないのですね。

「子供の科学」のポンチ絵のペン入れをしないといけません。写真は、過去のレポートのものが使えそう。『森心地の日々』の再校ゲラは最後まで確認しました。今日の仕事はこれだけ。まあまあの仕事量で

しょう。

これを書いているのは10/22ですが、もう新刊を読み終えた、という方の呟きやメールがありました（感謝）。電子書籍は昨日の0時に発行され、印刷書籍も東京では昨日の午前中に店頭に並んだようです（地方の方は数日遅くなることと思います）。Amazonでは、印刷書籍は電子書籍の2日後になっています。たぶん、倉庫が地方にあるのでしょう。僕の作家の目が黒いうちに、この「書籍の発行日問題」が解決することはなさそうです。ところで、この「目が黒いうちに」という表現は、人種差別にならないのでしょうか（言葉狩りへの皮肉です）。

もう少し皮肉を続けましょう。「腕が良い」「腕を見込まれる」という表現も、ハンディキャップのある人たちに対して差別用語にならないのでしょうか。「足を洗う」「足を向けられない」も同じです。「目の付け所が違う」「目の上のたん瘤」「口は災いの元」「耳が痛い」「舌鼓を打つ」などvも、そこはかとなく危ない感じがしています。これらの言葉を聞いて、悲しい思いをされる人が必ず存在するはずですが、それを考えて使っているのか、と問われることになるのでしょうか？

僕自身は、その種の問題にはほとんど無関心というか、言葉というものは通じれば良い、という程度にしか考えていません。言葉が差別になる、と主張されたら、ああ、そうなんですか、知りませんでした、と引き下がります。ただし、小説では少しスタンスが違います。小説は、それを語っている人物の視点で書かれたものですから、その人の言葉にならざるをえません。その時代、その個人の考え方がそのまま文章となるのが、小説だと思います（三人称の地の文では考慮した方が良いかもしれませんけれど）。また、表現の自由という観点から、使えない言葉がある状況を憂うべきでしょう。

一方にだけしか配慮しない、という意味で「片手落ち」という言葉がありましたが、最近は使いづらくなっています。では、「手落ち」は良いのでしょうか。「人を見る目がない」という言葉なんかも、もう使えないのでしょうか？

ハンディキャップについては、それを差別したり、揶揄したり、から

かったりするのはいけないことですが、まったく別の意味で古来使われてきた言葉は、そんなに目くじらを立てる必要もないように思いますが、まあ、そんなことをいっていられるのも、今のうちかもしれません。日本人というのは、とにかく自粛が大好きですからね。自粛というより、萎縮ではないか、と思うほどです。ただ、「自粛」の意味を、もう一度確認しましょう。他者に「自粛しろ」という命令形は、矛盾しています。

 しかし、政府が「自粛を要請します」って堂々と言っていました。

２０１９年１０月２９日火曜日

目的を持った生き方って？

　朝から凄い秋晴れ。夜は雨だったようで、地面の落葉は濡れていますし、枯枝も湿っていましたが、風が良いので、まず燃やしものをしました。濡れていても火の勢いがあれば関係ありません。一気に空気も乾燥し、エンジンブロアをかけて、落葉の掃き掃除をしました。こうして綺麗になったところで、庭園鉄道を運行。写真を撮っても、落葉がないから季節感があまり出ないショットとなります。

　このブロアをかけるまえに、「子供の科学」のポンチ絵のペン入れをしましたが、途中で庭仕事をして、重いエンジンを背負ってブロアをかけて戻ってきたら、とてもペンが持てませんでした。キーボードだったら、こういったことはありませんから、やはり字や絵を手で書く作業というのは、一種過酷な条件だといわざるをえません。

　先日、ライトとホーンを無線スイッチで操作できるように作った37号機ですが、その無線スイッチが、どうも不確実です。違うスイッチを押してもライトが点いたりします。しかたがないので、無線は諦め、有線のコードを延ばして操作するように改造しました。屋外へハンダごてなどを持ち出して工作。どうしてかというと、機関車を持ち上げて、室内へ入れることが困難だからです。約1時間ほどの作業で完了し、秋空と黄葉の下、メインラインを何周か走りました。今日は、一年で最高の天候かも

しれません。

　風もないので、ヘリコプタも3機ほど飛ばしました。調整中のメカニズムと、以前に作った小さい方のスケール機です。どちらも、満足のいくフライトでした。

　そういえば、迷っていた5万円のプロポは、結局購入することを決意し、発注しました。ちょっと楽しみです。カラー液晶のタッチパネルがある機種なので。

　毎日犬を連れて歩いているので、よほどの暇人だと思われるみたいで、ときどきですが、散歩の途中で人に会うと、仕事は休みなのですか、と言われることがあります。特に、工事をしている人、農作業などをしている人が多いので、平日のこんな時間に仕事をしていないことが不自然だ、と思われるのかもしれません。もう少し歳を取ったら、そういう目で見られなくなることでしょう。

　ドライブなどでも、警察に停められて、質問されることがあります。免許を見せて下さい、のあと、どちらへ行かれるのですか、ときかれます。僕の場合、べつにどこかへ向かっていないことが多いので、返事に困ります。でも、目的地があった方が自然なのですね。ただぶらぶらとドライブしている人は少ないのです。

　悲惨な事件が発生したときにも、人々は犯人が「何のためにそんな行為に及んだのか」と考えます。明確な目的がないものは、どうも事態をイメージしにくい、ということのようです。はたして、それは正しい認識でしょうか？

　目的なんて、ちょっと思い浮かんで、行動の起点になっている、という程度の意味しかないことが多いと思います。あれを確かめよう、と思って部屋を出るわけですが、途中で別のことを思いついて、そちらへ行き、そこでまたなにかの問題を見つけて、違うところへ向かう。そうこうするうちに、誰かが訪ねてきたり、電話がかかってくる。最初の目的は、こうして忘れ去られてしまいます。目的って、せいぜいそんなものではありませんか？　どちらかというと、押し寄せてくる条件に反応しているだけ、という人が多い。ということは、犯罪もつまり、そういった単純な反応とし

て発生しているだけで、目的をしっかりと持って行動した結果は、例が少ないのでは。

　でも、目的があることで、余計な条件への反応を抑制する効果があるのは確か。人生の成功者というのは、つまり明確な目的を持って、それを常に忘れない人だったのかも。

 目的が抽象的か具体的か、という違いも大きいのかもしれません。

2019年10月30日水曜日

原因を突き止める姿勢

　朝は濃霧。雲の中にいる、ということでしょう。高い土地に住むとこうなります。僕が住んでいるところは、水害には無縁です。土砂災害も無縁。一番の災害は、雪による停電かな（樹が倒れたりするため）。

　昨日エンジンブロアで1時間かけて掃除をしたのですが、今朝は、もう元の木阿弥の状態。葉が散る季節到来です。地面はどんどん迷彩模様になり、空はどんどん明るくなります。新しいドラム缶も買ってあるので、そろそろ所定の位置まで転がしていって、セットしましょう。これでドラム缶は全部で8つになります。

　26号機のレールカーのクラクションを、外部から操作できるように、また無線スイッチを取り付けるつもりでいます。今度はどうでしょうか。駄目だったら、またリレーを介してケーブルでリモートコントロールにします。これから、厳しい冬になるので、庭園鉄道はそのための準備をします。特にポイントが凍らないように（つまり、水が溜らないように）整えておく必要があります。除雪車は、今度の冬は出動の機会があるでしょうか。

　ゲストがいらっしゃるので、朝から庭園鉄道の整備をしました。でも、風があるし、気温も低いので、楽しめる天候ではありません。大人しく室内でフライトシミュレータで遊んだ方が良いかもしれません。

「子供の科学」のポンチ絵のペン入れを最後までしました。写真も揃え、編集者へ発送しました。この連載について、いずれ書籍とならない

のか、というお問合わせが多くありますが、それはありません（絶対にとは断言できませんが、可能性は1%もありません）。

　講談社から、『キャサリンはどのように子供を産んだのか?』の初校ゲラが届きました。これはじっくり5〜6日かけて読むつもりです。この次の作品を書くのにも、ちょうど良いタイミングかもしれません。次作のタイトルもほぼ固まったので、そろそろ、爪を切ろうかな。

　このまえのディスプレィの不具合でもそうでしたが、機器のトラブルというのは、必ず原因があります。故障というほど明らかなものは簡単ですが、接触不良のように、良い状態と駄目な状態のどっちつかず、という場合も多く、この段階で、「調子が悪い」の一言で片づけないことが大事です。というのも、この状態が最も原因を突き止めやすいからです。

　完全に駄目になった状態では、どこが悪いのか再現が難しくなります。つまり、原因がわかりにくい。どちらつかずのときには、どこがふらついた状態なのか、と調べていくことで、原因が特定できます。

　多くの人は、機械というのは、ある種の魔法の働きによるものと考えているみたいで、「そのうち調子が出るだろう」と放っておくわけです。だから、完全に故障して、結局は全体を取り換えるしかない状況となります。原因を突き止めたところで、自分には対処できるはずがない、と最初から諦めているので、こうなってしまうわけです。

　でも、機械は人間が作ったものです。また、原因の大半は、使い方に問題があり、自分が作り出したトラブルだという場合が多い。不具合が生じた早期に、いろいろ試してみる。どうすれば良く、どうすれば駄目か、を少し調べてみる。そういう姿勢が大事だと思います。

　機械に限ったことではありません。原因を突き止める姿勢は、あらゆる作業において、効率を上げ、ひいては質を向上させます。なにかおかしいな、と感じたときに、そのなにかを見極めるまで観察するようにしましょう。探せば、原因が見つかり、その経験が、将来必ず活きてくるものです。

 問題を解決することが非常に気持ちの良いものだ、とわかります。

冬に備えるエンジン

　昨夜は、ゲストが作られた餃子を沢山（具体的には8個くらい）いただきました。また、今日のランチは、ピザ窯で焼いたピザ（具体的には3種）をいただきました。先週もピザ窯を使ってゲストにピザを作っていただいています。このピザ窯は、ほとんどゲストが使うためのもので、ゲストハウスに置かれています。安い（8000円くらいの）電化製品ですが、既に元を取った感じがします。レンガを積んで作る必要もなく、なかなか美味しく焼けるのです。

　ゲストハウスには、ラジコンのフライトシミュレータが置いてあるので、久し振りにこれで遊びました。飛行機も飛ばせるし、ヘリコプタもできます。実際のフライトに非常に近い状況なので、練習として有効です。ゲストハウスは、床暖房がないため、灯油ファンヒータを24時間稼働させます。また、薪ストーブも焚きましたから、ぽかぽかでした。犬たちも、ゲストハウスへ行って、ゲストと遊んだり、甘えたりしましたが、基本的にすぐに帰りたがります。そこでは自分たちのご飯がもらえないことがわかっているからでしょうか。

　ご馳走やスイーツを食べすぎました。明日くらいから、落葉掃除に勤しみましょう。既に地面は落葉でいっぱいです。

「子供の科学」の編集部から連載第9回（12月号）の最終ゲラが届いたので、確認をしました。

　注文してあった新しいプロポが届きました。プロポというのは、ラジコンの送信機のことです（本当は受信機も含めたシステム全体の名称ですが）。だから、プロポだけ持っていても遊べません。飛行機とかヘリコプタの機体を持っているか、作るかしないかぎりプロポは使えません。テレビのリモコンだけ持っていても、なにも見られないのと同じです。

　クルマのタイヤを冬用に交換しました。今のところまだ、氷点下の日はありませんけれど、今後半年間は冬ということになります。でも、例年1月前半くらいまでは、けっこう暖かい穏やかな日が多いように思いま

す。庭園鉄道も普通に運行ができます。本当に寒いのは、それから2カ月くらい。この2カ月、道路を歩いていて滑（すべ）らないように注意をしたいと思います。毎冬それが一番の決心。

それ以外は、冬は暖かい室内で工作を楽しむことができます。ほんのときどきならば、小さい機関車を外へ持ち出して、走らせることもできます。気温が低いと蒸気が白く見えて、蒸気機関車が走っているシーンが絵になります。

冬は土が凍るので、線路工事はできません。そもそも、線路が傾かないので、工事の必要もありません。樹が枯れることもなく、みんな眠っている時間なのです。野生動物も見かけなくなります。いるのは鳥ですね。

雪の重みで樹が倒れて、停電になるのが心配ですが、だいたい数時間で復旧します。停電したら、薪ストーブを焚きます。薪は、長さ10ｍ以上ある薪小屋にいっぱい保管されていて、1シーズン以上も越すことができます。ストーブが燃えていれば、料理もできるし、常にお湯も使えます。

スマホの充電は、ガソリンエンジンの発電機を回せば良いし、それでラジコンの充電もできるし、機関車の充電もできます。蒸気機関車だったら、燃料（石炭、ガス、アルコールなど）さえあれば走ります。TVはもともと見ないし、電気が停まっても困ったことはありません。除雪機も発電機もエンジンです。エンジンの面倒を見ることが、冬を乗り切る技術のコアといえます。

 電気自動車が普及すると、停電がより大きな災害になるでしょう。

11月

November

ボルゾイと3人のレディ

　朝は、ゴミ処理場へクルマでドライブ。途中、森林や秘境を抜けていく道です。スバル氏と犬が一緒。衣料品、缶、電球、電池、プラスティック、生ゴミなどを出しました。ドライブスルーみたいになっていて、簡単で便利な施設です。

　その帰りに、お店に1軒寄って、珍しく僕も店内に入り、自分で品物を選びました（いつもは犬と一緒にクルマか外で待っていることが多い）。買ったのは、ヨーグルトとポテトチップスとクラッカとサンドイッチです。ランチはそのサンドイッチになりました。森家は、夕食は家族揃って食べますが、朝食とランチは、各自が好きなときに自分が好きなものを、自分で用意したり、調理したりして、勝手に食べることになっています（稀に誘われることはありますけれど）。

　庭園の樹々は黄色が多くなり、地面は黄色、緑、茶のミリタリィ風の迷彩模様となっています。夜に雨が降ったので、朝は暖かく、落葉掃除をしましたが、葉っぱは濡れていました。でも、お昼頃には、すっかり乾燥して、燃やすことができました。

　庭園鉄道も運行。上り勾配のところで、濡れた枯葉のせいでときどきスリップします。そういうときは、瞬時にモータの回転を落として、グリップしたのち、じわじわとまた回転を上げていきます。ようするに、トラクションコントロールみたいな操作をマニュアルでするわけです。

　『キャサリンは〜』の初校ゲラを15%読みました。今日からスタートです。『神はいつ問われるのか?』の感想メールが沢山届いています（感謝）。

　午後は、少し雲が多くなりましたが、風が止まったので、ヘリコプタを4機ほど、バッテリィを充電しつつ、順番にフライト。そろそろ、隣の高原で飛行機も飛ばせるコンディションになっています。その高原へ犬と一緒に散歩に出たら、ボルゾイ3匹（白、薄茶、黒）を連れた3人にときどき出会います。いずれも女性で20代〜40代くらい。たぶん、1人がミストレス

で、あとの2人が助手か家政婦だと思われます（3人とも人種が違うので血縁ではなさそう）。3人のうち誰が主人で誰が助手だろうか、と観察するのですが、わかりません。軽く挨拶をするくらいで、話をしたことはありません。犬は大人しく、大きいけれど赤ちゃんとも友好的です。

　森家の建築は、カナダのメーカによるものですが、同じメーカが建てた住宅が、1kmくらいのところにあって、とても派手な意匠で目立ちます。でも、そこに人がいる気配がありません。まったく使われていない様子。別荘だとしても、クルマくらいときどき駐車していても良さそうなものです（敷地はそれほど広くなく、500坪くらい）。ボルゾイは、その家かな、と想像して、スバル氏と話していましたが、これは間違いでした。

　先日、そのボルゾイがどこの家の人たちかを突き止めました。たまたま脇道に入って歩いていたら、ある家から出てきたからです。美術館みたいな近代的なデザインの家で、別荘のようです。人は常時いるわけではなさそうですが、ボルゾイ3匹を1台のクルマに乗せるのは至難の業のような気がします。家政婦が残って世話をしているのでしょうか。ボルゾイというのは、実に優雅な犬ですね。

 大きいけれど赤ちゃんもシャンプーのときにボルゾイになります。

2019年11月2日土曜日

誕生日に向けた皮算用

　朝から秋晴れです。落葉掃除をしつつ、燃やしものをしつつ、犬と遊びつつ、線路を見廻りました。落葉掃除では、1時間半くらいエンジンブロアを背負って作業。ガソリンタンクをいっぱいにして、これがなくなるまで作業をすると、最後は相当疲れます。落葉はまだ、10%くらいの量でしょうか。今年は、色が変わるのが遅く、既に散っている樹が比較的多いような気がします。

　庭園鉄道は普通に運行。3周ほどしました。大きいけれど赤ちゃんは、フリスビィと枯枝投げ。スバル氏も、ガーデニングに勤しんでいる様

子でしたが、何をしているかは知りません。掃除後、芝生が綺麗になったところで、ヘリコプタを2機飛ばしました。1機は、既に完成しているスケール機。もう1機は、これから作るメカニズムだけのもので、設定と調整をするため。けっこう風がある中、横風で飛ばしましたが、最近では、これくらいのコンディションは問題ないくらいには上達しています。

　午後は、近くの高原でラジコン飛行機を飛ばしました。何カ月か振りのことです。今は一面30cmほどの牧草が生えていますが、離陸はアスファルトの道路から行い、着陸はその草地へ、というフライトで、問題なく飛びました。

　日が短くなってきて、外で遊ぶ時間が減りつつあります。特に、朝夕は少し寒いので余計に短く感じます。冷たい風があるときは、遊ぶ気になれません。まだ手袋をするような気温ではなく、Tシャツにフリースとパーカを着ています。これからはもっと着込むことになり、不自由さが増すことでしょう。

　庭仕事をしているときは、作業着を一番上に着ています。特に燃やしものは、火の粉が飛ぶので、普通の服装だと穴があきます。だいたいの作業は軍手をして行います。靴はスニーカの古いやつ。帽子も作業専用の汚れたやつ。そんな汚い格好で一日の多くの時間を過ごしているので、知らない人が見たら怪しい人物でしょう。大学にいるときも、汚い実験着姿で歩き回っていましたから、あまり変わっていません。

　『キャサリンは〜』の初校ゲラは35%まで読むことができました。あと3日で終えることができそうです。この次の作品も、タイトルは既にフィックスし、そろそろフォルダやファイルを作ろうかな、という段階。爪も切りました。11月前半で書いて、後半で手直しというスケジュールかな。

　その次も、小説を書くつもりで、12月に手掛けることができれば御の字。来年の1月か2月に、新書を一冊書く予定があります（発行は来年11月）。そのほかには、恒例のクリームシリーズを5月頃に書くだけで、来年の発行分はお終いです。そのあとは、再来年発行分の仕事になり、もうだいたい見えてきましたね。恙無く過ごせることを祈りましょう（祈っても無意味ですが）。

清涼院氏から、英語版「Flutter Into Life」第2巻（電子書籍）のゲラがpdfで12時間後くらいに届く、と連絡がありました。10/30に発売されるスケジュールで進行中。

　もうすぐ（といっても1カ月以上さきですが）自分の誕生日です。毎年、なにかちょっとしたものを買っているのですが、今年は何を買おうかな、趣味の予算はいくらくらい残っているのかな、と確認中。強く欲しいと思っているものはないので、大きな買いものにはならない予定。やっぱり、ヘリコプタかな。それともライブスチームかな……。

 趣味人界隈では、誕生日に趣味の買いものをする人が多いのです。

会話を弾ませない男

　スバル氏が長女と買いものに出かけたので、ワンちゃんパラダイス。とはいえ、庭仕事が忙しく、遊んでばかりもいられません。今日も枯枝や枯葉を一輪車で集めてきて燃やしました。

　ヘリコプタも3機飛ばしました。だいたい1フライトが5分くらいですから、大した時間ではありませんが、準備や確認に同じくらい時間がかかります。買ったばかりの新しいプロポを使ってみました。なかなかの使い心地です。設定がタッチパネルなので、今風です。ヘリが電動だから良いけれど、エンジン機だったら、手がべたついて困るのでは。

　昨夜は、1時間くらい探しものをしました。つい最近、古いプロポの設定をメモに書き出したのですが、そのメモがどこにもありません。どこかへ間違えて仕舞ったのか、それとも捨てたのか。結局、見つからないので、プロポの中をもう一度見て、その設定を新しいプロポに書き込みました。探した時間が無駄といえます。でも、自分のミスがどんなふうにして起こったのかを知りたかったのです。わからず終いでした。

　この新しいプロポは、受信機のバッテリィの電圧が送信機のモニタに表示されています。これは画期的なことです。受信機は、飛行機やヘ

リコプタに搭載されていて、そのバッテリィの電圧が下がったら危機的な状況となるため、万が一そうなった場合を想定して、大きなビープ音を発したりする安全装置を装備する人もいます。現在の最新プロポは、受信機も電波を出して、送信機にデータを送ってくるのです（つまり、もう送信機と受信機という呼び名が不適切）。時代が変わったのだな、と思いました。

　ここ10年ほど、ラジコンから離れていたので、隔世の感を抱いている老人です。そういえば、鉄道模型もだいぶまえから、デジタルコントロールになっています。欠伸軽便鉄道では20年くらいまえから取り入れています。

　『キャサリンは〜』の初校ゲラは55％まで読みました。清涼院氏からも、昨日の予告どおりゲラがpdfで送られてきました。ざっと読みましたが、自分が書いたはずの会話の英語が、「へぇ、そう言うのか」と思うものが多く、勉強になります。ようするに、僕の英語の知識で一番欠けているのは英会話なのですね。これは、日本語でも同じかもしれません。会話については、非常に経験が少ない、といえますから。

　たとえば、「先生におききしたいことがあったのです」と言われたとき、僕は「あ、そうですか」と答えます。この場合、普通の人は、「何でしょうか？」と尋ねるようですが、僕は尋ねません。この人は僕にききたいことがあるのだな、と認識するだけです。僕が黙っていると、相手は、「どんな質問か知りたくないですか？」ときいてきたりするので、「いえ、特に」と否定します。これも、相手に対しては、不自然な姿勢なのでしょう。普通はきいてくれるものだ、と思っているみたいです。でも、どんな質問なのか、わからないのですから、ききたいとか、ききたくないとか、積極的に思いませんよね。

　そもそも、こういった切り出し方をせず、いきなり質問すれば良いのではないでしょうか。なんか、無駄な会話をしているように感じます。同様のものに、「私、一番不思議だと思うことがあるんです」と言ったりするので、「へぇ、そうですか」と僕は答えます。誰だって、不思議なことは沢山抱えているけれど、この人は、その中で一番のものを決めているらしい、と認識するだけです。でも、それが僕自身に関係することとは考

えませんし、知りたいとも思わない。こんなふうだから、会話が弾まないのでしょうね、きっと。ちなみに、会話を弾ませようと思ったことはありません。会話が弾んだら、なにか良いことがありますか？

 たぶんこういうのを「思わせ振り」というのではないでしょうか。

不謹慎って悪くない

　朝は濃霧。夜の雨はなく、かなり冷え込んでいたので、今日は庭仕事はお休みとしました。冷たい風も吹いていたので、ヘリコプタも室内整備&製作のみ。庭園鉄道だけは、新しい37号機で今日も運行しました。

　そういえば、11/3は、日本は文化の日で、晴天の特異日とされています。この日は毎年、群馬県で航空ページェントというラジコンのイベントが行われていますが、僕は一度も見にいったことがありません。10年まえだったら、行ったかもしれませんけれど、今や日本のラジコン界は斜陽で、特に目新しいものに出会えるわけでもありませんし、わざわざ大金を使って出向くのも億劫です（自分の庭で遊んでいる方が楽しいし）。

　モータショーとか、モデルショーとか、ゲームショーとかも、もう日本のイベントは縮小方向なのではないでしょうか。中国のイベントが大きくなっているし、消費者も何倍も集まってくるので、どうしても、そちらへメーカが集中するはずです。現在、世間から少し遅れてラジコンヘリにのめり込んでいますが、かつては日本製品が幅を利かせたジャンルです。それが、今では全然といって良いほど話題になりません。しかたのないところでしょう。

　新しいプロポの厚さ1cmくらいあるマニュアルを、ここ数日読んでいます。いろいろ知らないことが書いてあります（かつては知らないことはありませんでした）。新しい技術が導入され、すべてが古くなっていくのだな、と感じます。新しいメーカは、新しいものだけ作れば良いのですが、古くから

のユーザを抱えたメーカは、古いシステムを無視できず、互換性を維持して新製品を出さなければならないため、ハンディがあります。ユーザが重荷になる、ということです。

これは、小説でも同じことがいえるかも。ある程度読者に支持された作家は、読者を裏切るような新しいチャレンジができなくなります。新人は、なんでもできる。同じエネルギィで、より斬新（ざんしん）なものを試すことができるという有利さです。まあ、森博嗣（ひろし）のように、読者をばっさり切り捨てる作家もいるので、一概にはいえませんけれど。

『キャサリンは〜』の初校ゲラは、80％まで読み進みました。明日終わります。清涼院氏からのゲラも最後まで読むことができました。あらすじなどの案も送られてきたので、チェックをしました。『アンチ整理術』については、契約書の文言で打合わせ。もう、見本ができる頃だそうです。WWシリーズ第4作は、今月中にプロローグくらいは執筆しましょう（これを書いているのは、10/29）。

オリンピックのマラソンで揉（も）めているみたいですが、結局スポーツってビジネス（つまり、商売）の世界なのか、と大衆に知らしめる騒動といえます。ショーなのだから、当然かもしれません。ということは、アスリートは「役者」という位置づけになるのでしょうか。もちろん、僕には無関係なので、どうでも良いと思うだけです。

子供の頃に、プロレスが八百長（やおちょう）だという話を聞いて、ショックを受けたクチですが、今は全然ショックを受けません。その程度には成長しました。相撲（すもう）が、けっこうガチな方向へ進んでいるみたいに見えて、大丈夫なのかな、と心配になりますが。

ロボットが出場するスポーツだったら、少し見たい気もします。でも、ロボットでは、あんなに沢山の人が見にこないのかな。槍投（やりな）げなんかやらせたら、スタジアムの外まで飛ぶでしょうから危険ですね。

「雨男」というのは、僕が25年ほどまえに、いずれ言葉狩りの対象となると予想したものです。その当時から、温暖化によって雨の災害が増えるといわれていました。「嵐（あらし）を呼ぶ男」だったら、もっと華々しくて反感を買ったかもしれません。

干害から農民を救うために、アフリカなどにはシャーマンがいます。こういう人は「雨男」と呼べるでしょうか。日照りに苦しんでいる土地の人々のことを、日本人は考えて発言していますか？　これは冗談です。結局は、みんな自分の身の周りのことしか考えていないし、周囲を笑わせるためにジョークを発するのです。それで良い、と僕は思います。

　苦しんでいる人がいるときにジョークを言うなんて不謹慎ですか？　そういうときに歌ったり踊ったりするのも不謹慎で、自分の趣味に没頭するのも不謹慎なのでしょうか？　好景気も、不謹慎？　平和も不謹慎？　そもそも幸せが不謹慎かな？

　「謹慎」がわかりにくいから、「不謹慎」はさらにわかりにくい。

子供が減るのは自然で必然

　夜はずっと雨だったようですが、朝から晴天。冷え込むこともなく、暖かい小春日和となりました。さっそく、ヘリコプタのホバリングを3機ほど。メカニズムだけで飛ばしていた機体は、調整が満足できるレベルとなり、次はボディを被せる作業に移ります。ほかの2機は、以前に作ったスケール機です。ヘリが飛ぶと、その周辺の落葉が広がって移動するので、芝生はたちまち綺麗になります。

　ゲストハウスの掃除を頼まれたので、ダイソンを稼働させにいってきました。そろそろ、水道の凍結防止ヒータを入れないといけません。もっと寒くなったら、水抜きをします。忘れないようにしましょう。

　スバル氏が、土と肥料を買いたいというので、一緒にホームセンタへ（彼女のクルマは荷物が載らないから）。僕は、店の周辺で犬を散歩させて待っていました。その次は、パン屋へ。ハンバーガ・タイプのものを買ってきて、これをランチにしました。

　書斎では、ヘリコプタのボディ部の組立てを行っています。引込み脚のサーボを取り付けて、その調整をしていますが、ほんの少しでも不満

があったら、また分解して、再度組み立ててから試す、というじれったい作業です。飽きもせずに続けていますが、だいたいできてきたので、ホバリング調整が済んだメカニズムを、これからボディの中に入れる工程に進めそうです。

『キャサリンは〜』の初校ゲラは最後まで読みました。新作の執筆を今日から始めたいのですが、まずは章のタイトル4つを書きました。引用する本も、今日届いたので、さっそく適当に選んで書くことができました。『なにものにもこだわらない』が、来年3月に文庫となります。これについて、新しい担当者からメールが来ました。もう半年を切っているので、解説はなしです（解説者に切迫した締切（しめきり）を提示するのが失礼なので）。

昔に比べて、今は結婚が遅いので、たとえば、小学生の両親だと、40代とか50代が珍しくありません。僕はたまたま結婚が早かったし、子供も結婚の2年後だったので、40代半（なか）ばで、子供たちは成人し社会人となりました。そういうわけで、40代後半でリタイヤするような選択が、比較的簡単にできたわけです。

子供というのは、人生の中でも大きな支出の理由となります。子供がいる場合、養育や教育に金がかかります。子供を遠くの大学へ行かせたりすると、ますます出費が増加します。かつては、子供にかかる費用というのは、幼児の頃に限られ、ある程度大きくなれば、子供はむしろ稼いで家計を助ける存在となったものですが、今はまったく逆です。

子供が多ければ、それだけ負担も倍増します。少子化になる道理がここにあります。また、子供をつくらないカップルも多いし、結婚も同様に出費やリスクの要因なので、敬遠される傾向があります。自分の人生にマイナスになる、という判断は、ある意味で妥当ですし、リスクを抱えず、安心安全な生活を望む人が多いのも自然なことしいえます。

ざっと要約してしまうと、個人の欲求が満たされた自由で平和な社会になるほど、子供が減る方向へ進みます。生物というのは、危機的な環境になると、子孫を増やす傾向がありますから、自然の法則なのでしょう。ですから、少子化に賛成とか反対とかではなく、減ることは避けられないと思われます。

現在の人口が、とにかく多すぎるということは確実。地球環境にとってどうこうというわけではなく、人工環境にとっても多すぎるのです。じわじわと減らしていくことは難しいから、急激に減るしかないのかな、という感じで、僕は少子化を許容（賛成）する立場です。

　ときどき、このままでは地球が危ない、みたいなコピィを見かけますが、地球はどうってことないでしょう。ただ、人間がこんなに大勢棲む人工環境にとっては、ちょっと危険な自然になりつつある、というだけ。危ないのは地球ではなく、人間社会です。

 経済の話を持ち出して、人口や環境について語る気はありません。

２０１９年１１月６日水曜日

なんでもオーバに表現する時代

　朝はまた濃霧。夜は霧雨だったようで、道路も枯葉も濡れていました。でも、ネットで見られる雨雲レーダによると、付近に雨雲はまったくありませんでした。10時頃から晴れてきて、お昼にはすべてが乾燥した状態となりました。風がなかったので、ヘリコプタを飛ばしつつ、工作をしました。

　11時頃からドライブに出かけましたが、1時間半ほどで、どこにも寄らずに帰ってきました。空気がクリアで、遠くの景色までよく見えました。

　午後は、犬たちと留守番。庭の落葉掃除をしたり、電子書籍で読書をしたり、のんびりしていました。今組んでいるヘリコプタに、新しいプロポを採用し、受信機をダブルにする構成で臨むことにしました。引込み脚にサーボを3つも使用するためです。マニュアルのあちらこちらを読まないといけません。

　今日は、庭園鉄道はお休みしました。木造橋付近をブロアをかけて、落葉を吹き飛ばしましたが、橋の下の大きな茸は、もうなくなっていました。まだまだ苔は緑が鮮やかで、掃除をすると、秋ではないような風景になります。

夕方には、犬の散歩で高原へ出かけ、広がる平原に、見渡す限り誰一人いない景色を楽しみました。どこからか、エンジンの音が微かに聞こえます。きっと、樹を伐採しているのでしょう。音が遠いので、ときどきしか聞こえません。

　新作は、プロローグを1000文字ほど書きました。予定どおり書き始めることができました。もう安心です。

　ネットでニュースを見ていると、タイトルに「〜すぎる」と煽るキャッチが多いことに気づきます。しかも、内容を読んだり、写真を見たりしても、全然「すぎ」だったためしがありません。ごく普通です。たとえば、あるタレントが「神すぎる」とあっても、取り立てて強調するほどでもないし、「美女すぎる」とあっても、まあまあそこそこです。すぎていないのに、すぎると書くようになったみたいですね、最近の日本では。

　なんというのか、「それくらいのことでわざわざ記事にするな」と言いたくなる人が多いと思いますが、たぶん洒落のつもりなのでしょうね。苦笑くらいをもらえれば、それで充分という気持ちを察します。

　ネット社会になって、個人の言葉が広く大勢に伝わるようになったので、できるかぎり言葉を大袈裟に使おうとする傾向が顕著となりました。敏感な人もいれば、鈍感な人もいますから、普通の表現では大勢には目を留めてもらえない、と心配になる心理からかと。

　「話がオーバだ」と指摘をする人は、敏感な人です。敏感だから、オーバだと感じるわけです。僕も、けっこう「森先生はオーバですね」と言われるクチでしたが、それは、敏感な人たちが周囲に大勢いたためです。そういう人に向けて話す場合は、素直で抑えめな表現で充分なのですが、学生など大勢がいる場では、ついオーバになりがちです。これも、鈍感な人のことを意識した結果といえます。特に講義をしていると、学生を眠らせないようにしよう、という使命感を抱きますから、そういった悪い癖がついたのかもしれません。のちに小説家になったことで、嘘八百を書くようになり、この悪い癖を活かせる立場になったともいえます（この記述自体がオーバですが）。

かつては、オーバに話すことを「盛る」といったように思います。

2019年11月7日木曜日

義理より道理へ流れる世界

　連続して朝は濃霧。夜は雨でした。朝から燃やしものをするつもりでしたが、お昼まで待つことに（落葉が乾燥するまで）。朝の散歩で、プードルの親子3匹と会いました（もちろん、人間も1人一緒です）。3匹とも雌なので、うちの犬たちは大興奮して、高い声で唸りましたが、連れている人間が男性なので、その人を警戒して近づきません。今年の冬は、雪がどれくらい降るでしょうね、という話をしました。ちなみに、まえの冬は雪が全然降りませんでした。

　書斎で組み立てていたヘリコプタを、昨夜工作室へ移しました。これにともなって、工作室を陣取っていたものが、あちらこちらへ移動しました（移動は自動ではなく手動）。大移動です。また、歯医者のような音を立てるリュータでグラスファイバを削る日々となります。粉が出るから、掃除機で吸いつつやります。

　午後は、燃やしものをしつつ落葉掃除。ときどき、工作室でエポキシを練って接着。ところによってフリスビィ。

　新作の執筆は、今日はできませんでした。庭仕事と工作が忙しすぎる（強調）のと、Kindleで読んでいる技術書が面白すぎて、つい時間を取られすぎてしまいました。僕が小説を好きすぎないのが原因でしょう。『アンチ整理術』の見本ができた、と編集者Y氏から連絡がありました。いろいろ悶着気味のこともありましたが、誠実に対応をしていただき、本が出来上がったことには感謝。ビジネスなので、ときに強い表現にもなりますが、僕の場合は、常に本音を正直に伝えるようにしていて、相手に対する感情ではなく、作業に関する客観的な観測と意見を述べています。好かれているか、嫌われているか、という価値判断だと誤解されるかもしれませんが、仕事上の個人を好いたり嫌ったりするよう

なことが（少なくとも僕には）ないことは断言できます。

　また、将来性のある方には、将来に活きるような助言をしたくなります。これは、余計なことかもしれません。その助言を苦言だと受け取られてお終いの場合もあります。しかし、苦言を呈したところで、僕にはなんのメリットもないのです。一方、助言で相手が成長すれば、いずれこちらに利のある場面が回ってくる可能性があるかもしれません。

　そうそう、整理術で思い出しましたが、先日ラジコン関係のメモがなくなって探し回った話を書きました。講談社の編集者M氏から連絡があり、ゲラに紛れ込んでいたことがわかりました（コピィをpdfで送ってくれました）。散らかったデスクでいろいろな作業を並行して行っている弊害といえます。やはり、その可能性しかない、と下した結論のとおりでした。この世に不思議なことはありません。

　最近の世の中をぼんやりと観察していると、義理よりも道理が通るような世の中になってきたな、という感覚を強くもちます。これまでは、道理など問題外で、義理が優先されました。たとえば、一度約束したことは守らなければならない、親や上司や先輩は立てなければならない、という具合です。今はそうではありません。一度約束したことであっても、条件が違ってきたら、あっさりと解消します。あちらの国やそちらの国の大統領の行動を見ていると、このとおりで、約束したじゃないか、という義理は通らず、新たな道理を持ち出してくる、というわけです。しかも、その道理が、非常にローカルな正義（いわば「感情」に近い）であったりして、別の表現でいうと「我がままを通している」ように見えます。

　マラソンが札幌になったのも、今頃になってなんだ、というのは義理重視からの感想であり、選手の健康第一やTV放映権などが道理なのです。僕なんかは古い人間ですから、約束は絶対だろう、という価値観を持っていますが、今はそうではない。各自が正しいと思ったことをする、という方が優先されるようです。簡単にいうと、過去の義理より現在の道理なのです。

　これも、ある意味で新しい世代の価値観といえるものかも。豊かな社会で（言葉は悪いですが）甘やかされて育った人たちは、（そのときそのとき

で）自分が正しいと信じることを躊躇（ちゅうちょ）なく（我がまま放題）実行できる。約束したとか目上に対するマナーなどで我慢をしたくない。そんなのは自分の生き方ではない、という正直さです。そもそも、「慎（つつし）み」「我慢」「抑制」に慣れていない世代なのでしょう。

 しかし、その我がままが原因で戦争にならないことを祈りましょう。

2019年11月8日金曜日

グライダを見にいった話

何日か振りで、夜に雨が降らず、朝も霧のないクリアな空。早朝には、樹々の高いところが赤く光っていました。ただし、気温は0℃。氷が張っていたかもしれませんが、そもそも屋外には水がないので、観察できず。

スバル氏が、IOCのように突然カフェへ友達と出かけるというので、彼女がいるうちに、急いでブロアをかけました（午前中は宅配便が来るため）。ゲストハウスの周辺を中心に作業。そのあと、留守となりましたが、宅配が早く来てくれたので、またブロアをかけ、落葉を集めて燃やしました。もうすっかり葉が乾燥しているので、面白いように燃えます。

ヘリコプタを工作室で組む作業も同時進行。今日は、ほぼこの作業に没頭。部品を組み込んでは、また分解する。この繰返しで前進します。位置がだんだん決まってきて、ボルトの穴などが決定すると、次のステップへ進みますが、しだいに自由度が小さくなり、試行錯誤が減少します。自由度がなくなったときが、まあまあの完成かも。今日は、かなり工程が進みましたので、明後日（あさって）くらいに試験飛行が可能となる可能性も。

ラジコンヘリ関係では、電子機器の設定方法などが、電子書籍として出回っています（Kindleで読める）。つまり、マニアが自分の経験を文章にして、写真を撮り、解説をする。それを1〜2ドルくらいで売っているのです。そういった先人の知識を参考にして、世界中のユーザが後に続く

というわけです。かつては、このような情報はクラブの先輩や雑誌などから得ていましたが、今はこんなふうに直接的なリンクになるわけで、素直に感心します。僕が参考にしているのは、5年もまえの記事ですが、電子書籍は絶版にならないから、いつでも利用ができて助かります。良い時代になりましたね。昔は苦労をしたものです。

　午後は、犬1匹と一緒にドライブに出かけ、ちょっと離れたところの模型飛行場へ見学にいきました。知らない人たちばかりなので、もちろん自分の飛行機は持っていきません。どこの飛行場も、一般見学者には親切に笑顔で対応してくれます（仲間に誘い込める可能性があるから）。グライダを飛行機で曳航（えいこう）して上空へ上げるのを何度かやっていました。大きな機体です。グライダは翼長が5mくらいありました。サーマルソアリングには、やや気温が低いし、あいにく風もなく、長くは滞空できませんでした。でも、グライダは着陸が一発勝負だから、スリルがあります。

　こういった場所で、話しかけられたときには、謙虚に振る舞い、模型のことはなにも知りません、みたいな顔をしているのが良いと思います（その方があっさり帰ることができます）。ちょっと見にきただけですよ、みたいな感じですね。

　往復3時間ほどで帰ってきて、夕方も落葉を燃やしました。まだ、樹に残っている葉の方が倍以上多いのですが、地面の落葉は8割方燃やしたかもしれません。モミジの葉が赤とオレンジと黄色と黄緑に（1本の樹で）なっています。真っ赤一色より綺麗だと僕は思います。このモミジは、僕の書斎の真正面なので、目の保養になります（これは言いすぎ）。

　新作のWWシリーズ第4作は、今日は2000文字を書きました。合計3000文字になりました。だいたい40分の1ですね（つまり、完成度2.5%）。まだプロローグです。

　小説の執筆というのは、工作のように試行錯誤がないし、ミスもないし、やり直しもないし、面倒臭い工程も、繰返しもない、本当にまっしぐらに組むだけ、みたいなイージィさがあります。逆に、このシンプルさが、（飽きてしまって）長く続けられない要因なのではないか、と思います。

素直に書くと難しくなり、苦労して容易に読めるように書きます。

2019年11月9日土曜日

「テーマ」に取り憑かれて観察眼を失う

　朝から珍しく曇り空。雨が降るのかな、と思いましたが降りません。夜も降らなかったみたいで、落葉は乾燥しています。さっそく、燃やしものをしました。

　9時くらいから、ワンちゃんシャンプー。気温も下がってきたので、少し温かいお湯で洗いました。犬は、今回はバスルームに素直に入り、じっと大人しくしていました。気持ちが良いものだ、と学習したのかもしれません。

　犬はバスタオルで拭いてやるだけで、あとは自然乾燥。シャンプーの10分後には、見た目では濡れていることはわからなくなりますし、1時間後には膨らんでいます。

　また庭仕事で、燃やしもの。枯枝の太いものが溜まっていたので、電動ノコで切断してから燃やしました。ストーブの薪にするには、ちょっと新しすぎて煙が出ます。ストーブに使うなら2年は乾かす必要があります。

　中古品で購入した小さめのヘリコプタが1つ届いたので、早速整備をして飛ばしました。このサイズは、今年の初めに、ラジコンヘリ再チャレンジをしたきっかけとなった大きさですが、今では小さく見えます。無事にホバリングすることができました。静かで、操縦性も素直で機敏。20号機か21号機になりますが、なんと、初めての日本のメーカかも（よく考えたら2機めでしたが、新しいタイプでは初めて）。のめり込んでいますね。ヘリコプタが面白くてしかたがないようです。

　とはいえ、アメリカの模型店に機関車を発注してしまいました。クリスマスまでに届くと良いですね（特に意味はない）。

　工作室でも、スケールヘリを組んでいて、明日にも完成の域となりま

す。それが無事に飛んだら、すぐさま次のプロジェクトへ移る予定。

　新作は、今日は3000文字を書いて、トータルで6000文字となり、完成度は5%です。依然としてまだプロローグ。まあ、でも、だいたい話は見えてきたので、あとは労働あるのみです。

　ニュースを見ていると、TV局がたびたび「やらせ」が発覚して謝罪しているようです。ドラマなどのフィクションでは起こりえないわけですから、報道関係の番組などで、これが発生するというわけです。

　僕が思うのは、これは小学生や中学生の頃から（特に国語の授業で）叩き込まれる「テーマ」への意識過剰によるものではないでしょうか。作文でも、テーマが重んじられるし、なにかを発表するたびに、テーマが問われるのです。日本人は、このテーマの虜となっているようにさえ見えます。僕自身、「テーマなんて特にないよ」というのが実際のところです。テーマを想定して文章を書いたことなんて、正直一度もありません。

　なんらかの企画を挙げるときに、上司を説得するためとか、あるいは上司のツッコミに備えるために、テーマを言葉で考えておかなければならない。テーマを言葉で出さざるをえないのです。そういう「テーマ」の亡霊のようなものに支配され、無駄な議論を重ねている会議が日本中に沢山あることでしょう。

　TVや新聞の制作において、会議で通ったテーマに沿って取材をし、記事や映像を作ることになります。そうなると、もうテーマでしかものを見ることができない目になっていて、ものの本質を素直に捉える観察眼を失っているのです。

　テーマに沿ったものを作ろうとするあまり、事実を歪曲する、捏造する、都合の良いところだけを拾い上げる、という報道になりがちです。さきにテーマがあるから、こういった「やらせ」になる。

　たとえば、苦労を重ねて成功した人を取材したいときには、苦労をしてもらわないと困る、という具合です。僕が取材を受けたときにも、実際にそうでした。「好きなことをしているだけで、苦労なんかしていませんよ」とはっきり申し上げました。

　テーマなんてものは、発表してから考えれば良いし、そうですね、20

年くらい経過したら、あのときのあれが、そういう趣旨のものだったのか
な、あれがこのテーマでは最初だったよね、と理解できるものだ、と僕
は考えています。

 上司に認められるため、多くの「やらせ」が生まれるのでしょう。

2019年11月10日日曜日

美談はもう沢山

今日は、遠くへ出かけることになっていて、朝7時にクルマで家を出ま
した。犬1匹と一緒です。ハイウェイを走りますが、犬がいるので1時間
半か2時間ごとに休憩をして、軽く散歩をさせました。片道500kmくらい
かな。

昨夜も雨がなく、朝から乾燥していました。近所の森はすっかり秋の
色になっています。草原も、緑というよりはオリーブドラブというか、モス
グリーンというか、茶色がかった色になっています。売店でコーヒーを買
い、クルマの中で飲みました。

初めての場所だったのですが、カーナビがあるので、特に困ることは
ないし、連絡は電話でいつでもつくし、全然問題ありません。久しぶり
に都会の道路も走りました。目的は、一言でいえば、人に会うためで
す。直接会わないといけない理由は、手渡すものがあったため。この
目的は30分で終了し、すぐに帰路につきました。

少し暗くなりかけた頃に帰宅。犬は何度も散歩をしているので、運動
不足ということはないかと。ご飯もいつもの時間に食べることができました
（犬も人間も）。

夜は、ヘリコプタの工作を進めました。引込み脚のサーボが唸るの
で、変だなと思っていたら、左右を繋ぎ間違えていました。繋ぐときに
「こちらが右だから」と意識したのに、それが間違いでした。左右をよく
間違えるのです。それにしても、機体が重量級なのに対して、引込みす
る機構とサーボでそれが支えられるのか、という問題があります。どう見

ても、駄目っぽいので、もっとトルクの大きいサーボを発注する決断をしました。取り寄せるまで、少し時間がかかりそう。

　今日は、作家の仕事はしていません。新作の執筆もしませんでした。ドライブしているときに暇だったので、少しだけ物語の構想をしました。でも、それほど面白いことは思いつけず。

　昨日は「やらせ」について書きました。「テーマ」に縛られているから、素直な観察ができなくなっている、と。これと同じ傾向で近頃多いのが、「美談」です。なにかというと「美談」を求めようとします。皆さん、そんなに美談に飢えているのでしょうか？

　マスコミは、美談を探し回っていて、その中には、誰かが提供した「作られた美談」が往々にして混入します。防ぎようがない。はっきりいうと、「やらせ」は根絶できません。

　美談というものは、これほど作りやすいものはなく、最も簡単な部類のストーリィです。だって、小説がそうでしょう？

　パターンとしては、一見、ちょっと逆じゃないの、あるいは、なにか不思議なことをするな、と思わせておいて、実はこんな心遣いがあった、こんな事情があった、こんな結果になりました、とあとからオチをつけてくる構造です。ミステリィと同様に、そのパターンがあまりにも一辺倒。結局は、美談のオチは、一般に相手に対する愛だったり、尊敬だったり、子供の健気（けなげ）さだったり、とこちらもパターンがほぼ決まっています。

　むしろ作るのが難しい物語というのは、美談でもないのに、読ませるものなのです。そういうわかりやすいオチがないのに、でもなんとなく面白い、どことなく印象深い、最後まで読まされてしまう、というものなのです。そちらの方がずっと考えるのが難しい。難しいから、実際にあまり出てこない。もし出てきたら、これは事実なのではないか、と感じられる。思いつけそうにない発想があるからです。

　一見美談に見えたけれど、実際には偶然だったとか、一見美談っぽいけれど、別の意図があったとか、せめてそれくらい捻（ひね）った話を持ってきてほしいものです。僕としては、そちらの方が、よほど「美しい」物語に感じられます。

これだけ大勢が誰でも発信できる時代に、マスコミが未だに美談を探している、というのがちょっとね、鈍すぎるというか、遅れているというか、ずれた感じがしますよ、という美しくないお話でした。

 ずっと昔から、「お涙ちょうだい」という揶揄があるとおりです。

2019年11月11日月曜日

何を信じて生きるのか

　朝から秋晴れ。落葉を燃やし、枯枝を燃やし、集めては運び、という労働を楽しんでいます。運ぶのに一番力が必要です。でも、短時間。燃やすのは面白い。集めるのは面倒くさい。それでも、綺麗な緑の苔が一時的にでも広がると、気持ちの良いものです。こういうことを一人で黙々とやっている時間というのが、素晴らしい。清々しい気持ちになれます。

　屋外にある水道の水抜きをしました。水道は全部で5箇所。ただ回って、バルブを閉じるだけ。このほか、ゲストハウスには、地下の水道を保温するヒータがあるので、このスイッチを入れておきます。温度が下がったときに作動する仕組みです。母屋の水道は深いところにあるので、この必要がありません。これは地下室があるかないかの違い。

　地下室というのは、日本ではビルでしか馴染みがないと思いますが、日本の木造建築の基礎が、ただ土の上に置かれた石だけだった歴史から来るものかも。そろそろ考え直した方が良いでしょう。特に、これだけ浸水による被害が出ているのに、そういう低い土地の建築物に、防水を施すような工夫が試みられないことは、問題視されても良いでしょう。建物の上屋は、普通は防水されています。屋根とか外壁はそうです。深さ1mくらいの浸水なら、少しの工夫で、短時間なら水は防げるはずです。たとえば、ユニットバスなどは室内へ水は入りません。そういう土地に住むなら、防水するか、あるいは基礎を2mくらい築いて、高い位置に家を建てた方が良いと思います。でも、一番良いのは、その

土地から離れることですが。

　早く元の生活に戻りたい、というのが被災者の願いというか、そのために大勢が頑張っていることが報じられています。だけど、そうやって汗を流し、泥を搔き出して綺麗にしても、ただ元通りになるだけです。それは少なくとも「対策」ではない。堤防だって、「元どおり修復しました」では、「対策」ではありません。また同じことが起こる危険の確率が全然減っていないからです。

　今はこんなことを言う人は少ないと思いますが、かつては、「俺は飛行機が何故飛ぶのか信じられないから乗らない」とおっしゃる方がいました。また、「鉄でできた船がどうして水に浮くのか」とおっしゃる方も、かつてはいたのです。理屈が「信じられない」という言い回しが、ちょっとひっかかりますが、でも、トンネルとか橋は、信じていらっしゃるようでした。トンネルや橋が信じられなかったら、行けるところがかなり限られますから。

　このような発言は、「私が信じないものは、私に関わらないでほしい」という思想だと思われます。また、「理屈が理解できない」状況を、「信じない」と表現しているようでもあります。そういう話をするなら、ほとんどの人は、電波もデジタル技術も理解できない状態で、毎日スマホを神棚みたいに拝んでいるのです。

「私は堤防を信じているから、避難はしない」とおっしゃる方はいなかったのでしょうか。なんか、そんな昔話というか、実話なのかを、聞いたことがあったような気がします。堤防は科学的な根拠に基づいて建設され、想定された力には耐えることができたはずですから、堤防を作った人は、堤防を信じていたでしょう。ただし、その設計の前提となる想定した水量というものがあったわけで、それに基づいて構造計算が行われただけです。事実、堤防は越流が起こるまでは耐えていて、設計者の意図した強度は発揮しました。想定した水量を超える雨が降った、というだけです。

　公共の金を使って対策を講じる、というのが王道ですが、財政上それは不可能です。もっと税金を集めないと増強さえ無理でしょう。だった

ら、個人が自分を守る方法を考えるしかない、というところまでは考えついてほしい、と希望します。

新作の執筆は、6000文字を書いて、トータルで1万2000文字、完成度10%となりました。「子供の科学」連載第10回（来年1月号）の再校ゲラがpdfで届き、確認をしました。『つんつんブラザーズ』のカバーイラストの候補が送られてきたので、気に入ったものを選びました。

 自分で判断し自分で対処する以外に災害からは逃げられません。

2019年11月12日火曜日
推しと贔屓のベクトル

朝から晴天で、燃やしもの一筋に生きた日となりました。散っている葉は、だいたい燃やしたと豪語しても良いでしょう（いうまでもなく、オーストラリア語ではありません）。乾燥しているので、大変よく燃えます。着火は、ハンディのガスバーナを使っていますが、たぶん、100円ライタ（古いですね）でも着けられると思います。湿度がどれくらいかな。20%くらい？

中古のヘリコプタが2機、届きました。買ったから届いたのです。1つは大きいサイズです。ボディだけ買ってあるものが既に1つあったので、それの中に入れる候補となります。もう1機は、小さいサイズですが、ちょっと変わった機種で、初めてのメーカ（イタリア製）。モータがダイレクトドライブで、ギアがありません。これは凄いですね。クルマでいうと、ロータリィエンジン車くらいの珍しさです。

庭園鉄道は普通に運行しましたが、庭仕事が忙しく、1周しかしていません。ところどころ、ブロアがやりかけで落葉が線路上に溜まっているので、停車して除去してから通りました。落葉は大丈夫なのですが、小枝が隠れているからです。

先日注文したサーボについて、お店から在庫がない、と連絡がありました。そこでメーカに直接メールを書いたら、メーカは直販をしていない、という返事。しかたがないので、いくつか店を探して、ようやく在庫

があるところを発見しました。即日発送しました、との連絡があったので、大丈夫だとは思います。ちょっと珍しいタイプの品物なので、代替品がありませんでした。

　新作は、6000文字書いて、トータルで1万8000文字、完成度は15%となりました。『つんつんブラザーズ』のあらすじ案が届き、OKを出しました。

　この頃、ネット見ていると「推し」という言葉を皆さんが使っています。これは、「贔屓」のことのようです。「推しの作家」というと、「私が贔屓にしている作家」という意味です。いつからこの表現が使われているのでしょう。僕が気づいたのは、6〜7年まえかな、と思います。

　そもそも、「贔屓」という言葉が、難しすぎるからいけなかったのかも。漢字が読めませんよね。「ひいき」というくらいだから、「引っ張る」というイメージがあります（「贔屓の引き倒し」という言葉があるくらい）。意味を知らない人は、辞書を引きましょう。

　つまり、贔屓というのは、上の者が下の者を目にかけて引き立てる、あるいは引き上げることをいいます。これに対して、「推し」というのは、力の向きが逆です。どうして逆になったのでしょう。僕には、下の者が、上にいる者を支える、そして押し上げる、というイメージを伴っているように思われます。「推薦」の「推」から来ているとは思いますけれど、視点がやはり違うようです。

　芸能人というのは、江戸時代くらいまでは身分が低く、ファンは上から引っ張る立場でしたが、今や、芸能人は憧れの的（まと）となり、大衆は下から押し上げる視線になった、ということですか。近頃は、「上から目線」という言葉も普及し、「上の立場」を嫌悪する空気がありますから、それにも合致しているところでしょう。

「お客様は神様です」という台詞（せりふ）が流行（はや）ったのは半世紀もまえのこと。その当時でも、お客様は既に下でした。下だからこそ、この言葉にインパクトがあったのです。それが、今はスターの行いが「神だ」と称（たた）えられます。その言葉が出るのは、大衆の方が完全に上になっている、という証（あかし）でしょう。最近では流行のクレーマもそうですが、本当に消費者は

神ならぬ、「上」になったみたいです。だから、逆の表現が際立つ。

　ですから、控えめに、自分は隠れファンだ、目立たないところから、こっそり押し上げますよ、という気持ちが「推し」に込められているのかな、と察します。

それ以前から、漢字違いの「一押し」という表現はありましたね。

2019年11月13日水曜日

「炎上」の悪意はどこにあるか

　スタバのドライブスルーによく（1年に5回くらい）行くのですが、そのたびにスバル氏がメロディを口ずさんで「スターバックス」とおっしゃるのですが、最近気になって、よくよく考えてみたら、それは「オートバックス」のメロディではなかったかな、と思い至りました。どちらでも良いことですが。

　夜に雨が降らなくなり、朝夕の寒暖差のため、乾燥しきっています。おかげで、落葉は軽く運べるし、よく燃えるので大助かりです。秋に咲いた花は、ドライフラワになりつつあります。もちろん、最低気温は氷点下ですが、水がないので、氷はまだ見たことはありません。草の水分なのか、空気中の水分の凝結なのか、結晶になって、地面や草に白っぽく浮き出ている程度。

　朝焼けがとても綺麗で、風景が赤く染まります。森が燃えているように見えます。もうすっかり冬の景色です。ただ、樹の葉がまだ半分以上残っていて、遅れている感じがします。今日も一日燃やしものをしていました。

　サーボが届きました。日本製の特殊な製品で、1つ8000円くらい。これを3つ買いました。1つ1000円くらいの中国製を使っていましたが、どうもそれでは性能的に無理だとわかったためです。このまえ完成したと書いたヘリコプタを、再度分解し、最初からやり直す予定。面倒だなあ、と思うのですが、面倒な作業が面白いのですね、結局は。それから、昨日書いたダイレクトドライブのイタリア製ヘリですが、設計が斬新

で、細部を見るにつけ感心することしきりです。

　新作は、今日は8000文字を書いて、トータルで2万6000文字、完成度22%となりました。予定どおりの進行です。

　燃やしものをしていると、ものはどういうときに炎上するのか、という理由を考えてしまいます。

　まず、そもそも燃えやすいものが、風通しの良いところに晒されている、という条件があります。しかし、それだけでは燃えません。着火が必要だからです。つまり、炎上するのは、必ず誰かが着火している、ということ。自然に燃え上がるわけではありません。

　着火する人は、炎上を狙って火を着けるのです。燃えてしまえ、燃え上がってしまえ、という意図があります。それに比べて、燃える方は、自分が燃えるとは思ってもいません。まったく、意図がありません。この両者を見ただけで、どちらに悪意があるのかは明らかです。

　ただ、悪意の有無など問題ではない、という意見もあることでしょう。無意識に悪事を働く人はいます。この場合、取り締まる側が発見し、あるときは待伏せをし、捕まえることになります。さきほどと同じように、捕まる人には悪意はなく、捕まえる方には意図があります。悪意とはいえませんが、悪いやつを懲らしめてやろう、という攻撃的な意図がないとはいえません。

　日本人は、「悪気はなかった」という状況を重視します。気持ちが重要だという判断です。その延長で、自己防衛のためにつく嘘に対して、非常に敏感です。自己防衛ですから「悪意」ではないはずですが、相手を騙すためについた意図的な嘘だ、と見なされ、悪意と同等に扱われることがほとんどのようです。

 放火魔もそうですが、「炎上」が面白いと感じる人がいるのです。

11月

272

一生アンチのまま

　朝は氷点下2℃。ダウンコートを着て、散歩に出かけました。帽子もメッシュ部分がある夏用ではなく、冬用に換えました。風が吹いていましたが、犬たちは元気いっぱいです。

　庭園鉄道を運行し、3つの機関車を動かしました。ところどころ、落葉が山になっているので、熊手でどけてから進みました。線路自体には異状ありません。

　風が強かったので、航空部はお休み。燃やしものも、少しだけにしました。エンジンブロアは、1時間ほどかけたでしょうか。落葉を集めるには風が強すぎますが、谷へ落とすには良い風でした。落葉率は50%くらいで、燃やしたものは30%くらいか、と思います。

　日本製のサーボが届いたので、先日完成したヘリを再び分解し、引込み脚のサーボを3つ交換しました。同じサイズなので、ネジ穴もそのまま使えます。交換後に試してみたところ、さすがに日本製と唸りました（サーボは唸りませんが、僕が唸りました）。ぴったりと止まり、びくともしません。これなら重量級の機体を支えられると思います。やはり、パーツをケチってはいけないな、と思い知りました。

　新作は、今日も8000文字を書いて、トータルで3万4000文字、完成度は28%となりました。そろそろ第1章が終わります。『アンチ整理術』が印刷書籍、電子書籍同時に発行されたようです。編集担当者から「好調です」とのメールが届いています（編集者は例外なく、こう言いますが）。

　そういえば、だいぶまえのことになりますけれど、『アンチ・ハウス』という本を出しましたね。懐かしい。また、『集中力はいらない』や『「やりがいのある仕事」という幻想』でも、「アンチ」を冠したタイトルを考えたのですが、編集部は「イメージが悪い」という理由で採用しませんでした。森博嗣といえば、根っからのアンチなのに。

　アンチといえば、僕は子供の頃からアンチ巨人でした。TVで、巨人の試合ばかりやっているし、帽子も巨人のマークのものしか売っていませ

んでした。「小さな巨人です」と宣伝していた飲み物も、大人になった今も一度も飲んだことがありません。それくらいアンチです。ドラゴンズの青い帽子が売り出されたときは、巨人よりはましだろう、と思って買ってもらいました。高校生くらいからは、ヤクルトを主に応援していましたか。監督が広岡<ruby>広岡<rt>ひろおか</rt></ruby>くらいまでしか、見ておりませんが。

　とにかく、一番人気がある、というものが嫌いです。トヨタ車も買ったことがありません。名古屋は地元でしたが、トヨタ車だけは乗りたくない、2番の日産も駄目、だからマイナだったホンダにしたのですが、いつの間にか、ホンダが2番になってしまいました。

　<ruby>手塚治虫<rt>てづかおさむ</rt></ruby>も<ruby>宮崎駿<rt>みやざきはやお</rt></ruby>も（ほとんどの作品を読んだり見たりしましたが）好きになれませんでした。「日本人の誰もが愛する」と紹介されることが多いのですが、僕は愛しておりません。「人気がある」ということが、僕には大きなマイナスポイントになることは明らかです。

　Appleが好きになったのも、みんながNECだ、マイクロソフトだ、ウィンドウズだ、といっていたからです。でも、そのAppleがメジャになってしまったので、ちょっと困りましたね。

　ベストセラは読みませんし、流行したら敬遠します。行列には並ばないし、混んでいる場所へは近づきません。こんな<ruby>天邪鬼<rt>あまのじゃく</rt></ruby>で、よくも今までなにごともなく生きてこられましたね、本当に。

　ところで、スバル氏は著しくメジャ志向です。流行っているものには手を出し、人混みや行列に無意識で寄っていく人です。このため、森家のバランスが保たれているのでしょう。

 スバル氏が行きたいところへクルマで出かけると、必ず渋滞です。

フル、フク、ドン

　今日も冷え込みましたが、風がなかったので、比較的暖かく感じました。9時頃には、近所のワンちゃんたちが集まって、庭園内でおしゃべり

（人間がですが）。全部で7匹いました（犬がですが）。1匹はラブラドールで、飼い主はフランス人です。この人は、ラグビィ選手のように大きくて、ラブが小さく見えますが、実際に少し小型で、大きいけれど赤ちゃんより、ほんの少し大きいだけでした。

　落葉を集めて、午前中は燃やしもの。また、庭園鉄道も3列車を出して運行。ワンちゃんも乗って走りました。スバル氏が、お姉さんに写真を送るために（嫌がらせではないと思いますが）、のんた君（講談社が作ったものではなく、元祖です）を抱えて写真を撮りに庭に出てきたので、列車に乗せて撮影会となりました。

　そのとき、スバル氏が新たな情報を漏らしました。のんた君は、お姉さんが20歳の記念に自分で買ったものだそうです（でも、訳あり品で値引きされていたとか）。お姉さんは僕と同じ年の生まれですから、そうなると、のんた君が作られたのは40年以上まえになり、これまでの憶測（お姉さんが子供のときに買ってもらった説）よりは、若干新しいことになります。でも、ほとんど色褪せていて、今では白熊みたいです。

　正午頃には風が出てきたので撤収。ヘリコプタも工作中なので、フライトはお休みです。サーボを新しくしたヘリを、また組み立てていて、明日にも飛べる状態に戻ります。まだボディをつけてから飛んでいないので、なんとか初フライトを成功させたい所存。

　WWシリーズ第4作は、今日は9000文字を書いて、トータルで4万3000文字、完成度は36%となりました。まあ、ぼちぼちと進んでいますね。

　清涼院氏から、恒例のインタビューの質問が送られてきました。締切は3カ月ほどさきですが、早いうちに答えたいと思います。彼の持続力というのは凄い、と思います。やはり、集中力よりも持続力でしょう、大事なのは。

　ランチで、マフィンをよく食べます。ハムを挟んでマヨネーズをつけるか、葡萄ジャムを塗るかですが、どちらもマーガリンかバターが不可欠。これを塗るのが面倒だ、という話を先日書きましたが、スバル氏がチューブに入ったマーガリンを買ってきてくれたので、とても重宝していま

す。塗るためのナイフがいらないのが良い点。ただ、量が少ないので、すぐになくなってしまいます。もう1チューブなくなりました。

　僕の父がよく「フル、フク、ドン」と言っていました。これは、天気が雨、風、曇りの順番で繰り返す、という意味です。名古屋ではけっこう当てはまりましたが、今いる土地では、「フル、キリ、ハレ、フク」を1日の中で繰り返しているような感じです。でも、このところは、雨がありません（夜は少しだけ降りますが）。もう1カ月ほど、ずっと日中は秋晴れのような気がします。冬も、だいたいこんな晴れの日ばかりですね。

　夕方は、気候が良く、暖かかったので、少し遠くまで散歩をしました。僕と犬だけです。5kmくらい歩いたでしょうか。いつもより2kmほど遠回りだっただけです。澄んだ空気で遠くまで景色が見えました。鳥が沢山飛んでいました。人間には一人も出会いませんでした。途中で、犬が吠える声が聞こえましたが、それは、森家のほかの犬たちで、スバル氏や長女が連れているのです。鳴き声で自分の犬だとわかります。犬を飼ったことがある人なら、聞き分けられると思います。

 チューブのマーガリンは、その後森家の定番となり冷蔵庫に常備。

2019年11月16日土曜日

みんなの意見を集計するとグレィ

　朝は霧、のちに晴れ。晴れるまえから、燃やしものをして、躰が温まったところで、ヘリコプタの初フライトを実施。サーボを交換した機体です。回転が上がる途中で一度振動が出ましたが、それ以外は、フライトはまあまあ。引込み脚もグッドです。振動を抑えるために、フレームにスティ（支持）を加えようと思います。

　1つがほぼ完成しましたが、ストックしているボディが、あと3つあります。半年くらいは楽しめるのではないでしょうか。これから寒くなるから、あまり外で遊べなくなりますし、ゆっくりと工作を楽しみましょう。

　今日は日曜日らしく、ワンちゃんたちが遊びにきません。どこかへ連れ

ていってもらっているのでしょう。スバル氏が新しいダイソンを購入し、マニュアルを見ながら、ゴミを捨てる蓋の開け方に取り組んでいました。ダイソンも、ずいぶん安くなりました。値段を下げないと、コピィ商品に負けてしまうからでしょうか。

今日のマフィンは、半分をハムで、半分は葡萄ジャムで食べました。お昼頃には、ダウンを着て、デッキで散髪をしてもらいました。コーヒーが美味しい季節です。といいながら、一年中コンスタントにホットを飲んでいます。

新作は、今日も9000文字を書いて、トータルで5万2000文字、完成度は43%となりました。このペースで進むと、あと1週間で書き上がると思います。これを書いている今日は11/10なので、11/17に終わる見込み。その後1週間ほど休憩してから、手直しをして、今月末に脱稿となります。たった今、爪を切ったから、ペースが上がる可能性もあります。『アンチ整理術』の見本が届きました。10冊です。封を開けず、そのまま書斎の床の本の山に積まれました。よく見ると、荷物にもう1冊入っていました。これは、日本実業出版社の担当編集者Y氏が、講談社経由ということで、講談社の編集者へ1冊寄贈しようと考えて同封したものです（メッセージもあり）。講談社では、機械的に郵便物を転送しているのです。申し訳ありません。

今Amazonを見たところ、『アンチ整理術』のKindle版が、「近現代日本のエッセィ・売れ筋ランキング」で8位でした。同じく印刷書籍の方は、15位でした。Kindle版の方が売れているのは、いつものことです。20位くらいまでざっと眺めたところ、町田康氏の本が11位と12位にあり、Kindleと印刷書籍がランクインしています。ほかには、どちらのバージョンも入っている本はありません。Kindleの方が多いようではあります。Kindleと印刷書籍を「同じ本」として扱えないのは、不思議な感覚です。求められている数字は、それでしょう？

同じ本でも、Kindle版の方が安い、という値段設定をしているものがあるのですね（町田氏の本がそうでした）。僕は、これまでだいたい同じ値段で出してきました。コンテンツが同じものだからです。印刷書籍は、

物体という付加価値があり、電子書籍は利便性という性能面の付加価値があります。どちらも、それぞれ考えがあることとは思います。

　日本製のサーボにして、ヘリの引込み脚がぴったりと決まり、初フライトも成功したので、大変気を良くしています。工作をしていて、こういった満足をときどき味わい、その後のやる気につながっているような幻想もあります。「やる気」というものがあるような気がする、という程度です。

　小説の執筆は、そういったモチベーションが得られにくい、と僕は感じています。自分が良いと思う作品は売れない、労力をかけたものが売れない、そんな気がしています。もっとも、売れることはどうだって良い、という綺麗事（きれいごと）が世間にはまかり通っていて、それを言う方は、読者に満足してもらえれば、とおっしゃるのですが、その読者の満足というものを、どうやって測っているのでしょうか？

　アンケートを実施しても、全体像はわかりませんよね。というか、読者個人も、自分がどの程度満足したかなんて、測れないと思います。心に残っているとか、影響力があったとか、人生を変えた一冊となったとか、いろいろ形容はあるところですが、そのほとんどは、タイミングが主たる要因となっているように思えます。たまたま、そういう状況、そういう環境で選ばれて、読まれたということです。そして、そのような個人の採点なるものを、集計して平均を取って、いったいどんな傾向が見出（みいだ）せるのか、というのも非常に疑問です。

　みんなに、自分が好きな色を選んでもらうとしましょう。その色を全部混ぜてみて下さい。すると、みんなが一番好きな色は、暗い灰色になると思います。

 自分の納得も読者の納得も、定量的に測れるものではありません。

2019年11月17日日曜日

事実を知っていれば謙虚になる

朝は霧。のちに秋晴れ。天気予報では雨でしたが、まったく降ら

ず。夜も降らなかったので、枯葉はかさかさ。でも、地面に広がっている量は少ないため、今日は落葉掃除をお休みにして、明日一網打尽にしましょう。

今日も、ワンちゃん会議がありました。1匹少なかったのですが、毎日同じように匂いを嗅ぎ合い、お互いの存在を確認しているようです。これが、毎日の楽しみなのでしょう。人間でも、これと同じような人たちが大勢いるような気がします。

スバル氏がショッピングに出かけたので、留守番をしつつ、工作室でヘリコプタの工作。昨日初フライトに成功したベル222は、振動防止のスティ（アルミで構造材を加えて剛性を高める）を取り付けました。振動というのは、固有周期の問題で、剛性と質量で共振周波数が決定します。ですから、剛性か質量を変化させると、振動する周波数が変わり、それがモータなどの回転域から外れれば、振動しないようになるのです。

そのほか、新しいヘリのメカニズムで、電源の配線を行いました。ハンダづけの作業です。風を見て、試験飛行を行いたいと思います。今日は、ちょっと風が強いので断念。この頃、少々の風は大丈夫なのですが、ニュートラルの出ていない初飛行では、無風の方が特性がよくわかる、というわけです。

新作の執筆は、今日は1万文字を書いて、トータルで6万2000文字、完成度52％となりました。ようやく、ストーリィの全貌が見えてきた感じがします。このペースで、あと6日で書き上がります。『つんつんブラザーズ』のカバーデザインが送られてきました。一発OKです。今までで一番良いかも。帯にのんた君の絵を使っても良いか、と編集者にきかれたので、OKを出しました。

人間、歳を取るほど頑固になるといいます。これは、自分の体験が積み重なって、もう持っているデータだけで自分は生きていける、と考えているからでしょうか。自信を持っている状態です。

しかし、人間は見間違えるし、聴き間違えるし、覚え間違えるし、うっかりミスをするし、勘違いもします。そういったことは、年齢が上がってくるほど多くなりましょう。高齢になると、自分のミスに気づくセンサも衰

えます。ミスに気づけばまだまし、という状況になるのです。

　自分が見たもの、自分が聞いたことを、確かな事実だと主張する老人は、昔からよく観察されました。きっと若いときには、自分の行動や記憶がしっかりと把握できていた人なのでしょう。他者が言ったことをしっかりと覚えていて、「あなたはこう言った」と主張し、見たものも忘れず、「いや、私は見ました」とも主張します。当人はそれが「事実」だと信じています。しかし、その意味は本来、「こう言ったと思います」「見たつもりなんですが」とするのが、精確な表現でしょう。

　科学者は、必ずこのような表現で話し、また書きます。自分が見たもの、聞いたものは事実ではないと知っているからです。実験で確かめたことであっても、その1つの条件における1つの結果でしかなく、何度も再現できるものかどうかは、わかりません。

　事実とは何か、を本当に知っている人は、自ずと謙虚になる、ということです。その謙虚さが、歳を取るほど磨きがかかるのが普通ですから、一般の方との差はより顕著となる方向のようです。

 論文によく登場する言葉は、「〜だと思われる」という断定回避。

2019年11月18日月曜日

iPhone昔話

　夜に雨が降りました（雪だったという説も）。でも、朝から晴れていて、気温は高め。犬たちはみんな元気いっぱい。

　まずは、バッテリィを充電し、一番新しい大きいヘリコプタを飛ばしました。これは、まだメカニズムだけで、ボディがありません。中古で購入したものですから、整備をし、調整をしてから、ボディに収める計画です。

　とても静かに飛行しました。風がかなり吹いていましたが、大きいだけあって、安定していました。まえの持ち主が、きちんとニュートラルなどを取っていた証拠です。さっそく、ボディの工作が開始できそうです。

　そのまえのベル222は、振動防止のスティ（支持）を取り付け、バッテ

リィの固定方法も変更しました。こちらもフライトを行い、振動が出ないことを確認しました。引込み脚も正確に作動します。気持ちの良いものです。

講談社経由で郵便物が届くようにしているのですが、今日、集英社新書『自分探しと楽しさについて』の重版見本（第5刷）が届いていました。いつの間に重版したか、また承諾なども求められていないので、担当編集者へ連絡をしたら、その彼も知らなかったようでした。今後は事前に連絡してくれるようにお願いしました。

WWシリーズの第4作は、今日も1万文字を書いて、トータルで7万2000文字、完成度60%となりました。物語は折返し地点を過ぎ、第3章に入りました。担当編集者M氏とは、このシリーズのカバーに使う写真について、今後のことを含めて相談をしました。

講談社文庫の『すべてがFになる』の誤植指摘が読者からあったらしく、ひらがなのミスでした。読者は第72刷で誤植を見つけたのですが、最新の74刷でも同じでした。次の重版の機会に修正させていただきます（感謝）。それにしても、発行後二十数年も経過している、という点が驚きです（僕個人としては、頻繁にあるミスなのですが）。

それから、『アンチ整理術』の重版が決定した、との連絡がありました。編集者Y氏が喜んでいました。「アンチ」をつけたタイトルにして良かったですね、とのこと。

雨で濡れていた枯葉も、午後にはすっかり乾燥したので、エンジンブロアを背負って、1時間半ほど掃除をしました。風向きがちょうど良かったためです。落葉率は60%くらい。まだ40%が樹に残っています。ドラム缶8基で燃やしているので、作業は捗っています。

スバル氏が、iPhone11を買いました。彼女はiPhone5だったのですが、つい最近、電話で相手の声が聞こえなくなりました。こちらの声は届いているのです。スピーカモード（?）にすると話ができたので、それで凌いでいましたが、ついに交換となりました。モニタにヒビも入っていたし、よく持ち堪えた方でしょう。ちなみに、僕はiPhone7ですが、今のところ元気ですし、無傷です（持ち歩かないから）。

それで、昨日は犬の散歩にスバル氏がついてきて、写真を撮りまくっていました。人物が浮き上がる（バックがぼける）撮り方ができるそうですが、これはソフト的な処理なのでしょうか。

　彼女が、顔認証やパスワード入力が面倒くさい、と不満げだったので、設定でやめれば良いのでは、と話すと、そんな設定はできない、と主張するのです。それで、設定方法を教えました。

　認証などをオフにするためには、認証が必要なのです。彼女は、たった今オフにしたのに、また認証を要求してきた、と勘違いしていた、というわけじゃった。それをオフにした状態だと、どこかに忘れると危険ですよ、と指導しておきましたとさ。

 僕のiPhoneはデスクに放置状態。模型の設定にしか使いません。

2019年11月19日火曜日

材料強度のスケール効果

　病院へ薬をもらいにいきました。医者と話をして、質問には、「なにも」「全然」と答えるばかりで1分間。病院にいた時間は5分くらい。家を出て20分後に戻りました。それでも、大きいけれど赤ちゃんが大喜びで出迎えてくれました。撮影すれば、1年振りにご主人様が帰還した、という動画としてアップできると思います。犬には時間の感覚がありませんからね。

　病院で、待っているとき、カウンタの中の人に電話がかかってきました。その人が、別の職員に、誰某さんが病気で来られなくなった、と伝えました。予約していた患者さんからのキャンセルだったようです。病院って、病気だから来るところのような気がして、思わず面白いジョークだな、と感心。

　落葉をどんどん燃やしました。落葉率は60%くらいで、焼却率は50%程度かな、と思います。いつも、スバル氏が芋を持ってきて、ドラム缶の中に投入します。あとで回収して食べるわけですが、どのドラム缶だっ

たかわからなくなることがあります。

　新作は、今日も1万文字を書いて、トータルで8万2000文字、完成度は68%となりました。爪を切っても、あまりピッチが上がりませんでしたね。『アンチ整理術』が重版になったので、自分へのご褒美で2000円の帽子をネットで買いました。

「ラジコン技術」誌が届いたので読みました。重さ5gのラジコン飛行機は、ちょっと凄いですね。サーボや受信機やバッテリィなどを全部含めた重量です。しかも、それらサーボや受信機すべてが市販品だという点が凄い。翼長は20cmくらいでした。

　ヘリコプタも、今では手の平にのる大きさのものが、おもちゃで普通に売っています。それに比べて、僕が作っているものの大きいこと。小さいほど、墜落などで壊れにくくなりますから、その点では有利ですが、以前に書いたように、固有周期が小さくなり、挙動が速く、操縦が難しくなってしまいます。

　大きいものと小さいものは、どちらが強いのか、という問題は、材料力学で出てきます。まず、「強い」というのは、単位面積当たりの力（つまり圧力）に対する材料の抵抗力が大きい、という意味です。大きいものの方が大きな力に耐えますが、力を断面積で割ることで、強度の比較ができるのです。強度は、同じ材料であれば、ほぼ同じだと見なせます。

　しかし一般に、鉄などの金属では、大きいほど（僅かに）強度が下がります。これは、欠陥が混在する確率が高くなるからです。どこか一番弱いところで全体の強度が決まってしまうため、大きくなるほど欠陥が含まれやすくなる結果です。

　ところが、コンクリートではこの逆になります。小さい試験体よりも大きい試験体の方が強度が高い（少しですけれどね）。どうしてかというと、コンクリートには砂利や砂が混ざっているからです。このような複合材料では、大きくなるほど、相対的に含有固体（砂利や砂など）が小さくなるため、材料が「均質」に近づくのです。コンクリートよりモルタル、モルタルよりもペーストの方が強度が高いのも、このためです。砂利が入って

いるからコンクリートが強くなる、というのは嘘。砂利がない方が強い。ただ、もっと大きなサイズになると、今度は強度が下がってきます。これは欠陥（強度のばらつき）の確率的な効果による影響です。

　小さいほど壊れにくくなるというのは、ガリレオのノートにあった、と読んだような気がしますが、ちょっと出典が確認できませんでした。

　小さい飛行機ほど壊れにくい、というのは、この材料のスケール効果とは無関係です。質量が小さい場合、衝撃（加速度）を受けたときに作用する力が小さい、という単純な理由。

 人間の場合も、体重が重い人の方が大怪我をしやすくなります。

2019年11月20日水曜日

お金があれば、という言い訳

　雨の予報でしたが、秋晴れとなりました。風が強かったものの、風向きが良かったので、燃やしものをしました。昨日のうちに大きな袋に10杯、集めておいた落葉が、あっという間になくなりました。夜の間に雨が降らないかな、と心配でしたけれど、大丈夫でした。

　今日も、一度出かけました。1人でクルマを運転して20分ほどで戻りましたが、大きいけれど赤ちゃんが大興奮して喜びました。しかたがないので、フリスビィで遊んでやりました。

　風が強く、ヘリコプタはお休み。庭園鉄道は1周だけ運行。そのほかは、エンジンブロアを1時間ほど背負って活動。夕方にも、燃やしものが沢山できました。葉がだいぶ散ったおかげで、青い空が広く見えて、新鮮な風景です。特に、夜は月明かりが地面を白く照らしています。

　新作は、今日も1万文字を書いて、トータルで9万2000文字、完成度は77％となりました。あと3日ですね。

　ヘリコプタの窓を作っています。ポリカーボの透明板を、窓の穴の内側から貼り付けるだけですが、手が届かない場合は、簡単ではありませ

ん。外側から中央部を引っ張るしかないわけで、テープなどで準備をしておきます。接着剤はエポキシ。これを周囲に塗っておき、そっと内部に入れて、所定の場所へ持っていきます。エポキシが硬化するまでの30分間を、どのように仮固定するのかが、頭の使いどころ。1日に1箇所しかできません。地道な作業です。こういうじっくりと取り組む工程が、僕は大の苦手です。ようやく、最近少しだけ克服できたかな、と自分を評価しています。

　他人がなにかを楽しんでいる様を見て、「やってみたいな、お金があったら」と呟く人が非常に多いことが観察されます。これは昔からそうでした。かつては、今よりも平均してみんなが貧乏でした（ものが高かった）ので、よほどのお金持ちでないかぎりできないことが沢山ありました。たとえば、スポーツカーを運転したい、海外旅行をしたい、スキューバダイビングがしてみたいなど。部屋いっぱいに線路を敷いて鉄道模型を走らせたいとか、大きなラジコン飛行機を作って飛ばしたいとか、そういった趣味のものは、ほとんどすべて、「お金があったらな」という対象でした。

　今は違います。誰でもできるようになりました。少なくとも、どれも値段が劇的に下がりました。僕が若いときに、ヨーロッパへ旅行すると飛行機の往復だけで100万円はかかりました。当時、初任給も10万円ほどだったのです。テレビだって何十万円もしました。外国の自動車は格好良いけれど、普通の稼ぎでは買えませんでした。どれも、今は「それほどでもない金額」になっているのです。たしかに、お金は必要ですけれど、不可能な対象が激減したのは確か。

　それなのに、「お金があったらな」という言葉が出てしまうのは、「私はお金がないからできないのだ」と自分に対して言い訳をしているからでしょう。そういう人は、たとえお金があっても、たぶんなにもしない、なにもできない。そして、「時間がない」「家族の理解が得られない」「自分には難しすぎる」「もう少し若ければできたのに」と、次なる言い訳を考えることでしょう。

本当にやりたいことがある人は、既にそれをしている人なのです。

2019年11月21日木曜日

同じであることに価値がある？

　朝は霧でしたが、秋晴れ。風も穏やか。まず、燃やしものをしました。火の近くにいると暖かいので、寒い朝にはうってつけです。昨日集めておいた袋10杯を焼却しました。秋空が頭上に見えるので、この新しさが綺麗。

　芝生で3機のヘリをホバリングさせました。楽しいですね。緊張感を味わえます。ヘリコプタは、広い場所では飛行機とほぼ同じように縦横無尽に飛ばせるわけですが、それをするなら、飛行機の方が面白いでしょう。ホバリングができる点が、やはりヘリコプタの一番の醍醐味です。自分から数メートルのところで浮かんでいるのですから。

　新作は、今日は1万2000文字書いて、トータルで10万4000文字、完成度は87%となりました。あと2日で書き終わる予定ですが、当初の見込みである12万文字よりも長くなる可能性が大。ですから、100%では終わらないかと。

　『つんつんブラザーズ』のオンデマンド見本が届きました。栞のカラー見本もあり。明日にも確認してメールで答えましょう。あとは、電子版の見本の確認だけとなりました。今年最後の出版物です。

　ガレージで、お使いブル公の箱を見つけたので、中身を確かめました。まえのまえの引越しのときに、箱に入れたままで、一度も出していませんでした。箱そのものもビンテージですが、僕は構わずガムテープで蓋をしていました。これは、グリコの景品（応募すると抽選でもらえたもの）でしたが、僕はオークションで10万円で買いました。壊れていたので、リモコンを自作して復活させました。自由に動かし、口を開けて、ものをくわえることができます。赤いのと青いのがあり、どちらも持っています。今日出てきたのは赤い方（雌）でした。

ネットの個人の発信の多くは、他者になにかをすすめるものです。僕は、そういうことをしない方だと自覚しています。インターネットは作家デビューまえからやっていましたが、その当時は、自分が持っているもの、知識などを、少しずつ紹介していました。それらを人にすすめているつもりはまったくなく、参考になる人がいれば幸い、興味を持った人はなにか質問してくるだろう、というスタンスでした。

　ところが作家になったあとは、ブログになにかちょっと書くと、ファンの方が同じものを買った、同じところへ行った、とメールを送ってくるようになりました。これが、僕にはどちらかというと苦痛で、すすめたつもりはないのに、他人にそのような影響を与えたことに責任を感じるばかりでした。だから、できるかぎり、その種のことはやめよう、と決心したのです。

　たとえば、読んだ本、面白かった映画なども、よほどのことがないかぎり、僕は書きません。人に影響を与えたくないのです。それぞれの自由は、それぞれで作ってもらいたい（本来それが自由というもの）、と考えています。

　同時に、同じものを持っていて、同じものを見て、同じ体験をしたからといって、親近感を抱くこともありません。ああ、同じですね、というだけのことです。そこに価値を感じません。ペアルックなんかも、意味がわかりません。むしろ、違っている方が、その人と親しくなって、話したいな、となるように思います。

　自分をわかってもらいたい、ということで、自分のことを書く、というのが一般的だと観察されますが、「同じであること」をそこまで無理に追い求めなくても良いのではないでしょうか？

　シェルティを飼っている人に出会っても、特に嬉（うれ）しくはありません。だって、あなたのシェルティと僕のシェルティは同じものではありませんから。同じ本を読んだからといって、感じたこと、イメージしたものは、全然違うはず。何がそんなに嬉しいのでしょうか？

 むしろ、同じであることが気持ち悪い、と思う方が自然なのでは？

同じであることに価値がある？

ロボットがブルドーザを運転

　朝から晴天。まず、昨日の夕方に集めておいた枯葉11杯を燃やしました。あっという間になくなりました。朝は霜が降りていて、氷が張っていた、という話も聞きましたが、庭園内にはありませんでした。緑の葉はなくなり、オレンジか黄色になりました。落葉率は70％、焼却率は60％といったところかと。

　『つんつんブラザーズ』のオンデマンド版と再校ゲラをつき合わせて確認しました。栞のゲラも来たので、インクの色を決めました。新作の執筆は、今日は1万文字書いて、トータルで11万4000文字、完成度は95％となりました。予定どおり明日終わります。

　午前中は、スバル氏と一緒にホームセンタへ行きました。レーキ（熊手）とスコップを購入しました。落葉掃除も佳境ですが、それ以外にもレーキはいろいろな用途があります（たとえば、芝生のサッチ取りなど）。それから、マックに寄って、それを帰宅後に食べました。

　お使いブル公を書斎で動かして遊びました。グリコの景品では、おしゃべり九官鳥や、せっかち君、おとぼけ君などがありました。全部、大人になってから骨董品として入手したものです。おもちゃとしてよくできているし、50年まえといえば、日本のおもちゃ業界が力を持っていた時期だったのです。そういう時代に子供だったので、一生おもちゃで遊ぶ人間になったのでしょうね。

　最近完成したヘリコプタ、ベル222を何度か飛ばしましたが、一度タイヤが1つ出ないトラブルがありました。着陸すると傾いてしまい、ロータを地面で打ちそうになりましたが、なんとか無事でした。原因は、ボディの穴にタイヤが引っかかるためで、もう少し穴を広げる工作を昨夜しました。たぶん、もう大丈夫でしょう。同時に、新しいヘリコプタの製作を始めています。今度も大きいサイズです。このところ、サイズが大きくなって、バッテリィの充電にも時間がかかるので、少し大きめの充電器をネットで購入しました。

ブリキのおもちゃで、熊やパンダが三輪車に乗っているものがあります。たいていゼンマイ駆動です。それくらいは、まあ許せますが、鉄腕アトムが乗っているものがありました。鉄腕アトムがどうして三輪車に乗らなければならないのか、その必然性というかシチュエーションが疑問です。僕が子供の頃に、怪傑ハリマオという子供向けのドラマがありましたが、ハリマオが三輪車に乗っているおもちゃを見たときは、子供心に幻滅したものです。それくらいなら、まだ良い方で、ウルトラマンや鉄人28号が三輪車を漕いでいるおもちゃもあるのです。それは、もの凄く大きい三輪車を誰かが作った、という設定なのでしょうか。

　人が乗っているものを作ると、その人を白人にするか黒人にするかで、買ってもらえない国があったそうです。それで、当たり障りのない熊になったと聞きました。同じ目的なのか、ロボットがなにかをしているおもちゃも多いのです。たとえば、ロボットがブルドーザを運転しているおもちゃがありますが、それをするなら、ブルドーザをロボット化するべきでしょう。ロボットに運転させることはありえないシチュエーションです。こういったことは、子供に正しく教えないといけないと思われ、教育的にもう少し検討すべきだったのではないでしょうか。

 ロボットが人間と同じ形をしている**必要性**もほとんどないのです。

２０１９年１１月２３日土曜日

お守りを持ったことがない

　朝は濃霧で、そののち晴天。朝一番で、燃やしものです（毎日同じ）。昨日の夕方集めておいた袋10杯の枯葉を燃やし終わって一息つき、コーヒーを飲むと、9時頃でした。それから、工作を始めるか、ヘリコプタを飛ばすか、鉄道の列車を出すか、などと考えていたら、スバル氏が焼きリンゴを作って持ってきてくれました。

　日曜日なので、ワンチャン大集合で9匹が集まりました。大盛況です。大きいけれど赤ちゃんの人徳かもしれません（誇張）。そのあと、スバル氏

とちょっとドライブに出かけ、高原のハイウェイを走りました。森がオレンジ色で、杉でしょうか、針葉樹が黄色になっていて綺麗でした。行楽シーズンでもなく、そんなに混んではいません。買いものもして、お昼過ぎに戻りました。

　午後は、ヘリコプタを飛ばしたり、列車を走らせたり、小さな機関車を走らせたりして遊びました。遊ぶことが多すぎて、忙しくてしかたありません。買ったばかりの充電器は、ワットが大きくて、大きいバッテリィを素早く充電できます（しかも、2つ同時に）。これは非常に時短となります。風が良くて、飛ばしたいな、と思ったときにすぐ飛ばせますからね。散らかっているガレージの掃除をしたいのですが、また今度。

　新作は、今日は1万2000文字を書いて、トータルで12万6000文字となり、完成度は105％になりましたが、まだ終わっていません。エピローグに入ったところなので、あと30分程度、明日は確実に書き終わります。1日遅れとなりました。そろそろ、また「子供の科学」の連載を書きます。明日以降考えましょう。

　クリスマスが近づいてくると、スバル氏が毎年イルミネーションやツリーの飾り、あるいはリースなどを作ります。特にそれを見る人はいないのに、誰のためにやっているのか、きいたことはありませんが。自己満足なのでしょう。一方、僕はシーズンに関係するような行為をしたことがありません。正月の注連縄をクルマにつけている人が、かつては多かったのですが、今はどうなのでしょうか。

　そういえば、なんとか八幡宮のお守りなどをクルマや鞄にぶら下げている人も大勢いました。小学生の頃には、ほとんどのクラスメートがお守りをランドセルに付けていました。また、どこの家に行っても、部屋の高いところにお札が貼り付けてありました。今はどうなのでしょうか？　あの頃だけの流行だったのかな。

　お守りで連想しましたが、かつてはケータイに沢山のストラップを付けている人を見かけました。今もスマホに付けているのでしょうか？　スマホって、そういえば、ストラップを付けるところがありませんよね。だから、するっと滑って落としやすい。モニタが割れた、というのはよく聞きま

す。そういうデザインになっているのかもしれません。

　デジカメが世の中から消えている、と聞きます。というか、カメラが消えていくのでしょうね。シャッタを右手の人差し指で押しましたけれど、今の人たちは、その動作に慣れていないから、カメラを持たされても、どこを押すのかわからないかも。有名人に向けてフラッシュが沢山光るような光景も、もう見られなくなっていることでしょう（護送車の中の被疑者を撮るときだけ?）。

 デジカメも当初はフラッシュが装備されていましたね。懐かしい。

<hr />

2019年11月24日日曜日

戦略的になろう

　朝から冷え込み、青空が広がりました。燃やしものはいつものとおり。ヘリコプタも風が出ないうちに1フライト。動画も撮りました。スバル氏は、この時期は毎年、大量の球根を買い込んで、庭園内に植えて回るのですが、今年はもう放置の模様。そろそろ、自然に還（かえ）そうか、との気持ちからかもしれません。

　ヘリコプタの工作は、またも大型なので、工作室での取回しが大変です。工作台の上をもっと整理しないと、危ない感じがしてきました。あと1回、メカニズムだけで試験飛行をしたら、分解して組み込む作業にかかれそうです。

　今日、また新しいヘリコプタが届きました。中サイズで、完成している中古品です。同機種で同塗装のヘリを既に2機持っているにもかかわらず、買ってしまいました。それくらい好みのタイプなのでしょう、きっと（キットではありません）。

　新作は、最後まで書くことができました。13万文字で終わりましたので、完成度は108%でした。来年の6月刊となる予定です。この手直しは1週間後くらいから始めるつもり。WWシリーズは、来年も2冊ということですね。2020年は、あと1作小説が出る予定で、それは12月に書き始

戦略的になろう

291

めることになりましょう。

さっそく、次の仕事。「子供の科学」の連載第13回の文章を少し書きました。来年3月発行の4月号に掲載予定の分。除雪車について取り上げました。ちなみに、来月に出る号が信号機、1月と2月に出る号は、蒸気機関車の話題です。

たとえば、今日の場合、2週間くらい毎日書いてきた新作の最後の部分を書く仕事があったわけですが、朝起きたときなどに、今日は何の執筆をするのだっけ、と思い出せませんでした。モニタの前に座って、ウィンドウを開いて初めて、ああ、そうか、これか、となります。また、最後の数行を読んで、ああ、こんな話だったのか、と思い出します。何度も忘れて、何度も思い出す、という頭のアクセスが、ずっと考え続けるよりも、新たな発想を生みやすい、と（僕の場合は）感じます。これは、効率の問題ではありません。世間では、効率を重要視しすぎ。効率なんて、機械に任せておけば良いのです。

今日の夜は雨が降るみたいなので、落葉を12袋集めて、それらを屋根がある場所へ移しておきました。いつもは庭園内のいたるところに放置してありますが、それらが集結した感じです。もっとも、トンネルの中や玄関ポーチ、ガレージ、工作室前など、雨が当たらない場所はいろいろですから、1箇所に2〜5袋です。明日の朝晴れていたら、すぐ燃やせます。

午後は、小春日和となり、ぽかぽかと暖かく、防寒の上着がいらなくなるほどでした。今日は、ヘリも飛ばしたし、鉄道も走らせたし、落葉も燃やせたし、明日の分も集めたし、新しい模型も届いたし、なかなか充実した日でした。そういえば、新作も書き上がりましたからね（思いついたように）。

大きいけれど赤ちゃんは、スバル氏から「そのうち人間の言葉をしゃべるようになる」と言われているほど賢く、たとえば、「ちょっとお尻見せて」とか、「あ、種がついているよ」と呟くだけで、耳を後ろにやり、神妙な顔をします。道路を歩いているとき、自動車が近づくと、脇へ退いて、お座りをして待ちます。

兄貴には絶対に逆らいません。この上下関係は、犬の場合は絶対的のようです。兄貴がおもちゃを持って走っていると、少し離れたところから眺めています。でも、ときに3mほど近づくことがあります。すると兄貴は牽制して吠えます。吠えたときにおもちゃが落ちるわけです。兄貴は、大きいけれど赤ちゃんを追いかけますが、ぐるりと別の経路から回ってきて、兄貴が落としたおもちゃをくわえるのです。

　人間も、この程度には戦略的になった方がよろしいかと。

 戦略は戦術より広い意味を示します。この広さを理解しましょう。

2019年11月25日月曜日

何故複雑にしてしまうのか

　朝は濃霧で暖かく、散歩は楽でした。そのまま晴れて、小春日和となりました。毎朝のワンちゃん会議は、各家庭の事情があって（事前に聞いていました）、全員は集まらず、4匹だけの集会となりました。

　10時頃にクルマで出かける用事があって、1時間ほど家を空けました。帰ってきたら、大きいけれど赤ちゃんが、またも大喜びしました。毎日いなくなった方が喜ぶということですね、これは。

　まだ午前中でしたので、昨日集めておいた12袋の落葉を燃やしました。夜の間ずっと雨が降っていたので、地面の苔が輝いています。落葉は濡れましたが、午後には乾燥するはずです。また、集めておきましょう。

　ランチは、マフィンを焼いて、ロースハムをのせて食べました。チューブのバターとマヨネーズです。飽きませんね。

　写真や動画をアップすると、世界中からメールが届きますが、面白いことに、鉄道模型は、やはりヨーロッパからが多いし、ラジコンの飛行機やヘリコプタは、アジアや中東が多い。かつて、鉄道は最先端の乗り物でしたから、鉄道模型が子供たちの憧れでした。それが今の大人の世代。その文化が、イギリスやドイツにはあります。一方、今発展し

つつある国々では、鉄道模型よりは空を飛ぶ模型なのでしょうね。ジャイロモノレールも、インドやトルコなどからよくメールが来ます。

今日は、「子供の科学」の文章を少し直した程度。作家の仕事はほぼしていません。お休みです。そろそろクリスマス休暇でしょうか（早い）。

昨夜の森家の食卓で、芸能人は麻薬などで捕まったときに、賠償を求められるようだけれど、それはCMなどの契約時に、万が一そうなった場合にはいくら、と金額を定めてサインをしているのだろうか、という話題になりました。もし、そうでないのならば、いちいち裁判をしたりするのでしょうか。面倒な話ですね。

TVというのは、スポンサからの収入で成り立っているので、番組に芸能人を使うときには、万が一の場合にはどうするのかを契約するか、あるいは保険をかけたりするのかな（そんな保険があれば）。その場合、疑わしい役者とそうでない役者では、保険料が違うのかな、などとも話しました。他人事だし、興味もないので、安気な話題でありました。

NHKはスポンサがないわけだから、既に収録してしまったものは、そのまま放映すれば良いのではないか、と僕が言ったら、スバル氏は、それは視聴者が許さないでしょう、とおっしゃいました。僕が視聴者だったら許しますけれどね。視聴者の一部が許さない程度の番組って、普段からけっこうあるのではないですか？

既に収録してしまったものは、つまり過去の仕事で、その時点では制作者は知らずに採用しているわけで、なにも悪いことをしていません。そのように過去の行為に対して、公開や販売を自粛したり、余計に金を使ってやり直しをするというのが、僕には理屈がわかりません。

また、その人物が駄目であっても、その仕事の成果まで否定する理屈は何だろうか、とも考えます。画家が麻薬を持っていたら、彼が描いたすべての絵の芸術的価値がなくなるのでしょうか。もちろん、感情的に「不愉快だ」という方はいらっしゃるでしょうから、その場合は関わらないで、商品を買わなければ良いし、作品も見なければ良い、と思います。犯罪者となった人の作品を売ってはいけない、という法律があるの

なら、そうしなければいけませんが、そんな決まりもありませんよね。

　いたって単純な話を、どうしてここまで複雑にしてしまうのでしょうか、といつも首を捻っています。

 もっと不思議なのは、ほとぼりが冷めれば復帰できることですね。

2019年11月26日火曜日

法が裁く、という意味を今一度

　朝から晴天。霜が降りて、風景は真っ白でした。これから、だんだん森が白くなってきます。犬たちは、裸ん坊で散歩にいきます。寒い国の犬なので、元気です。昨日の夕方は、近くの牧場まで羊を見にいきましたが、羊は防寒していますね。

　スバル氏がエステに出かけたので、犬たちと一緒に留守番でした。といっても、今日は宅配が来ないので、庭仕事（落葉掃除ですが）はできました。ブロアも1時間半くらいかけたし、燃やしものもしました。

　中古の小さいヘリを入手したと書きましたが、スケール機の完成品です。ラジコンヘリばかり増えているのですが、小さい機関車と比べても2分の1か3分の1の値段です。買ってしまいますよね。今回は、手持ちの送信機（プロポ）を使うことにしました。プロポは、複数（30機くらい）の機体の設定を記憶できます。受信機とバインド（デジタルなので、カップリングをします）するため、所定の手順を踏んだのですが、上手くいきません。それで、ネットでいろいろ調べたら、マニュアルにはない箇所の設定をしろ、とあったので、やってみたら、上手くいきました。こういうことが非常に多い。ネットがなかったら、どうなっていることでしょう。

　講談社文庫『今はもうない』の重版の連絡がありました。第46刷になります。今日も、作家の仕事はしていません。1日に1時間程度（平均するとそれ以下ですが）の作業であっても、毎日すると決まっているとストレスになります。やらなくても良い日は安楽です。

　昨日書いた、複雑にしてしまう要因について、もう少しだけ書いてみま

しょう。珍しいことです（暇だからでしょう）。

　近頃のネット社会というのは、ある個人の失策に対して、総攻撃することが多く、社会が未熟なのかな、と感じさせられます。社会というよりも、ネット社会が未熟なのかも。

　本来、法治国家であり、法に触れることをすれば、法によって裁かれます。犯罪は、もちろん非難される行為ですが、無関係の人たちが大勢で個人を攻撃し、たとえば署名を集めたりして、罪を重くしてほしい、といった運動をするケースもしばしば見受けられます。

　もちろん、法律も未熟な部分があるので、そういった運動によって将来的に改善されるものもあり、もっと良い法律にしよう、というのは正常な気運だと思います。けれども、既に起こってしまった犯罪に対しては罪を重くすることはできません。それを、大勢の声を集めれば、なんとかできるだろう、と考えるのは間違いだと僕は思います。この精神は、群衆が犯罪者を裁くリンチに近づくものではないでしょうか。

　ネットが普及し、大勢の声が集めやすくなり、いかにも力を結集できると感じさせます。そんな雰囲気を利用しようという活動が生まれています。「民意」という曖昧な言葉を、政治家が口にすることも増えました。事実そのようにして革命が起こり、結果的に良い方向へ向かうことも、ないわけではありませんけれど、多くの場合、暴力が伴います。あくまでも、社会の秩序は、法律で守られるものではないでしょうか。

　悪いことをした人を、無関係な人たちが罵倒することは、みんなで石を投げつけるような、未熟な社会の様相です。多くの人たちが、ネットの威を借る狐になっているのかも。

 悪者を叩くことが「正義」だという幻想を見ているのでしょう。

２０１９年１１月２７日水曜日

次なるプロジェクトは？

　今朝は氷点下5℃でした。秋晴れです。最後の落葉が雪のように

降っていました。落葉率は80%、焼却率は70%です。今日も、ブロアと燃やしものに勤しみました。落葉掃除もそろそろ佳境です。冬がやってきますね。

　大きいけれど赤ちゃんは、毎朝、僕のベッドに乗って、すぐ横で仰向けになって躰をすり寄せてくるのですが、そのときに、頭の方向が僕とは反対なのです。つまり、僕の顔の横に尻尾や後脚が来て、それをぴんと真っ直ぐ伸ばしているのです。頭は遠くなるので、撫でようにも手が届きません。

　庭仕事をするまえ、8時頃にしたのは、ヘリコプタのフライトでした。一番新しい小さいスケール機を無事にホバリングさせました。中古でしたが、まえの持ち主が残したドキュメントがあり、その設定に従ってプロポの値を設定。ただし、その人は、ガバナ（定回転設定）を使っていて、これはモータの回転を一定にして、ロータのピッチだけでコントロールする手法です。たしかに、安定は良いのですが、僕は、ロータが回り始めたり、ゆっくりと回転を落とすときの音が好きなので、そこだけ自分なりの設定に変更。でも、問題なく飛びました。こういった数値の設定が、ラジコンヘリの真髄で、だんだん自分なりのデータが整ってくるのです。

　夕方の犬の散歩で、今日は大きいプードル3匹とブルドッグ1匹を連れた2人の白人女性と出会いました。大きいけれど赤ちゃんよりプードルの方が大きいので、吠えないように言い聞かせて近づいたら、むこうが吠えました。たいてい躰の小さい方が吠えますけれどね（人間もだいたいは弱い方が吠えます）。

　作家の仕事はしていませんが、「子供の科学」のポンチ絵を頭の中で思い描きました。5分くらいかな。あと、『つんつんブラザーズ』の栞の刷り見本を確認しました。こちらは3秒くらい。

　ガレージの掃除をしました。掃除機は、ヘンリィが地下倉庫へ下りているので、工作室の掃除機を持っていきました。しかし、なんか吸込み力が弱く、まず外でフィルタの掃除をしてから行いました。この工作室で使っている掃除機は、ダイソンではありません。業務用みたいな大き

いやつです。

　この頃は、1日に3時間くらい落葉掃除をしているのですが、まもなく終わってしまいます。その代わり、12月からは、工作の時間が増えます。今は、8つくらいのプロジェクトがあって、1日に3つか4つの作業を進めます。来月からは、新しいプロジェクトを加える予定です。楽しみです。

　ヘリコプタは、24号機まで買ってあって、そのうち実際に飛んだ順番で、何号機とナンバが決定します。昨日飛んだものが22号機になりました。ですから、飛んでいないものが、あと2機。メカニズムだけで飛ばして調整しますが、そのときにナンバが決まり、のちにボディを被せて、そのあとまた飛ばして、完成となります。1年足らずの間に、20機も買ったり作ったりしているのですね、凄いですね。来年はまた別のものにハマりそうな気がしています。

 ヘリにこんなにはまったのは、新技術がそこにあったからでしょう。

2019年11月28日木曜日

「めでたい」とはどういう意味か

　呆（あき）れるほど、秋晴れが続いています。夜の雨は、1週間に1回くらいで、乾燥しすぎ。みんな（といっても主にスバル氏ですが）が雨を待っている感じ。今日も、朝は寒かったので、庭仕事はお休みにしました。そのかわり、エンジンブロアの小さい方のメンテナンス。夏のオープンディのときに、デモンストレーションで始動しようとしたのですが、かかりませんでした（しかたがないので、大きいエンジンブロアをかけました）。それ以来です。

　やはり、何度トライしても始動しません。キャブを少しだけ分解し、オイルを吹き付けても駄目。しかたがないので、キャブをすべて分解し、ニードルの部分に、キャブ掃除用の針を差して、詰まりの除去をしました。このキャブ掃除用針を買って以来、エンジンの調子が悪くなっても、自分で直せるようになりました。今回も、これで元気に始動しました。つまり、燃料噴射の細い管が詰まっていたわけです。

大きい方のエンジンブロアが活躍するようになり、小さい方は、屋根に上がってサンルームの上を掃除するときくらいしか使わなくなったので、これを庭園鉄道のブロア車に搭載する算段をしました。過去に電動ブロアでブロア車を作りましたが、発電機と一緒に走らないといけないため、出動が面倒だったのです。エンジンブロアだったら、単独で機能し、いつでも（調子が良ければ）紐を引くだけで始動します。

「子供の科学」のポンチ絵の下描きをしました。明日ペン入れすれば、明後日には発送できそうです。同誌の編集部からは、2月号（連載第11回）のゲラがpdfで届き、確認をしました。ですから、明後日くらいから、WWシリーズ第4作の手直しが始められる予定。

　お正月になると、皆さんが「おめでとうございます」とおっしゃいます。この「めでたい」とは、どういう意味でしょうか？　意識して使っていますか？

　もともと「めでる」つまり「愛でる」という動詞があるので、それをしたい、という願望ですから、本来の意味は「愛したい」に近いはずです。

　辞書によると、「めでたい」は、「喜ばしい」「けっこうだ」「麗しい」「立派だ」「祝うべきである」「人が良すぎて欺かれやすい」などの意味が載っています。このうち、正月や結婚式で言う「おめでとうございます」は、「喜ばしい」や「祝うべきである」の意だと思われますが、それだったら、単に「私は嬉しい」と言う方がわかりやすいのではないか、と僕は感じます。「祝うべき」といわれると、「べき」の部分がパワハラめいていて、それは人によってさまざまでしょう、とお応えしたくなります。

　ところで、人が結婚したり、誕生日を迎えたり、子供が生まれたりすると、「おめでとう」と無関係の人まで言いますが、何がそんなに嬉しいのか、不思議です。たとえば、結婚とか出産などは、むしろ「これから大変だな」と思いませんか？　誕生日にいたっては、「歳を取るのがそんなに嬉しいのか」と思いますし、しかも、その1日で1年分の歳を一気に取るのではなく、毎日少しずつ取ってるのですから、なおさら不思議で

す。

　馬鹿な人のことを「おめでたい奴だ」と言うのは、昔からよく耳にしました。そのうち「天然」が近い意味で使われるようになりましたが、ニュアンスはだいぶ違いますね。結婚した人に、「おめでたい人たちですね」と言わないように。

 嬉しいときに、みんなで祝おうとするのは、人間の性でしょうか。

鉄道模型の雑誌

　朝は濃霧。早朝は霧雨。気温は高く暖かく感じました。葉が落ちたため、庭園は非常に明るくなりました。気温は下がっているわりに日射しのため暖かく感じます。夏になると葉が繁って涼しくなるのと反対で、つまり、自然が寒暖を和らげてくれていることになります。

　昨夜は工作室で木工。ノコギリやインパクトドライバを使いました。騒音を夜に出せる場所なのです。庭でジェットエンジンも始動できますからね。

　今日は、その木工の続きをしました。昨日直したエンジンブロアを、車両に組み込んで、落葉を除去する除葉車にしました。以前は電動ブロアを使っていましたが、風力が弱いのと、発電機が一緒でないといけないので出動が面倒でした。ほぼ工作が終わり、屋外でスプレィ塗装もしました。明日から稼働させましょう。

　「子供の科学」の連載第13回で、ちょうど除雪の話を書いているところでした。それに、落葉掃除も出てきます。今日は、ポンチ絵にペン入れをし、写真も整えました。消しゴムをかけてスキャンし、編集部へ発送しました。お終い。

　明日から小説の手直しを始められます。これを書いている今日は、11/23ですから、月末まで1週間あり、今月中の脱稿を目指しましょう。

　ランチは、スバル氏が作った蕎麦でした。どこかから、蕎麦を取り

寄せたみたいです。もしかして、今が旬？（スバル氏は旬が好きなので）

　ネットを見ていたら、昨日が「いい夫婦の日」だったみたいです。だったら、今日は「いい兄さんの日」でしょうか。明日は「いい通報の日」、明後日は「いい双子の日」、その後、「いい風呂の日」「いいツナの日」「いい通夜の日」「いい服の日」と続きますね。

　「鉄道模型趣味」誌の編集長を長く務められていた石橋春生氏が亡くなられた、というお知らせをいただきました。ペンネーム赤井哲朗でも広く知られた方です。ジャイロモノレールの記事を載せていただくとき、井上昭雄氏のご紹介で帝国ホテルでお会いし、1時間ほど3人でお話をしました。2009年のことだったはず。10年まえですね。そのとき、井上氏も石橋氏も既に80代でしたが、どちらが歳上なのか、わからない、と井上氏はおっしゃっていました（井上氏が歳上でしたね）。

　その後、石橋氏とはメールでしかやり取りをしていませんが、毎号まず読むのは、氏の書かれる「編集者の手帖」でした。戦後の創刊で、以来70年間も同誌の編集に携わってこられたのです。ちょっと例がないことかと。

　「鉄道模型趣味」は、ここ数号、なかなか面白い記事が増えているように感じます。長く存続してもらいたい、と思いますが、できれば電子化してほしい、というのが唯一のお願いです。僕は、日本の鉄道模型の雑誌は、この1誌だけしか読んでおりません。

　アメリカの「Garden Railways」誌は、ちょっと勢いがなくなってきました。薄くなっていますし隔月刊です。それに比べて、イギリスの「Garden Rail」誌は、月刊だし、相変わらずのクオリティです。アメリカの方がファンが多そうですが、不思議ですね。イギリスには、16mmスケールというナローゲージのジャンルがあって、これが、アメリカや日本にはありません。「Garden Rail」は、主として16mmスケールなのです。ファン人口が多い広いジャンルよりも、人口が少なくてもマニアックなジャンルの方が雑誌は売れる、ということですね。日本の出版界も、ようやく気づき始めたところでしょうか（遅いかも）。

2019年11月30日土曜日

スポーツって虚(むな)しさを教えるもの?

　夜はずっと小雨(こさめ)。朝は濃霧。10時くらいから晴れてきました。まず、昨日集めておいた落葉を燃やしました。それから、ブロアで掃き掃除。

　ヘリコプタは、2機を飛ばしました。片方は大きいメカニズムだけのもの。これは、ほぼ合格。今日から分解して、ボディの中に入れたいと思います。もう1機は小さいスケール機。こちらは、アンプ（モータコントローラ）のプログラムが不調で、ときどき上下して危ないので、再調整をしていますが、どうもまだ駄目。アンプを換えた方が良さそう。ところで、ヘリコプタは、寒いほど浮きやすいのです。寒いところでは、離陸が有利になります。どうしてか、わかりますか?

　庭園鉄道も2列車が運行。完成したばかりのブロア車を機関車で押してゆっくり1周し、そのあと通常の列車が走りました。カーブで噴射が外側へずれるので、これを解決する方法を考えました。でも、工作は面倒。

　スバル氏が買いものに出かけたので、犬たちと留守番。フリスビィで遊んでやりました。夕方の散歩では、また羊の牧場へ行きました。このまえは、スバル氏を餌(えさ)やり係の人と間違えて寄ってきましたが、今日は近くへ来ませんでした。

　WWシリーズの4作めの手直しを、10%だけ行いました。明日から1日15%ペースで進めたいと思います。

　まえにも書いたことがありますが、現代のスポーツというものを、ちょっと離れて眺めていると、結局は年齢が若い選手が有利だということ。トップに立てても、数年で衰えてしまう。年齢には勝てないわけです。もう少しルール的に工夫ができないものでしょうか。練習をしたり、技を磨いたり、経験を重ねることよりも、若い肉体の方が優(まさ)っている、という勝

敗になりがちな点が、あまりにも虚しい世界だな、と人々に感じさせるような気がします。

　もちろん、頭脳の勝負である囲碁や将棋でも、若い人が台頭しているので、これも同じかもしれません（でも、スポーツほどではない）。

　たとえば、社会一般における勝負などは、年齢に関係がありません。ビジネスであれば、年配者であっても勝負になるはずで、経験豊かなことが効いてくるし、逆に、若者が不利なものもあります。

　音楽や舞踊などでは、高齢になって磨きがかかることが多々あるようです。文芸などでも、やはり「味」が出てくる、などと表現されるものがありましょう。だいたい芸術分野は、高齢でも第一線で活躍する人が非常に多く、体力の限界で引退しなくても良いのです。

　もちろん、人間関係が効いてくる、という場合もあるはず。また、他者から評価を受ける場合は、長く続けることで評価が上がりやすい傾向もあります。逆に、若い才能は、突出しているほど、周囲には理解されない場合も多いかと。

　スポーツは、肉体的なものが大部分だから、しかたがないのかもしれませんが、10代がピークになってしまうような競技は、なにか工夫が足りないような気がしないでもありませんが、いかがでしょうか？　子供のときはできたのに、大人になると駄目になるなんて競技は、将来性とかではなく、「今のうちだ」と指導するのでしょうか。

 体操やフィギュアは、体重が軽いうちが有利なように思えますが。

12月

December

ヘリコプタの構造的限界

　昨夜と今朝はずっと小雨。その後は濃霧。10時くらいから晴れてきて、最後の落葉が雨霰（あめあられ）のように降りました。落葉率は95％になりました。今日は、燃やしものはしていません。午前中は、ブロア作業を2時間ほどして、ランチはサンドイッチを食べました。ブロアをかけた場所も、かけ終わったときには、ほとんど落葉で地面が覆（おお）われていました（それでも、かける意味はあります）。

　税理士さんとメールで打合わせ。今年の支出と収入リストで内容とか説明を加えました。僕の場合、買いものはすべて口座から引かれるので、すべて記録が残っているわけです。もちろん、出版社からの収入も、すべて振込みです。現金のやり取りがほとんどありません。ですから、なにも隠せませんね。

　午後は、みんなでショッピングモールへ行きました。もうすっかりクリスマス気分です。特になにかを買ったわけではありません。カフェラテを飲んだくらいかな。沢山（たくさん）のワンちゃんと遭遇し、大きいけれど赤ちゃんは、鼻をつき合わせて挨拶（あいさつ）をしました。

　『アンチ整理術』が、またも重版になるとの連絡がありました。第3刷になります。編集者Y氏は大喜びの様子でした。また、講談社文庫の『すべてがFになる』と『女王の百年密室』が重版になると連絡がありました。前者は第75刷（先日書いた誤植が直ります）、後者は第5刷です（講談社文庫になるまえに、2社で文庫になっていますが、講談社で既に5刷です。Wシリーズの効果でしょうか）。

　今日は、新作の手直しを15％進めることができ、トータルで25％の完成度となりました。順調です。

　先日の、冬の方がヘリコプタが浮きやすい理由は、空気が冷えることで密度が増すからです。ちょうど、水より塩水の方が浮きやすいのと同じ（浮力ではありませんけれど）。このほか、ヘリコプタは、ホバリングよりも、前進していた方が燃料が少なくてすむとか、あまり知られていない特徴

があります。

　ヘリコプタの最大の欠点は、とにかくスピードが遅いこと。これは、ロータを回しているため、前進速度が速くなったときに、片側のロータが向い風になり、反対側が追い風になるためです。だいたいヘリコプタの速度の限界は400km/hといわれていて、普通のヘリコプタは300km/hくらいが限界。巡航速度は200km/h台なので、新幹線よりも遅いのです。

　これを解決するためには、前進するときには、ロータではなく翼を使うしかなく、これを実現したのがオスプレィのようなチルト・ロータ機です。オスプレィは、CH-46というタンデムの輸送ヘリの後継機ですが、CH-46の2倍速く、5倍以上遠くへ行けるし、3倍の荷物が運べます。逆にいうと、それだけ数が少なくても同じ役目を果たせるわけです。

　僕は何度か実機が飛ぶところを見ましたが、音も静かですし、速いから、音がしている時間も短い。さて、日本人はどんな理由で、このヘリを嫌っているのでしょうか？　それとも、最近ではもう悪い印象ではなくなっているのでしょうか？

 事故率も問題なし。革新的な技術は、常に反対される運命なのか。

規則正しい生活

　昨夜もずっと雨でしたが、朝には止み、晴れてきました。風のない穏やかな日です。午前中は、エンジンブロアをかけました。だいたい2時間くらいぶっ続けで、10kgのエンジンを背負って作業をしました。そのあと、燃やしものを少しだけ。庭園鉄道はお昼過ぎからの運行となりました。落葉というのは、雨のあと晴れてきて湿度が下がると、はらはらと散るようです。

　午後は、のんびりと工作をしました。でも、その半分は、いわゆる修理です。作ったものが、使っているうちに故障したり、壊れたりするの

で、メンテナンスが必要です。沢山の機関車、飛行機、ヘリコプタを抱えているわけですから、常に修理をしている状況になります。

　昔は、電化製品がそうでした。しょっちゅう故障するから、直して直して使っていました。クルマもそうだったし、おもちゃもそうでした。パソコンだって、初期の頃は不具合の連続で、いろいろ手当てや工夫をしないと性能が維持できませんでした。今は、ほとんどのものが、メンテナンス・フリーになりました。万が一故障したら、新しいのと取り換えるだけ。

　人間も、そうかもしれません。昔は、少々不具合があっても、騙し騙し使わないといけませんでした。というよりも、それが人を使う、という意味だったように思います。今は、それ以前に、人は仕事を簡単に辞めてしまうので、修理をする余裕なんてありません。どんどん新しい人を受け入れないといけない職場が増えているようです。

　新作の手直しは、今日も15％進んで、完成度は40％になりました。順調。

　この頃の僕の生活というのは、大変規則正しいものです。毎日ほぼ同じ時刻に起床し、同じ時刻に就寝します。食事もお風呂も、ほぼスケジュールが狂いません。1年365日ずっと変わりがありません。これは、大学に勤務していたときと大きな違いです。普通は、仕事をしている場合の方が規則正しく、日曜日などの休みには不規則になるのではないでしょうか？

　まず、仕事をしていると、どうしてもイレギュラな事態が発生します。急を要する仕事が突然入ります。また、自分以外の人のせいで、待ち時間があったり、予定が狂ってしまったりします。だから、規則正しくしていられないのです。

　今の僕は、そういったイレギュラな事態がない、ということです。僅かにあるとすれば、それはスバル氏が突然どこかへ出かけたい、と言いだすくらいのことです。その彼女にも、突然言わないで、せめて前日に言ってほしい、とお願いしています。

　自分としては、規則正しい方が気楽で、のんびりと物事を進めることができて、自分に合っていると感じます。犬も規則正しい生活を好みま

す。というよりも、自然の動物や植物は、ほぼ例外なく規則正しい生き方のように観察されます。イレギュラなことを嫌いますし、イレギュラとは、すなわち危険なもの、という認識なのです。

ときには羽目を外して、不規則なことをしたい、といった願望を抱いている人がいるかもしれません。それらしい人を何人か観察してみると、いつも飲みにいって、いつも悪酔して、いつも失敗していて、本当に規則正しい人たちだな、と思います。

 「不規則な」の反対の「規則な」という言葉があると良いですが。

作家になった夢を見たことがない

昨夜も夜通し雨。朝も霧雨。でも、晴れてきました。連日ほぼ同じ天気です。予報では晴れですし、レーダに雨雲は皆無なのに雨が降ります。局地的なものなのでしょう。

午前中は、ヘリコプタの工作を進めました。そのほか、機関車の細かい修理も多数（不注意で蹴飛ばして壊してしまったハッチの再生など。つまり、故障の原因は自分）。それから、ガス焚きの小さいライブスチームを走らせました。半年くらいまえに買ったものですが、ようやくのことです。

そのあと、地面の枯葉が乾いたようなので、ブロアを1時間ほどかけました。特に、ゲストハウスの周辺を重点的に実施。

スバル氏がサロンへ行ったので、ナスビのように大人しくなった犬たちと留守番でした。耳の位置がいつもと違うので、とても可愛い。よしよししてやりました。

模型が2つ届きました。いずれも中古品で購入したもので、飛行機とヘリコプタです。飛行機の方はラジコン、ヘリの方はディスプレィモデル。僕がディスプレィモデルを購入するのは珍しいことです。歳を取ったのかもしれません。

新作の手直しは、15%進んで、完成度は55%となりました。あと3日で

す（11/30に脱稿予定）。来年1月刊予定の『森心地の日々』のオビのキャッチについて確認し、OKを出しました。来年3月刊の文庫と、4月刊の新書の初校ゲラが、まもなくこちらへ届くようです。書き下ろしの新書の方を優先します。

僕は毎日夢を2本か3本見るのですが、だいたいの場合、自分は自分のままです。ただ、特に職業というか、仕事のことは出てきません。まったく知らない架空の街へ行く、というストーリィが多いからです。ほとんどの場合、どうも出張しているようですし、仲間も数人いるので、なにかの仕事に携わっているようではあります。

自分が作家である、という設定の夢は、見た覚えがありません。小説を執筆している場面なんて一度も出てきません。また、研究者である、という設定の夢はわりと見ますけれど、研究している場面は出てきません。会議に出たり、学会などで出張したりしている夢ばかり。そうそう、講義をする、講義の準備をする、という夢はたまに見ますね。これは、学生時代のレポートのようなもので、宿題をやらされている、といった心理状態と分析できます。よほど嫌だったのでしょうね。

作家の夢を見ないのは、どうしてなのかわかりません。おそらく、その意識がまだないのでしょう。模型を作っている夢は見ますし、ラジコンを飛ばしている夢も頻繁に見ます。でも、書店へ行くとか、読者と会うとか、そのような夢は一度も見た覚えがありません。

少なくとも、締切に追われる夢もない。これは現実でも、締切に追われた経験がないためかと思います。

以上は、寝ているときに見る「夢」ですが、子供の頃から、作家や小説家を夢見たことは一度もなく、そもそも職業に対して夢を持ったことがありません。研究者も、特になりたかったわけではない。ただ、大人になったら生活のためには働かないといけないな、という心配はありましたから、就職したときには安堵しました。職種はなんでも良かった、というのが本音です。

 大学を出たら自分で稼いで生きていけ、と脅されていましたから。

2019年12月4日水曜日

別刷というものがありました

　昨夜も小雨。朝は霧でした。午前中は曇っていましたが、午後は晴れてきました。冬になると、曇っている方が暖かい、雪の日の方が暖かい、晴れた朝が一番寒い、といった感じになります。それに慣れてきて、豪雪地方などの映像を見ると、寒そうに見えないのです。たとえば、カマクラなんか、暖かいイメージですね。当地は、雪が非常に少ないところです。冬に雪が降るのは、平均したら2日くらいかな。雪が降ったら、外で遊びます。

　燃やしものをしました。それから、ブロアもかけました。落葉を谷に落としました。燃やすか、谷に落とすか、の2方法ですが、量としては5対1くらいの比率でしょうか。もちろん、その谷も自分の土地だからできる、ということです。僕の土地には、私道もあって、知らない人やクルマがときどき通りますけれど、べつにかまいません。道ですから。

　工作は、ガレージでは機関車のメンテナンス、工作室では、機関車の部品の修理、書斎では新しいヘリのボディの工作、などを主に進めています。書斎が散らかってきて、デスクの上はヘリの部品でいっぱいです。見本やゲラも届くので、なにかがなくなってもおかしくありません。

　新作の手直しは、15%進んで、トータルで70%の完成度となりました。編集者からタイトルを尋ねられたので、教えました。次の本の予告に出るのでしょうか。ここ数年は、大晦日に来年の発行物の予告をHPの「近況報告」でお知らせしてきましたが、今年は、大幅に縮小し、詳しいことは書きません。そういった広報活動を全面的に縮小する、という方向です。HPには、秘書氏が更新している「予定表」があり、これが毎月更新されるし、一年の大まかな予定も書かれていますので、そちらをご覧いただければ、と思います。

　昨夜は、別刷の夢を見ました。論文を雑誌に投稿して、めでたく採用されると、雑誌ができたときに別刷を送ってきます（有料の場合もありま

す）。つまり、自分が書いたページだけを印刷した小冊子のことです。カバーがあるときもあるし、ないときもあります。通常多くても数百部ですが、同じ研究をしている人たちに配ったり、あるいはどこかから求められたとき、送ったりします。かつては、コピィというものが一般的ではなかったので、このようなシステムになっていたわけです。今は、デジタルの時代ですから、そもそも書くときから電子であって、いつでもコピィもできるし送れるようになったので、ほとんど無用のものになりました。

　文章はワープロで打っていても、多くの人が図面は手で描いている時期も長かったので、そういう意味でも別刷は存在価値がありました。そうですね、10年まえには、まだやり取りしていたと思います。ただ、僕はいらなかったので、別刷はすべて捨てましたけれど。

　作家になって、小説雑誌に作品が載ると、別刷を送ってくるところもありました（「刷出し」ともいうそうです）。雑誌自体も1冊送ってきますし、別刷も1部か2部送ってきました。まだ、こんなことをしているのだな、と思ったのを覚えています。

　見た夢は、海外から別刷を送ってくれというメールが届いて、pdfで良いかときいたら、いや印刷したものが欲しい、と言ってきたので、どういう感覚をしているのか、と感じた、そういう夢でした。

「本は、やっぱり紙でないと」とおっしゃる方が今もいますが、そういう人は、自分のプリンタで紙に出力すればよろしいでしょう。今に、書店とか、ネット通販店とかが、それをするようになることでしょう。在庫を抱えて、本を輸送するより、はるかに省エネだし、経費削減になるからです。

印刷会社がこの商売を狙っているような気もしますが、はたして。

２０１９年１２月５日木曜日

行動よりも思考を思い出す

　朝焼けがオレンジ色で綺麗（きれい）でした。朝、晴れるのは久し振り。その

かわり、気温は氷点下7℃でした。風がないので、それほど寒くは感じません。日本のニュースで「今季一番の寒気」とかいいながら、気温10℃なんて聞くと、それってぽかぽか陽気ではないの、と思ったりしますが、東京の皆さんはきっとダウンのコートとかマフラとか手袋をされていることでしょう。僕は、庭仕事で軍手を使っていますが、それ以外では手袋もマフラもしていません。氷点下10℃以下になると、耳当てがあった方が良いですが、手はポケットに入れれば大丈夫。

　落葉率がほぼ100%になっていますが、夜に雨が降ったりして、焼却率は85%くらいに留まっていますので、あと数日頑張りましょう。12月は工作天国になるかな、と期待。

　次に購入するかもしれない土地のことで、不動産業者の人が訪ねてきました。図面や書類を持ってきてくれたのです。メールでpdfを送ってくれたら済んだのですが、たまたまこちらに用事があったとか。遠くから律儀なことです。でも、その図面が間違っているのをすぐに見つけて指摘したら、あとでpdfで送ります、とのことでした。このシチュエーションって、ビジネスで頻発しませんか。抽象化すると、わざわざ労力をかけて誠意を示したけれど、ちょっとしたミスのために、その労力が無になる、でも誠意は伝わっただろうと勝手に解釈する、みたいな。

　新作の手直しは、15%進んで、85%の完成度となりました。今回、手直しをしても文字数がそれほど増えず、最終的に6%の増加になる見込みです。明日脱稿して、明後日に編集者に送るつもりです。「子供の科学」3月号のゲラが来たので、確認をしました。

　世間の人たちを観察していると、考えることをしないで、行動だけをしている、という人がだいぶ多いようです。たとえば、人に話すこと、日記やブログに書くこと、ツイッタなどで呟くこと、を思い浮かべてみましょう。それは、最近の行動についてではないでしょうか。最近の思考についてではなくて。

　小説やドラマは受け入れても、エッセィやドキュメントは苦手、というのも、そこに行動の流れがなく、思考が強いられるからではないでしょうか。

行動よりも思考を思い出す

今日は何をしたか、と考えることはありますが、今日は何を考えたか、と思い出すことはありますか？　昨日は何を考えましたか？　食べたもの、行ったところ、会った人、話した内容は覚えていても、自分が何を考えたかを思い出せない、そもそも考えていないかもしれない、という人が多数のようです。

自分が何を考えるか、ということに注目する癖がない人は、他者が何を考えたかにも意識が及びません。つまり、相手がどう思うのかを想像もしないようです。

考えたといっても、せいぜい反応した、感じた、という程度です。寝るまえに何を考えようか、と考えることはありますか？　なにかの待ち時間とか、電車に乗ったときに、何を考えようと決めておくことはありますか？

考える癖をつけると、かなりの楽しさがそこから生まれることに気づくと思います。それを知らないと、外部から与えられるものでしか、楽しめない人になるのかも。

 小説の感想を書いているつもりで、あらすじしか書かない人多数。

2019年12月6日金曜日

予定どおりに行動できない病

例年だと、早ければ11月末に落葉掃除が終わるのですが、今年は葉が散るのが遅く、まだ数日かかりそうです。でも、1週間もすれば終わりそうです。今日も朝から落葉を燃やし、そのあと2時間ほどブロアをかけ、また燃やしものをしました。スバル氏は芋を焼きました。これがランチで出てきました。

小さい機関車を走らせました。ドイツのメーカが作った新製品でハイスラです。ちょっとした不具合を、昨夜2時間ほどかけて直しました。ギアの噛み合いが悪かったからです。エンジンを分解したので、時間がかかりました。でも、今日は気持ち良く走りました。これですっかり元が取れたと思います（アメリカの模型店経由で購入したので運賃込みで30万円少々）。

4月刊の新書の初校ゲラが届きました。SBクリエイティブから出る2冊めになります。明日から読みましょう。また、3月刊予定の『なにものにもこだわらない』の文庫版の初校ゲラもまもなく届くようです。この2つが12月上旬の仕事になります。講談社文庫『つんつんブラザーズ』の電子版の見本がiPadに入って届きましたので、確認を明日にもしたいと思います。

　絵本『猫の建築家』の簡体字版の見本が届きました。この絵本は、日本語と英語が併記されたものでしたが、今回は中国語のみになっています。本文テキストのバイリンガル記載不可との出版基準が、中国で最近施行されたとのこと（理由は不明）。英語なしでも良いか、と許可を求められ、承諾した結果です（1年以上まえのことですが）。

　新作の手直しを終えました。13万7000文字になりました。即座に編集者に送りました。いつもメールに添付して送っていますが、僕はPagesで書いていて、これをWordのフォーマットに変換したものを送ります。

　12月に、次の小説を書き始めようという計画で、これは1月中に完成を目指しましょう。来年の書き下ろしの小説は、これを含めて3作となります。

　僕は、自分で計画を立て、その予定をきっちりと守ることにしています。どうしたら、これができるのか、と何人かの方から尋ねられたり、またインタビューなどでもたびたび質問されます。非常に簡単なことです。自分が守れる予定を立てる、というだけ。

　もし、自分の予定が守れない場合には、自分の能力を過大評価しているわけです。自分にはそんな能力はない、もっと低能なのだ、と意識を修正して、以後はハードルを低くして予定を立てましょう。そうすれば、自分の思ったとおりに行動できて、満足もできるはずです。

　多くの人が、自分を過大評価している、という傾向が顕著に見られます。そうなる理由は、自分の願望が自己評価に支配的になっているからです。客観的に自分を見ていない。このように自分を見誤っていると、周囲の人が自分をどう思っているのか、についても見誤りますから、周囲の評価が不当だ、と誤認してしまい、余計なストレスが溜まります。

ずっと不満を抱えて生きなければならず、なにも得なことがありません。簡単にいうと、自分の願望のために損をしていることになります。

「あなたはもっとできるはずだ」と鼓舞して指導する人が多いみたいですが、世の中がこればかりになっているのが、今の状況ではないでしょうか。子供たち、若者たちは、「自分はもっとできるはずだ」病にかかってしまい、「まだ、力を出し切っていない」という言い訳を自分に対してし続けるのです。その病気を治して、自分を知り、自分の予定で進める。そうすることで、自分の自由が獲得できるはずです。

 元気が出ない人は、元気がない人間だと認識すれば良いだけです。

2019年12月7日土曜日

アルミとアルミ合金

朝から晴天で、冷え込みました。風景は真っ白（霜が降りているから）。でも、日が射して気温がどんどん上昇しました。まずは、落葉を燃やして暖まりました。スバル氏は屋根の上に乗って電動ブロアをかけていました。サンルームの上に溜まった落葉を取り除こうとしたようです。でも、彼女のブロアは小さくて力が足りません。

そこで、先日除葉車に取り付けた小さい方のエンジンブロアを、除葉車から再び取り外して、僕が屋根に上がりました。さすがに、風力が違うので、目的は達成されました。

そのあと、大きいけれど赤ちゃんをシャンプー。今日は38℃くらいのお湯で洗ってやりました。泡立ちが良く、汚れもよく落ちました。そのあとは、庭園で大きい方のエンジンブロアを2時間ほどかけました。終わったら午後1時になっていました。スバル氏が屋根の作業のお礼で、おにぎりを作ってくれたので、これをランチに食べました。

大きいけれど赤ちゃんが乾いた頃、みんなでクルマで出かけて、まず、ホームセンタでスバル氏が土を買いました。あと、雪道から脱出するセット（スコップやタイヤの下に敷くシートなど）を購入していました。以前に、

雪道でスタックした経験があるからでしょう。僕のクルマは4WDなので、多分大丈夫。というよりも、危ないと思ったら、そんなところへ突っ込んでいかないことが肝要。

『つんつんブラザーズ』の電子版をiPadで確認しました。主に見るのは、カバーや奥付です。SB新書の書き下ろしの初校ゲラは、明日から1週間くらいかけて読む予定。

工作室には、旋盤やボール盤があり、すぐ横のガレージにフライス盤があります。金属工作は、主に機関車の製作が目的ですが、これらの工作機器で扱う金属は、真鍮（黄銅）が多いのです。その次が鉄ですね。

一方、飛行機やヘリコプタに使われている金属は、圧倒的にアルミが多い。軽量だからです。アルミは、柔らかいから加工が楽なようで、仕上げが難しいというか、さくっと削れない感じがします。

金属でアルミよりも軽いのはマグネシウム、アルミより少し重いけれど、重要な部分で使われるのがチタンです。もっとも、アルミといってもいろいろで、ほんの少しだけ銅やマグネシウムを混ぜた合金になると、ずいぶん力学性能が改善されます。たとえば、ジュラルミンなどもアルミ合金ですが、強度がかなり高い。今は、さらに強いアルミ合金があります。

鉄でも、混ぜるものでステンレスになりますし、真鍮というのも、銅と亜鉛の合金ですから、混合比率によってさまざまです。金属を混ぜ合わせて、性能を改善したものが合金ですが、力学特性（強度、弾性係数など）、耐久性（錆びないなど）、加工性、密度、熱特性、電気特性、磁気特性、値段など、沢山の性能があるので、適材適所に使い分けられているわけです。

アルミはもの凄く軽いイメージがありますが、実はコンクリートよりも重いのをご存知でしょうか?（これを書くのは7回めくらいかな）

以前は、アルミというと、お弁当箱を連想しましたね（アルマイトもアルミです）。今だったら、缶ビールでしょうか。ちなみに、建築物では、アルミは構造材料としては滅多に使用されません。溶接が難しいことが最大の理由ではないか、と思います。

アルミは製造に電力を多く使うためコストがかかってしまいます。

2019年12月8日日曜日

自由を獲得するために書く

　低気圧が接近するため雨になる、との予報でしたが、ずっと晴天。風もなく、小春日和でしたので、落葉掃除が進みました（燃やしものもできましたし、ブロアもかけました）。もう、庭園内には、ほとんど落葉がありません（誇張）。これからは、敷地外の道路など、周辺の掃除になり、ボランティア活動といえます。もう数日したら、それも終わって、いよいよ失業となります。途方に暮れることになるでしょう（これを書いているのは、12/2です）。

　昨日洗ってやった大きいけれど赤ちゃんは、デッキで入念にブラッシング。さらさらで綺麗になりました。お昼頃、玄関の前のベンチに腰掛けて、日向ぼっこを一緒にしていたら、病院へ出かけていたスバル氏が帰ってきました。「どういうお利口な子がいるか、と思った」とのこと。

　工作室では、グラスファイバを削る作業をしています。リュータを片手に持って、歯医者さんみたいな感じです。飛行機のキットも組み立てていて、こちらは、エポキシを何度も練りました。エポキシという接着剤は、せっかちな僕には合わない工法ですので、これを練るたびに、自分も成長したな、と感じます（まえに書きましたね）。

　SB新書の初校ゲラを、15%だけ読みました。丁寧な校閲です（指摘がしっかりしているの意）。WWシリーズ第3作と第4作のカバーに使用する写真を選びました。

　子供が悪いことをしたのを叱るときに、「みんなに笑われますよ」と言ったり、「きっと誰某に怒られますよ」と言ったり、「そんなことをしたら恥ずかしいですよ」と言ったりする大人が多いようですが、これらはすべて、他者によって評価されることを想定したものです。そうではなく、「私はそれが嫌いだから、私の前では二度としないで」と言った方が、直接的でわかりやすいと思います。僕は、子供にそう言いました。「僕

がいないところだったら、自分の判断で」とも言いました。

　僕自身がそうなのですが、社会とか他者の評価というものの価値を見出せない人間にとっては、笑われることの何がそんなに問題なのか、と感じるし、誰某に怒られるといっても、その誰某が今ここにいないのだから良いではないか、と考えるし、恥ずかしいことも、べつにそんなに悪い状態ではない、と受け止めてしまうため、まったく抑止効果がありません。

　逆に、褒めるときにも、「みんなが注目するよ」「これで誰某に一泡ふかせられる」「もう一流だね」などという言葉では、効き目がありません。そういうことが良い状態だという認識がないためです。良いことは、自身の利益になることであり、それは他者による評価ではなく、自身の満足であり、自分の自由の獲得なのです。

　たとえば、多くの仕事は、人に嫌がられること、人に笑われること、恥ずかしい思いをすることなどをして、その代わりに賃金を得ます。仕事は基本的に格好の悪いものですが、得られた賃金は、自分の自由を拡大するために使えます。そういった交換をしているのではないでしょうか？

　作家になっても、みんなから大作家だと認められること、賞などを受けること、歴史に残る名著を書くこと、などに僕は価値を見出せません。同様に、大勢から褒められても、逆に貶されても、いずれも影響を受けません。ただ、どうすれば本が売れるか、ということを考え、書いたもので賃金を得ます。これが僕が得る利益です。その利益が、僕の自由を拡張します。

 他者に無関係な価値なので、お金に還元できることが幸いですね。

ものの値段が上がる時代が過去にあった

　天気予報は見ていませんが、秋晴れでした。ただ、朝は濃霧。9時

には青空が広がって、風も吹きました。燃やしものをしてから、ブロアを2時間ほどかけて、そのあと、また燃やしものをしました。落葉掃除は大詰めです（庭園内はほぼ終わっていて、周辺の掃除をしています）。

犬と外で遊んでやるのですが、犬によって全然違うものが好きなので、みんなで一緒には遊べません。フリスビィが好きな子もいれば、抱っこしてほしい子もいます。誰かの相手をしていると、別の子は退屈そうに待っています。

工作は、ヘリコプタと機関車と飛行機のフルコース。飛行機は、10年以上まえに飛ばしていたフォード・フライバをエンジンからモータに換装中、こういうのは電動化といいます。書籍が電子化されるのと同じ（だいぶ違う）。そういえば、ヘリコプタも以前はエンジンでした。ヘリコプタだけは、エンジンよりモータの方が良いと思います。エンジンはレスポンスが悪いのと、調子が日々変化しすぎ。でも、音が良いのです。

SB新書の初校ゲラは、20%を読んで、35%まで進捗。順調。

このSB新書は、お金に関する内容なのですが、そこで、「35年ローンなんか、値段の2倍も3倍も払うことになる」と僕が書いたのに、校閲者が「そこまで高くはない」と指摘をしてきました。たしかに、今は金利が安いから、多くても5割増しくらいで済むのです。バブルの頃に35年ローンを組むと3倍も返さないといけませんでした。ただ、当時は、給料もどんどん上がるから「今は辛くても、そのうちこの返済額は端金になるよ」とみんなが考えていました。また、手に入れた土地やマンションが、買ったときよりも高く売れるので、ローンを組んででも手に入れる価値があったわけです。今は、ローンの返済額は少なくても、給料は上がらないし、土地も住宅も安くなるし、マンションなんか売れないし、という状況でしょう。結局、どちらが得というわけでもなく、いつの時代もほぼ同じ条件だと考えて良いと思います。「今はお得なんですよ」と誘われても、本気にしないようにしましょう。僕が結婚した頃は、定期預金は金利が8%近くあったのです。10年貯金したら軽く2倍以上になりました（20年したら4倍、30年したら8倍です）。つまり、それ以上にお金の価値は下がる、という時代だったのですね。

プレミア商品なんてものもあって、無理をしてでも手に入れておけば、将来ぐーんと高く売れる、というものが沢山ありました。そういうものが、最近もう本当になくなりましたね。オークションも、最近は珍しいもの、古いものであっても、だいぶ値段が下がっていて、高くは売れない時代といえます。

　今思うと、高く買わされたな、と思えるものを沢山買いましたけれど、それでも、「損をした」と感じたことは一度もありません。高く買ったものは、自分にとっては、その高い値段の価値を有したままです。それを人に売ろうと考えるから、損をしたように感じるだけです。他者と比較をしない、自分の満足で価値を測る、ということが基本でしょう。

 お金についていえるのは、**自己満足が基準だ**、ということですか。

2019年12月10日火曜日

奇跡的な確率の本

　犬が寝るときに涎掛けをしたままだったので、それを外してやりました。スバル氏に「前掛けは寝床に置いてあるよ」と話したら、「バンダナはベッドにある、と言ってほしい」と注文をつけられました。表現が古すぎたかな？

　今朝も朝焼けが綺麗でした。森が高いところからオレンジ色になります。一年を通してではありませんけれど、冬はだいたい朝日が上るのを書斎から見られます。初日の出を見るために、わざわざ出かける人がいるみたいですが、自宅の窓から毎朝見るだけで、もっと綺麗で素晴らしい日の出を見られる確率が格段に高くなりましょう。

　庭園外の落葉を袋に詰めて運び、ドラム缶で燃やしました。運ぶ作業が重労働です。庭園外なので、よけいに距離があります。でも、よく燃えました。庭園内では1時間半ほどブロアをかけました。だいたいこのワンシーズンで、ガソリンを15リットルくらい使ったのではないか、と思います。ですから、落葉掃除の燃料代は3000円弱でしょうか。

今日もスバル氏は芋を焼きました。ブロアが終わった頃にいただきました。電子レンジで作るよりも絶対に美味しい、と彼女は言い張っていますが、どうでしょうか。そんな気もしますが、そうでもない気もします。

　SB新書の初校ゲラは、20%進んで、55%まで読むことができました。あと2日で終わりたいところです。そうすれば、仕事なしで誕生日が迎えられます（だから何だ、ということはまったくありませんけれど）。

　この表現と同じようなもので、「彼が最高峰を目指すのを誰も止められなかった」という英語がよくありますね。だから何だ、と思いませんか? 彼の願望を知らない人が非常に多数なのだから、そりゃあ止められないだろう、というくらいの意味です。

　専門ではない分野ですが、技術書を2冊Amazonで購入しました。1冊は日本のもの、もう1冊はアメリカのものです。どちらも、4000円くらいしました。専門書が高いことを思い出しました。大学にいる頃は、数万円というものを買っていたのですが、それらは図書費で支出されて、学科の図書館の蔵書となります。でも、実際には、僕の研究室の書棚に置かれていました。なにしろ、僕以外に誰も読まないので、借りっぱなしみたいな感じです。図書館もスペースが不足しているから、先生たちの部屋の書棚に置いてほしい、という方針なのです。たまに、借りたい人が来たり、あるいは他大学から図書に貸出依頼が来たりすると、図書の人が研究室へ本を取りにきました。

　それにしても、どうしてあんなに高い本が存在するのだろう、と思いました。ようは、部数が少ない、ということです。おそらく100部も売れないのでしょう。それで元が取れる（印刷代と翻訳料などがペイできる）ように計算している、というわけです。こういった本は、内容としては、ほぼ論文に近いものが多かったと思います。雑誌などで発表した論文をまとめ、一部を書き足したものがほとんどでした。特に、その著者が大学を退官したりすると、記念に本を作ることになったりします。

　僕が書いた本で一番部数が多く出ているのは『すべてがFになる』ですが、90万部くらいの量です。講談社のK木氏と、100万部になったら、お祝いをしましょう、と話したことがあります。まず無理でしょう（電子

書籍や翻訳や漫画などを全部ひっくるめたら可能かもしれませんが）。それでも、この数字は、日本の人口の1%にもなりません。100人のうち99人が知らないことなのです。もの凄くマイナですよね、小説って。そして、技術書は、さらにこの1万分の1なのですね。同じ本を読んだ人を探すのは、奇跡的な確率といってもよろしいでしょう。

 出版界も不況になって、出版される書籍の部数は減る一方です。

2019年12月11日水曜日

君は回転しているか？

夜の雨がなく、乾燥した寒い朝でした。谷は雲に満たされていて、雲海というか雲川というのか、幻想的なシーナリィが展開しました。庭園内には霧がありません。庭園よりも低いところが雲なのです。散歩に出かけると、道に白い粒が沢山落ちていて、雪が降ったことがわかりました。この白い粒が風で飛ばされて、どこかへ行ってしまうのです。

まず、燃やしものをしました。燃料は、敷地外の道路で集めた落葉です。これで軀（からだ）が温まり、ヘリコプタのホバリングをしてから、小さい機関車を走らせました（小さいというのは、乗れるほど大きくはない意味）。この機関車の動画を撮影してYouTubeにアップしたところ、途中で全面灰色になって途切れるシーンが3秒ほど入ってしまいました。YouTubeでは、このような不具合がときどきあります。やり直しても同じで、その部分をカットしてからアップすると、別の部分で灰色になります。しかたがないので、最初の動画をYouTube上のエディタで、問題の部分をカットしてみたら、灰色シーンを取り除くことができました。

そういえば、一番新しいMacで、メールがときどき読み込めなくなります。そのたびにパスワードをきいてくるので、インプットしても、それが通りません。しかたなく、メールアプリを立ち上げ直すと、なにごともなかったかのように正常に戻ります。しばらく我慢していましたが、やはり設定が違うのだろう、と思い、メールの送信サーバに関する部分を書き換えて

みたら、その後同じ症状は出なくなりました。直ったとしたら、ラッキィ。

　SB新書の初校ゲラは、25%進んで、80%まで進捗。明日終わるつもりです。このほかには、作家の仕事はしていません。

　ジャイロモノレールを開発したイギリスのルイス・ブレナンという人は、もともとは魚雷技師でした。魚雷の姿勢安定装置のためにジャイロの研究をしていたのです。この特許を売って財を成し、以後は自分の研究に打ち込む人生だったようです。最近読んだ本で、この人のことが突然出てきて、なんとヘリコプタの開発も手掛けていたとか。回転するものに目がなかった（不適切な表現）のかもしれません。

　そういわれてみると、僕もだいたい回転するものを作っています。エンジンは回転するし、モータも、ロータも、プロペラも回転します。そうそう、このプロペラという言葉は、本来は「推進機」の意味です。主に日本人が、あの風車のことをプロペラと呼んでいるようです。扇風機なんかは、ファンというのが適当でしょう。なにしろ、扇風機は推進しませんからね。ヘリコプタにも、プロペラはありません。あるのはロータです。

　ヘリコプタの回転しているロータのピッチを変化させる機構は、以前に書いたとおりスワッシュプレートという部品によるものです。そして、この機構を考えついたのは、なんと、風車の大工さんだったそうです。オランダの話でしょうか？　もちろん、風車の場合は、ピッチを一様に変えるだけで充分です。ヘリコプタのスワッシュプレートは、回転するロータが1周する間に、ピッチを周期的に変化させます。少し意味が違いますね。

　回転という運動は、非常にシンプルで、3次元の等速円運動は、すべてただ1本の軸の周囲を回ります。2本の軸の周囲を回ることはありません。たとえば、ある回転をしているものの上で、別の方向の回転をしても、そのいずれの回転軸からもずれた軸で回転している結果になります（これが理解できる人は、100人に1人くらいかもしれません）。ムーンサルトをしても、回転軸は1本です。複雑な回転というものはない、ということ。ゴルフのスウィングなどで回転軸が2本と書いてあるものを見たことがありますが、数学的に間違いです。

　地球も回転しているし、月も太陽も、太陽系も銀河系も回転していま

す。地球上に存在するすべてのものが、回転しているといえるわけです。あなたも回転しているのですよ。「頭が回っていない」とおっしゃる人の頭も、「首が回らない」とおっしゃる人の首も、回転しています。こんな話をすると、「目が回る」かもしれませんが、目はもともと回転しているのです。

 「回転」と「回る」は同じ意味なのでしょうか？　同じですね。

2019年12月12日木曜日

へっぽこやへなちょこって？

　朝は一面の銀世界でしたが、雪ではなく霜でした。気温はそれほどでもなく、氷点下7℃。晴れてきたので、道路の落葉を運んだものを燃やしました。庭園鉄道も運行。ヘリコプタも飛ばしました。近所で飛行機が飛ばせる環境となっているので、点検・整備をしました（バッテリィなどを接続し、サーボの動きを確認）。お昼頃には、荷物を出しにいきつつ、お店に寄って、ヨーグルトを買ってきました。

　スバル氏と長女が買いものに出かけたので、犬たちと一緒に留守番。大きいけれど赤ちゃんは、たいていホビィルームにいます。子供のときに、そこにケージがあったからでしょう。それから窓の外を眺めることが大好きで、鳥などに反応してときどき吠えます。僕が書斎の椅子から立ち上がると、その僅かな音を聞きつけて、近くまで走ってきます。そして、ホビィルームの椅子に掛けてあるコートのところへ行き、鼻をつけて「これ」と指示します。それを着て、外へ行こう、と言っているのです。なんでも先回りして行動するので、最近では「予測屋」と呼ばれている大きいけれど赤ちゃんなのです。

　SB新書の初校ゲラを、最後まで読むことができました。お終い。明日からは、PHP文庫『なにものにもこだわらない』の初校ゲラを読みます。文庫化なので、通して読むのは1回だけです。

　某編集者が、自虐的にご自分を「へっぽこ」と書かれていたので、

少し気になりました。この「へっぽこ」というのは、いかにも江戸っ子の響きがありますね（単に、ビートたけしが言いそう、くらいの意味でしかありません）。僕自身、ほとんど使ったことがない形容です。

同じようなものに、「へなちょこ」とか、「ぽんこつ」とか、「おんぼろ」などがあります。「へっぽこ」は、人間に対して、能力が低いこと、役に立たないことを示しているような気がします。「へなちょこ」は、役に立たないというよりは、肝心の場面で腰砕けになる様子を示していて、「へなへな」となってしまう様子から来ているはず。だから、まだ若くて、戦力として役立たない人を揶揄して使いますね。「ぽんこつ」は、最近老人が自分のことを謙遜して使っているようですが、もともとは、殴られてぼこぼこになった、みたいな意味で、主に古い機械類に対して使いました。「おんぼろ」というのは、能力よりも見た目が「ぼろい」ことですが、「ぼろい」が全国で通じるかどうかわかりません。少なくとも関西では、「酷く儲かる」の意味でしか使わないようです。名古屋では、「ぼろい」というのは、古くて汚れている様を示しました。いずれにしても「襤褸」から来ていて、古い布のことです。

「へぼ」という言葉もたまに耳にします。「へぼい」と形容詞にすることもありますね。平凡の略だと書かれたものもありますが、平凡よりは悪い意味で、「出来が悪い」くらいの感じかと。こうしてみると「へ」で始まる形容詞で、立派な様子を示すものって、少ないのかもしれません。

ちなみに、ヘリコプタの「ヘリコ」は螺旋という意味です（ヘリカル・ギアなども同じ）。ダ・ヴィンチのスケッチにあった飛行機械は、螺旋状の笠を回す機構のものでしたが、ヘリコプタの起源として、いつも登場します。

 ヘリオスという神様がいるので、なにか関係がありそうだが……。

誕生日に飛行機を飛ばす

　まだ、敷地外落葉掃除のボランティアをしています。今朝も冷え込みました。でも、この地としては普通です。例年、12月に1回くらい雪が降りますが、この雪は残りません。1月に降る雪は、4月まで残ります。

　ゲストがいらっしゃるので、朝はまずゲストハウスへ行って、薪（まき）ストーブをつけてきました。薪を3本入れて、着火です。薪ストーブで部屋や家が暖まるのには、数時間かかるからです。ちなみに、母屋は24時間全室床暖房なので、薪ストーブはほんのたまにしか使っていません。

　それから、庭園鉄道の整備をしました。自分で乗るときは、それほど綿密な準備はしません。線路に異物があっても、自分なら気づくからです。ゲストが運転する場合は、そうはいかないので、全線を見回って完璧（かんぺき）な状態にしておきます。それでも、自然の中にある鉄道ですから、偶然落ちてきた枯枝が横たわっていて、脱線することがあります。ゲストにはスピードを出さないように、とお願いしています。

　「子供の科学」の2月号のゲラを確認しました。蒸気機関車の仕組みの話なのですが、左右の動輪で90°位相をずらせる理由などが、難しいところです。今回、スライドバルブの仕組みの図を載せましたけれど、頭の良い子供は、この図を見ただけで理解すると思います。そうでない場合（つまり一般の読者）は、余計な説明を書くとますます難しくなってしまいます。説明が丁寧ならば理解しやすい、というわけではありません。それは、理解する量や範囲が個人によって異なるからです。

　吉本（よしもと）ばななさんから、ペットと対話をするネットカメラがプレゼントで届きました。ミニオンズの1つ目の子の格好をしています。さっそくアプリをiPhoneにダウンして使ってみました。留守中に、ペットの様子を見たり、話ができたりするものですが、僕の場合、ペットを留守番させることがまずないので、どのように使うかが考えどころです。

　午後から、ゲストが4人いらっしゃいました。今日（12/7）は僕の誕生日だったので、ケーキもいただきました。晴天の秋晴れで、良い庭園鉄

道日和だったかと思います。風もなかったので、近所の高原でラジコン飛行機を飛ばすところも見てもらえました。インメルマンターンなどの曲技もしました。ゲストにラジコン飛行機を見せたことは、過去に一度もないので、大変珍しいことです。また、自分の誕生日に飛行機を飛ばしたことも過去にないので、これもラッキィなことでした。今までで一番楽しい誕生日だったかもしれません。

　ゲストハウスには、ラジコンのフライトシミュレータがセットされていて、皆さんがこれで遊べる状態にしてあります。今回新たなシミュレータを中古で買ったので、それもセットしました。少し初心者向けでコントロールしやすい感じのものです（僕からすると、リアルではないので、練習にならないかな、という代物）。

　誕生日なのですが、今年は、これといって大きな買いもの（つまり自分のためのおもちゃ買い）をしていません。大きな戦車を買おうかなとか、実車のミニクーパを買おうかなとか、あるいは、2機めのジェットエンジンを買おうかななどと考えましたけれど、今さらねえ、というマイナス思考で断念しているところです。だいたい、欲しいものは全部手に入れて、遊ぶ時間が足りない状況なのですから。

　夜は、ゲストに作ってもらったご馳走をいただきました。ゲストハウスは、薪ストーブのおかげで暖かく過ごすことができました。宿泊されるので、明日もゲストと一緒に遊ぶことになりそうです。

『なにものにもこだわらない』文庫版の初校ゲラを10％だけ読みました。明日からピッチを上げましょう。

 人に見せるために飛ばすものではないので、当たり前ですけれど。

ドラム缶の人生

　朝は霧、だんだん晴れてきました。昨日よりも気温が高くなり午後は好天でした。午前中は、ゲストハウスでお菓子などを食べながらおしゃべ

り。犬たちも慣れているゲストばかりなので、一緒にゲストハウスに行きますが、おしゃべりに飽きてきて、帰りたい、外で遊びたい、という顔になります。

　お昼頃にゲストと一緒にドライブに出かけ、パン屋に寄って帰ってきました。夕方には素晴らしくクリアな日射しとなり、綺麗な風景を楽しめました。しかし、やや風が強く、飛行機やヘリコプタを飛ばすには不向き。そのかわり、落葉を集めて運び、ドラム缶で燃やしました。こちらは、少々風があった方が効率が良いのです。

　ドラム缶を（もちろん中古品で）購入して、焼却炉として使っています。最初は塗装されていて綺麗ですが、すぐに真っ黒になり、やがて錆びてきます。1年めくらいであれば、ほぼそのままですが、2年めになると、どこかに穴があき、そこから風が吹き込むので、焼却炉としては性能がアップします。その穴が大きくなると、いずれ自立できなくなり、石などで支えて使い続けますが、4年めくらいには形を保っていられなくなり、そのまま引退します。放っておくと、知らないうちになくなります（土に還る）。

　これは人間の人生に似ていますね。新人はきちんとしていますが、燃えにくくて効率が悪い。少し錆びてきた方が、よく燃えて働きっぷりが良い。でも、そういった隙間が多くなってくると、そのうちに弱ってくるわけです。

　たとえば、大学でしっかりと実技を学んだようなエリートは、空気取入れ口や煙突や蓋が完備した焼却炉なのですが、そういったものが、一番効率良く仕事をするわけではありません。少々錆びて穴が開いているものの方が性能は上なのです。そして、そうなる頃には、煙突も蓋も取れてなくなっています。形だけ整っていても駄目なのです。燃やしものをしていて、いつもこのドラム缶の人生に想いを馳せます。

『なにものにもこだわらない』文庫版のゲラを30%まで読みました。このゲラのあとの仕事はまだ来ていませんから、執筆ができるかもしれませんね。

　誕生日に沢山の方からメールをいただきました。どうもありがとうございます。今回、返信はしておりません。まとめて感謝。

ヘリコプタの工作は、リュータで削る作業が一段落し、これからは、エポキシで接着していく工程になります。これが面倒ですが、地道に進めましょう。

　飛行機の方は、だいたい出来上がってきたので、近々初飛行となりそうです。壊れる可能性が50％くらいと高めのタイプの飛行機です。ヘリコプタは、恐る恐る少しだけ上げて様子を見る、という飛ばし方ができますが、飛行機は一発勝負で、飛ぶか大破するか、という賭けになります。とんでもなく広い滑走路があれば、滑走試験を繰り返して、だいたいの特性がわかりますけれど、通常はそんな広い場所がありません。運動場（400mトラック）くらいでは全然できません。

　機関車は、1年ほどまえに入手したガーラットという特殊な形式のものを整備していて、明日か明後日には、初走行ができます。機関車は試験走行で壊れるようなことは、まずありませんから、安心して臨めるわけです。

　庭園鉄道で、線路を直したい箇所があって、まだ土が掘れるかな、と心配しています。午前中は凍っているでしょうね。

 飛ぶか壊れるか、という飛行機の人生も、それなりに面白いかも。

それぞれの大空に挑む

　朝から晴天、日射しも強く、眩しいくらいなのですが、とにかく気温が低くて、寒い一日となりました。お昼過ぎにどうにかプラスの気温になったようです。風が良い方向に吹いていたので、2時間ほどブロアをかけて、庭園内や敷地の私道の掃除をしました。庭園鉄道も1周だけ走りましたけれど、とにかく寒くて、手が悴みました（手袋をしていないから）。

　こういう日こそ、暖かい工作室で工作を楽しみましょう。細かいものを接着したり、少し削ったり、という楽しい作業でした。飽きてきたら、書斎でコーヒーを飲みながら読書。今は技術書を読んでいて、これもなか

なかエキサイティングで楽しい内容です。久しぶりの大当たりかも。ゲストからいただいたお菓子を食べつつ、のんびりと過ごしています。一昨日飛ばした飛行機のことで、今もハッピィのままです。

　夕方は、みんなで一緒に散歩に出かけましたが、風が冷たく寒いので、森の中の道を選びました。森には風がほとんど吹かないのです。ただ、犬に沢山の枯葉がつきます。シェルティはしかたがありません。帰ってからブラッシングをしてもらいました。

『なにものにも〜』のゲラは、50%まで読みました。あと2日で読み終われそうです。これが終わったら、「子供の科学」の連載の仕事をして、そのあとは、清涼院氏のインタビューに答えるつもりです。その後、今月末は、小説の新作を書き始めましょう。と書いたところで、『森心地の日々』の念校がまもなく届く、との連絡が講談社からありました。

　中央公論新社から、ヴォイド・シェイパシリーズの単行本が絶版となった、という連絡がありました。新しい本は、手に入らない、ということです。素晴らしいデザインの装丁でしたね。

『100人の森博嗣』に収録されているかと思いますが、小学生のときに『大空にいどむ』（J.Taylor、岩波書店）という本を読んで感動した、というエッセィを書きました。これはライト兄弟のチャレンジを記したノンフィクションでした。以来、このようなチャレンジに憧れて、大人になっても、また今でも、そういった気持を強く持っていますし、研究者になったのも、自分でなにかを作るのも、すべてここに起源があるかもしれません。

　本を読んだり、あるいは映画やTVなどを見て、人生の大きな目標をもらう人は多いことと想像しますけれど、一般の方の場合（観察できる範囲ですが）、たとえば、この『大空にいどむ』を読めば、「大空」の部分に夢を抱くことでしょう。パイロットになりたい、飛行機の技術者、設計者になりたい、というような夢へ向かう例が多いかと思います。

　つまり、影響を受けたものに近づこうとする（それが憧れるという意味ですけれど）。ところが、僕の場合は「大空」という言葉に向かった指向ではありませんでした。そうではなく、「いどむ」への傾倒だったのです。

　どちらも「言葉」の影響ですが、名詞は非常に対象が具体的で、

焦点が合っている感じですが、動詞の場合は、目標は抽象的で、同じような行為、同様の雰囲気を目指している、という顕著な違いがあります。

　ネットでいろいろな方のブログを読んでいるかぎりでは、大勢の方が「名詞」を目標にしているように見受けられます。それは人や場所であれば、固有名詞です。その人でなければならない、その場所でなければならない。そうでなくても、その職種、その仕事、その対象物でなければならない。そんな、いわば狭すぎるゴールを目指そうとしていないでしょうか。

　たとえば、今これを読んだ方の多くは、『大空にいどむ』をという本を読もう、という気持ちになられたはずです（残念ながら絶版）。そういった同じ名称のものに、固有の目標を定める傾向が、ネット時代になってますます顕著になっているように観察されます。

　「大空」は、地球のとこにでもあります。誰かが見た（固有の）大空を探すのではなく、自分の身近で大空を見つけられるはずです。自分が見つけた「大空」へのチャレンジを、自分なりにしてみよう、という憧れ方があっても良いと思えます。どうか、各自が、それぞれの大空に挑んで下さい。

 要約すると、「もっとちょっと**抽象的にしなさい**」ということ。

2019年12月16日月曜日
道や方法に拘る人が多い

　朝から晴天で、冷え込みました。日射しは強く、特に紫外線が激しそう。冬はサングラスが必要ですね。午前中は、ヘリコプタを2機飛ばし、プロポの設定をしていました。少し風があったので、ホバリングが難しく、良い練習になります。

　工作もいろいろ進めることができました。工作室では、飛行機とヘリ、書斎では機関車の整備。午後は、家族と犬たちみんなで公園へ

出かけて、散歩をしました。麓の公園は、だいぶ暖かく感じます。

　帰ってきてからも、ヘリコプタを飛ばして遊びました。今日は、庭仕事をしていません。そろそろしないでも良いかもしれませんが、奥まったところに溜まっている落葉を取り除きたいな、とは考えています。急ぐ必要はありません。

　読書も、数時間していたと思います。面白い本に出会っていて、毎日読み進めるのが楽しみです。ただ、内容が難しく、1時間読んでも、5ページくらいしか進みません。こういうのを「読み甲斐がある」というのでしょう。実に面白い。読みやすい本ほど、だいたいつまらない、と僕は思っています。読みやすいのは、つまり、自分が知っているものが多いから先が読めるし、予想外でもないからです。同様に、人間も「つき合い甲斐がある」人が、友達になる価値が大きいのかな、と感じます。つき合いにくい人の方が得るものが大きい、ともいえるかも。本も人も、自分に合わないものを選んだ方が、価値が大きいようです。歳を取っても、この好奇心を持ち続けたいものです。

『なにものにも〜』のゲラは75%まで読みました。明日終了の予定。編集者や秘書氏と、細かい打合わせがありました。

　昨日書いたことの続きかもしれません。

　多くの人が名詞に拘っているように見受けられます。何をするのか、どこへ行くのか、何を見るのか、と目的物を求めます。でも、多くはTVで見たもの、雑誌で紹介されていたもの、友達から教えてもらったもの、という具合に、外部から与えられたデータです。

　また、僕が書いているものでは、動詞のおすすめが多く、「作りましょう」「考えましょう」「覚悟しましょう」「素直になりましょう」などです。それらを読んだ方は、何を作れば良いの？　何を考えるの？　とやはり対象物を尋ねてきます。それらは、それぞれが見つけるものなので、僕は「見つけましょう」としか書きません。

　すると、今度は、「どうすれば、見つかりますか？」という「方法」を知りたい人ばかりになります。この「方法」も、実は具体的な形であり、結局は名詞なのです。「なんとか法」というように名前がつけられる

ような、わかりやすい道筋を教えてほしい人ばかりです。

「道」というのが、この手の最たるもので、道には名前があります。その道を進めば、目的地へ行ける、というものです。しかし、最も重要なことは、進むこと、目的に近づくことであって、道を選ぶことではありません。道ではないところを通っても良いし、道を自分で作る手もあります。

そういった道を探し、道を作ることまで含めて、「進みましょう」と書いているのです。「挑みましょう」でも良いし、「作りましょう」でもかまいません。あるいは、「行きましょう」や「生きましょう」でもけっこうです。

 なんのアドバイスにもならない、と感じる人には無用の内容です。

2019年12月17日火曜日

エンジン・アラカルト

朝は霧が立ち込めていました。空は青く、遠くの風景も鮮明に見えますが、低いところ（地上2mくらいの高さまで）は雲の中、という状態でした。幻想的といえば、幻想的。

庭仕事はしていません。まず、整備をした機関車を走らせました。大変素晴らしい走りっぷりで、大満足。力もあり、沢山の客車を引きました（動画も撮りました）。そのあと、ヘリコプタを飛ばしてから、飛行機の整備をしました。

お昼頃には、荷物を出しにいくため、犬一匹（大きいけれど赤ちゃん）と一緒にドライブ。町の様子は変わりありませんが、クリスマスの飾り付けが目立ちます。

帰ってきてからも、飛行機の設定。これは、プロポと受信機をリンクして、各サーボの動きなどを調節することです。プロポ上のデジタルデータで設定します。こういったことは、以前は、サーボと舵をつないでいるロッドの長さを調節して行っていましたが、今は、とりあえずつないでおき、あとはデジタルの数値を覚えさせます。

つい最近まで、受信機にサーボのコネクタを差し込む場所によって、

エルロン、エレベータ、ラダーなどが決まっていましたが、今は、それぞれのサーボに「君はエルロンだ」「お前はラダーだ」とインプットします。そうすると、コネクタはどこでも良くて、自分への指令だと各サーボが判断して動くのです。時代が変わりましたね。

　ラジコンのプロポには、フェールセーフ機能が昔からありました（40年くらいまえからあった）。送信機からの電波が受信できなくなった場合に、飛行機はどうするのか、を設定しておきます。ほとんどの場合、エンジンをアイドリングにして、舵をニュートラルにします。それで高度を落として不時着を狙うわけですが、たいていの場合、錐揉みで真っ逆さまに墜落です。

　最近では、GPSやジャイロを搭載したものがあって、電波が途切れたら、離陸した場所へ自動制御で戻ってきて、着陸するものまであります。こうなると、操縦者がいらなくなりますね。未来の自動車も、運転手が気を失ったとき、自動的に停車し、病院へ連絡するようになることでしょう。

『なにものにもこだわらない』文庫版の初校ゲラを読み終わり、即発送しました。次は、『森心地の日々』の念校のチェックです。

　夕方になると、普通は寒くなりますが、西日が暖かく感じられたので、工作室の前でエンジンを回して遊びました。ヒット・アンド・ミス・エンジンは、そろそろ飽きてきたので、今日は、7気筒星形のガソリンエンジンを回しました。これを回すときは、いつもまず、セットする木材の台を急ごしらえします（約5分）。イグニッションを点検し、手に持ったスタータ（単なるモータ）を押し付けて始動します。いちおうプロペラをつけておいて回します（空冷と適度な負荷のため）。

　良い音で回りました。いずれは飛行機に搭載して空へ上げてやりたいと思っていますが、これに合う飛行機は3mくらいの大型になるので、それを運ぶクルマがありません（レンタカーになります）。まあ、ちょっと一生の間には無理かもしれませんね。

　そういうエンジン（つまり、飛行機などに搭載予定もなく、単体で回して遊ぶだけのもの）が、50基ほどあるように思います。高い新製品もありますが、主

に、ちょっと変わり種のエンジンばかりです。開発途上のものとか、あるいはすぐに絶版になったものとか。一度も回していないものが半数くらいです。

　燃料は、ガソリンか、アルコール（グロー）か、ディーゼルです。模型用のディーゼル燃料なんて、今は手に入るのかな。ネットなら売っているのかも。

　蒸気エンジンは、外燃機関ですが、石炭、木炭、ガス、アルコールの4種類の機関車を持っていて、一番多いのはガスです。大きい機関車は石炭か木炭です。

 エンジンは、なんといっても空冷でフィンがあるものが好きです。

最初ほど面白いのが普通

　比較的暖かい朝だった（夜間に曇っていた）ので、いきなり燃やしものをして、そのあと2時間ブロアをかけました。敷地外の道路も敷地内の私道も、だいたい綺麗になったので、落葉掃除はこれで本当にお終いにしようかと思います。

　『森心地の日々』の念校を確認しました（約1時間）。今日の作家の仕事はこれだけ。講談社からは、まもなくWWシリーズ第3作『キャサリンはどのように子供を産んだのか？』の再校ゲラが届く、と連絡がありました。「子供の科学」の連載よりも、こちらを優先します。

　今日は、長女の希望もあって、みんなでショッピングモールへ出かけました。久し振りにみんなで外食です。犬たちはテーブルの下で大人しく待っています。一緒になにかを食べるわけではありません。ただ、お店に一緒に入るだけで嬉しいようです。食べたのは、パスタとかソーセージとかでした。

　人が多い場所で犬を連れていると、ときどき知らない人から「触っても良いか？」と尋ねられます。大きいけれど赤ちゃんなら、「OK」と言え

ます。今日も、10人くらいの人たちに触ってもらいました。シェルティは、普通はこうはいきません。人見知りの犬種なので、家族以外の人が触ることができないのです。大きいけれど赤ちゃんも、やがてはそうなるのかもしれませんが、既に1歳と10カ月ですので、このままかもしれません。

　帰ってきてから、ヘリコプタの工作を進めました。書斎でデカール貼りをしました。あと5日くらいで、初飛行ができるかもしれません。かなり煮詰まってきました（通常、この「煮詰まる」は「困った状態になる」の意味で広く誤用されていますが、本来は「問題がほぼ解決し、完成間近」の意味です）。

　先日買った技術書2冊を、両方とも半分くらいまで読みました。だいたい、この種の本は前半が面白くて、後半は専門的になりすぎて、著者の主張が披露される分、退屈になりがちですけれど、どうもそうはならない、例外的な本のようで、喜んでいます。

　前半はつまらなくて退屈なのに、後半面白くなるのは、ミステリィの構造的な特徴です。これがあるから、皆さん、我慢して読まれるようです。ですから、事件が解決しないとか、どんでん返しもなにもないとか、探偵が匙を投げたとかの展開では、「金を返せ」と言いたくなることでしょう。森博嗣にありがちといえます。

　一般にプロジェクトというのは、前半が面白く、途中からだんだんつまらなくなり、最後は尻切れ蜻蛉になる、というパターンです。仕事でも研究でも、あるいは趣味的なものでも、たいていがこれですね。始めほど面白いものです。ですから、面白さが増しているうちは、まだ前半だということ。

　ようするに、前半に我慢する展開がないと、後半が面白くはならない、ともいえます。面白さというものは、そもそもそういった（伸縮したバネが戻るときのような）性質を持っているように感じます。

 最後にオチがあることが、文学としての欠点ともいわれています。

スタント機の異様なフォルム

　朝からとても明るい晴天。その分、冷え込みました。今日からは、庭掃除がありません。午前中はのんびりと、熱いコーヒーを飲みながら読書。午後は、工作室でヘリコプタの製作。飛行機の整備も行い、またヘリコプタを庭で飛ばして、調整もしました（飛行時間は6分）。庭園鉄道は、寒いので1周だけ（1周するのに約15分かかります）。

　ラジコンのバッテリィのコネクタが統一されていないため、毎回使うコネクタをハンダづけしています。今さら統一できないのでしょうね。ラジコンをやる人なら、ハンダづけくらいできてしまう、という中途半端なマニアックさがあったから、こんな結果になったのでしょう。初期のパソコン界隈のようです。家庭のコンセントだって、世界では統一されていませんからね。僕の知っている範囲では、乾電池くらいかな、統一されているのは。

　今日は、作家の仕事はしていませんが、講談社からWWシリーズの再校ゲラが届いたので、明日から読みましょう。5日くらいかける予定です。「子供の科学」の連載に合わせて、毎月動画を紹介するページをアップしていますが、今月は休もうかな、と考えていました。でも、要望があったので、5分ほどでちょちょいのちょい（古い）でアップしました。

　エッセィ方面で、執筆依頼（単行本かな?）がありました。企画もしっかりしていて、好感が持てます。でも、もう仕事を入れたくないなあ、というのが本音です。まだお断りはしていませんが、すぐに書くようなこともありません。

　「ラジコン技術」誌が日本から届きました。全盛期の半分くらいの厚さになりましたが、昔は宣伝のページが多かっただけです。模型店もメーカも衰退し、また細かい宣伝はネット上へ移った、ということでしょう。記事の内容は、それほど変わっていません。

　ラジコン飛行機の最高峰というか、最も注目されるのは、スタント競技でしょう。規定の曲技を競うものです。世界選手権が行われ、日本

人がチャンピオンになったこともあります。僕はスタント機は1機しか飛ばしたことがありません。かつては、マニアの憧れの的であり、格好の良いスマートなデザインでした。

ところが最近は、ちょっと違います。ずんぐりとしていて、かつての3倍か4倍の太さの胴回り。主翼の上や下に小さい翼が付いていて、これは実機にもない特殊な形態です。模型として性能を追求した結果なのですが、なんというのか、もう（一般常識的に）格好良いとかスマートとはいえないようなフォルムになりました。動力はモータが主流で、二重反転プロペラが増えています。引込み脚も採用していないものが増えました。

もちろん、演技をする上で有利な形になったのです。スタント機だけが、そういう形をしていて、それ以外の飛行機は、実機をスケールダウンしたものが多いはず。

ヘリコプタも、スタント機は独特のフォルムをしていて、実機にはない流線型です。バックすることも多いからでしょうか。アクロバットをする飛行機は、また違う形（実機に近い）をしています。アクロバットとスタントは違うのです。

さらに、ラジコンスタント機（飛行機もヘリも）のもう1つの特徴は、カラーリングが派手なこと。サイケデリックといっても良い、ある意味、趣味の悪い色使いです。どれも少なくとも5色以上は使いますね。ツートンなんて機体はまずありません。一般の方は、ちょっと引いてしまうことでしょう。

ところで、イギリス国民も、ブレグジットのぐだぐだから完全に引いてしまったようです。

 スタント機は、虹色のカラーリングといってもよろしいでしょう。

2019年12月20日金曜日

心配や対策は事故が起こるまえに

晴天が続いています。冷え込みも厳しくなってきました。朝はすべてがフリーズ。ただ、氷は見当たりません。乾燥しきっている感じ。あまりの

青空に、ドライブに出かけることになり、スバル氏と大きいけれど赤ちゃんと一緒にハイウェイを100kmほど走りました。目的地はハンバーガショップ。1000円くらいのハンバーガを買って帰ってきてからランチにしました。

ヘリコプタのコクピットを作っていて、メータパネルをネットで探し、それをカラープリンタで印刷して使おうと思いました。スバル氏から預かっているエプソンのプリンタ（「子供の科学」のポンチ絵をスキャンするために使用）では、紙をどうしても送れず、断念。スバル氏の部屋に新しいエプソンがあるので、そちらでプリントしてもらうことにしました。ところが、そちらはパソコンと接続してありません。彼女は、もっぱらスマホの写真を印刷するだけ（しかも犬の写真限定）の使用しかしていません。接続が上手くいかず、諦めて風呂に入っていたら、その間に長女があっさりつないで出力してくれました。親として情けないことです。

それにしても、プリンタという機械は、本当に紙送りでへなちょこになりますね。もうこの30年くらいそう。つまり、紙を諦めるしか道はない、ということでしょうか。それに、カラープリンタはたちまちインク切れになって、その警告が煩い。そのくせ、すぐに詰まったりします。人の悪口は言いませんが、機械には辛口です。

3Dプリンタも、模型製作に役に立つから、そろそろ買おうかな、と何度か考えましたが、僕はMacしか使っていないので、アプリがないわけです。かなり値段が下がってきましたけれど、どうなんでしょうか。プリンタという機械には、不信感を持っているので、なかなか踏ん切りがつきません。「3D造形機」だったら、とっくに買っていたかも。だいたい、CADでインプットするよりも、自分で材料を削って作った方が早いだろう、と考えてしまいます。作るものが1個ならね。

今日から『ヤマリンはどのように子供を産んだのか？』の再校ゲラを見ます。まず、初校時の修正と照らし合わせて確認をしました。明日から通して読んでいきます。これの次の作品も既に編集者に送ってあって、感想ももらいました。そのうち初校ゲラが届くことでしょう。『つんつんブラザーズ』の感想メールを沢山いただいています。感謝。

午後は、だいぶ暖かくなったので、庭園鉄道で遊びました。ヘリコプ

タも飛ばしました。ただ、高原へ出ていくと、風がかなり吹いていたので、飛行機は諦めました。ラジコンの飛行機やヘリを壊さない秘訣（ひけつ）は、この「風を見て諦める」という判断です。10分の1スケールの機体なら、風速3mでも、10倍の暴風になります（スケール効果があるので精確ではない）。

　墜落しても笑って済ませられるのが、模型の良い点かもしれませんが、「ラジコン技術」に載っていた記事によると、台湾で開催されたグライダ（スロープソアリング）のワールドカップで、参加機がコースを逸（そ）れ、500mも離れた場所の無関係の人に当たり、母親が死亡、2歳児が重傷、という痛ましい事故があったそうです。ワールドカップに参加するようなトップフライヤでさえ、またエンジンやモータなどの動力を持たないグライダでさえ、このような大きな事故が起きてしまうのです。原因はメカトラブルだと思われますが、飛ぶものは怖いということを、いつも意識しましょう。

　ミニチュア鉄道関係でも、脱線して死傷者が出る事故が、毎年世界のどこかであります。そんな事故が起こるまえに、手を打つべきです。どうも、日本の社会というのは、事故が起こってから執拗（しつよう）に責め立てる傾向があり、あとから言っても遅いんだよね、という話になるのです。

 農薬を撒くためのラジコンヘリも死者を出したことがありますね。

2019年12月21日土曜日

森風読み日々

　今日か明日くらいが冬至（とうじ）でしょうか。朝日が遅く、日の出もずいぶん南寄りですが、まただんだん戻ってくるわけです。晴天ですが、風の冷たい日でした。日中に、ぎりぎり気温がプラスになったかもしれません。

　午前中は、工作室でヘリコプタの最終チェックをして、お昼過ぎに、初飛行に挑みました。といっても、メカニズムだけでホバリング調整をしているので、ボディを付けて重くなっただけの違いです。重くなると、むし

ろどっしりとして落ち着いた挙動になります。無事に3分間ほどホバリングをすることができました。風が少し強かったので暴れましたが、大きいだけあって、影響は軽微でした。動画を撮り、アップしました。

　これで、今年のヘリコプタプロジェクトは終了。来年は、あと2機の製作と別に2機の飛行が待っています。まだまだヘリコプタ・ライフが続きますね。一方、飛行機の方は、改造したあとまだ飛ばしていません。風を見ています。風がないときが良いのですが、そういう時間は寒かったりして、出ていくのが億劫になります。

　『キャサリン〜』の再校ゲラを30％読みました。ほとんど直していませんし、校閲の指摘も少なく、いわゆる綺麗なゲラです。「子供の科学」の方も、ときどき頭の中で図面を考えています（文章は考えない）。

　庭園鉄道は、午後から運行しました。寒いので1周だけです。寒かったら、運行をやめれば良いのですが、なかなかそうもいきません。毎日乗ることに意義があります（嘘です）。

　大きいけれど赤ちゃんの散歩で、高原を歩きました。庭園内とは、数百メートルの距離ですが、風がまったく違います。森の中と開けた場所では、風向も違うし、風力も違うし、風の強弱の差も違います。庭園内でブロアで落葉掃除をしているときに感じますが、風は息をしていて、吹くまえに吸います。強い西風が吹く直前には、弱い東風がある、みたいな感じです。これは、森の中の風の特徴のようです。

　高原の風は、ほとんど一定で、川を流れる水のようなものです。すぐ隣の森の中とは、風向が90°くらいずれていることもあります。あまり息はしません。強く吹くときは、じわじわと強くなる、というだけです。海の風がこれに近いのだろうな、と想像します。

　小学生のときに、理科の授業で「凪」について習いました。朝と夕方には、風が止む。風向きが変わるからですが、その理由は、陸地が海よりも温まりやすく、また冷めやすいからだ、というものです。この現象は、つまり海岸に近いところの話なのですね（日本の場合は、国土のほとんどが海岸に近いわけですが）。

　模型飛行機をやっていると、風の変化には敏感になり、いつも風を

見ています。実際には、小枝や草がどの程度動くか、ということを観察しています。現在は、庭園内の2箇所に風力風向計を設置していますし、風車も2基ありますから、常にそれらを見て過ごす毎日です。

　おそらく、都会に住んでいる人たちは、毎日どの方向から風が吹いたかも覚えていないし、意識もされていないことでしょう。それどころか、太陽がどちらから上るのかも知らない、という人もいそうですね。そんな自然よりも、電車が遅れないか、という心配の方がきっと大きいのでしょう。

 天気予報でも、まず見るのは風です。風の予報はほぼ当たります。

２０１９年１２月２２日日曜日

いろいろ一段落して

　今朝は氷点下10℃でした。いよいよ寒くなってきましたね。でも、風がなかったので、バッテリィを充電し、飛行機を飛ばしにいきました。スバル氏と大きいけれど赤ちゃんも一緒についてきて、「ずっと飛行機を見ていた」とのこと（スバル氏が犬のことを報告している言葉）。

　風がないといっても、上空はかなり吹いています。風に弱い機種だったので、流されるのがわかり、パワーを絞ってのんびりとは飛ばせませんでした。安定の良い飛行機ほど風に弱いのです。むしろ風に強い運動性の良い機体の方が、飛ばしやすく感じます。

　帰ってきてから、ほとんど無風の庭園内でヘリコプタを3機も飛ばしました。森の中は日差しも届き暖かい日となりました。午後からは、庭園鉄道で遊びました。飛行機も鉄道も動画を撮りましたけれど、アップするかどうかは微妙（見てもあまり面白くないから）。

　『キャサリン〜』の再校ゲラを、65%まで読みました。ほとんど赤を入れていません。読んでいるだけです。明日終わりそうです。

　幻冬舎新書『孤独の価値』の簡体字版の契約延期願が来ました。契約から1年半が経（た）っていましたけれど、中国では翻訳書籍の登録が通りにくくなっているらしく、発行が遅れたためです。こちらとして

は、アドバンス料（50万円程度です）が追加されるので、遅れることに文句は全然ありません。問題ない、とお答えしました。

SB新書の『集中力はいらない』について、オーディオブックのオファがあり、承諾しました。前払い金がいただけるとのことで、珍しいのでは、と思いました。

午後は、犬と一緒に留守番。風もなく暖かい日差しが届いていたので、もう一度飛行機を飛ばしにいこうかな、と考えましたが、犬だけを残していくのが忍びなく、断念しました。またいつでも飛ばせることでしょう。

長年愛用しているCASIOの電子辞書が、デスクから滑り落ち、プラスティックが割れてしまいました。ノートパソコンのように開いて使うタイプで、モニタを支える蝶番が破れました。プラスティックは、経年劣化で脆くなるのです。慎重にパーツを拾い集め、エポキシ接着剤で復元しました。なんとか、元の状態に戻りました。今度落としたら、復帰できないかもしれません。

ヘリコプタの工作が一段落ついたので、次のプロジェクトを開始。今度は少し小さめですが、動力系を改造しないといけない難しさのある課題。飛行機も一段落ついていますが、これは初飛行が成功するまでは終了しません。舵の効き具合を想像して、舵角の調整などをしています。少し芝生で滑走させてみれば、ラダーの効き具合はわかるかもしれませんが、問題はエルロンです。初飛行のまえに風洞実験をしたいくらい。

機関車は、ハンダづけで組み立てる古いキットを組もうと考えていて、資料と材料を集めています。今年の大晦日は、これをやっていることでしょう。毎年大晦日は、一人で工作に没頭する時間で、これはもう30年くらい変わりがありません。といっても就寝時間も起床時間もいつもどおりで、大晦日や元日だからといって、変わりはありません。

冬の問題は、道路が凍ることで、危険な1カ月半ほどは、犬を連れて舗装された道路を歩かないことにします。できるかぎり庭園内で散歩を済ませよう、ということをスバル氏と確認し合いました。

大きいけれど赤ちゃんは、ときどきはしゃいで失敗をして、叱られているのですが、そのたびに「こう見えても、まだ小さいんですぅ」と言い訳をします。それはスバル氏の腹話術でした。

ブログは5日ほどまえに書いているので大晦日（おおみそか）まえに終わります。

2019年12月23日 月曜日

埴輪（はにわ）で賑（にぎ）やかな経済

今朝は曇っていて、とても暖かく（といっても氷点下ですが）、犬の散歩が終わった頃から、雨が降り始めました。これは非常に珍しい暖かさのおかげ。

スバル氏が出かけるので、近所のバス停まで送りました。犬たちはみんな留守番（20分程度）。それから、不動産関係の人が訪ねてきて、玄関で少しだけ話をしました。犬は大人しくしていました。

ウェールズの模型店に珍しい品が入ったので、連絡をしたら、まだ誰も買い手がつかない、とのことでしたので、購入することにしました。70万円くらいの買いもの。小さい機関車ですが、名のあるモデラが作った逸品（いっぴん）。これが、今年の誕生日プレゼントとクリスマスプレゼントになりました（いつ届くかわかりませんけれど）。

雨はすぐに上がったので、まず、飛行機を飛ばしました。風が良ければ、ほかに欲しいものはありません。無事に飛びました。フォード・フライバです。また、GBレーサの飛行もいずれ行いたいので、準備をしているところです。GBレーサがわからない人は検索を。

『キャサリン〜』の再校ゲラを最後まで読みました。早いですね。ゲラを3日間で読める普通の作家になったのです。改造人間ゲラヨミィでしょうか。もう普通の人間には戻れないかもしれません。

最近は書籍が売れませんね、という話を某編集者とメールでしました。同じ仕事をしても、作り出している価値が目減りしていることになります。モチベーションも縮むことでしょう。

ネットではアマチュアやセミプロのライタがひしめき合い、毎日膨大な文章を放出しています。漫画やイラストも同じかもしれませんし、映画に代わるものとして、動画でも同じでしょう。マスコミは、マスである価値を失いつつあって、何を基に存続を懸けるのか迷っている様子です。僕自身は、今の仕事が長く続くものとは考えていませんし、いつ消えても良いと（デビュー当時から）考えていましたので、まったく気にならないのですが、今、あるいは、これから稼ごう、と考えている方々は楽観的にはなれないことと思います。

　暖かい書斎で、読書をして過ごしました。新しい本が多く出ないような世の中になっても、個人が読書を楽しめるのに充分な蓄積が既にあります。映画だって、毎日数本見続けても、一生で見切れないほどコンテンツがあります。僕の工作室には、僕が一生かかっても作りきれないキットがあります。豊かさというのは、そんなものなのかもしれません。これを、ビジネスマンが「不況」と呼ぶとしても、です。

　結局、今の段階でいえることは、これまでに築かれた既存の文化の延長線上で、その維持と保全を行っていくようなビジネスしか成り立たない、ということです。既にベストセラ作家になった人は、既にファンになった人たちに向けて書けば、それで食べていける、というような意味にもなりましょう。すべての企業が、そのような形でしか生き残れない。これを「生き残る」といえるかどうかは、意見が分かれるところでしょう。

　では、新しいものは生まれないのか。もちろん、大化けするものも、ときにはあります（計算ずくでしょうけれど）。それに、方々で小さく、細かく生まれている新しさもないわけではありません。あたかも、水中から上がってくる泡のようなもので、非常に細かい。ときどき途中で泡どうしが合体して、大きくなる程度です。どれほど大きくなっても、水面に出れば、消える運命であることには変わりがありませんし、悲しいかな、大きくなるほど早く浮き上がります。

　かつては、大きいもの、つまり資本が集まった大きな泡は、長く存続するものと信じられていました。それは、この資本主義社会自体が成長期であり、あまりに泡立ったため水面が見えなくなっていたからかもしれ

ません。好景気はいつまでも続き、経済はどんどん発展する、と信じられていました。今も信じている人たちが多いように見受けられますが、彼らは、とっくに撤収した賢い人たちに信じさせられ、墓場の賑わいとして残された埴輪のような偶像でしょう。

 株が暴落すると都会は活気が消えます、でも、田舎は平常のまま。

2019年12月24日火曜日

「思う」と「考える」の違い

　朝は濃霧でしたが、異様に暖かく、気温は1℃もありました。防寒の上着がいらないくらいです。霧はすぐに晴れてきました。風が弱かったので、高原へ出かけていき、飛行機を1フライト。どうも飛ばしにくいなと感じていた黄色のベビィノイスは、エルロンではなく、ラダーで旋回した方が小回りが利き、コントローラブルになることが判明。また、着陸時にはパワーを絞らず、引っ張った方が舵が最後まで効いて安全だとわかりました。このように、何度も飛ばせば、だんだん機体の性格がわかってきて、手懐（てなず）けられるわけです。でも、そのまえに墜（お）ちて壊れる場合も多い。まあ、人間（というか自分）も同じかもしれませんね。

　ここしばらく楽しんでいた技術書を読了し、ちょっと暇になりました。新しい工作を始めるために、部品などをネットで注文したり、キットの箱を開けたりしました。もちろん、やりかけのものも沢山あるので、やることがないわけでは全然ありません。

　イタリア製のヘリコプタの設定をしていますが、思うようにサーボが動きません。特殊な設定になっているようです。調べないといけませんね。マニュアルに書かれていないのです。

「子供の科学」の連載第14回の文章を書きました。ポンチ絵の下描きを、出版社から届く封筒に描いてみました。ちょうど、第12回の再校ゲラがpdfで届いたので確認。今はほかにゲラがありませんから、清々（すがすが）しい気持ちでいっぱいです。

教育関係の著作利用が、相変わらず多くて、メールが来たら委託機関へ転送しています。1週間に1通か2通はあります。1年で50〜100件くらいでしょうか。過去のものが印刷物として毎年利用されるので、蓄積され、入金が増えます。個々の著作使用料は僅かでも、積もり積もって高額となります（まもなくもらえる年金よりも多い）。

　このほか、これまでに出版した電子書籍が常時売れるので、集まると馬鹿にならない額になります。印刷書籍ではとうに市場に出回らなくなった本でも、地道に売れることが観察されます。株を沢山持っている人が、配当金を毎年いただけるようなものでしょうか（僕の場合、僅かですが、株を父から相続しました。残念ながら1年で配当は数万円です）。

　「考える」と「思う」は、どう違うのでしょうか。小説では、「〜と彼は思った」と書いても、「〜と彼は考えた」と書いても、たぶん読者は同じような捉え方しかしないと思います。多くの方が、「考える」と「思う」を、ほとんど同じ動詞として認識しているように観察されます。

　本当は、大きく違います。「思う」というのは、思い浮かぶ程度のことで、「感じる」に近い。しかし、「考える」というのは、自分なりの理屈の展開があったり、比較や判断があって、推測や予測も行われ、そのうえで、なんらかの結論が頭に浮かぶことです。

　たとえば、論文の場合、「〜のように考えられる」と書くことはたびたびありますが、「〜のように思われる」とは書きにくい。「思う」は、曖昧な思考であり、ある意味、感情的でもあります。そういったことは論文では述べるべきではありません。意見を求められた場合にのみ、「〜と思います」が使えます。

　また一方で、観察や予測を述べたあとに「と思います」とすることで、あくまでも自分の主観的な意見であることを付け加え、前の文章の勢いを和らげることができます。「思う」ことは自由なので、誰にも批判されないからです。でも、「考える」というと、それは方針を述べていることになり、意見ではなく提案に近いものと捉えられます。

　報道番組では、なにかの社会問題などを扱って、「今後考えなければならない問題である」と結びますが、これを視聴者は、「思わなけれ

ばならない」くらいに捉えていて、ちょっと頭の隅で「感じる」、あるいは「覚えておく」、くらいの反応しかしません。ためしに、翌日に「それで、どう考えた?」と質問するか、「考えた結果を文章にして下さい」と依頼すれば、考えていないことが明らかとなります。

　もちろん、報道したマスコミ自身も、考えるべきことを考えてはいません。ですから、後日考えた結果を報告することは一切ありません。

　社会に広く流通する「考えなければならない」は、「誰かが考えなければならない」と呼びかけているだけで、「でもその誰かは私ではない」ということのようです。

「考えたことない」はあっても「思ったことない」は珍しいはず。

2019年12月25日水曜日

日本はヘリコプタが多い国

　夜に雨が降ったらしく、暖かい朝。気温は0℃。近所のワンちゃんが遊びにくるので、うちの犬たちもその時刻になるとそわそわして窓の外を見ています。会うと5分くらい匂いを嗅ぎ合う、というだけです。誰が誰の匂いを嗅ぎたいのかが、だいたい決まっています。相手は犬とは限らず、人間であることも。

　道路の落葉を少し集めて、燃やしものをしました。湿っていたので煙が出ました。そのあと、ブロアを1時間ほどかけて掃除。もう本当に終わりだと思います。

　書斎でヘリコプタの設定を行いました。ジャイロのイニシャライズやニュートラルの設定などです。マニュアルがありますが、英語と中国語（台湾のメーカだから）です。英語が少しぎこちない感じがします。たまに、漢字を見て、ああ、そういうことがいいたいのか、とわかることもあります。台湾の漢字が日本と同じ文字で良かったですね（簡体字だとわからないから）。

　もっとも、この種のマニュアルは、たとえ日本語訳があったとしても、

全然わかりやすくはなりません。ただ、英語がカタカナになるだけです。「ダイレクトモードではリンケージのコンペンセーションをセットします」となって、余計難しくなります。

　中国製のジャイロの特徴として、たとえば「it features small footprint」などとあります。今、Google 翻訳で確かめたら「フットプリントが小さい」と訳しました。これで意味がわかりますか？　ミステリィだったら、「footprint」は足跡（あしあと）だし、一般によく使われるのは、「足跡（そくせき）」を残すといった表現の場合です。このジャイロは、まだ新製品だから、足跡が小さいのでしょうか。そうではなくて、場所を取らない、つまり小型で省スペースだというわけです。

　今日は作家の仕事はゼロでした。

　日本は、ヘリコプタを非常に沢山保有している国です。アメリカほどではありませんけれど、世界第3位（2位はカナダ）。飛行機の数が少ない（アメリカの約1/100）わりに、多い（ヘリは約1/10）といえます（つまりヘリ率はアメリカの約10倍）。やはり、山が多いし飛行場が少ない、という地形によるものでしょうか。アメリカなどは、どこでもヘリが飛んでいそうな（たとえば、高層ビルの屋上のヘリポートにしょっちゅう発着していそうな）雰囲気ですけれど、実は騒音や墜落などの危険性のため、反対運動が非常に強く、都心での着陸はほとんど許可が下りない状況だそうです。

　僕が小学生のとき、学校の運動場にヘリコプタが着陸しました。消防署のデモンストレーションでした。また、三重県でラジコン飛行機を飛ばしていたときは、その模型飛行場が緊急時のヘリポートに指定されていました。給油施設はありませんが、災害時の救助活動などで発着できる場所、ということです。最近はどうなのでしょう。やっぱり、ジェットエンジンやロータ音が煩いから、なかなか広く普及はしていませんよね。

　飛行機の免許を取って、自家用で飛行機を使っている個人がアメリカには沢山いますが、ヘリコプタの場合、値段が高いし、整備が大変だし、燃費が悪いし、遅いし、遠くへ行けないし、おまけに操縦が非常に難しいし、といったデメリットがあって、一般には普及しないようです。そういったニーズには、今後は電動のドローンが食い込んでくるかも

しれません。改善されるのは、値段と整備性と操縦難度くらいですが。

　世界初の動力飛行をしたことでアメリカのライト兄弟が有名ですが、世界で初めてヘリコプタを飛ばした人は誰でしょうか？　これは、はっきりとはわかっていません。「飛行」の定義の問題になるからです。飛行機とほぼ同じ頃のはずなのですが、実用化は何十年も遅れました。

 ヘリコプタよりもジャイロコプタの方がさきに実用化しましたが。

２０１９年１２月２６日木曜日

３種類の人たち

　朝から晴天で冷え込みました。でも、その後急に霧が出て、暖かくなるな、と思っていたら、そのとおりになりました。昨夜遠方から帰宅したスバル氏が手伝ってくれて、道路の落葉掃除をしました。燃やしものもしました。

　9時頃には、ヘリコプタを飛ばしました。自分ですべてを設定したものが思ったとおりに飛びました。今年ヘリコプタを飛ばした中では、一番素晴らしい体験でした。自分ですべて設定ができるということは、可能性が無限に広がる、という意味だからです。1年でようやくここまで来られたか、といった感慨も。

　これは、工作で初めて挑んだ工法に成功したときと似ています。その工法が自分のものになったことで、それを使ったさまざまな可能性が未来に開ける、という展望の感覚です。「もうなんでもできるぞ」と思えること、これが自由というものでしょう。実は、なんでもではないことに、のちに気づくことになるとしても。

　荷物を出しにいくのと、粗大ゴミを処理場へ持っていくのを兼ね、お昼頃にスバル氏と出かけました。犬も1匹同乗。まだ今年は雪が降っていないので、道路は普通です。さすがに、もう秋の風景はどこにもなく、すっかり冬景色となりました。

　スバル氏のお土産で、アップルパイをいただきました。非常にアメリカ

ンでした（味が薄いという意味ではなく、ボリューミィでふんだんに砂糖を使っているパンチの利いた味）。とても、2つめを食べたいと思えません。でも、美味しかった。

「子供の科学」連載第14回のポンチ絵を、正式に下描きしました。明日ペン入れをして、明後日くらいにスキャナで撮って送れるかな、といった段取り。いよいよ作家の仕事がなくなってきたので、そろそろ小説の新作を書こうかな（それも作家の仕事ですが）、何を書こうかな、などとときどき5秒間ほど考えます。そうそう、メールインタビューの返答もありました。

　世の中の人を観察していると、前を向いて歩いている人と、きょろきょろと周囲を見回している人と、後ろを向いている人の3種類にだいたい分かれます。

　前を向いている人とは、未来のことを考えている人ですし、速度の違いはあれ、必ず前進し続けています。このタイプの人は、周囲の人たちのことを気にしていません。何故（なぜ）かというと、自分が歩く先にいる人しか見ていないので、自分の周囲の人たちは、後方へ流れる風景として、ぼんやりと認識する程度だからです。

　周囲をきょろきょろと見回している人は、ときどき前進する人に憧れ、それにつられて前に進みますが、周囲の別の人たちも気になり、足が止まりがちですし、後ろを眺め始めると、完全に足は止まり、立ち尽くした感じになります。でも、また前進する人を見つけて、前を向くこともあります。

　後ろを向いている人は、他者の足跡を眺めて、ぶつぶつと呟いていて、膝（ひざ）を折り屈（かが）んでしまいがちです。その呟きを誰も聞いていません。だから、だんだん声が大きくなるのですが、それでも、聞いてもらえません。たいていは、他者の悪口をぼやくようになり、揚げ足を取って非難をするのですが、非難の対象となっている人に声が届くようなことはありません。

　人々を俯瞰（ふかん）していると、すいすいと前進する人、周囲を見回してときどき進む人、後ろを向いたまま動かない人、という3種類が、遠くからでも判別できます。

どれが良い、どれが悪いという話では全然ありません。それぞれに、それぞれの思う自由があり、それぞれに人生がある、というだけであり、いずれも本人の希望のとおりになっています。

 その意味では、すべての人が自由だ、といっても良いでしょう。

ミニだけれどクーパじゃない

朝から晴天。周辺の森は氷ですっかり白くなりました。その後、谷間に霧が少し出ましたけれど、また晴れ渡りました。風が冷たいのですが、日差しに当たっていれば、屋外で活動ができます。スバル氏と一緒に、自分たちの敷地内の私道の落葉掃除をしました。燃やしものもしました。これでもうお終い。あとは、暖かい室内活動となります。

ウッドデッキで犬たちのブラッシングをしました。大きいけれど赤ちゃんは、お尻の毛をカットしてもらいました。それから、芝生でヘリコプタを飛ばし、庭園鉄道も1周だけ運行。忙しいことです。

建築屋の社長が訪ねてきて、今後の仕事についての立ち話をしました。景気はそんなに悪くない、というような業界話も。スバル氏は、サンルームの天井のガラスを専門業者にクリーニングしてもらうことを依頼しました。屋根の天窓の掃除もお願いするかもしれません。

夕方は、家族みんなで近くの自然公園へ散歩に出かけました。寒いから、着込んでいったので、車の中では動きにくい感じになります。お店にも寄って、シュークリームを買ってきました。そうそう、フェラーリの最新モデルがトラックから降ろされて、納車される場面に遭遇しました。あっという間に、ガレージのシャッタが閉まりました。見られたくなかったのでしょうね。ちなみに、色は黒でした。一瞬だけエンジン音が聞けて、良いなあ、と思いました。そのあと、スバル氏が乗っていたのと同じ色のミニを見かけて、彼女が「私が運転を覚えたクルマだ」とおっしゃったのですが、「でも、あれはただのミニで、クーパじゃない」とも。

どうやら、フォグランプがなかったから、そう判断したようです。

「子供の科学」のポンチ絵にペン入れをして、消しゴムをかけました。写真なども整理しました。あとはスキャナを動かすだけで仕事が終わりますが、そのためには、スキャナの上にのっている雑多なものを退けないといけません。明日、編集部へ送ることにしましょう。次は、清涼院氏のメールインタビューの回答を書く予定。これを書いているのは12/21ですから、まだ今年は10日もあります。新作も余裕で執筆スタートできそうです。

　今日は接着剤をいろいろ探しました。ポリカーボなどのプラスティックは、接着剤の相性の問題があります。軽く着くというだけなら大丈夫でも、衝撃がかかると取れてしまったりします。特に、飛行するものは注意が必要で、最適の接着剤を選び、その上で、もし外れたときは、と考えて対処をしておきます。

　まえにも書きましたが、接着剤は国によって全然流通しているものが違います。日本のメジャな接着剤が、海外では入手が困難だったりします。もちろん、同種で同性能のものはあるはずです（なければ、輸入されているはず）。でも、どれがどれの代替品になるのか、という知識が必要です。そんなワールドワイドな接着剤互換表みたいなものを、どこかが作ってくれると良いのですが。

　そうそう、ホット（メルト）グリューを買った話を以前に書きましたけれど、まだそれほど活用していません。どうしても、従来のやり方で解決しようと考えてしまいます。新しい方法というのは、新しいという理由だけで採用されない。特に頭が老化してくるとそうなりやすい、という好例かと。

　もう10年ほど、新しい接着剤を使っていないので、接着剤博士ではなくなってしまいましたね。

 このあと奮起して新しい接着剤を数種ですが購入してみました。

完敗した日本の文化

曇っていて、暖かい朝でした。昨日で庭仕事が終了したので、道具などを片づけました。除雪車のエンジンをかけて、チェックをしました。工作室では、新しいヘリコプタの組立てを始めていて、既に接着剤などを使っています。まだ、削る作業はしていませんが、今日にも始まることでしょう。今作っているのは、ヨーロッパのヘリです。アメリカとヨーロッパでは、ヘリコプタのロータの回転方向が違うので、モデラはこの点に気を使っています。アメリカは、なんでもヨーロッパとは違う規格にしたがりますね。なにか変なプライドというか、アイデンティティがあるようです。

今回使っているのは、日本のメーカがプロデュースして発売したボディなので、非常に細やかな配慮が行き届いていて、たとえば、穴を開ける必要がある場合には、その径のドリルの刃が入っていたり、加工の位置も数字で具体的に示してあったり、マーキングがあったりします。でも、生産しているのは台湾のメーカです。作りやすく、作業がさくさくと進みますが、ある意味、考える必要がなく、すぐに飽きてしまうかもしれません。

最近の飛行機やヘリコプタのハッチは、磁石でひっつくように作られていますが、大きなハッチになると、衝撃で外れた場合に損傷が心配です（ヘリなどはロータが回っていますから）。このキットでは、磁石を近づけると、ロックが解除される機構が盛り込まれていて、そのマグネットキーがないと、ハッチが外れません。ちょっとした工夫ですが、普通はここまでしないのではないか、と感心しました。日本人らしい発想です。これが日本の文化でしょうか。でも、この丁寧さ、緻密さは、安さに完敗してしまいました。「良いものは売れる」という精神が間違いでした。「子供の科学」連載第14回の文章、写真、ポンチ絵を編集部へ発送しました。まだしばらく続きそうですね。もちろん、原稿料をいただいているので仕事ですが、大勢の科学者がこの雑誌に寄稿をしていて、ほとんどボランティアのような気持ちでいることはまちがいないと思います。

ボランティアというよりは「恩返し」かな、と思います。

　近所のドイツ人が、ラブラドールを連れて遊びにきました。32kgあるそうです。子犬を見たときに、お嬢さんが欲しいと言い、奥さんは少し反対したとか。今、4歳だそうです。大きいけれど赤ちゃんだけは、友好的に鼻を突き合わせ、挨拶ができました。小さい子たちは、怖いから吠えてしまいます。

　それから、すぐ近所のアイリッシュセッタ（ときどき脱走して森家に遊びにくる子）もやってきました。少年が連れていて、やはり30kgあるそうです。少年は40kgないと思いますから、制止するのがやっとです。大きい犬たちに比べると、20kgくらいで弱音を吐いてはいけないな、と思いました（弱音だったのか）。

　スバル氏が大事にしている猫の時計が電池切れとなり、なんと単2電池でした。単2って、ほとんど使わないから、ストックしていません。しかたがないので、郵便を出しにいくついでに、お店で買ってきました。ついでに、ケーキも買ってきました。クリスマスですから、普段よりもケーキの種類が多いような気がします。

　夕方に、除雪機のバッテリィを交換し、エンジンを始動しました。そろそろ雪の備えをしておかないといけません。エンジンは快調に吹き上がりました。

 クリスマス休暇は、日本よりも長く、ケーキよりプレゼントです。

2019年12月29日日曜日

珍しく来年の抱負など

　今日も曇っているのか、霧なのか、見通しの悪い朝でした。気温は高めで、寒くありません。スバル氏が旅の疲れか、少し具合が悪いので、朝の犬の散歩は僕と長女で出かけました。犬たちはみんな元気いっぱいです。

　工作室で、ヘリコプタのボディを組み立てています。今日は大事な脚

（スキッド）を組みました。スキッドだけでも、ネジが30本以上必要です
し、接着剤も2種類必要です。ネジを使うまえには、ドリルで穴をあけま
す。1つずつ進めていきます。ものが大きいので取り回しが大変（部屋が
狭いうえに散らかっているため）。でも、機関車のように重くない点が救いで
す。

　一昨日、接着剤のことを書いたあと、やはりこれではいけないと反省
し、新しい接着剤を3種類ほどネットで注文しました。使ってみなければ
評価はできません。そういえば、日本人が「瞬間接着剤」と呼んでいる
ものは、アメリカでは「スーパ・グリュー」といいます。日本だと、その名
称はエポキシっぽい感じがしますね。なんでも、「超」をつけて呼ぶうち
に、それが普通になってしまうのです。瞬間接着剤にだって「速乾タイ
プ」があるのです。え、瞬間じゃなかったの、と言いたくなりますね。
「最強」だと謳（うた）っていたのに、「超最強」が出てきます。

　今日の作家仕事は、メールインタビューへの回答。30分ほどで全部
書きました。後日推敲（すいこう）してから、清涼院氏に送ります。次の仕事は、い
よいよ小説の新作の執筆です。まったく、構想もなにもありませんので、
3日くらい考えてから、書こうかなとは思いますが、その3日とは、つまりタ
イトルを絞る時間だということです。

　年末ですから、一年を振り返っても良いかもしれませんが、たいて
い、毎年同じことをしている人間なので、振り返っても特にこれといって
目立ったことはない、というのがいつもの状況です（だから振り返らない）。
でも、今年はヘリコプタにのめり込みましたね。

　2月くらいからだと思いますが、トータルで200万円以上使ったでしょう
か。過去に遡（さかのぼ）って、ここ10年ほどの中古モデルを買い、同時に書籍も
50冊くらい読んで研究しました。毎日ホバリングの練習をし、今は設定
も自分でできるようになりました。ホバリングができれば、ヘリコプタは
「飛ばせる」ことになるのです。

　20代のときに憧れていたスケール（実物と同じ形の）モデルを何機も作り
ました。20機くらいあります。毎日自分の庭で飛ばせるので、庭園鉄道
の延長のような感じで楽しんでいます。やはり、遠くへ出かけていかない

と遊べないのとは、だいぶ条件が違います。

　まだまだ、ヘリコプタでやりたいことが沢山あります。これらの課題は、来年に持ち越しです。その1つは、やはりジェットヘリでしょう。実機のヘリコプタは、今やほとんどがジェット機です。実機同様、ガスタービンエンジンを使った模型は、既に沢山のマニアが楽しんでいますが、日本では騒音の問題で、飛ばす場所が限られることでしょう。

　欠伸軽便鉄道には、このガスタービンエンジンで走る機関車が在籍しています。ジェットのヘリコプタでも、もちろん庭園内で飛ばすことができます。ただ、大きいから、持ち運びが大変なのです（もちろん、今の工作室では作れないし、作れても外に出せない）。1人で持ち歩ける重さでもありません。

　また、今年はブラシレスモータやリポバッテリィ（リポと言っているのは主にアジアで、欧米ではライポと言う人が多い）の勉強をしたので、これらを活用したジャイロモノレールを試作したいと考えています。飛躍的に能力がアップするはずです。それに、ヘリで用いられる電子ジャイロ（姿勢制御装置）も活用できることでしょう。100年まえにはなかった技術ですが、もう復刻のテーマは達成したので、次のステップに臨みます。

 飛行機にも自動制御が導入され小型機が飛ばしやすくなりました。

2019年12月30日月曜日

自分が書いた文章を読むことはない

　寒い日が続いています。躰が慣れるまで、あまり外出しない方が良いでしょう（でも、犬の散歩は必要）。無理をせず、暖かい部屋で工作や読書を楽しみましょう。

　工作室で、ヘリと格闘しています。今日はリュータを使いました。リュータは、たぶん今日で終わり。慣れてきたこともあるし、ボディの形が模型に向いていることもあるし、また日本製で細やかな気遣いがされていることもあって、早く完成させられそうです。お正月に初飛行ができるでしょう

か。

　今日は、宅配の荷物が全部で11個も届きました。届けに来た人も驚いていました。なにかビジネスをしているのか、と思われたかもしれません。出版社から届いたビジネス関連は、このうち1個だけで、あとは通販で購入したもの。つまり買いものです（半分以上がスバル氏）。

　ネット通販は、既に広く普及しているはずです。世界中どこからでも、どこの商品でも取り寄せることができます。ただ、どこから届くのかをしっかりと確認せずにクリックしてしまうと、1カ月ほど待たされる場合があります（それでも、届きますが）。便利な世の中になりましたね（この台詞は、僕が子供の頃にも、大人たちが常に呟いていました）。

　お昼頃には、気温も上がり（3℃もありました）ぽかぽかとした陽気になり、風もなかったので、飛行機を飛ばしに高原へ。今日飛ばしたのは、オスプレイです。ロータを前方へチルトさせると、普通の飛行機になります。速度が上がりすぎるので、パワーを絞らないといけません。着陸はロータを上に向けてから、自動制御に任せたホバリングをさせ、ゆっくりと降ろします。なんというのか、ホバリングするならヘリコプタの方が面白いし、普通に上空で飛ばすなら、飛行機の方が面白いので、どっちつかずのフィーリングです。実機は、両者の長所を活かしているわけですが、ラジコンマニアはそんな長所には無関係。最初はもの珍しさがあっても、すぐに飽きてしまうかもしれません。

　今日はクリスマスイブですが、特に生活への影響はありませんでした。ケーキも食べていないし、靴下も仕舞ってあります。あ、靴下は、風呂上がりに新しいのを履いて、1時間後にそれを脱いで寝ますから、毎日ベッドの横に靴下がありますね。なにか異物が混入していたことは、これまでに一度もありません。

　生クリームのケーキは、いつでも食べられるから、食べたいときに買ってくれば良い、というのが現代の常識でしょう。ただ、このシーズン、おもちゃはけっこう安くなって、お買い得感があります。ケーキは逆に高くなっているのかな？

　このまえ、どこかでふと目についた文句ですが、「自分の読みたいもの

を書きなさい」という指示がありました。たぶん、ブログや小説など、文章を書きたい人たち（アマチュア）に向けての助言でしょう。これは、僕には当てはまりません。僕は、自分が読みたいものは自分では書けない、と考えているからです。

　現に、僕は自分の本を読んだことがありません。ゲラで間違いを見つけるために読みますけれど、本が出たあとは本を開きません。ブログや日記なども、過去の記事を読むことはありません。写真は、ときどき必要になることがあって、探して見ることがありますが、でも、役に立つことは稀<ruby>稀<rt>まれ</rt></ruby>です。

　自分の文章を読まない理由は、非常に簡単です。それは知っていることだからです（たとえ忘れているにしても）。書いたことは完全には忘れませんから、わざわざ読まなくても良い、ということです。シリーズものの続きを書く場合にも、以前の作品を読み直すことはありません。もし万が一覚え間違いがあったときには、校閲者が指摘してくれますから、そのときは素直に従って直します。ただ、校閲は「言葉」に拘っているので、別の言葉で書くと「前回と違います」と指摘してきます。これも、読者が困惑しないように、僕は直すことが多いかと。

　前作のときはそうだったけれど、その後、違う状況になったかもしれないではないか、と思うときもありますが、そういうことを逐一<ruby>逐一<rt>ちくいち</rt></ruby>書かないと納得しない人が大勢いらっしゃることも学びました（この場合は、直さないことが多いかも）。

　「この二人、いつの間にこんなに仲良しになったの?」読者の声

2019年12月31日火曜日

感謝します

　今日は、それほど寒くありません（氷点下7℃でした）。このくらいなら、薄いダウンジャケットで済みます。Tシャツの上にフリースを着て、その上にダウンの合計3枚。マフラも手袋もしていません。マフラが必要な時期っ

て、ほとんどありません。

　所用があり、クルマで出かけました。大きいけれど赤ちゃんは1時間半ほど留守番でした（僕以外の家族が全員います）。帰ってきたら、大喜びしました。

　ヘリコプタに新しいシリコン系接着剤を使用しました。今のところ結果は上々です。ただ、硬化に24時間かかるので、その間位置を保持する工夫が必要です。これがなかなか難しい。瞬間接着剤ではつきませんし、白く曇ってしまいます。これまでエポキシを使っていましたが、エポキシも接着が完全ではありません。プラスティックは接着しにくい材料なのです。

　ヘリコプタに電飾を施そうと考え、LEDなどのパーツを取り寄せました。飛行機には、左右を示す赤（左）と緑（右）のほか、後方の白、警告の赤点滅などがあるようです。完成してしまうと、内部に電線が通せませんから、今のうちに埋め込んでおこう、というわけです。まあ、ライトが点灯してもしなくても、気持ちの問題ですけれどね。

　この時期、個人の住宅などでも電飾をしているところを見かけます。あれは、僕には理解できない行為です。自分の満足のためでしょうか、それとも誰かに見てもらいたいのかな？　けっこうな趣味だとは思いますけれど、あまりに規模が大きくなると、電気がもったいない。その無駄が良いのかな。

　地球環境、温暖化について、この頃ニュースでも取り上げられています。左寄りの人たちは、原発に反対している立場上、石炭火力を駄目だとはいえない。そうなると、誰も反対しないから、こんなにもくもくと二酸化炭素を排出し続けてしまい、毎年とても多くの人たちが亡くなっているわけです。

　右寄り、つまり保守も、原発推進とは言いにくいご時世ですから、現状に甘んじている。どちらも利害が一致してしまい、日本は世界でもブラックな国として注目されてしまいました。さて、どうするつもりなのでしょうか？　ポピュリズムが諸悪の根元のような気もしますが。

　お昼過ぎに飛行機を1フライト。今日は、飛行機用ジャイロを取り付け

てみました。初めてです（買ったのは1年まえ）。離陸のときに左右のふらつきがなくなり、真っ直ぐに上がっていきます。人間の操縦が優先されるので、どんな場合でもコントロールできますけれど、プロポから手を離すと、飛行機は真っ直ぐに水平飛行します。小さい飛行機を飛ばすのには向いているかも。ジャイロの重さは数グラム。ケーブルの方が重い。

　今日は作家の仕事はしていません。中公文庫『スカイ・クロラ』が重版になると連絡がありました。第22刷になります。また、講談社文庫『笑わない数学者』も重版になります。第56刷です。講談社からは、来年早々に『森心地の日々』電子版がiPadで送られてくる、という連絡もありました。

　デビュー以来、あちらこちらでブログや掲示板を運営してきました。これらの作業が成立したのは、ひとえに毎日チェックをしてくれる方々のおかげです。本当にありがとうございました。特に、この「店主の雑駁」では、講談社の編集者2名も、チェック役を買って出てくれました。仕事とはいえ、大変な作業だったかと想像します。感謝に堪えません。

　では、ごきげんよう……。

 このブログが終わって、今は、本当に、自由の心だぁぁぁぁ！

森博嗣著作リスト

（2020 年 7 月現在、講談社刊）

◎ S & M シリーズ

すべてが F になる／冷たい密室と博士たち／笑わない数学者／詩的私的ジャック／封印再度／幻惑の死と使途／夏のレプリカ／今はもうない／数奇にして模型／有限と微小のパン

◎ V シリーズ

黒猫の三角／人形式モナリザ／月は幽咽のデバイス／夢・出逢い・魔性／魔剣天翔／恋恋蓮歩の演習／六人の超音波科学者／捩れ屋敷の利鈍／朽ちる散る落ちる／赤緑黒白

◎四季シリーズ

四季　春／四季　夏／四季　秋／四季　冬

◎ G シリーズ

ϕ（ファイ）は壊れたね／θ（シータ）は遊んでくれたよ／τ（タウ）になるまで待って／ε（イプシロン）に誓って／λ（ラムダ）に歯がない／η（イータ）なのに夢のよう／目薬 α（アルファ）で殺菌します／ジグ β（ベータ）は神ですか／キウイ γ（ガンマ）は時計仕掛け／χ（カイ）の悲劇／ψ（プサイ）の悲劇

◎ X シリーズ

イナイ×イナイ／キラレ×キラレ／タカイ×タカイ／ムカシ×ムカシ／サイタ×サイタ／ダマシ×ダマシ

◎百年シリーズ

女王の百年密室／迷宮百年の睡魔／赤目姫の潮解

◎Wシリーズ

　彼女は一人で歩くのか？／魔法の色を知っているか？／風は青
海を渡るのか？／デボラ、眠っているのか？／私たちは生きて
いるのか？／青白く輝く月を見たか？／ペガサスの解は虚栄
か？／血か、死か、無か？／天空の矢はどこへ？／人間のよう
に泣いたのか？

◎WWシリーズ

　それでもデミアンは一人なのか？／神はいつ問われるのか？／
キャサリンはどのように子供を産んだのか？／幽霊を創出した
のは誰か？

◎短編集

　まどろみ消去／地球儀のスライス／今夜はパラシュート博物館
へ／虚空の逆マトリクス／レタス・フライ／僕は秋子に借りが
ある　森博嗣自選短編集／どちらかが魔女　森博嗣シリーズ短
編集

◎シリーズ外の小説

　そして二人だけになった／探偵伯爵と僕／奥様はネットワーカ
／カクレカラクリ／ゾラ・一撃・さようなら／銀河不動産の超
越／喜嶋先生の静かな世界／トーマの心臓／実験的経験

◎クリームシリーズ（エッセィ）

　つぶやきのクリーム／つぼやきのテリーヌ／つぼねのカトリー
ヌ／ツンドラモンスーン／つぼみ荼ムース／つぶさにミル
フィーユ／月夜のサラサーテ／つんつんブラザーズ

◎その他

　森博嗣のミステリィ工作室／100人の森博嗣／アイソパラメト

リック／悪戯王子と猫の物語（ささきすばる氏との共著）／悠悠おもちゃライフ／人間は考えるＦになる（土屋賢二氏との共著）／君の夢　僕の思考／議論の余地しかない／的を射る言葉／森博嗣の半熟セミナ　博士、質問があります！／庭園鉄道趣味　鉄道に乗れる庭／庭煙鉄道趣味　庭蒸気が走る毎日／DOG & DOLL／TRUCK & TROLL／森には森の風が吹く／森籠もりの日々／森遊びの日々／森語りの日々／森心地の日々／森メトリィの日々（本書）

☆詳しくは、ホームページ「森博嗣の浮遊工作室」
（http://www001.upp.so-net.ne.jp/mori/）を参照

森 博嗣
（もり・ひろし）

1957年愛知県生まれ。工学博士。
1996年、『すべてがFになる』（講談社文庫）で第1回メフィスト賞を受賞しデビュー。
怜悧で知的な作風で人気を博する。
「S&Mシリーズ」「Vシリーズ」「Gシリーズ」「Xシリーズ」（講談社文庫）、
「Wシリーズ」「WWシリーズ」（講談社タイガ）ほかシリーズ作品多数。
エッセィ、新書なども数多く執筆。

森メトリィの日々

2020年7月13日　第1刷発行

［著者］森 博嗣（もり ひろし）

［発行者］渡瀬昌彦

［発行所］株式会社 講談社
〒112-8001
東京都文京区音羽2-12-21
電話
［出版］03-5395-3506
［販売］03-5395-5817
［業務］03-5395-3615

［本文データ制作］講談社デジタル製作
［印刷所］共同印刷株式会社
［製本所］大口製本印刷株式会社

©MORI Hiroshi 2020, Printed in Japan
N.D.C.914　366p 20cm
ISBN978-4-06-520312-5

ようこそ、
森の賢者の
毎日へ

『森遊びの日々』
Thinking everyday in the forest 2　ISBN978-4-06-514438-1

森博嗣の
創作
工作
思索

『森籠もりの日々』
Thinking everyday in the forest　ISBN978-4-06-512125-2

森博嗣の
日常
箴言（しんげん）
予言

『森心地の日々』
Thinking everyday in the forest 4　ISBN978-4-06-518572-8

森博嗣の
洞察
示唆（しさ）
薫陶（くんとう）

『森語りの日々』
Thinking everyday in the forest 3　ISBN978-4-06-516824-0

森博嗣の
着眼
発想
観察